Rainer M. Schröder

Der Todesengel von Florenz

Pater Angelicos neuer Fall

KNAUR

Besuchen Sie uns im Internet:
www.knaur.de

FSC
www.fsc.org
MIX
Papier aus verantwortungsvollen Quellen
FSC® C083411

Originalausgabe Juni 2013
Knaur Taschenbuch

Ein Unternehmen der Droemerschen Verlagsanstalt
Th. Knaur Nachf. GmbH & Co. KG, München
Ein Projekt der AVA International GmbH
Autoren- und Verlagsagentur
www.ava-international.de

Redaktion: Susanne Wallbaum
Umschlaggestaltung: ZERO Werbeagentur, München
Umschlagabbildung: FinePic®, München
Satz: Adobe InDesign im Verlag
Druck und Bindung: CPI – Clausen & Bosse, Leck
Printed in Germany
ISBN 978-3-426-50991-3

2 4 5 3 1

Den Mönchen der Zisterzienserabtei
Himmerod in der Eifel in
großer Verbundenheit gewidmet

1

Es gab kein Entkommen. Die ersten Gehöfte entlang der Landstraße standen bereits in Flammen, als die *stradiotti* von zwei Seiten in das Dorf am Fuße des Monte Rotondo galoppierten. Die leichte Kavallerie des *condottiere* Bastiano Torentino fiel über die Dorfbewohner her wie ein Rudel Wölfe über eine Herde ahnungsloser Schafe.

Der Stahl der blankgezogenen Schwerter, der Streitäxte und Lanzen blitzte im grellen Mittagslicht des drückend heißen Augusttages. Nicht weniger unheilvoll funkelten Brustharnische, Stechhelme und Kettenhemden. Es war ein kaltes Glitzern, das den Tod ankündigte.

»Macht sie nieder!«, brüllte Bastiano Torentino, der als Söldnerhauptmann eine *corazza* von mehr als fünfhundert Mann befehligte und an der Spitze seiner Hauptstreitmacht ins Dorf preschte. »Alle! Ohne Ausnahme! Ihr Blut für das unserer Kameraden!«

Mit wilder Mordlust nahmen die vorderen Stradiotti den Befehl auf und gaben ihn brüllend nach hinten weiter. Sie wollten Vergeltung für ihre fünf Toten. Aber mehr noch tobte in ihnen – Landsknechte, die sie waren – die Wut darüber, dass eine Bande von Briganten es nicht nur gewagt hatte, die Wagen ihres weit zurückgefallenen Trosses zu überfallen, sondern auch noch mit den geraubten Pferden, Waffen und Vorräten in die nahen Berge hatte entkommen können. Diese Schmach zu tilgen, das vermochte nur Blut, und viel Blut musste es sein!

In seiner blindwütigen Rachsucht kannte Bastiano Torentino keine Gnade. Dass die Bauern und Dorfbewohner dieses Landstrichs mit der Räuberbande vermutlich nichts zu schaffen hatten und dass keiner von ihnen wusste, wo in den zerklüfteten Bergketten der Abruzzen die Räuber sich versteckten, kümmerte ihn nicht. Das Dorf lag im Feindesland, und damit gab es für ihn keinen Grund, auch nur einen Hauch von Milde walten zu lassen. Zumal der Feldzug nicht verlief wie erhofft. Unter solchen Umständen war die Strategie der verbrannten Erde schon immer ein probates Mittel gewesen; man schwächte die feindlichen Truppen, indem man ihre Versorgung gefährdete.

Und so begann die Blutorgie. Ein erbarmungsloses Hauen und Stechen und Abschlachten, begleitet von infernalischem Geschrei; vom Gebrüll der wütenden Landsknechte, das die gellenden Klagen der wehrlosen Opfer noch übertönte.

Dichter Blutregen flog von den Klingen, die aus niedergestreckten Leibern gerissen wurden und vor dem nächsten tödlichen Hieb durch die Luft schnitten. Blut spritzte den Waffenknechten durch das hochgeklappte Visier ins Gesicht, lief in dreckigen Strömen über Brustpanzer und Kettenhemd. Es troff auf das Fell der Pferde, die unruhig die Nüstern blähten und so manchen Dorfbewohner, der gefällt und in den Dreck geworfen worden war, zu Tode trampelten.

Johlend machten die Landsknechte, bewaffnet mit Bogen oder Armbrust, Jagd auf jene, die aus dem Dorf zu fliehen suchten, lieferten sich einen Wettstreit, wer von ihnen aus dem Lauf heraus den besseren Schuss zu setzen vermochte.

Pfeile und Bolzen bohrten sich in magere Kinderrücken und rissen alte, faltige Kehlen auf. Und die Lanzenträger sprangen nach dem ersten Niederstechen vom Pferd, rammten Männern, Frauen und Kindern ihren Spieß in den Leib und nagelten so manches Opfer an ein Scheunentor, eine Schuppenwand oder Haustür.

Hier und da flog auch ein Seil über einen kräftigen Ast und brachte einem Dörfler den Tod durch den Strang. Und bald schon loderten die ersten Brandfackeln auf und flogen in Stallungen, Scheunen und Wohnhäuser.

Es hatte keine Bedeutung, wie jung oder wie alt oder welchen Geschlechts ein Dorfbewohner war – keiner kam mit dem Leben davon. Auch nicht der blinde Junge, der, seine Flöte in der Hand, am Dorfeingang direkt an der Landstraße auf einer Viehtränke saß. Bastiano Torentino selbst schlug ihm im Vorbeireiten den Kopf vom Rumpf – so gleichgültig, wie man ein Blatt von einem Strauch reißt und fallen lässt, ohne im Gespräch mit seinem Begleiter auch nur kurz zu stocken.

Als Angelico Crivelli wenige Minuten nach Beginn des Gemetzels mit der Nachhut und den leichten Geschützen im Dorf eintraf, bot sich ihm ein grauenhafter Anblick. Ihm war, als sei das, was in der Bibel als Apokalypse geschildert wurde und was schon mancher Maler in Bilder zu fassen versucht hatte, an diesem Ort Wirklichkeit geworden.

Wo er auch hinschaute, sein Blick fiel auf abgetrennte Gliedmaßen, zertrümmerte Schädel, gespaltene Brustkörbe, aufgeschlitzte Leiber und ein Meer von Blut, das den Boden tränkte und dunkle Lachen bildete. Schwärme erregter Schmeißfliegen umschwirrten die Leichen und saugten das Blut gierig auf. Die Luft war erfüllt vom beißenden Qualm der in Flammen stehenden Gebäude und dem Gestank von Urin, Fäkalien und aufgefetzten Eingeweiden.

Angelico Crivelli war mit den Schrecken des Kriegshandwerks vertraut, seit er denken konnte. Von Kindesbeinen an war er mit seinem Vater, der sein Leben lang als Wundarzt im Dienst von Condottieri gestanden hatte, im Tross von Söldnertruppen durch das in viele Herrschaftsgebiete zersplitterte Italien gezogen, von einem sommerlichen Feldzug und einem öden, endlos langen Winterlager zum anderen.

Er hatte das blutige Handwerk des Waffenknechts erlernt, weil es ihm weniger grausam erschienen war, als mit der Knochensäge Gliedmaßen zu amputieren oder unter schauderhaften Bedingungen – auf einem dreckigen Tisch, unter einer stockfleckigen Zeltplane – Verwundete zusammenzuflicken, was meistens doch nicht gelang.

Und so, wie er von klein auf den Umgang mit Waffen erlernt hatte wie andere das Färben von Stoffen oder das Backen von Brot, war ihm auch das Brandschatzen im Feindesland zur Gewohnheit geworden. Solches Vorgehen war ihm als ganz natürlicher, fester Bestandteil eines Feldzugs erschienen; selbst kriegführende Kirchenfürsten und Päpste wendeten es an. Er hatte es als so selbstverständlich hingenommen wie die sprichwörtliche und allseits akzeptierte Käuflichkeit der Condottieri, die heute für den Herzog von Mailand in den Krieg zogen, morgen Verbündete des Dogen von Venedig waren, übermorgen unter dem Banner der Republik Florenz ritten und sich nächste Woche vielleicht schon vom Papst oder vom König von Neapel die Taschen mit Gold füllen ließen.

Dennoch hatte er sich nicht bewusst und selbständig dafür entschieden, sein Brot mit der Waffe zu verdienen, sondern war in das Leben eines Landsknechts unmerklich hineingewachsen. Und dann, vor nicht ganz drei Jahren – wenige Wochen nach dem plötzlichen Tod seines Vaters –, hatte er seinen Namen in das Soldbuch eines Truppenführers geschrieben, ohne groß darüber nachzudenken, was er damit tat.

Sechzehn war er damals gewesen, stolz auf den Sold und das Wehrgehänge, das er seither trug. Die nagenden Zweifel, ob er sein Leben wirklich mit der Waffe in der Hand zubringen und damit sein Seelenheil verwirken wollte, hatten sich erst später eingestellt. Nach seinem ersten Gefecht nämlich, nachdem der erste Blutstrom unter seiner Klinge geflossen war.

Beim Anblick des Massakers jedoch, das Bastiano Torentino und seine Stradiotti wie die Reiter der Apokalypse unter den Dorfbewohnern angerichtet hatten, gefror Angelico Crivelli das Blut in den Adern. Diese Greueltat hatte mit den gewöhnlichen Härten eines Feldzugs nichts mehr zu tun. Hier hatten Männer hundertfach unschuldiges Leben niedergemetzelt, um eine persönliche, ohnmächtige Wut blutig zu stillen.

Abscheu stieg in ihm auf und zugleich der saure Geschmack von Übelkeit. Einer Übelkeit, die zu einem Gutteil ihm selbst galt. Die Erkenntnis, dass er als Landsknecht von Bastiano Torentinos Truppe an dieser Blutorgie mitschuldig war und dass dieses gottlose Handwerk nicht sein Leben sein konnte … nicht sein *durfte,* traf ihn wie ein Keulenschlag in den Unterleib.

»Angelico! Verdammt noch mal, hörst du nicht?«, brüllte plötzlich jemand an seiner Seite. »Los, an die Arbeit! Die Sache hier wird zu Ende gebracht!«

Angelico fuhr aus seiner Schockstarre auf und sah Bastiano Torentino an, der blutbespritzt neben ihm im Sattel saß. Blut tropfte auch von der Klinge seines Schwertes.

»Warum um alles in der Welt habt Ihr dieses sinnlose Blutbad angerichtet?«, stieß er erschüttert hervor. »Die Leute dieses Dorfes haben uns doch nichts getan. All die unschuldigen Kinder und Frauen …«

»Zum Teufel, jemand musste für das Blut unserer Kameraden bezahlen, und da hat es eben dieses dumpfe Bauernpack getroffen!«, schnitt der Condottiere ihm das Wort ab und herrschte ihn an: »Was soll das überhaupt? Du bist Landsknecht und nicht Samariter. Also behalt dein rührseliges Geschwätz für dich und tu, was ich dir befohlen habe, verdammt!«

»Und das wäre?«

»Hast du es jetzt auch noch auf den Ohren?«, blaffte Bastiano Torentino. »Du sollst ein paar Brandfackeln aus dem Wagen holen und gefälligst dabei helfen, diese elende Dorfkirche anzuzünden. Da haben sich einige verbarrikadiert. Aber das wird dem dreckigen Gesindel nicht viel helfen. So, und nun beweg deinen Arsch! Ich will in diesem Drecknest keine Wurzeln schlagen!«

Erst jetzt nahm Angelico die schrillen Schreie wahr, das Weinen und Flehen um Gnade, die aus dem armseligen kleinen Gotteshaus nach draußen drangen auf den mit Leichen übersäten Platz. Es waren Frauen und Kinder, die da schrien.

»Ihr müsst von Sinnen sein!«, entfuhr es Angelico, und er starrte den Condottiere mit einem Ausdruck fassungslosen Entsetzens an. »Habt Ihr denn kein Gewissen? Habt Ihr keinen Funken Anstand mehr im Leib, dass Ihr, ohne mit der Wimper zu zucken, wehrlose Kinder und Frauen abschlachtet und dort im Feuer elendig umkommen lassen wollt? Der Teufel muss in Euch gefahren sein!«

Bastiano Torentinos Zornesader schwoll an. »Du flaumbärtiges Bürschchen verweigerst mir, deinem Condottiere, den gebotenen Gehorsam?«, fauchte er und hob drohend das bluttriefende Schwert.

»Ein Condottiere, der ein Massaker an unschuldigen und wehrlosen Bauersleuten für rechtens und wohl auch noch für mannhaft hält, hat sein Recht auf Respekt verwirkt, von Gehorsam ganz zu schweigen!«, schleuderte Angelico ihm voller Verachtung entgegen. »Streicht mich aus eurem Soldbuch und vergesst auch den Lohn, den Ihr mir für die letzten drei Monate noch schuldig seid. Ich will Euer Blutgeld nicht! Mit Euch bin ich fertig, Torentino!«

»Aber ich nicht mit dir, du Bastard!«, schrie der Condottiere und schlug zu.

Instinktiv riss Angelico den rechten Arm hoch, und die dicke Lederstulpe seines Handschuhs nahm dem Schwerthieb einen Großteil seiner Wucht, doch sie bewahrte ihn nicht davor, dass die Klinge ihm quer über das Gesicht fuhr.

In dem Hieb lag noch genug Kraft, um ihn aus dem Sattel zu stoßen. Ein blutiger Schleier legte sich über seine Augen. Und noch während er fiel, verwandelte sich das Blutrot in ein abgrundtiefes Schwarz, das ihn verschlang und jeden Gedanken in ihm ertränkte.

2

Er versank in einem Meer von Blut und drohte zu ertrinken. Was ihn rettete, war seltsamerweise eine Stimme. Sie kam von weit her und zog ihn nach oben, doch was sie sagte, blieb undeutlich. Dem Klang nach musste es sich um etwas Dringliches handeln. Diesen Eindruck verstärkte noch die Hand, die ihn sanft, aber beharrlich an der Schulter rüttelte, bis das Meer aus klebrigem Blut ihn endlich freigab und er die Augen aufschlug.

»Pater Angelico, es wird Zeit!«

Die grässlichen Bilder seines Alptraums verflüchtigten sich wie Rauch im Wind. Stöhnend drehte er sich auf der gepolsterten Ruheliege zu der Stimme um. Im schwachen Schein eines Öllichts nahm er über sich das zart geschnittene Gesicht einer Frau wahr, die mit seltsam mildem und zugleich mitleidigem Blick auf ihn herabsah.

In seiner Benommenheit hätte er beinahe Lucrezias Namen gemurmelt, doch er konnte den Impuls gerade noch unterdrücken, als ihm bewusst wurde, dass er in das Gesicht von Rebecca blickte, der sanftmütigen Frau des Hebräers und Pfandleihers Gershom Jezek. Und damit wusste er augenblicklich auch, wo er sich befand, nämlich im *prèstito* seines jüdischen Freundes. Das heißt, genau genommen hielt er sich nicht in Gershoms Pfandleihe auf, sondern im hinteren, verschwiegenen Teil des Hauses. Dort, wo am Fuß einer kurzen Treppe in dämmrigen Kellergewölben der Ort sanfter Träume und seliger Weltvergessenheit auf jenen wartete, der sich in einer der Nischen auf ein weiches Ruhelager sinken ließ und sich dem Rausch des Opiums hingab.

Die Griechen hatten dem Saft des Schlafmohns diesen Namen gegeben, und Homer hatte ihn in der *Ilias* als die »Blume der Demeter« besungen. Doch vermutlich hatten schon Tausende Jahre vor ihm andere den Tränen des Mohns gehuldigt, die ebenso Segen sein konnten wie Fluch.

»Es wird Zeit, Pater Angelico«, sagte Rebecca Jezek erneut mit gedämpfter Stimme und drehte den Docht der Öllampe, die am Kopfende des Ruhelagers auf einem kleinen Wandbord stand, etwas höher. Nun reichte der gelbliche Schein über das kissenreiche Lager in der halbrunden Nische hinaus und hob auch den Beistelltisch mit der Wasserschüssel aus buntem Majolika-Steingut und dem ordentlich gefalteten, sauberen Handtuch aus der Dunkelheit. Licht fiel auch auf einen gefüllten Zinnbecher und ließ die bunten Glasperlen an den Schnüren leuchten, die als Vorhang vor der Gewölbenische dienten. Bis zu dem gusseisernen Dreifuß im Gang, auf dem in einem Becken Kohlen glühten und in dem Gewölbe für Wärme sorgten, reichte das Licht allerdings nicht.

Pater Angelico blinzelte.

»Wenn Ihr Euch jetzt nicht auf den Weg zum Kloster macht, kommt Ihr zu spät zu Euren Nachtgebeten«, sagte Rebecca. »Gern hätte ich Euch schlafen lassen. Aber Ihr habt darum gebeten, dass ich Euch zur rechten Zeit wecke.«

Pater Angelico machte ein erstauntes Gesicht und richtete sich schwerfällig auf. »Es ist schon Zeit für die Vigilien?« Seine Stimme war rau, fast kratzig, und machte ihm bewusst, wie ausgetrocknet seine Kehle war.

Rebecca Jezek nickte.

»Gütiger Gott!« Pater Angelico schwang die Beine über die Kante der Liege und rieb sich die Augen. Er konnte kaum glauben, dass die Nacht schon halb verstrichen war und die Vigilien ihn zurück nach San Marco riefen, in die Gemeinschaft seiner Klosterbrüder.

Er war müde, fühlte sich völlig zerschlagen. Aber wann hatte er sich in den vergangenen Wochen einmal nicht so gefühlt? Die Fertigstellung des Gemäldes für Lorenzo de' Medici, den Stadtherrn von Florenz, und das Ausmalen der Hauskapelle im Palazzo der Petrucci lagen ihm auf der Seele und waren doch die geringsten seiner Probleme. Was ihn viel mehr beunruhigte und bis ins Innerste aufwühlte, war die Tatsache, dass sein Klosterleben bedrohlich aus den Fugen geraten war. Und dabei spielte Lucrezia, die ebenso eigensinnige wie verstörend anmutige Tochter des steinreichen Wollfabrikanten und Medici-Günstlings Marsilio Petrucci, keine unbedeutende Rolle.

»Ich habe Euch einen Schluck Weißwein gebracht.« Rebecca Jezek wies auf den Zinnbecher neben der Waschschüssel. »Der Vernaccia ist herrlich kalt, und ich habe ihn leicht verdünnt, so wie Ihr es mögt. Er wird Euch erfrischen.«

»Daran habt Ihr gut getan«, murmelte Pater Angelico, griff nach dem Becher und nahm einen kräftigen Schluck. Kühl und belebend rann der Wein durch seine ausgedörrte Kehle. »Was ich von Eurem Mann leider nicht sagen kann! Hintergangen hat er mich, dieser Schuft! Und zwar aufs übelste!«

Schuldbewusst sah sie ihn an. »Nun ja, er macht sich Sorgen um Euch«, sagte sie zur Verteidigung ihres Mannes und zuckte hilflos die Achseln. »Also grollt ihm nicht allzu sehr. Er hat es gut gemeint mit Euch.«

Pater Angelico schnaubte. »Weiß der Teufel, was Gershom da zusammengebraut und mir als Opium verkauft hat«, sagte er grimmig, »von der Blume der Demeter hat sich jedenfalls nicht ein lausiger Tropfen in seine Mixtur verirrt, das ist so sicher wie das Amen in der Kirche!«

Sie seufzte. »Gewiss, und ich hätte auch nicht das Gegenteil behauptet.«

»Also was in Gottes heiligem Namen hat er da zusammengerührt?« Tatsächlich fühlte er sich um den versprochenen Rausch und die köstlichen Stunden seliger Weltentrückung und völligen Vergessens schändlich betrogen. Dabei hatte seine gequälte Seele doch so sehr danach verlangt!

»Ein starkes Schlafmittel mit einer winzigen Prise Engelstrompete und Bilsenkraut, soviel ich weiß. Es sollte Euch nur schnell einen tiefen Schlaf bringen. Ihr wart erschöpft und zugleich so aufgewühlt.« Sie machte eine entschuldigende Geste.

»Und warum hat er mir vorgegaukelt, es sei sein bestes Opium?«, fragte er verdrossen und rieb sich die Narbe, die sich vom Wangenknochen unter dem linken Auge als feine weißliche Linie bis zum Kinn zog. Bis an sein Lebensende würde sie ihn an Bastiano Torentinos Schwerthieb erinnern – und an die entsetzliche Blutorgie am Fuße des Monte Rotondo. Wenngleich es dieser Narbe als mahnendes Zeichen nicht bedurfte. Dass er nicht vergaß, wer er einmal gewesen war und welche Schuld er in seiner Zeit als Landsknecht – wie kurz sie auch gewesen sein mochte – auf seine Seele geladen hatte, dafür sorgten schon die Alpträume. Zwar waren sie in den mehr als sechzehn Jahren, die er nun schon den Habit eines Dominikanermönchs trug, seltener geworden und suchten ihn barmherzigerweise längst nicht mehr jede Nacht heim. Aber sie quälten ihn doch noch regelmäßig genug, um die Erinnerung beklemmend wach zu halten. Und gänzlich freigeben würden sie ihn wohl nie. Auf die Treue der Dämonen, die man selbst erschaffen hatte, war Verlass.

Rebecca Jezek bedachte ihn mit einem fast demütigen Blick. »Habt die Güte und seht es ihm nach. Er macht sich, wie ich schon sagte, Sorgen um Euch. Ihr wisst, wie sehr er Euch schätzt. Gerade deshalb wollte er nicht zulassen, dass Ihr in einem Moment der Schwäche und Erschöpfung wieder … nun ja, der Verlockung des Opiums erliegt«, sagte sie verlegen. »Wo Ihr doch so lange und so hart darum gekämpft habt, Euch von der Sucht zu befreien.«

Damit rührte sie an einen wunden Punkt. Nun war es an ihm, betreten dreinzuschauen. Er wich ihrem Blick aus, machte sich an seiner weißen Tunika zu schaffen und zupfte das gleichfalls weiße Skapulier unter dem schlichten Gürtel zurecht. Die Bemerkung rief ihm den heiligen Schwur ins Gedächtnis, den er erst wenige Monate zuvor, am Hochfest von Mariä Geburt, vor dem Altar der seligen Jungfrau abgelegt hatte, nämlich, der Versuchung dieser süchtig machenden Weltentrückung fortan viel entschiedener zu widerstehen. Und Gershom wusste von seinem Schwur, hatte er ihm doch selbst davon erzählt, als sie bei Brot und einem Krug Wein im *Giardino* die Sonne eines der letzten warmen Oktobertage genossen hatten.

»Seine Sorge ehrt ihn, verleiht ihm aber nicht das Recht, darüber zu entscheiden, ob oder wie ich meine Dämonen im Zaum halte!«, knurrte er, leerte den Becher und knallte ihn auf den Tisch.

Rebecca nahm ihn an sich. »Übrigens werdet Ihr das Geld, das Ihr meinem Mann für das Opium gezahlt habt, in der Tasche Eurer Kutte wiederfinden.«

»Teufel auch, das sieht ihm ähnlich! Aber wenn ich in Windeln gewickelt zu werden wünsche, steige ich wohl kaum in ein Opiumgewölbe hinab, sondern suche mir eine Amme!«, gab Pater Angelico zurück, trat an die Waschschüssel und schaufelte sich mit beiden Händen Wasser ins Gesicht. »Sagt ihm das, Rebecca! Aber nein, das soll Eure Sache nicht sein! Ich werde Gershom selbst sagen, was es zu seinem Gebaren als selbsternannte Amme zu sagen gibt!«

Rebecca Jezek reichte ihm das Handtuch und nickte mit jener verständnisvollen Miene, die Frauen aufsetzten, wollten sie einem Mann zu verstehen geben, dass er sich ihrer Nachsicht sicher sein konnte, auch wenn er nichts begriffen hatte und zweifellos im Unrecht war.

»Tut das. Ihr wisst, dass er ein offenes Wort schätzt und Euch keine Antwort schuldig bleiben wird«, sagte sie hintersinnig. »Aber jetzt solltet Ihr Euch erst einmal sputen, damit Euer Seelenheil keinen Schaden nimmt.«

Das sagte sie mit solchem Ernst, dass der darin verborgene gutmütige Spott umso deutlicher wurde. Trotz seiner finsteren Stimmung konnte Pater Angelico nicht anders als lächeln. »Wenn sich die Frau eines Hebräers um das Seelenheil eines Klosterbruders sorgt, dann wird es wirklich höchste Zeit, das Weite zu suchen und in den barmherzigen Schoß der Mutter Kirche zurückzukehren«, entgegnete er und trocknete sich flüchtig Gesicht und Hände ab. Dann griff er zu seiner schwarzen, grobwollenen *cappa* und legte sich den Umhang um die Schultern.

Rebecca trat hinaus in den Gang und hielt ihm den Vorhang aus bunten Perlenschnüren auf. »*Schalom,* Pater Angelico.«

Er nickte ihr mit einem freudlosen Lächeln zu. »*Pax vobiscum,* Rebecca«, murmelte er. Augenblicke später trat er durch die Hintertür hinaus in den Hof und die kalte, regnerische Februarnacht.

3

Der Mann, der in Santa Croce im tintenschwarzen Schatten eines Torbogens stand und mit einer Mischung aus nervöser Anspannung und freudiger Ungeduld die von heftigen Regenschauern gepeitschte Kreuzung des Borgo Pinti mit der Via dei Pilastri im Auge behielt, lächelte zufrieden. Für sein Vorhaben hätte er sich kein besseres Wetter wünschen können.

Zweifellos war es ein gutes Omen, dass zur rechten Zeit solche Regenmassen vom Himmel stürzten. Die böigen Schauer spülten nicht nur den Dreck in die Abflussrinnen und Abwasserkanäle, sondern trieben auch jeden in den Schutz seiner Behausung, der dem hässlichen Wetter nicht um jeden Preis trotzen musste. Keiner der streunenden Straßenköter, die man gewöhnlich zu allen Tages- und Nachtstunden überall in der Stadt antraf, zeigte sich. Nicht einmal das dreiste Rattenpack, das so leicht durch nichts zu verscheuchen war, wagte sich aus seinen Löchern und Spalten.

Was dem Mann jedoch noch weitaus mehr zupasskam, war der Umstand, dass er bei diesem Wetter vor den *Wächtern der Nacht,* die üblicherweise nach Mitternacht zu zweit durch die Stadt patrouillierten, nicht auf der Hut zu sein brauchte. Von diesen Bütteln der Kommune, die jeden anhielten, einem mit ihrer Laterne ins Gesicht leuchteten und barsch über Kommen und Gehen Auskunft verlangten, hatte er in dieser Nacht nichts zu befürchten. Die selbstgerechten Kerle hatten sich mit Sicherheit längst in die nächste Wachstube geflüchtet, um dort das Ende des Unwetters abzuwarten.

Während er die Kreuzung hinter den wehenden Regenschleiern nicht aus den Augen ließ, kreisten seine Gedanken wieder einmal um sein jüngstes Lieblingsthema – nämlich die Schlechtigkeit des Menschen.

Mit seiner Überzeugung – dass der Mensch an sich unweigerlich schlecht sei – befand er sich in allerbester Gesellschaft, hatte er doch den Allmächtigen auf seiner Seite. Dass es Gott reute, den Menschen erschaffen zu haben, war schon auf den ersten Seiten der Heiligen Schrift belegt.

Der Herr sah, dass auf der Erde die Schlechtigkeit des Menschen zunahm und dass alles Sinnen und Trachten seines Herzens immer nur böse war.

Ja, so stand es in Genesis 6, Vers 5 geschrieben, klar und deutlich. Und selbst der alte Noah war der Sintflut mit seiner Familie nur deshalb entkommen, weil er vor den Augen des Herrn *Gnade* gefunden hatte! Was ja wohl den logischen Rückschluss zuließ, dass auch er keinen Anspruch auf Rettung gehabt hatte, sondern einfach nur ein bisschen weniger schlecht gewesen war als der Rest der Menschen.

Und Noah *war* ein mieser Kerl und obendrein ein maßloser Säufer gewesen, daran gab es nichts zu rütteln! Wie verdorben sein Charakter war, konnte man schließlich in Genesis 9 nachlesen. Kaum hatte der alte Knacker wieder trockenen Boden unter den Füßen und die Ernte seines ersten Weinbergs eingefahren, da betrank er sich auch schon sinnlos und lag in seinem Rausch schamlos nackt in seinem Zelt. Wusste der Teufel, wieso er nichts am Leib hatte, aber man konnte sich schon denken, was er außer Saufen in seinem Zelt noch trieb. Jedenfalls bot er am Morgen so splitternackt gewiss keinen schönen Anblick. Was auch sein Sohn Ham fand, als er das Zelt des Vaters betrat. Er erzählte seinen beiden Brüdern davon, und sie schnappten sich einen Überwurf und bedeckten damit die Blöße ihres Vaters.

Und was tat dieser Saufbold, als er davon erfuhr, dass Ham ihn in all seiner widerlichen nackten Pracht gesehen und seinen Brüdern davon erzählt hatte? Dieser lotterhafte Tyrann geriet dermaßen in Wut, dass er eine lästerliche Verwünschung ausstieß. Aber er verfluchte nicht seinen Sohn Ham, sondern dessen Sohn Kanaan! Was immer der alte Kerl meinte, seinem Sohn vorwerfen zu können, er bestrafte nicht ihn, sondern seinen ahnungslosen und vollkommen unschuldigen Enkel! Was für ein widerlicher Hund!

Aber wenn schon Noah von so üblem Charakter gewesen war, dann konnte es kein Zufall sein, dass in der Bibel über Noahs Frau, seine Söhne und deren Frauen, die mit ihm auf der Arche entkommen waren, bis auf diese kurze Passage nichts weiter geschrieben stand. Keiner von ihnen konnte wirklich vor Gott bestehen. Wie sonst war die bezeichnende Stelle im Buch Genesis zu erklären, in der es hieß, dass *alle* Wesen aus Fleisch auf der Erde verdorben lebten?

Und genauso war es. Ob nun vor oder nach der Sintflut, die Welt war von Grund auf schlecht und der Mensch böse, ein durch die Erbsünde vom ersten Tag an verdorbenes Geschöpf, das sich durch eigenes Tun niemals von seiner Schuld reinwaschen konnte. Deshalb war der Mensch verloren, wie sehr er auch versuchen mochte, ein rechtschaffenes und gottgefälliges Leben zu führen. Was immer er an frommen Werken vollbrachte und an ruchlosen Taten unterließ – nichts davon konnte ihm das Tor zum Himmelreich öffnen. Selbst wenn er danach trachtete, wie ein Heiliger zu leben, auch das vermochte die ihm innewohnende Schlechtigkeit nicht zu tilgen. Allein die Gnade Gottes, dessen Barmherzigkeit grenzenlos war, konnte den sündigen Menschen vor der ewigen Verdammnis retten.

Eine ausgesprochen befreiende Erkenntnis, wie er fand. Befreiend insbesondere für jemanden wie ihn, der beschlossen hatte, zum Mörder zu werden.

4

In den frühen Nachtstunden war ein unfreundlicher, böiger Wind aufgekommen und hatte dunkle Regenwolken über der Arno- Ebene zusammengetrieben. Jetzt schlug er Pater Angelico Regenschauer ins Gesicht wie schallende Ohrfeigen, als wolle er ihn für seinen nächtlichen Besuch bei Jezek züchtigen.

»*Santiddio* – gütiger Gott, das hat mir zu meinem Glück heute wahrlich noch gefehlt«, murmelte er, als er sich mit hochgezogener Kapuze und dicht vor der Brust zusammengerafftem Umhang aus dem Schutz der dunklen Hofdurchfahrt wagte und über die ausgestorbene Via Mensano in Richtung des Mercato Vecchio eilte.

Doch er mied den Alten Markt. Auf dem großen freien Platz hatten Wind und Regen freies Spiel. Dort war er dem üblen Wetter schutzlos ausgeliefert, und ebenso verhielt es sich auf den breiten Durchgangsstraßen, die Florenz von den wehrhaften Stadttoren aus in alle Himmelsrichtungen durchschnitten. Lieber wählte er für seine Heimkehr in das Kloster im Norden der Stadt den Umweg durch das verwinkelte Labyrinth der *chiassi,* das sich durch alle Bezirke zog. Von diesen krummen, engen Gassen, in denen man vielerorts die Arme ausbreiten und so die Wände der einander gegenüberstehenden Häuser berühren konnte, hatte die stolze Republik am Arno etliche zu bieten. Aber es ging wohl in keinem anderen *borgo* gedrängter, krummer und enger zu als hier im jüdischen Ghetto, einem Stadtviertel, das noch Cosimo de' Medici in seiner Regierungszeit gut ein halbes Jahrhundert zuvor den Juden hinter dem Mercato Vecchio mitsamt einer wohlklingenden Schutzerklärung zugeteilt hatte.

Zwar wurde seit eh und je von den Kanzeln der Pfarr- und

Klosterkirchen, die sich in jedem Stadtteil zu Dutzenden fanden, geifernd und selbstgerecht gegen das in alle Welt verstreute Volk der Thora und des Heiligen Landes zu Felde gezogen. Die jüdischen Geldwechsler aber, die Juwelenschmiede, Pfandleiher, Gelehrten und Heilkundigen wollte man in der Stadt ebenso wenig missen wie die kollektive Strafgebühr in Höhe von zweitausend Goldstücken, die sie jährlich an die Kommune zu entrichten hatten, weil sie gottlose Zinsgeschäfte betrieben und damit aufs schändlichste gegen die Heilige Schrift verstießen, die doch jede Art von Zinsgeschäften ausdrücklich untersagte.

Dass die christlichen Bankherren, allesamt geachtete *grandi* und *nobili* und regelmäßig mit hohen Staatsämtern geehrt, ihre Zinsen für Geldeinlagen als Geschenke und die Zinsen für Kredite als Risikoaufschläge deklarierten, diese Heuchelei war bislang noch keinem übel aufgestoßen, schon gar keinem Kirchenfürsten oder Papst. Zu teuer war das verschwenderische Leben, das sie führten, als dass sie es gewagt hätten, sich mit Männern aus dem Hause Medici, Strozzi, Bardi, Peruzzi, Pitti oder Tornabuoni anzulegen, die als Bankherren ihren Hofstaat, ihre Mätressen und ihre ständigen Kriegszüge finanzierten.

Wie verlogen die Welt doch ist, sinnierte Pater Angelico, während er mit gesenktem Kopf den Regenschauern trotzte, und nahm sich selbst davon nicht aus. Verlogen waren sie alle, die sie sich Christen nannten und doch so wenig christliches Verhalten an den Tag legten. Das war für ihn das eigentliche Kreuz mit dem Kreuz. Und dass es mit seiner eigenen Demut, Uneigennützigkeit und Selbstzucht auch nach fast siebzehn Jahren Klosterleben noch nicht weit her war, bedrückte ihn dabei mehr als die Verfehlungen kirchlicher Würdenträger.

Seine innere Zerrissenheit stand in einem beängstigenden Widerspruch zu seiner monastischen Berufung. Dass selbst

Heilige vor diesem inneren Widerspruch nicht gefeit gewesen waren und zeitlebens gegen ihre inneren Dämonen gekämpft hatten, tröstete ihn zwar gelegentlich, brachte ihm jedoch nicht die ersehnte innere Ruhe.

Die fand er in letzter Zeit nur noch, wenn er in seiner Werkstatt mit Pinsel und Palette an der Staffelei stand oder irgendwo an einem Fresko arbeitete. Dann war er ganz eins mit sich und vergaß alles, was seine Seele sonst in Unruhe versetzte. Den Lobpreis Gottes in Bildern zu feiern, war eine Berufung, derer er sich absolut sicher sein durfte. Und für dieses himmlische Geschenk war er in einem Maße dankbar, das er nicht in Worte hätte fassen können.

Kurz nachdem er den offenen Domplatz von Santa Maria del Fiori umgangen hatte, verloren die Regenschauer ihre wütende Kraft und verebbten zu einem harmlosen Nieselregen, so als sei dem Wind nach all dem grimmigen Toben die Puste ausgegangen, als hätten die dunklen Wolken kein Wasser mehr. Vielleicht legte das Unwetter aber auch nur eine Atempause ein, um sein sturzbachartiges Wüten bald wieder aufzunehmen.

Pater Angelico schickte einen stummen Dank gen Himmel, dass er vorerst nicht mehr durch stockfinstere Gassen hasten und dabei fast blind durch allerlei Unrat stapfen musste. Endlich konnte er den direkten Weg nach San Marco einschlagen und auch breitere Straßen entlanggehen. Dort war es leichter, dem allgegenwärtigen Dreck und Abfall auszuweichen, den die Florentiner noch immer rücksichtslos aus den Fenstern auf die Straßen und Gassen kippten, den Inhalt ihrer Nachttöpfe eingeschlossen.

Auf den gepflasterten Verkehrsadern der Stadt fiel schon hier und da der hilfreiche Lichtschein einer Torlaterne oder einer Öllampe, die in einer Wandnische ein Madonnenbildnis beleuchtete, auf den Gehweg. Und wer einen Palazzo sein

Eigen nannte, ließ es sich meist nicht nehmen, die prächtige Fassade seines Hauses bei Nacht in den flackernden Schein mehrerer Pechfackeln zu tauchen.

Pater Angelico kam aus der Via del Cocomoro, die im Norden in die Piazza di San Marco mündete. Majestätisch ragte die gewaltige Fassade der Klosterkirche in den dunklen Nachthimmel und warf ihren pechschwarzen Schatten auf die weiträumige Piazza, auf der der Mercato Vecchio gut dreimal Platz gefunden hätte.

Gerade wollte er sich nach links wenden und den Vorplatz überqueren, als er die Gestalt bemerkte. Sie trat auf der Ostseite des Klosterkomplexes aus der Seitenpforte und hielt eiligen Schrittes auf die Via della Sapienza zu, die von der Piazza in die südöstlichen Stadtviertel führte.

Er erkannte den hageren Klosterbruder sofort an dem dichten Ring schlohweißer Haare, der seine Tonsur wie ein Silberkranz umschloss. Aber auch wenn der Mönch sich die Kapuze tief in die Stirn gezogen hätte, wäre Pater Angelico klar gewesen, dass es Pater Nicodemo war, den es da zu nächtlicher Stunde aus dem Kloster trieb. Denn der zog seit einem bösen Treppensturz fünf Jahre zuvor das rechte, steif gebliebene Bein unübersehbar nach.

Rätselnd, was einen derart frommen und dem gemeinschaftlichen Chorgebet treu ergebenen Mann wie Pater Nicodemo dazu treiben mochte, die Vigilien zu versäumen und mitten in der Nacht San Marco zu verlassen, änderte er seine Richtung und ging dem Bruder entgegen. Der musste für sein Handeln einen schwerwiegenden Grund haben, einen, der ihm keine Wahl gelassen hatte.

Und das konnte bei einem Priester nur eines bedeuten, nämlich dass für eine der ihm anvertrauten Seelen der schwarze Schleier des Todes nahte.

5

Die beiden *padres* erreichten die Ecke zur Via della Sapienza nahezu gleichzeitig. Der ergraute Dominikaner zeigte sich nicht im mindesten überrascht, zu dieser nächtlichen Stunde außerhalb der Mauern von San Marco auf seinen fast dreißig Jahre jüngeren Klosterbruder zu treffen.

Jeder im Konvent wusste, dass Pater Angelico als Malermönch oft außer Haus war und manchmal sogar die ganze Nacht fernblieb, wenn die Umstände es verlangten – etwa weil er das Teilstück eines Freskos fertigstellen musste, bevor der *intonaco,* der Feinputz, trocknete. Weshalb ihm der Prior ja auch einen umfassenden Dispens erteilt und ihn damit von der strikten Einhaltung vieler monastischer Pflichten entbunden hatte, sofern diese mit den Notwendigkeiten seiner Malerei kollidierten.

»Kein gutes Zeichen, Euch um diese Uhrzeit bei einem Gang in die Stadt anzutreffen, werter Bruder«, sagte Pater Angelico, der sich mit dem Älteren nicht nur gut verstand, sondern ihn als einen belesenen und gebildeten Mann auch überaus schätzte. »Zumal bei diesem elenden Wetter, das Eurem Bein sicherlich alles andere als Freude bereitet.«

Pater Nicodemo lachte freudlos. *»Grave senectus est hominibus pondus«,* seufzte er und rieb sich das Knie. Eine schwere Bürde ist dem Menschen das Alter.

Pater Angelico nickte und antwortete ihm auf Latein, das der Bruder so liebte: *»Nascentes morimur, finisque ab origine pendet.«* Indem wir geboren werden, sterben wir, und das Ende beruht auf dem Anfang.

Der weißhaarige Mönch lächelte müde. »Ja, das hat Marcus

Manilius trefflich gesagt. Ich wünschte, ich hätte die Zeit, seine *Astronomica* noch einmal zu lesen, allein schon wegen seines perfekten Versmaßes. Aber in meinem Alter heißt es mehr denn je: *Tempori parce!*« Geh sparsam mit deiner Zeit um!

»Infinita est velocitas temporis, quae magis apparet respicientibus«, pflichtete Pater Angelico ihm bei. Unermesslich ist die Eile der Zeit, was denen mehr auffällt, die zurückblicken. »Aber was bringt Euch denn heute um die Vigilien, werter Bruder?«

Pater Nicodemo machte ein bekümmertes Gesicht. »Ser Aurelio. Seine Frau hat nach mir geschickt. Mit ihrem Mann hat es sich offenbar zum Bösen gewendet. Und als sein langjähriger Beichtvater …«

Pater Angelico runzelte die Stirn und fiel ihm ins Wort. »Sprecht Ihr von Aurelio Rovantini, dem Gelehrten aus der Via di Mezzo in Santa Croce?«, vergewisserte er sich.

Pater Nicodemo nickte.

»Aber ich dachte, er hätte sich von seinem Reitunfall erholt und sei wieder bester Dinge«, sagte Pater Angelico verwundert. »Hieß es nicht sogar, er wolle bei der nächsten Regierungswahl als Prior in die *signoria* einziehen?« In Florenz wurde die Regierung Signoria genannt. Sie bestand aus acht Prioren und dem *gonfaloniere*, dem Bannerträger der Justiz, die alle zwei Monate neu gewählt wurden. Was unablässigen Wahlkampf zwischen den konkurrierenden Parteien bedeutete und einen ständigen Wechsel in den höchsten Staatsämtern mit sich brachte.

»Das habe ich auch geglaubt, zumal ich ihn vor zwei Tagen im Zustand bester Genesung und ausgesprochen fröhlicher Verfassung angetroffen habe«, sagte Pater Nicodemo. »Aber nun kann davon nicht mehr die Rede sein. Es sollen starke innere Blutungen aufgetreten sein. Jedenfalls steht es schlimm um ihn, wie man mir hat ausrichten lassen.«

»Wie schlimm?«

»Er befindet sich zwar noch nicht *in agone,* aber der Todeskampf wird wohl nicht mehr lange auf sich warten lassen. Ser Aurelio soll unter fürchterlichen Krämpfen leiden und sogar Blut gespuckt haben.«

»Heiliger Lazarus!«, entfuhr es Pater Angelico. »Was für eine böse Wendung. Und ich dachte, der gute Aurelio Rovantini sei längst über den Berg!«

»Nemo ante mortem beatus«, sagte Pater Nicodemo mit kummervoller Miene. Niemand ist vor seinem Tode glücklich zu schätzen.

»Weiß Gott nicht!«

Pater Angelico wollte den Bruder nicht länger aufhalten. Tief betrübt begab er sich ins Kloster. In dem Raum, von dem aus es in den Kreuzgang des heiligen Antonius ging, zerrte er sich hastig den klatschnassen Wollumhang von den Schultern, hängte die Cappa an einen Kleiderhaken und fuhr in sein fersenlanges weißes Chorgewand. Aus der Basilika war bereits der feierliche Gesang seiner Klosterbrüder zu hören. Der Eröffnungsvers, »Herr, öffne meine Lippen, damit mein Mund Dein Lob verkünde«, war längst im hohen Kirchenschiff verklungen. Der Konvent hatte schon den Hymnus angestimmt.

Zügigen Schrittes, aber ohne unziemliche Hast betrat er die Kirche und begab sich im Altarraum an seinen Platz in den Stallen des Chors.

Man schenkte seinem Zuspätkommen keine sonderliche Beachtung. Die meisten hatten genug damit zu tun, die Schläfrigkeit zu überwinden, die ihnen noch in den Knochen steckte, und sich im Wechselgesang auf ihren nächsten Einsatz zu konzentrieren. Selbst der schlaksige Novize Bartolo Lorentino, der mit seinen weichen, knabenhaften Zügen weitaus jünger aussah als zwanzig, schenkte ihm allenfalls flüchtige Aufmerksamkeit und gähnte herzhaft. Mittlerweile hatte der junge Bruder sich an die seltsamen Eigenmächtigkeiten Pater Angelicos gewöhnt, der ihm nicht nur als Novizenmeister zugeteilt worden war, sondern ihn auch als Malerlehrling unter seine Fittiche genommen hatte – wenn zunächst auch nur widerwillig und voller Groll gegen den Prior, der das über seinen Kopf hinweg einfach so verfügt hatte.

Vincenzo Bandelli war denn auch der Einzige, der nicht mit nachtmüder Gleichgültigkeit über das verspätete Eintreffen des Malermönchs hinwegging. Der missmutige, ja misstrauische Blick des Priors traf Pater Angelico von der gegenüberliegenden Seite des Chorgestühls. Die Augen zusammengekniffen, eine steile Furche auf der hohen Stirn und die Habichtsnase wie den Finger eines Anklägers auf ihn gerichtet, starrte der Klosterobere zu ihm herüber. Ganz offensichtlich bezweifelte der Prior, dass es für sein spätes Erscheinen einen triftigen Grund gab.

Natürlich war ihm nicht entgangen, dass Pater Angelico nicht aus seiner Zelle oder der Werkstatt gekommen war, sondern von draußen. Die Wasserlachen, die seine durchnässten Sandalen und der triefende Saum seiner Kutte auf dem Weg durch den Altarraum auf den Steinplatten hinterließen und in denen sich das warme Licht der Kerzen spiegelte, waren verräterisch genug. Natürlich fragte der Obere sich, was ein Mönch – mochte er auch noch so eigensinnig sein – zu dieser von Regenschauern gegeißelten Nachtstunde in der Stadt zu schaffen gehabt hatte.

Ohne mit der Wimper zu zucken, geradezu herausfordernd

unbeugsam, hielt Pater Angelico dem prüfenden Blick seines Priors stand. Es war, als warte der Obere darauf, dass er zum Zeichen des gebotenen Gehorsams und der Unterwerfung als Erster den Blick senkte.

Pater Angelico dachte gar nicht daran, klein beizugeben und ihm den Sieg zu gönnen. Zwischen ihnen beiden war nicht viel Liebe verloren, bei Gott nicht! Klösterliche Brüderlichkeit kannte auch in San Marco ihre Grenzen, und die waren, was Vincenzo Bandelli und ihn anging, besonders eng gezogen.

Es war der Prior, der dem stummen Ringen schließlich ein Ende setzte und sich geschlagen gab. Er wäre jedoch nicht Vincenzo Bandelli gewesen, hätte er die Niederlage nicht geschickt zu kaschieren gewusst. Als zwei Stallen neben ihm dem eulengesichtigen Bibliothekar Bruder Manetto die Augen zufielen und der Kopf auf die Brust sank, nutzte er die Gelegenheit, fuhr zu dem vom Schlaf übermannten *armarius* herum und holte ihn mit einem scharfen Zischlaut zurück ins Chorgebet.

Pater Angelico empfand keine Genugtuung, geschweige denn Freude darüber, dass er seinem Oberen einmal mehr erfolgreich die Stirn geboten hatte. Vielmehr verstärkte es seine Niedergeschlagenheit und litt er umso mehr daran, dass er sich den drei evangelischen Räten Armut, Keuschheit und Gehorsam nicht vorbehaltlos unterwerfen konnte und damit den Ansprüchen eines wahrlich gottgeweihten Lebens immer weniger gerecht wurde. Trost suchte er, indem er den Blick auf das Kruzifix des Altars richtete.

Irgendwann in dieser Zeitspanne, während derer er sich stumm mit Vincenzo Bandelli maß und dann seiner störrischen Unbeugsamkeit schämte, traf Pater Nicodemo in Santa Croce auf seinen Mörder.

6

Der Mann im Torweg lockerte den Dolch unter seinem Umhang. Jeden Moment musste sein Opfer drüben auf der Kreuzung auftauchen und in die Via dei Pilastri einbiegen. Dann galt es, seine erste Bluttat schnell und beherzt auszuführen.

Er hoffte, der Aufgabe gewachsen zu sein. Denn bei dem einen Toten würde, nein, *durfte* es nicht bleiben. Keine halben Sachen, hatte er sich geschworen. Er musste verantwortlich und methodisch vorgehen.

Es hatte eine Zeit gegeben, da hatte er aus erheblich geringfügigeren Gründen gefürchtet, sein Seelenheil zu verwirken. Aber diese Ängste bedrängten ihn nicht länger. Es hatte nur eines Anstoßes und einigen logischen Denkens bedurft, um ihn ein für alle Mal von diesem Joch zu befreien. Der Mensch war schon von der Schöpfung her so angelegt, dass er einfach nicht umhinkam, Böses zu tun und sich durch Gewalt Vorteile zu verschaffen.

Nur die körperlich wie geistig Schwachen duckten sich ein Leben lang und wagten nicht, von ihrem natürlichen Recht auf Gewalt Gebrauch zu machen. Ganz wie Vergil es einmal so treffend formuliert hatte: »Niedere Seelen verrät die Furcht.«

Dabei hatte es im Laufe der Menschengeschichte immer der Gewalt in unterschiedlichster Form bedurft, um das Schwache, Verdorbene und Unwerte auszumerzen – so, wie es immer wieder einmal eines Feuers bedurfte, um den Wald von totem Unterholz zu reinigen und der Erde neue Lebenskraft zu verleihen. Einen Menschen zu töten konnte daher nicht mehr Bedeutung haben als das Ausrupfen von Unkraut.

Würden denn sonst all die hohen kirchlichen Würdenträger, selbst der *vicarius Christi* in Rom, hartnäckige Feinde hinterrücks umbringen lassen und einen blutigen Eroberungskrieg nach dem anderen führen?

Natürlich nicht!

Die Kirchenfürsten und Päpste, die doch überwiegend eine hohe Bildung genossen hatten, wussten seit jeher, dass man um sein Seelenheil nicht zu fürchten brauchte, nur weil man Blut vergoss.

Man musste das nicht unbedingt öffentlich schönreden und schon gar nicht dem gemeinen Volk klarmachen, das nicht von ungefähr *popolo minuto* hieß. Nur ausgemachte Dummköpfe sägten an dem Ast, auf dem sie saßen. Deshalb wurden von den Kanzeln ja auch ständig Höllenszenarien verkündet, wurde beschwörungsreich zu Gehorsam, Friedfertigkeit und Nächstenliebe aufgerufen. Solches Gefasel war für den, der wachen Geistes war und hinter die Kulissen zu blicken vermochte, leicht als raffinierter Schwindel und Mittel zum Zweck der Herrschaftssicherung zu durchschauen.

Außerdem musste auch die Absolution zu ihrem Recht kommen. Zuweilen gab es sie – auch für Auftragsmorde – sogar schon im Voraus, selbst vom Stuhl Petri. Man brauchte in der Geschichte gar nicht weit zurückzugehen, um solch einen Fall zu finden, der öffentlich geworden war – von den unzähligen geheim gebliebenen ganz zu schweigen. Gerade einmal elf Jahre zuvor hatte Papst Sixtus IV. während der blutigen Pazzi-Verschwörung gegen das Haus Medici dem Meuchelmörder Giovan Battista Montesecco und seinen Komplizen – unter denen sogar zwei geweihte Priester gewesen waren – schon im Vorhinein Absolution für alle Morde erteilt, die sie in Florenz an den Medici und deren Verbündeten begehen würden.

Dass der blutige Umsturz in Florenz kläglich gescheitert und nur der jüngere Bruder Giuliano, nicht aber der mächtige Stadtherr Lorenzo de' Medici während der Ostermesse im Dom den Messerstichen der Attentäter zum Opfer gefallen war, hatte Sixtus bis zu seinem Tod nicht verwinden können, und es hieß, er habe es den stümperhaften *bravi,* den Meuchelmördern, mit den lästerlichsten Verwünschungen und Flüchen vergolten.

Und was den Patron von Florenz anging, Lorenzo de' Medici, den das tumbe Volk als *Il Magnifico* verehrte und der als ungekrönter Fürst über die Toskana herrschte, so hatte auch er zweifellos mehr Blut an den Händen als …

Der Mann in der Tordurchfahrt stockte. Raues Gelächter holte ihn aus seinen Betrachtungen und machte ihm bewusst, dass kein Regen mehr wie aus Eimern vom Himmel stürzte und die Nacht mit Tosen erfüllte.

Zwei Männer, einander den Arm um die Schulter gelegt, kamen wankend die Straße herunter. Betrunkene, die das plötzliche Ende des Gusses, das vielleicht auch nur eine Atempause war, nutzten, um nach Hause zu stolpern. Oder aber sie wollten ihre Zecherei in einer der verruchten Hinterhof- und Kellertavernen im Färberviertel unten am Fluss fortsetzen, wo die ganze Nacht hindurch scharfer Fusel ausgeschenkt wurde.

Er zog sich weiter in den dunklen Torweg zurück. Die beiden Zecher torkelten kichernd an ihm vorbei und verschwanden kurz darauf nach rechts in die Via Fiesolana.

Als er sich wieder vorwagte und zur Kreuzung hinüberspähte, sah er ihn im Nieselregen aus der Via di Cafaggiolo und über den Borgo Pinti kommen – einen schwarzen, wehenden Schatten. In der Mitte des Schattens, der sich seltsam ruckartig bewegte, blitzte etwas Weißes auf. Die Tunika eines Dominikaners, der sich seine schwarze Cappa mit hochgeschlagener Kapuze eng um die Schultern zog und es sehr eilig hatte.

Pater Nicodemo, der Dominikaner mit dem steifen rechten Bein!

Der Mann im Torbogen lächelte selbstzufrieden. Er hatte nicht nur die Zeit gut berechnet, die der Priester für seinen nächtlichen Weg von San Marco nach Santa Croce benötigen würde, sondern auch den richtigen Ort für seinen Hinterhalt gewählt. Er brauchte also auf keine der Alternativen zurückzugreifen, die er sich für den Fall zurechtgelegt hatte, dass sich eine seiner Annahmen als falsch erwies. Plan Alpha kam also zur Umsetzung, und das erfüllte ihn mit Stolz, hatte er doch gewissenhafte Vorarbeit geleistet. Nicht nur dem Tapferen half das Glück, wie es bei Terenz hieß, sondern auch dem Vorausschauenden!

Er zog den Dolch aus der silbernen Scheide und hielt ihn unter dem Umhang verborgen, während er auf die eiligen Schritte lauschte, die durch Pfützen klatschten und immer näher kamen. Er konnte nicht verhindern, dass sein Herz nun doch höherschlug und sein Mund plötzlich wie ausgetrocknet war.

Er ließ Pater Nicodemo ein paar Schritte am Tordurchgang vorbeihasten, dann trat er hinaus auf die Via dei Pilastri, setzte ihm nach und rief scheinbar erstaunt: »Pater Nicodemo? Täusche ich mich, oder seid Ihr es wirklich? Bei Gott, Ihr seid es! Natürlich, der erste Bote galt selbstredend Euch! Wie hätte es auch anders sein können?«

Der Dominikaner fuhr zusammen, hielt inne, drehte sich um – und machte nun seinerseits ein verblüfftes Gesicht.

»Bei meiner Seele, Euch zu dieser Stunde hier anzutreffen ist wohl das Letzte, womit ich gerechnet hätte!«, stieß er, überrascht und erleichtert zugleich, hervor.

»Ich nehme an, auch Ihr seid auf dem Weg zu Ser Aurelio, werter Pater.«

»In der Tat, aber was habt Ihr …«

Der Mann mit dem Dolch im Gewand fiel ihm ins Wort. »Ich weiß, wie schlecht es um ihn steht und wie viel es ihm zweifellos bedeutet, Euch an seinem Sterbebett zu haben. Mich dagegen ehrt es über Gebühr, dass er darum gebeten hat, auch mich noch einmal zu sehen.«

»Man hat auch Euch zu ihm gerufen?« Pater Nicodemos Verwunderung hätte kaum größer sein können.

Bekümmertes Nicken.

»Mir war nicht klar, dass Ihr so eng mit Ser Aurelio befreundet seid«, gestand der Dominikaner. »Und schon gar nicht hätte ich eine so innige Verbindung zwischen Euch erwartet, dass er Euch in dieser Stunde zu sich rufen lässt.«

»Nicht alles liegt so offen zutage wie die Frömmigkeit Eures Herzens und die guten Werke, die Euer Orden vollbringt«, antwortete der Mann mit dem Dolch in der Hand scheinheilig und legte dem Pater scheinbar freundschaftlich den anderen Arm um die Schulter. »Aber kommt, lasst uns hier die Abkürzung nehmen. Wir sollten eilen und nicht eine Sekunde verschenken.« Damit zog er den Dominikaner nach rechts in die Seitengasse.

»Seit wann ist der Weg durch die Via Sant'Anna eine Abkürzung, wenn man zum Haus von Ser Aurelio will?«, wandte Pater Nicodemo verwirrt ein, gab dem sanften Druck aber dennoch nach. »Das Haus der Rovantini liegt doch genau an der Ecke zur Piazza di San Ambrogio.«

»Es mag Euch nicht so erscheinen«, sagte der Mann mit dem Dolch, als sie sich dem großen Gebäude zu ihrer Linken näherten, einer Brandruine, halb eingestürzt und von den

Flammen gezeichnet, »aber vertraut mir, wenn ich Euch versichere, dass dies der schnellste Weg zum Tod ist!«

Noch während er das sagte, glitt seine linke Hand von der Schulter des Priesters und presste sich auf dessen Mund. Gleichzeitig flog die Hand mit dem Dolch unter dem Umhang hervor. Und ehe Pater Nicodemo wusste, wie ihm geschah, durchtrennte die rasiermesserscharfe Klinge ihm schon die Kehle.

Der Todesschrei, der in ihm aufstieg, drang nicht mehr in die Nacht hinaus. Wie eine dunkle Fontäne schoss – ein paar Augenblicke noch geleitet vom Rhythmus des Herzschlags – Blut aus der klaffenden Wunde und ertränkte, was ein Schrei hätte werden sollen. An seiner Stelle kam nur ein blubberndes Röcheln aus dem blutüberspülten Spalt, der bis an den Halswirbel reichte.

Der Mörder stellte sich hinter den erschlaffenden Körper, fing ihn auf, zog ihn vom Straßenrand weg und schleppte ihn in die Brandruine. Dabei achtete er darauf, dass das Blut, das noch immer aus der riesigen Wunde sickerte, möglichst nicht seine Kleidung beschmutzte. Doch ganz vermochte er es nicht zu verhindern.

Er wusste genau, wo in der Ruine er die Leiche ablegen wollte, und zwar in dem ummauerten Raum, der einst die Küche gewesen war und dessen Decke das Feuer weitgehend unbeschadet überstanden hatte. Dort schleifte er den Toten hin und ließ ihn vor einer geschwärzten Wand zu Boden gleiten.

So etwas wie Euphorie erfasste ihn, als er auf den Leichnam starrte und darauf wartete, dass seine Augen sich an die Dunkelheit in der Ruine gewöhnten.

Ein berauschendes Gefühl voll Allmacht durchströmte ihn.

Ich habe es wahrhaftig getan!

Ich habe getötet, und es war so leicht!

Und sogleich schmeichelte er sich selbst, indem er sich sagte, dass es nur deshalb leicht gewesen sei, weil er die Tat so sorgfältig geplant und dann auch ohne Zögern und weiche Knie ausgeführt hatte. Selbst ein berufsmäßiger Bravo hätte es nicht besser machen können!

Für ihn tat es nichts zur Sache, dass der Dominikaner ein vertrauensvoller, ahnungsloser alter Mann gewesen war, den zu überwältigen es weder großer Körperkraft noch sonderlicher Raffinesse bedurft hatte. Ahnungslos und vertrauensvoll würden sie alle sein; alle, die auf seiner Liste standen und damit dem Tod geweiht waren.

Nein, dass Pater Nicodemo als Erster sterben musste, hatte von Anfang an festgestanden. Das gebot die Logik seines ehrgeizigen Vorhabens. Erst musste das Haupt fallen, bevor er sich den Gliedern widmen und beherzt ausmerzen konnte, was faulig war und nicht wert, am Leben zu bleiben.

Unwillkürlich wanderten seine Gedanken zu den anderen, deren Tod im Dienste seiner höheren Zielsetzung unumgänglich war, und er wünschte, er könnte noch in dieser Nacht den zweiten Mord ausführen und einen weiteren Namen von seiner inneren Liste streichen. Was natürlich ein Unding war, selbst wenn sich eine Gelegenheit geboten hätte.

Er musste seinen Taten Zeit lassen, jene Wirkung zu entfalten, von der das Gelingen seines Vorhabens im Ganzen abhing. Am Ende hatte sich alles zu einem bestimmten, unzweideutigen Bild zusammenzufügen. In der Umsetzung des Plans musste jeder einzelne Mosaikstein am richtigen Ort sitzen, damit es später keine Leerstelle gab, damit nichts das Bild störte, das er mit Blut zu zeichnen gedachte.

Der Anfang war nach der langen Zeit des Grübelns und gewissenhaften Planens endlich gemacht, und es war viel einfacher gewesen, als er erwartet hatte. Das nahm er als gutes Omen und als Hinweis darauf, dass er den richtigen Weg gewählt hatte.

Hatte er andererseits nicht schon immer gewusst, dass Töten und Blutvergießen ihm leicht von der Hand gingen, einfach weil sie ihm im Blut lagen?

Er seufzte.

Nun ja, *dieser* Teil – das Töten und Blutvergießen – war leicht gewesen. Was jetzt kam, war etwas ganz anderes und würde ihm zweifellos weit weniger gefallen.

Aber was getan werden musste, musste getan werden – und wenn es noch so widerlich war. Keine halben Sachen und nie das Ziel aus dem Blick verlieren! Die Botschaft musste unmissverständlich sein. Das galt auch für die anderen, die auf seiner Liste standen und dem Mönch folgen würden. Bei keinem durften hinterher Zweifel aufkommen, warum er den Tod gefunden hatte.

»Also bringen wir auch das hinter uns!«, raunte er sich selbst zu, stellte sich breitbeinig über den Leichnam und schlug mit Hilfe des Dolchs den schwarzen Umhang nach beiden Seiten zurück. Dann schob er dem Mönch die Tunika auf dieselbe Weise bis über den Nabel hoch und entblößte damit seinen Unterleib. Er zögerte kurz, dann beugte er sich hinunter, schlitzte das fadenscheinige Untergewand auf und setzte die Klinge an.

Wie gut, dass er daran gedacht hatte, alte Lederhandschuhe anzuziehen!

7

Keuchend und schwitzend wankte Bruder Bartolo Lorentino durch die hohe Bogentür und in die *bottega* seines Novizenmeisters, von dem er auch das Handwerk des Malens, insbesondere der Freskenmalerei, zu erlernen trachtete.

Sowie er die langgestreckte und mit großen Steinplatten ausgelegte Werkstatt betrat, umgab ihn das stets aufs Neue berauschende Aroma. Es setzte sich aus den vielfältigen Gerüchen zusammen, die den Farbpigmenten, dem abgelagerten Holz der Tafeln, den Staffeleien, den grundierten Leinwänden, den steifen *cartone* fürs Vorzeichnen von Fresken sowie den Gefäßen mit Kalk und Zinkblende, Antimon und Harz, Leim und gebleichtem Öl, Beize aus Alaun und Pulver aus zerriebenen Weinstöcken und noch so vielen anderen Utensilien entströmten. Und über allem lag der intensive Geruch von Leinöl, der die Aromenvielfalt einer jeden Malwerkstatt dominierte.

Verglich man die Bottega mit den Werkstätten anderer Maler in Florenz, von denen nicht wenige eine ganze Reihe von Gesellen und Lehrlingen in Lohn und Brot hielten, machte sie nicht viel her. Aber das tat der Zuneigung, die Pater Angelico für sein Atelier empfand, nicht den geringsten Abbruch. Er liebte diesen Ort der Stille und der verheißungsvollen Düfte.

Auch Bruder Bartolo liebte die Stunden, die er hier mit seinem Meister verbrachte. Nur wünschte er, die kalten Tage wären gezählt und die belebende Wärme des Frühlings möge endlich einkehren, aber bis die Sonne wieder kräftiger auf die Toskana herabschien und ihm das Leben buchstäblich leichter machte, würden – dem Herrn sei's geklagt! – noch Wochen vergehen. Lange Wochen, in deren Verlauf er sich noch etliche Male so würde abschleppen müssen wie jetzt!

Die schmalen Hände des Novizen mit den knabenhaften Zügen und dem gelockten, nussbraunen Haar steckten nicht von ungefähr in dicken, ausgepolsterten Lederhandschuhen, deren Stulpen ihm fast bis zu den Ellbogen reichten. Er plagte sich mit zwei großen, schweren Metalleimern ab. Über den Deckeln, die mit einem halben Dutzend goldstückgroßer Löcher versehen waren, flirrte die Luft.

Die Eimer waren mit glühenden Kohlen gefüllt, und es schien, als wollten sie dem Novizen die Arme aus dem schlaksigen Körper reißen. Zumindest verstand Bruder Bartolo sich darauf, diesen Eindruck zu erwecken, indem er gequält das Gesicht verzog und sich steif und scheinbar unter Aufbietung letzter Kraftreserven bewegte.

Kurz nach ihm trug auch Laienbruder Gregorio zwei Eimer glühende Kohlen in die Werkstatt. Doch der *konverse,* ein einfacher, breitschultriger Mann von Anfang dreißig, mit pechschwarzem Vollbart, plattgedrückter Nase und muskelbepackten Armen, machte im Vergleich zu dem Novizen einen geradezu leichtfüßigen Eindruck.

»Bei den Leiden des Erlösers, was für eine Plackerei!«, stieß Bruder Bartolo hervor und steuerte das ihm am nächsten stehende Kohlenbecken an, das auf einem Dreibein ruhte. »Dass zur Malerei auch Schwerstarbeit gehört, habe ich nicht gewusst!«

Pater Angelico stand am hinteren der drei hohen Bogenfenster, die in die Längswand des Raums eingelassen waren und zum Klostergarten hinausgingen. Frühes Morgenlicht fiel auf mehrere unterschiedlich große Staffeleien sowie auf Regale und Tische, auf denen ein dem Uneingeweihten wüst erscheinendes Durcheinander aus Malutensilien, Gerätschaften und Gefäßen aller Art und Größe herrschte.

Wohin der Blick auch schweifte, er fiel auf Steintöpfe, aus denen Pinsel und Federn ragten; auf Spachtel, Feilen, Messstäbe und Stichel; auf Mischpaletten, Zinnschalen, Eisentöpfe, Brennlöffel, Mörser und Bronzepfannen; auf schwere Reibsteine aus Porphyr, auf deren Marmorplatte grobkörnige Erdbrocken zu feinsten Farbpigmenten zerrieben wurden; auf glattgeschliffene Tafeln aus Eiche oder Pappelholz; auf Leinwandballen, abgegriffene Skizzenbücher und Stapel großer Bögen Cartone; auf mit Wasser gefüllte Glaskugeln und Spiegel aus Silberblech, die bei nächtlicher Arbeit das Licht von Kerzen und Ölleuchten bündelten und verstärkten – und auf vieles andere mehr.

An einem dieser vollgestellten Werktische war Pater Angelico damit beschäftigt, in einem großen Bronzemörser eine Handvoll Gesteinsbrocken zu Mineralpulver zu zermahlen, um am Ende ein kostbares Farbpigment zu gewinnen. Nun ließ er den schweren Stößel kurz ruhen und blickte zu den beiden Männern hinüber, die Glut für die drei schmiedeeisernen Kohlenbecken in seiner Bottega brachten.

Dass der Konverse, der als Fuhrknecht und Handlanger des *cellerarius* – des für die gesamte Vorratshaltung zuständigen Kellermeisters – körperlich hart zu arbeiten gewöhnt war, bei Bruder Bartolos Klage die Augen verdrehte, bekam er gerade noch mit. Eigentlich hätte er den Laienbruder dafür rügen müssen, doch er verzichtete darauf.

Respekt hatte man sich zu verdienen; nur weil man einen höheren gesellschaftlichen Rang einnahm, hatte man noch keinen Anspruch darauf. Jedenfalls war das seine Überzeugung, von der er auch nicht abrückte, selbst wenn er damit aneckte.

Und gerade seinem Prior stieß diese Haltung immer wieder sauer auf.

Bartolo war von freundlichem, einnehmendem Wesen; er hatte gute Anlagen und einen willigen Geist, musste aber noch einiges lernen, das über Theologie und das Malhandwerk hinausging.

»Wenn es dir lieber ist, frierend und mit steifen Fingern Pinsel oder Zeichenstift zu führen, wie ich das bei meinem Meister noch gelernt habe, so können wir das gern versuchen«, schlug Pater Angelico vor. »Nur sollst du nicht glauben, dann könntest du dir mehr Fehler erlauben.«

Bruder Bartolo machte ein bestürztes Gesicht und versicherte hastig: »Bei Gott, es besteht wirklich kein Grund, dass Ihr Eure Unterrichtsmethoden ändert, Meister! Es sieht schlimmer aus, als es ist, glaubt mir!«

»Komisch, irgendwie überrascht mich das nicht«, erwiderte Pater Angelico trocken.

»Was sind schon ein bisschen Schlepperei, Schwitzen und Muskelschmerz, wenn es zum Ruhme Gottes geschieht!« Und noch während Bruder Bartolo das beteuerte, nahm er eilfertig den Deckel von einem der Eimer, wuchtete den schweren Behälter mit stoischer Miene hoch und ließ die halb durchgeglühten Kohlen vorsichtig in das gusseiserne Becken rutschen.

»So, du meinst also, du plagst dich zum Ruhme Gottes.« Ein spöttisches Lächeln huschte über Pater Angelicos Gesicht. »Du solltest aber das Füllen der Kohlenbecken mit Glut nicht mit einem *divinum officium* verwechseln. Es ist weder Gottesdienst noch ein Lobpreis des Herrn, sondern geschieht einzig und allein zu unserer persönlichen Annehmlichkeit«, sagte er und hielt damit dem Novizen das Unsinnige seiner Bemerkung vor Augen.

»Das … äh … das war wohl etwas ungeschickt ausgedrückt, Meister«, erwiderte Bruder Bartolo verlegen und klapperte mit den Eimerdeckeln.

Pater Angelico nickte. »Danke für die Bestätigung des Offensichtlichen. Das wenigste von dem, was wir tun, gereicht uns zur Ehre oder geschieht gar zum Ruhme Gottes. Irgendwie liegt das nicht in der Natur des Menschen. Aber es ist doch immer wieder Balsam für die Seele, wenn wir uns zumindest einreden können, dass unser Tun einem höheren Zweck dient«, fügte er bissig hinzu und rammte den Stößel in den Mörser.

Dem Novizen schoss das Blut ins Gesicht. »Wie recht Ihr habt, Meister.«

Auch diesen Allgemeinplatz ließ Pater Angelico ihm nicht ungestraft durchgehen. »Natürlich habe ich recht – selbst wenn ich unrecht habe, das bringt das Amt des Novizenmeisters mit sich«, sagte er und verkniff sich ein Schmunzeln. »Weißt du, warum Gott dafür gesorgt hat, dass die Gurgel geringelt ist?«

Verwirrt über diese Frage, die mit nichts von dem eben Gesagten in Zusammenhang zu stehen schien, blickte Bruder Bartolo seinen Meister an und schüttelte den Lockenkopf.

»Damit das Wort nicht zu schnell aus ihr herauskommt!«, beschied ihn Pater Angelico.

Der Novize seufzte und blickte beschämt zu Boden. Nun hatte seine gequälte Miene ganz und gar nichts Erzwungenes mehr an sich.

Der Konverse Gregorio grinste, während er seine Eimer geräuschvoll leerte, schadenfroh in sich hinein. Gleich darauf verließ er mit einem Nicken in Pater Angelicos Richtung die Werkstatt und trug die leeren Bottiche hinaus. Die Eimer des Novizen nahm er auch mit.

Pater Angelico wusste, dass er zuweilen Bruder Bartolo das

Leben nicht gerade leichtmachte. Aber wo, beim heiligen Blute Christi, stand denn geschrieben, dass ein Novize es leicht haben sollte? Eher traf doch wohl das Gegenteil zu.

Wer es in der Zeit seines Noviziats nicht schaffte, die ihm vorgesetzten Kröten ohne Aufbegehren zu schlucken, würde nie zu jenem Gehorsam imstande sein, den das Mönchsleben verlangte – nicht einmal zu jener abgespeckten Version von Gehorsam, die er, Pater Angelico, trotz seiner Widerborstigkeit Vincenzo Bandelli gegenüber immerhin noch zustande brachte.

Und wer zudem nicht lernte, sich bei allzu schludrigen Gedankengängen zu ertappen, bevor er sie unbedacht hervorplapperte, wer nicht die Kraft aufbrachte, sich rechtzeitig zu korrigieren oder im Zweifel lieber zu schweigen, der hatte hinter Klostermauern ebenso wenig zu suchen. Ein Mönch musste nicht unbedingt einen scharfen und gebildeten Geist haben. Den hatten viele nicht, ohne dass das gegen sie gesprochen hätte. Aber klar und rein sollte er sein. Zumindest in der Theorie. Die Wirklichkeit in Sachen Selbsterkenntnis, geistige Beweglichkeit und Redlichkeit sah in vielen Ordenshäusern freilich anders aus. Das hatten ihn annähernd siebzehn Jahre Klosterleben gelehrt.

Mit einem nachsichtigen Lächeln, das seinen bissigen Bemerkungen die Spitze nahm, winkte Pater Angelico den Novizen heran.

Bruder Bartolo trat zu ihm an den Werktisch und sah ihm einen Moment aufmerksam zu. Die Mineralien im Mörser sahen aus wie kleine grüne Froschrücken, die von einem dichten Geflecht aus Warzen übersät waren.

»Was siehst du, Bruder Bartolo?«

»Malachit«, sagte der Novize nach kurzem Zögern.

Pater Angelico nickte zufrieden. »In der Tat, Malachit. Ein wichtiges Mineral, das man hier bei uns in den Bergen von Pistoia und Casentino in guter Qualität findet. Meist stößt man in seiner Nähe auch auf das blaue Azurit«, fuhr er in freundlichem Ton fort, während er die intensiv grün schimmernden Gesteinsbrocken mit dem schweren Stößel im Bronzemörser zertrümmerte und zu immer kleineren Brocken zermahlte. »Malachit ergibt das feinste, edelste Grün. Hier, mach du weiter.« Damit reichte er den Stößel Bartolo.

Ein freudig überraschtes Lächeln huschte über das Gesicht des Novizen. Sein Meister hatte ihn schon mit allerlei Arbeiten betraut, die zum Handwerk eines Malers gehörten, aber die Herstellung von Farbpigmenten aus Halbedelsteinen war bislang nicht darunter gewesen. Es erfüllte ihn mit Stolz, dass er sich nun auch in dieser Technik üben durfte, und es versöhnte ihn mit dem Rüffel von eben.

»Leg nur gut Kraft in den Stößel, heb ihn aber zwischendurch nicht höher als eine Daumenbreite vom Boden, sonst springen Splitter aus dem Mörser und fliegen dir um die Ohren!«, wies Pater Angelico ihn an. »Zer*malmen* und nicht Zertrümmern ist das Ziel. Und wenn die Steine aufgebrochen und in winzige Bruchstücke zerfallen sind, bemüh dich um gleichmäßig rührende Bewegungen, ohne dabei an Kraft nachzulassen. Am Ende muss feinstes Mineralmehl den Boden bedecken, damit aus dem Malachit ein Farbpigment werden kann.«

Bruder Bartolo nickte eifrig und gab sich Mühe, die Anweisungen seines Meisters genau zu befolgen und vor allem das Hochspringen von Splittern zu vermeiden. Er merkte schnell, dass es vom harten Mineralstein zum pulverfeinen Mehl ein langer, mühsamer Weg war, für den es ordentlich Ausdauer im Arm brauchte.

Pater Angelico lachte, als er sah, wie der Novize sich mit dem linken Kuttenärmel Schweiß von der Stirn wischte. »Malachitsteine in Farbpigment zu verwandeln ist weiß Gott ein gehöriges Stück Arbeit. Mit dem Graugrün aus *terra verde* hat man es um ein Vielfaches leichter. Aber dafür führt Terra Verde, Grüne Erde, ein farbschwaches Erdpigment, auch das glanzlose Leben eines Dieners, der seine Arbeit im Verborgenen tut, während der Malachit sich stets herrschaftlich in Szene zu setzen weiß und der Bewunderung aller sicher sein kann.«

»Wieso ist Terra Verde nur ein Diener, der seine Arbeit im Verborgenen verrichtet, Meister?«, erkundigte sich Bruder Bartolo mit gerunzelter Stirn und hielt kurz im Stampfen inne.

Pater Angelico schätzte an seinem Novizen, dass er anstellig und voller Wissbegier war und zudem die nötigen Anlagen besaß, um eines Tages einen respektablen Maler abzugeben. Seine Zeichnungen ließen eine gute Beobachtungsgabe ebenso erkennen wie beachtliches Talent. Aber dass Bartolo jetzt nachfragte, den Stößel ruhen ließ und ihn erwartungsvoll ansah, hatte vermutlich weniger mit Wissbegier als mit einem müden Arm zu tun. Der Novize brauchte wohl eine Atempause, und er gewährte sie ihm.

»Weil aus Terra Verde der zartgrüne Farbton gewonnen wird, den wir *verdaccio* nennen«, erklärte er. »Dieses Verdaccio braucht man, um das *inkarnat* herzustellen, die Hautfarbe, im Übrigen eine der schwierigsten Techniken in der Malerei. Willst du ein Gesicht malen, das lebendig wirkt und eine natürliche Hautfarbe hat, musst du Verdaccio aus Terra Verde als Untergrund nehmen. Den übermalst du später mit Weiß und einem sorgfältig bemessenen Hauch Zinnoberrot, und dann leuchtet die Haut so frisch, als wäre sie lebendig.«

Ein Schmunzeln kräuselte Bruder Bartolos Mundwinkel.

»Jetzt verstehe ich, weshalb Ihr die Terra Verde einen Diener nennt, der im Verborgenen bleibt! Ein trefflicher Vergleich, Meister!«

»Bei Gott, das will ich wohl meinen! Ohne ihre Bediensteten sind die Reichen und Mächtigen dieser Welt doch aufgeschmissen und hilflos und geben ein so gewöhnliches Bild ab wie jeder, der alle Arbeiten selbst verrichten muss, das Leeren und Auswaschen der Nachttöpfe eingeschlossen. Erst die mannigfachen Dienste ihrer Lakaien, Dienstboten und anderen Untergebenen machen es ihnen möglich, sich aus der gesichtslosen Masse zu erheben und alle Welt mit dem Glanz und der Pracht zu blenden, die andere für sie geschaffen haben«, sagte Pater Angelico in einem Ton, der verriet, dass er nicht nur über die Farben sprach, sondern gleichzeitig auch die hohen *signori* und Noblen der Stadt vor Augen hatte, die über Florenz herrschten und keine Gelegenheit ausließen, sich mit ihrem Reichtum und ihrer Macht öffentlich in Szene zu setzen – allen voran ihr ungekrönter Fürst und Stadtherr Lorenzo de' Medici, der sich nur zu bereitwillig von der Masse als Il Magnifico bewundern und zujubeln ließ.

Doch dann winkte er ab und kam auf den Kern seiner Ausführung zurück: »Ich verwende übrigens nur die Terra Verde, die aus Verona kommt, weil es die beste ist. Und alle Maler, die ihr Handwerk verstehen und es sich leisten können, halten es genauso. Lass dir nicht erzählen …«

Weiter kam Pater Angelico nicht, denn in dem Moment wurde die Tür zur Werkstatt aufgestoßen, und eine dunkle, grollende Stimme blaffte wie einen Befehl in den Raum: *»Benedicite!«*

8

Pater Angelico empfand die herrische Stimme des Klosteroberen in seinem Rücken wie einen Schlag mit einem nassen, dreckigen Lappen in den Nacken: unangenehm und höchst ärgerlich. Was weder eine neue noch eine seltene Erfahrung war. In letzter Zeit erschien ihm nahezu jede Begegnung mit dem Prior als Zumutung, was vermutlich auf Gegenseitigkeit beruhte.

Er wollte nicht ausschließen, dass er an der Zerrüttung zwischen ihnen durchaus seinen Anteil hatte. Immerhin tat er sich schwer damit, Vincenzo Bandelli den demütigen Gehorsam und Respekt, die dieser als Prior für sein angestammtes Recht hielt und auch ganz unverblümt von jedem Klosterbruder einforderte, tatsächlich zu zollen.

Alles in ihm begehrte dagegen auf, einen Mann mit »Ehrwürdiger Vater« anzusprechen, dessen Eitelkeit ebenso offenkundig war wie sein ehrgeiziges Streben nach weitaus höheren kirchlichen Würden, als ein florentinisches Priorat sie darstellte. Diese Verfehlung – mit der er selbst nicht frei war von Anmaßung und Eitelkeit, wie er sich widerwillig eingestehen musste – hatte er sich vorzuwerfen, wie noch so manche andere Schwäche.

Aber es war doch zweifellos Vincenzo Bandelli gewesen, der die Saat des Unguten und der Herabsetzung ausgebracht hatte! Nun erntete er, was er gesät hatte, gemäß der biblischen Warnung: »Wer Wind sät, wird Sturm ernten!« Denn der Prior war es gewesen, der ihn, den einstigen gottlosen Waffenknecht, in San Marco vom ersten Tag an unterschwellig, aber doch unverkennbar hatte spüren lassen, dass er ihn nur widerwillig in *seinen* Konvent aufgenommen hatte, weil er sich den Fürsprechern des Neuen nicht zu widersetzen gewagt hatte. Und dass der Neue sich nicht nur auf theologischem Gebiet als ihm mindestens ebenbürtig erwiesen, sondern sich in Florenz, wo wahrlich kein Mangel an hervorragenden Künstlern herrschte, auch noch als Fresken- und Tafelbildmaler einen ausgezeichneten Ruf erworben hatte, das hatte die Abneigung des Priors gegen ihn nur noch verstärkt.

»Benedicite!«, bellte Vincenzo Bandelli noch einmal, diesmal eine gute halbe Oktave höher. Dazu ließ er die massive Eichentür hinter sich demonstrativ mit lautem Knall ins Schloss fallen.

Der Prior von San Marco war ein Mann Mitte vierzig, der sich nicht nur seiner respekteinflößenden stattlichen Gestalt jederzeit bewusst war, sondern auch seinen hohen Rang und den daraus abgeleiteten Anspruch auf Gehorsam wie ein Gewand zu tragen verstand. Er war es nicht gewohnt, dass man ihn warten ließ, selbst dann nicht, wenn er nur ein Wort hingeworfen hatte, das im monastischen Alltag kaum mehr war als eine Floskel.

Er stand an der Tür. Seine hellen Augen blitzten, und der verkniffene Ausdruck auf dem markanten Gesicht mit der Habichtsnase zeugte von dem Verdruss, der in ihm gärte.

Pater Angelico, der mit dem Rücken zur Tür stand, drehte sich weder auf der Stelle um, wie es jeder andere Klosterbruder an seiner Stelle getan hätte, noch entbot er dem Oberen die Antwort, die dieser erwartete.

Verstohlen warf Bruder Bartolo seinem Novizenmeister einen nervösen und sichtlich verwirrten Blick zu. Auf das »Benedicite« eines Oberen hatte unverzüglich die Antwort »Dominus!« zu erfolgen. Diese zweigeteilte Aufforderung »Segne –

Herr!« war von der Ordensregel vorgegeben für den Fall, dass ein Oberer im Kreuzgang oder an einem anderen Ort, an dem das klösterliche Schweigegebot galt, ebendieses vorübergehend aufhob, weil es etwas Wichtiges zu besprechen gab.

Aber das »Dominus« aus Pater Angelicos Mund blieb aus.

»Mach weiter!«, raunte der Mönch stattdessen seinem Novizen zu, der beim Knallen der Tür wie unter einem Peitschenhieb zusammengefahren war. Dann erst wandte er sich in aller Ruhe dem Prior zu, der mit grimmiger Miene darauf wartete, dass er ihm endlich das »Dominus« entbot – und zu *ihm* an die Tür kam.

Pater Angelico aber dachte nicht daran, sich zu ihm zu begeben. Die Antwort auf das »Benedicite« durfte er ihm natürlich nicht schuldig bleiben, nur fiel sie nicht so aus, wie der Klosterobere es erwartet hatte.

»Ihr werdet vermutlich über all den wichtigen Dingen, die Ihr zu bedenken habt, vergessen haben, dass das *studiolo* eines Novizenmeisters nicht zu jenen Bereichen in unserem Kloster gehört, wo gottgefälliges Schweigen zu herrschen hat und man sich bestenfalls mit Handzeichen verständigt ... ehrwürdiger Vater«, rief er quer durch den Raum – mit einer Leutseligkeit, die weder von Herzen kam noch sich in seinen Augen widerspiegelte.

Es erboste ihn, dass Vincenzo Bandelli wieder einmal gedankenlos in seine Werkstatt platzte und sich nicht bewusst machte, welchen Ort im Kloster er damit betrat und welche Regeln hier galten. Was wiederum nicht verwunderlich war, machte der Prior sich doch auch sonst so gut wie keine Gedanken über seine Arbeit. Was den Oberen daran ausschließlich interessierte, waren die lukrativen Aufträge, die er für ihn aushandeln konnte, meist ohne ihn vorher davon in Kenntnis zu setzen. Üblicherweise kümmerte er sich bei diesen Verhandlungen einen feuchten Kehricht darum, ob er, Pater Angelico, diesen oder jenen Auftrag überhaupt zum vereinbarten Zeitpunkt fertigstellen konnte, ganz zu schweigen davon, ob es ihm gefiel, das Verlangte zu malen, oder nicht. Bandelli dachte an nichts anderes als die prallen Geldbörsen voller Goldflorin, die er im Namen des Klosters einstrich und mit denen er die ohnehin fette Geldtruhe von San Marco um einen weiteren Batzen mästen konnte.

»Und da Ihr es für notwendig erachtet habt, dass ich unseren Novizen auch noch im Handwerk der Malerei unterrichte, entfällt das Schweigegebot selbstverständlich auch hier in meiner Bottega«, fuhr Pater Angelico spitzzüngig fort, woraufhin Bruder Bartolo sich tiefer über den Mörser beugte und die Malachitbrocken noch hektischer bearbeitete, so als wappne er sich für einen Wutausbruch des Priors.

»Aber nun ja, lassen wir um der Liebe Gottes willen Euer ›Benedicite‹ nicht so verwaist im Raume hängen, auch wenn der Herr es uns in seiner unendlichen Barmherzigkeit wohl kaum verübeln würde …« Und dann erst kam das Wort über seine Lippen: *»Dominus!«* Der Spott in seinem Ton war fast mit Händen zu greifen.

Der Prior schnappte hörbar nach Luft, doch er beherrschte sich. Statt aus der Haut zu fahren, begnügte er sich mit einem schroffen Befehl: »Ich habe mit Euch zu reden!«

»Nur zu, nur zu! Redet, ehrwürdiger Vater!«, erwiderte Pater Angelico und wandte sich gleich darauf wieder Bruder Bartolo zu. Bandelli kehrte er den Rücken zu, so als könne er ebenso gut hören, was der ihm zu sagen hatte, während er die Arbeit seines Novizen überwachte. »Nicht nur kräftig stampfen! Du musst den Stößel auch mahlend und mit Druck über den Boden des Gefäßes führen. Und dabei das Gestein gegen die Wand pressen, damit es immer kleiner und feiner wird.«

»Nicht hier! Lasst uns in den Garten gehen!« Der Prior machte eine gebieterische Geste.

Hätte er einen etwas freundlicheren Ton angeschlagen, Pater Angelico wäre ihm augenblicklich in den weitläufigen Klostergarten gefolgt und hätte sich angehört, was der Obere mit ihm besprechen zu müssen meinte. Zumal er ahnte, um welch unerquickliches Thema es ging, und es selbst vorgezogen hätte, dieses Gespräch nicht in Gegenwart seines Novizen zu führen. Bandellis bellender Kommandoton aber, der ihn unangenehm an seinen Condottiere Bastiano Torentino erinnerte, machte diese Bereitschaft zunichte. So ließ er nicht mit sich umspringen!

»Ich würde Eurer Bitte ja gern nachkommen«, erwiderte er und vermochte sich zumindest so weit zurückzuhalten, dass er nicht auch noch sarkastisch klang, sondern völlig neutral, »aber leider ist es mir nicht möglich.«

»So? Und warum nicht?« Vier kurze Worte, die einem viermaligen Bellen gleichkamen.

»Wegen der Malachite, ehrwürdiger Vater.« Pater Angelico machte eine vielsagende Geste in Richtung des schweren Bronzemörsers.

Eine steile Falte bildete sich auf Bandellis hoher Stirn, die von einem deutlich grau durchwirkten Haarkranz rund um die Tonsur gekrönt wurde. Und in seinem Blick mischten sich Unwillen und Verständnislosigkeit.

»Euch ist ja sicher bekannt, wie teuer Malachite sind«, fuhr Pater Angelico fort – wohl wissend, dass der Prior nicht den Schimmer einer Ahnung von den Dingen hatte, die mit seinem Handwerk zusammenhingen. Nicht einmal über die grundlegenden Gegebenheiten war er unterrichtet. Die einzige Ausnahme bildeten die Preise, die man, je nach Größe, für ein Fresko oder ein Tafelbild von seiner Hand verlangen konnte. Die waren dem Prior so geläufig wie das Vaterunser. »Und ebenso sicher wird Euch bekannt sein, was geschieht, wenn man mitten im Zerstampfen der Steine innehält.«

Gar nichts, fügte er in Gedanken hinzu, während Bruder Bartolo kurz stockte und ihm einen verwunderten Blick zuwarf. Er aber setzte darauf, dass Bandelli in seiner grenzenlosen Ignoranz über diese simple Tatsache eben nicht Bescheid wusste und sich auch nicht die Blöße geben würde, dies einzugestehen – schon gar nicht vor einem Novizen.

Und er irrte sich nicht.

»Mhm, nun ja …natürlich, das … äh, das sollte wohl besser vermieden werden«, knurrte der Prior verdrossen und zog die fleischige Unterlippe zwischen die Zähne. »Aber was hindert denn Bruder Bartolo daran, mit dem Stampfen und Mahlen fortzufahren? Das wird er doch wohl können, selbst als Novize und Lehrling!«

»Wollt Ihr wirklich, dass ich unserem Novizen, der sich zum ersten Mal an diese verantwortungsvolle Arbeit wagt, das Zertrümmern der teuren Halbedelsteine überlasse, ohne ihn zu beaufsichtigen?«, fragte Pater Angelico scheinbar ungläubig zurück. »Aber gut, wenn das Euer Wille ist und Ihr das Risiko eingehen wollt, dann soll es so sein, ehrwürdiger Vater.« Dabei warf er in einer Ich-wasche-meine-Hände-in-Unschuld-Geste beide Hände in die Luft und machte Anstalten, sich vom Werktisch abzuwenden. »Also dann, lasst uns in den Garten gehen.«

Man konnte dem Prior förmlich ansehen, wie es hinter seiner hohen Stirn arbeitete und er sich schnell eines anderen besann. »Wartet!«, rief er mit säuerlicher Miene und kam nun seinerseits auf Pater Angelico zu. »Wenn Ihr meint, Bruder Bartolo bei der Arbeit an den Malachiten im Auge behalten zu müssen, dann solltet Ihr das tun. Wir können die Angelegenheit auch hier bereden.«

Demütig neigte Pater Angelico den Kopf. »Ganz wie Ihr meint, ehrwürdiger Vater.«

Der Prior blieb zwischen erstem und zweitem Bogenfenster stehen, als hätte er damit das ihm mögliche Maximum an Entgegenkommen im wahrsten Sinne des Wortes erreicht.

Pater Angelico wollte es nicht auf die Spitze treiben und ging ihm die restlichen zwei Schritte, die sie noch trennten, entgegen. So groß seine Abneigung auch war und wie begründet sie vor seinem Gewissen auch sein mochte, tief in seinem Innersten verzweifelte er an sich selbst. Gehörte zum Lobpreis Gottes, dem er sich mit so großer Leidenschaft verschrieben hatte, denn nicht vor allen Dingen, dass er seinen Nächsten liebte, so wenig liebenswert dieser auch sein mochte, und dass er, wenn jemand ihn schmähte oder verletzte, auch noch die andere Wange hinhielt? Manchmal gelang es ihm, so zu handeln, aber so gut wie nie, wenn er mit Bandelli zu tun hatte.

Warum nur besaß er weder den Willen noch die Kraft, über seinen Schatten zu springen und die Größe zu zeigen, die sein Oberer nicht aufbrachte? Warum erlag er so oft dem Drang, sich für die Verletzungen, die Bandelli ihm zugefügt hatte, zu revanchieren, indem er ihm selbst in lächerlichen Kleinigkeiten wie gerade beim »Benedicite – Dominus« die Stirn bot und damit seine Berufung zu einem monastischen Leben immer wieder aufs Neue in Frage stellte? Warum nur empfand er seinen Oberen wie einen giftigen Dorn in seinem Fleisch?

Er wusste es nicht zu sagen, vermutete aber, dass sie einander ähnlicher waren, als er wahrhaben wollte.

Andererseits: Nirgendwo stand geschrieben, dass ein Ordensgewand einen zu einem besseren Menschen machte. Immerhin erinnerte es ihn häufiger als andere Kleider daran, dass die Zahl seiner Schwächen die seiner Stärken weit übertraf und dass er die Hoffnung, dieses Verhältnis eines Tages umkehren zu können, noch nicht aufgegeben hatte. Eine Hoffnung, die bei all den Dämonen, mit denen er zu kämpfen hatte, im zeitweiligen Dunkel seines Lebens so viel Licht und Zuversicht verbreitete wie ein Talglicht im nachtschwarzen Wald.

9

Der Prior räusperte sich. »So geht es nicht weiter, Pater Angelico!«, sagte er energisch, aber mit gedämpfter Stimme in Bruder Bartolos lautes Stampfen und Malmen hinein.

In Pater Angelicos Gesicht regte sich nichts. »Nun, wenn Ihr es sagt, wird es wohl so sein, ehrwürdiger Vater«, erwiderte er.

»Ihr wisst, wovon ich rede?«

»Nein, aber ich bin sicher, Ihr werdet mich gleich erleuchten.«

»Es geht um Marsilio Petrucci!«

Hatte er es doch geahnt!

»Ich nehme an, der Name ist Euch noch nicht ganz entfallen«, sagte der Prior bissig.

»Da vermutet Ihr richtig.«

»Wirklich? Das erstaunt mich nun doch. Denn in den letzten Wochen hätte man leicht den Eindruck gewinnen können, dass Ihr den Namen ebenso vergessen habt wie Eure Verpflichtungen, die sich mit ihm verbinden!«

Der Vorwurf ärgerte Pater Angelico über die Maßen, was er vermutlich nicht verbergen konnte. Die dreiste Eigenmächtigkeit, die sein Oberer in der *causa* Petrucci an den Tag gelegt hatte, war wohl der Tropfen gewesen, der das Fass zum Überlaufen gebracht und das letzte dünne Band monastischer Brüderlichkeit zwischen ihnen durchtrennt hatte.

»Wie könnte ich vergessen, dass Ihr den Auftrag für die Ausmalung einer ganzen Hauskapelle im Palazzo des Wollfabrikanten angenommen habt, ohne vorher mit mir darüber gesprochen zu haben, geschweige denn die Entscheidung darüber, ob ich dazu überhaupt willens oder fähig bin, mir zu überlassen!«, erwiderte er scharf.

Der Prior wedelte mit seiner goldberingten Rechten, als wollte er ein lästiges Insekt vertreiben. »Lasst uns nicht wieder bei Adam und Eva beginnen! Was damals dazu zu sagen war, ist gesagt worden – von Euch wie von mir! Da gibt es nichts, was jetzt noch einmal aufzuwärmen wäre«, sagte er unwillig, aber auch abwiegelnd, wusste er doch nur zu gut, dass er den Bogen damals überspannt hatte.

»Dass Ihr daran kein Interesse habt, wundert mich nicht«, gab Pater Angelico zurück. »Aber es liegt in der Natur der Dinge, dass sich am Ende alles auf Adam und Eva – und die hinterhältige Schlange zurückführen lässt!«

Vincenzo Bandelli zog es vor, diese Spitze zu ignorieren, und gab nun den umgänglichen Prior, der an das Ehrgefühl und den Gemeinsinn eines Klosterbruders appellierte. »Lasst uns zum Kern der leidigen Angelegenheit kommen, werter Bruder. Marsilio Petrucci sitzt mir seit Wochen im Nacken, und das mit gutem Recht! Egal, wie wir es drehen und wenden, wir stehen bei ihm im Wort. Er hat unserem Kloster im Oktober die beachtliche Summe von hundert Florin überlassen und damit die Hälfte des ausgehandelten Lohns im Voraus gezahlt. Und es gibt nichts daran zu rütteln, dass Ihr den Auftrag letztlich angenommen habt«, fügte er mahnend hinzu.

Was leider der Wahrheit entsprach, wie Pater Angelico sich widerwillig eingestehen musste.

»Also ganz gleich, wie Ihr die Vorgeschichte des Auftrags seht, die vielleicht nicht ganz glücklich verlaufen ist, wie ich einräumen will ...« Dieses Zugeständnis fiel dem Prior sichtlich schwer, und er zog dabei ein Gesicht, als schlucke er den Saft einer unreifen Zitrone. »... aber auch Ihr steht bei ihm im

Wort. Zumal Ihr mit der Arbeit in der Hauskapelle bereits begonnen habt.«

Auch das konnte Pater Angelico zu seinem großen Bedauern nicht leugnen. Er hatte zwar noch kein einziges Fresko gemalt, aber doch einige nötige Vorarbeiten geleistet sowie erste Skizzen angefertigt. Und er wusste, dass das ein schwerwiegender Fehler gewesen war. So wie er sich auch vorwerfen musste, nicht von Anfang an unnachgiebig darauf bestanden zu haben, dass Bandelli grundsätzlich nicht in seinem Namen Aufträge annahm. Wäre er in den Anfangsjahren hart geblieben, hätte er jetzt nicht nach Möglichkeiten suchen müssen, seinen Kopf aus der Schlinge zu ziehen.

Aber wie die Dinge lagen, gab es keinen Ausweg. Vermutlich hatte er die letzte Chance in dem Augenblick vertan, als er den Palazzo des einflussreichen Wollfabrikanten erstmals betrat. Von da an war er nicht mehr wirklich Herr über seine Entscheidungen gewesen.

»Seit Anfang November ist nichts mehr geschehen«, fuhr der Prior fort, »und allmählich verliert ...«

»Was, seitdem ist *nichts* geschehen?«, fiel Pater Angelico ihm empört ins Wort, stemmte die Fäuste in die Hüften und funkelte ihn an, als wollte er ihn mit seinem schieren Blick niederstrecken. »Bei den Leiden des Erlösers, viel ist seitdem geschehen! Sogar höllisch schmerzhaft viel! Wollt Ihr mich zu allem auch noch verhöhnen, *ehrwürdiger Vater?*« Er spuckte die Anrede aus wie eine madige Frucht. »Oder habt Ihr vergessen, dass ich in dem verdammten Keller des alten Geschlechterturms eine halbe Ewigkeit am Strick gehangen habe und die Folter des *strappado* erdulden musste? Habt Ihr eine Vorstellung davon, wie es ist, wenn einem das Seil die Arme aus den Schultergelenken zerren will und Muskeln, Bänder und Sehnen kurz vor dem Zerreißen stehen? Soll ich es Euch demonstrieren?« Das Feuer, das seine Augen sprühten, war entfacht von der Erinnerung an die grausamen Schmerzen, die er bis ans Ende seiner Tage nicht vergessen würde.

Der Prior erblasste und wich einen Schritt zurück, als fürchte er, Pater Angelico könnte in seinem Zorn tatsächlich noch handgreiflich werden.

»Heilige Muttergottes, so habe ich es natürlich nicht gemeint! Nichts liegt mir ferner, als die entsetzliche Tortur zu verharmlosen, die Ihr von der Hand dieser Bestie habt erdulden müssen[1]!«, beteuerte er hastig. »Der Herr ist mein Zeuge!«

Pater Angelico sah ihn scharf an, die Augen schmal und die Lippen zusammengepresst. Er gab ein Knurren von sich und blähte die Nasenflügel, schwieg aber.

Vincenzo Bandelli fasste sich schnell wieder. »Bei Gott und der seligen Jungfrau, es war eine böse und gottlose Geschichte, in die Ihr Euch nach dem Mord an Eurem *speziale* Bernardo Movetti verstrickt habt! Und nach allem, was mir darüber zu Ohren gekommen ist, habt Ihr Euch tapfer geschlagen und sogar einiges dazu beigetragen, dass der Frevel letztlich gesühnt und der Gerechtigkeit Genüge getan wurde«, sagte er salbungsvoll, wobei er es verstand, selbst seiner vermeintlichen Anerkennung noch eine unterschwellige Note von Vorwurf zu verleihen. Zweifellos missfiel ihm, dass es zu dieser Verstrickung überhaupt gekommen war; dass Pater Angelico seinen Drogisten, der wie alle Speziali neben Arzneien und Süßigkeiten auch die von Malern benötigten Materialien angeboten hatte, tot aufgefunden hatte und in die Aufklärung der Todesumstände verwickelt gewesen war.

1 Siehe »Die Farben von Florenz – Pater Angelicos erster Fall«

Wie gut, dass Commissario Scalvetti zu schweigen versteht und du nur die halbe Wahrheit kennst, Bandelli, dachte er denn auch dankbar. Nicht auszudenken, was geschehen wäre, hätten der Prior und damit auch alle anderen im Konvent erfahren, *wie tief* er tatsächlich in den Fall verstrickt gewesen war und weshalb er gar keine andere Möglichkeit gehabt hatte, als den Mörder ausfindig zu machen und zu stellen. Vermutlich hätte ihn das nicht nur sein Ordensgewand gekostet, sondern Lorenzo de' Medici hätte ihn wohl aus der Stadt peitschen lassen – sofern er eingedenk der herrlichen Tafelbilder, die er, Pater Angelico, in den vergangenen Jahren für ihn und seine Günstlinge angefertigt hatte, gnädig gestimmt gewesen wäre. Das allerdings wäre bei einem Mann, der oft bis an die Grenze des Erträglichen von Gichtanfällen gepeinigt wurde, ein wahrer Glücksfall gewesen.

»Ihr habt einen Vorgeschmack jener Leiden erhalten, die zu gewärtigen hat, wer den Geboten unseres Herrn und Erlösers zuwiderhandelt und sich über die göttlichen Gesetze stellt«, fuhr der Prior doppeldeutig fort. Dazu lächelte er gekünstelt. »Deshalb war es auch recht und billig, Euch die Zeit zu geben, die Ihr brauchtet, um Euch von den Torturen zu erholen und Eure malträtierten Glieder zu schonen. Selbst Marsilio Petrucci hatte Verständnis dafür, dass Ihr nicht sofort an die Arbeit zurückkehren konntet, sondern erst einmal Schonung brauchtet.«

»Ihr seht mich zutiefst gerührt«, murmelte Pater Angelico.

Der Prior überhörte auch diese spitze Bemerkung geflissentlich. »Aber mit der Geduld des Signore ist es vorbei. Er ist schon seit geraumer Zeit der Auffassung, dass Ihr Euch lange genug von seiner Hauskapelle ferngehalten habt, um wieder zu Kräften zu kommen und die alte Beweglichkeit zurückzuerlangen. Nun will er Fortschritte sehen, und ich kann es ihm nicht verdenken!«

Pater Angelico schnaubte. »Was weiß ein Pfeffersack wie er, der einen Pinsel nicht von einem Spachtel unterscheiden kann, schon davon, wann ich mich wieder in der Lage fühle, an einem riesigen Fresko zu arbeiten?«, entgegnete er und wusste doch, dass er seine Karten ausgereizt hatte. Es war unabänderlich. Einen weiteren Aufschub würde es nicht geben.

Wäre es nur die – gleichwohl große – Aufgabe in der Hauskapelle gewesen, der er sich im Palazzo des Marsilio Petrucci stellen musste, wie leicht wäre ihm dann der Weg in die Via Chiara gefallen! Aber dort wartete mehr auf ihn als nackte Decken und Wände, die mit Fresken versehen werden sollten. Dort erwartete ihn auch die neunzehnjährige Lucrezia, und ihr nach den Ereignissen im November wieder zu begegnen und in die verstörend ausdrucksstarken Augen zu sehen, dazu fühlte er sich ganz und gar nicht in der Lage. Vermutlich würde er das nie können, ohne dass die Schar seiner inneren Dämonen gefährlichen Zuwachs erhielt, ganz egal, wie viel Zeit er noch verstreichen ließ.

»Ihr seid gut beraten, es nicht am gebotenen Respekt fehlen zu lassen!«, wies Bandelli ihn zurecht. »Schon gar nicht gegenüber einem Mann wie Marsilio Petrucci, der über Reichtum, Macht und großen Einfluss verfügt! Wie Ihr nur zu gut wisst, zählt Lorenzo de' Medici ihn zum Kreis seiner engsten Freunde und Vertrauten! Das Haus Medici ist der Patron von San Marco und hält seit Generationen seine schützende Hand über unser Kloster. Aber diese Hand weiß auch zu züchtigen, vergesst das nicht!«

Pater Angelico verzog das Gesicht zu einem schiefen Lächeln. »Mir scheint manchmal, dass die Persönlichkeit in unserer Zeit die Summe dessen ist, was den Dummen beeindruckt und dem Mächtigen nützlich erscheint.«

»Haltet gefälligst Eure Zunge im Zaum!«, zischte der Prior. Jetzt blitzte wieder Zorn in seinen Augen. »Es reicht! Ich verlange, dass Ihr Euch endlich wieder in dem Maß Euren Pflichten stellt, wie ich und der gesamte Konvent es erwarten können. Hört auf, mir Sand in die Augen zu streuen! Länger lasse ich mich nicht hinhalten. Ich weiß, dass Ihr längst wieder in der Lage seid, die Arbeit an den Fresken aufzunehmen!«

Pater Angelico seufzte. Der Obere hatte recht, leider, und das abzustreiten und ihn zu belügen, wäre unter seiner Würde und eine Sünde mehr gewesen, die er zu beichten hätte. Der bittere Kelch würde nicht an ihm vorübergehen!

»Ich habe Euch wirklich jede Freiheit eingeräumt, die Ihr Euch nur wünschen könnt. Und obwohl ich nicht selten den Eindruck habe, dass Ihr mein Vertrauen und meine Großzügigkeit weit über Gebühr strapaziert, um nicht zu sagen: schamlos ausnutzt, lasse ich Euch doch freie Hand«, fuhr Bandelli indessen grimmig fort. »Herr im Himmel, ich habe Euch nicht einmal gefragt, was um alles in der Welt Euch heute Nacht bei diesem Regen aus dem Kloster getrieben hat und wieso Ihr nicht pünktlich zu den Vigilien erschienen seid. Obwohl ich es doch eigentlich gern wüsste! Aber mit dem mir eigenen Gottvertrauen und meiner Großmut …«

Pater Angelico schnitt ihm das Wort ab. »So, Ihr wollt also wissen, wo ich mir die Nacht um die Ohren geschlagen habe, ja? Seid Ihr Euch dessen auch sicher?«, stieß er in seinem Groll hervor und bereute es, kaum dass die Frage ihm über die Lippen gekommen war. Teufel, offenbar war auch seine Gurgel nicht stark genug geringelt!

Der Prior reckte das Kinn vor. »Wenn Ihr nichts zu verbergen habt, dürfte es Euch ja keine Schwierigkeiten bereiten, darüber Auskunft zu geben!«

Fieberhaft überlegte Pater Angelico, wie er sich aus der Klemme befreien sollte, in die er sich selbst manövriert hatte. Bandelli dreist anzulügen kam nicht in Frage. Deshalb blieb ihm nichts anderes übrig, als sich hinter der Wahrheit zu verstecken.

»Wo kann ich denn schon gewesen sein, ehrwürdiger Vater? Lasst mich kurz nachdenken. Ja, natürlich, jetzt fällt es mir wieder ein! Ich war bei einem Juden, um mit ihm über die göttliche Offenbarung und die Frage zu disputieren, welche Religion denn nun die einzig wahre sei …«

Hinter ihm sog Bruder Bartolo hörbar die Luft ein, und für einen Moment setzte das Stampfen und Mahlen aus. Dann jedoch wurde es fortgesetzt, und zwar in einem erheblich schnelleren Rhythmus als zuvor.

»… und danach habe ich mich in einem verschwiegenen Kellergewölbe dem Opiumrausch hingegeben«, fuhr Pater Angelico grimmig fort, »um diesem irdischen Jammertal wenigstens für ein paar Stunden zu entfliehen. So, jetzt wisst Ihr, wo ich mich herumgetrieben habe!«

Zornesröte schoss dem Prior ins Gesicht, und die Ader auf seiner Stirn schwoll an. »Dass es Euch in erheblichem Maße an der gebotenen Demut mangelt, ganz zu schweigen von dem geschuldeten Gehorsam, ist für mich als Euer Prior wahrlich keine neue Erfahrung!«, zischte er. »Bei Gott, von Euch bin ich in dieser Hinsicht einiges gewohnt, und der Herr allein weiß, warum ich Euch das immer wieder durchgehen lasse! Aber diese blasphemische Verhöhnung setzt Eurem despektierlichen Verhalten wahrhaftig die Krone auf!«

Pater Angelico zuckte die Achseln. Der Schaden war angerichtet – Reue schaffte ihn nicht mehr aus der Welt. »Ihr wolltet die Wahrheit wissen.«

»Schweigt! Wagt es nicht noch einmal, mich mit solch hanebüchenem, gottlosem Unsinn zu verhöhnen!«, sagte Vincenzo Bandelli mühsam beherrscht. »Aber das wird ein Nachspiel haben! Dafür werdet Ihr Euch beim nächsten Schuldkapitel …«

Der Satz des Klosteroberen blieb unvollendet, denn in dem Moment flog die Tür zur Werkstatt auf, mit solcher Wucht, dass sie krachend gegen die Seitenwand schlug.

Bruder Ormanno, der schwergewichtige *portarius* mit dem sanften Wesen eines verträumten, genügsamen Kindes, kam mit wehender Kutte ins Atelier gestürzt. »Ehrwürdiger Vater …«, rief er, blieb nach zwei, drei Schritten mitten im Raum stehen und japste nach Luft wie ein Fisch auf dem Trockenen.

Dass der Mönch außer Atem war, wunderte keinen. Diesen massigen Körper schneller zu bewegen als im Schneckentempo musste Schwerstarbeit sein. Auffällig aber war die kranke Blässe seines Gesichts. Pater Angelico kannte den Klosterbruder nicht anders als mit leicht geröteten Wangen.

»Was gibt es, Bruder Ormanno?«, fragte Vincenzo Bandelli unwirsch.

»Pater Nicodemo!«, stieß der Portarius keuchend hervor. »Man hat ihn … ihn gefunden, ehrwürdiger Vater!«

»Was du nicht sagst! Ich wusste gar nicht, dass er vermisst wurde!«, erwiderte der Prior sarkastisch. »Meines Wissens ist er ans Sterbebett von Ser Aurelio …«

Bruder Ormanno schüttelte heftig den Kopf und tat etwas, das er noch nie gewagt hatte: Er fiel seinem Oberen ins Wort. »Man hat Pater Nicodemo *tot* aufgefunden, ehrwürdiger Vater!«, stieß er kurzatmig und mit gequälter Miene hervor.

Ungläubige Blicke trafen ihn, doch nur Pater Angelico erschrak, denn er sah seinem Mitbruder an, dass es an der Nachricht, die er überbrachte, keinen Zweifel gab.

»Was redest du da?«, rief der Prior dagegen unwillig. Pater Nicodemo mochte ein steifes Bein haben, aber ansonsten erfreute er sich, wie jeder im Kloster wusste, bester Gesundheit.

»Bei meiner Seele, es ist, wie ich sage, ehrwürdiger Vater!«, versicherte der Portarius. »Commissario Scalvetti hat uns einen Boten mit der Nachricht geschickt. Pater Nicodemo ist tot und …« Er schluckte und schlug hastig das Kreuz über sich, bevor er widerstrebend hinzufügte: »Es soll ein Verbrechen vorliegen!«

10

Die Luft war frisch und klar, und unter dem stahlblauen Himmel erschienen den Florentinern die schweren nächtlichen Regengüsse nur noch wie die blasse Erinnerung an einen bösen Traum.

Auf der Via dei Pilastri drängte sich vor der Brandruine an der Ecke Via Sant'Anna eine dichte Menge aus sensationslüsternen Passanten und Bewohnern der umliegenden Häuser. Sie hielten ein paar Schritte Abstand zum Ort des Verbrechens, und es herrschte auch kein Geschrei, wie es sonst bei Menschenaufläufen üblich war.

Vielmehr klang das erregte Raunen, Flüstern und Zischeln wie das Sirren eines aufgescheuchten Bienenschwarms. Es schien, als wollte keiner durch allzu lautes Reden Aufmerksamkeit auf sich ziehen. Das war der übliche Effekt, wenn die *otto di guardia,* die gefürchtete und mit unbegrenzten Befugnissen ausgestattete florentinische Geheimpolizei, an einem Ort erschien.

Es gab kaum ein Durchkommen, doch Pater Angelico ließ sich von der Mauer aus dicht gedrängten Menschenleibern nicht entmutigen. Mit grimmiger Entschlossenheit bahnte er sich, Bruder Bartolo im Schlepptau, einen Weg durch die Menge der Gaffer.

Dabei forderte er nicht nur immer wieder energisch, die Schaulustigen sollten einem Ordensbruder des Toten gefälligst Platz machen, sondern teilte auch großzügig Stöße mit Fäusten und Ellbogen aus, wenn die Leute nicht auf seine Zurufe reagierten und keine Gasse für sie bilden wollten. Den gesenkten Kopf wie einen Rammbock einsetzend, schob er sich unaufhaltsam durch die zähe Masse der Leiber.

Er konnte noch immer nicht recht glauben, dass Pater Nicodemo ermordet worden war und er sich tatsächlich auf dem Weg zum Schauplatz eines Verbrechens befand. Es erschien ihm unwirklich, und insgeheim hoffte er, dass das Ganze sich als Irrtum erwies, dass eine Verwechslung vorlag.

Lass es so sein, Herr!

Endlich durchbrach er die vorderste Reihe von Schaulustigen, die ein gutes Dutzend Schritte Abstand zum Ort des Verbrechens eingehalten hatten. Jedoch nicht aus Scheu oder gar Respekt vor dem Toten, sondern wegen der *sbirri,* die ihnen ein weiteres Vordringen verwehrten. Vier dieser Schergen der Geheimpolizei, ausnahmslos grobschlächtige Kerle mit breitem Kreuz und hartem Gesicht, standen breitbeinig da und riegelten mit gekreuzten Hellebarden den Zugang von der Via dei Pilastri zur Via Sant'Anna ab.

Drei weitere Schergen blockierten die Straße unterhalb des Tatorts, zwei waren direkt vor der Brandruine postiert. Die Sbirri trugen grau gefärbte, eng anliegende Lederkappen, und von schiefergrauer Farbe und völlig schmucklos waren auch Wams, Beinkleider und Umhang. Manche nannten sie deshalb auch die Grauen Wölfe der acht allmächtigen Commissari, aus denen sich das Kollegium der Otto di Guardia zusammensetzte.

Von den gekreuzten Spießen mit ihren blitzenden Klingen ebenso wenig beeindruckt wie von den abweisenden, verschlossenen Mienen, ging Pater Angelico auf die Sbirri zu. Bruder Bartolo dagegen war plötzlich nicht mehr so darauf bedacht, mit ihm Schritt zu halten, und fiel zurück.

Die Hellebarden der beiden Schergen, die mitten auf der Straße standen und auf die Pater Angelico zuhielt, klirrten warnend gegeneinander.

»Keinen Schritt weiter, Mönch!«, blaffte der Größere der beiden. Der Mann war gebaut wie ein aus einem Steinbruch gehauener Klotz und hatte eine fleischig dicke, vorgestülpte Unterlippe, auf der man bequem nach Rom hätte reiten können. »Troll dich! Zurück zu den anderen Gaffern! Du hast hier nichts zu suchen!«

Pater Angelico trat unbeirrt auf ihn zu. »Du irrst, guter Mann«, sagte er und zwang sich, freundlich dreinzuschauen. »Und du bist gut beraten, mir und meinem Begleiter den Weg freizugeben, damit ich zu meinem toten Klosterbruder …«

Stülplippe schnitt ihm das Wort ab. »Hast du es auf den Ohren und auf den Augen, Kerl?«, herrschte er ihn an. »Hier kommt keiner durch. Hier ist ein Sperrbereich der Otto di Guardia, falls du das noch nicht begriffen hast, Kuttenträger! Also verschwinde, bevor du dir richtig Ärger einhandelst! Und zwar ein bisschen plötzlich, sonst setzt es was!«

Pater Angelico tat das genaue Gegenteil. Er trat noch näher an den Schergen heran. Nun trennte ihn nicht einmal mehr eine Armeslänge von dem Mann – und seinem schlechten Atem und üblen Körpergeruch.

Die beiden Sbirri reagierten blitzschnell und ohne dass es einer Absprache bedurft hätte. Mit einem hellen Geräusch schabte Metall über Metall, und ihm nächsten Moment lag Pater Angelicos Kehle in einer Zange aus zwei rasiermesserscharfen Hellbardenbeilen.

Er zuckte nicht mit der Wimper. Stattdessen sah er Stülplippe unerschrocken an. »Soll ich jetzt vielleicht vor Todesangst zittern?« Er tippte spielerisch von unten gegen die Hellebardenschneiden, als handele es sich um harmlose Spielzeuge. »Das wird nicht passieren, weil nicht einmal der größte Tölpel unter euch so dumm wäre, einem Dominikaner von San Marco auch nur die Haut zu ritzen! Ihr Büttel braucht doch immer jemanden, der euch sagt, was ihr zu tun und zu lassen habt, und der den Kopf dafür hinhält. Also lass den Unfug! Bei mir verfängt euer Waffengeklapper nicht!«, sagte er. »Du kannst froh sein, dass Commissario Scalvetti, der nach mir geschickt hat, nicht sieht, wie dämlich du dich anstellst und wie großkotzig du dich aufplusterst, statt erst einmal schlicht nach meinem Begehr zu fragen. Denn dann würdest du bestimmt morgen schon nicht mehr Scherge der Otto di Guardia sein, sondern für den Rest deines Lebens an irgendeinem Stadttor Wache schieben!«

Dem Schergen klappte der Unterkiefer herunter, als hätte das Gewicht seiner wulstigen Lippe den Kampf gegen die Wangenmuskeln endlich gewonnen. Seinem Gesichtsausdruck nach dämmerte ihm, dass er einen Fehler begangen hatte, der unangenehme Folgen haben konnte.

Bevor er jedoch handeln konnte, wurde einer der beiden Sbirri, die direkt vor der Brandruine standen und sich leise unterhalten hatten, auf sie aufmerksam. Dieser Mann war im Gegensatz zu den anderen nicht mit einer Hellebarde bewaffnet, sondern trug ein Schwert an der Hüfte.

»Giuseppe! Manetto! Was geht da vor sich?«, rief er herrisch und kam auch sogleich mit energischen Schritten herangestiefelt.

Augenblicklich wurden die Klingen von Pater Angelicos Hals weggezogen, und Stülplippe hatte es eilig, sich zu seinem Vorgesetzten umzudrehen und ihm stammelnd mitzuteilen: »*Caporale* Gualberti, dieser … äh … dieser Mönch hier … also er hat gerade behauptet, dass Commissario Scalvetti … nach ihm geschickt hat.«

»Womit er die Wahrheit sagt, sofern sein Name Pater Angelico ist, was ich annehme!«

Der Caporale sah den Mönch fragend an, und dieser nickte.

»Warum setzt ihr ihm gleich die Klingen an die Kehle, statt erst einmal bei mir nachzufragen, ob es so ist, wie er sagt?«, schnarrte Caporale Gualberti.

»Weil er … äh … weil er erst jetzt damit herausgerückt ist«, verteidigte sich Stülplippe mit hochrotem Kopf.

Der Caporale bedachte ihn mit einem vernichtenden Blick. »Lass den Pater durch, du Dämlack!«, zischte er.

»Ich bin in Begleitung«, sagte Pater Angelico und winkte den Novizen heran.

Caporale Gualberti nickte knapp. »Commissario Scalvetti erwartet Euch. Nein, nicht hier. Ich soll Euch zu ihm schicken. Ihr findet ihn in der Schenke *Canto del Gallo,* Pater. Es ist ein Stück die Straße hinunter, die Schenke liegt auf der rechten Seite.«

Pater Angelico dankte ihm und warf flüchtig einen beklommenen Blick in das ausgebrannte, halb eingestürzte Gebäude, das einst eine kleine Manufaktur sowie einen Wohntrakt beherbergt hatte. Von da, wo er stand, konnte er jedoch keine Leiche entdecken, deshalb ging er schnell weiter.

»Es war nicht ungefährlich, sich derart mit diesen brutalen Kerlen anzulegen«, raunte Bruder Bartolo, von dem Zwischenfall noch sichtlich verstört. »Das hätte böse ins Auge gehen können, Meister!«

»Ganz recht«, pflichtete Pater Angelico ihm bei. »Für die Sbirri hätte es in der Tat ein böses Ende nehmen können.«

Der Novize machte ein verblüfftes Gesicht, und zugleich argwöhnte er, dass es seinem Meister mit der Erwiderung ernst war. Denn wozu Pater Angelico, der einstige Landsknecht, noch immer imstande war, davon hatte er sich schon mit eigenen Augen überzeugen können.

11

Es war nicht weit zu der Taverne, die sich *Hahnenschrei* nannte und über ihrem Eingang ein bunt bemaltes Holzschild mit einem krähenden Hahn hängen hatte.

Pater Angelico stutzte, als sein Blick auf das schwarze Berberross fiel, das, an einen Eisenpfahl gebunden, im Torweg neben dem Eingang stand. Die Beine waren bis hoch an den Unterleib mit Schlamm bespritzt, das Fell an vielen Stellen stumpf von Staub, und auf den Flanken des herrlichen Tieres glänzte eine dünne Schicht Schweiß. Der Mann, der auf ihm geritten war, hatte einen weiten Weg zurückgelegt. Und bei diesem Mann handelte es sich um keinen anderen als Commissario Tiberio Scalvetti. Der prächtige Hengst, der auf den Namen Draghetto hörte, war sein Lieblingspferd und wurde ausschließlich von ihm geritten.

Der weit nach hinten durchgehende Schankraum mit der niedrigen, rauchgeschwärzten Balkendecke und den einfachen Tischen und Bänken war leer – abgesehen von dem gedrungenen, glatzköpfigen Wirt, der hinter der Theke stand, sich nervös die Lippen leckte und unablässig die Knochen seiner Finger knacken ließ. Und natürlich *commissario capo,* Chef der Geheimpolizei von Santa Croce, der in der Otto di Guardia der *primus inter pares* war.

Commissario Scalvetti saß an einem Tisch vor dem Kamin, in dem laut prasselnd ein stattliches Feuer brannte. Der Wirt musste in der brusthohen Ummauerung der Feuerstelle ganze Berge von Scheiten aufgeschichtet haben, die jetzt unter dem Ansturm der lodernden Flammen knackten und zischten.

Der Feuerschein hob die hagere Gestalt des Commissario

aus dem klammen Dunkel des Schankraums, dessen Schlagläden zur Straße hin noch geschlossen waren und in dem auch weder Öllicht noch Kerze brannten. Es sah aus, als leckten Feuerzungen über Scalvettis asketisches Gesicht mit den hohen Wangenknochen, das wie ein altes Stück Treibholz von scharfen Linien durchzogen war. Er hatte dunkle Schatten unter den Augen, deren Blick durchdringend sein konnte wie Messerstiche, und er sah müde aus und grau wie die Kleidung seiner Sbirri.

Reglos starrte er ins Feuer. Sein schwarzer Tuchumhang mit der schmalen goldenen Lilienborte am Saum war staubbedeckt. Aus schwarzem Wolltuch waren auch das abgesteppte Wams und die Beinkleider gearbeitet, die in gleichfalls schwarzen, dreckbespritzten Reitstiefeln steckten. An seinem Schwertgehänge hing in einer mit Silberdraht kunstvoll verzierten Scheide die *squarcina,* das handliche Kurzschwert. Vor ihm auf dem Tisch standen ein bauchiger Steingutkrug, ein Zinnbecher und eine Schale mit gerösteten Kastanien. Aus der Öffnung des Kruges stieg Dampf auf, und der unverkennbare Duft von heißem Gewürzwein stieg Pater Angelico in die Nase.

Bruder Bartolo murmelte etwas, das wie »Ich warte hier« klang, und blieb an der Theke stehen, während sein Meister sich zu Scalvetti an den Tisch begab.

»*Pax vobiscum,* Commissario.«

»Setzt Euch, *padre*«, entgegnete der Commissario mit der ihm eigenen Direktheit, ohne den Gruß des Dominikaners zu erwidern oder auch nur den Blick vom Feuer zu wenden. Von Konventionen hielt er nicht viel, und seine außergewöhnliche Stellung erlaubte es ihm, darauf zu pfeifen, was andere von seinen Manieren hielten.

»Verzeiht, aber wenn es Euch nichts ausmacht, wäre es mir

lieber, Ihr würdet mich unverzüglich zu meinem toten Klosterbruder bringen und mir mitteilen, welcher Art von Verbrechen Pater Nicodemo zum Opfer ge…«

Der Commissario ließ ihn nicht ausreden. »Setzt Euch, Pater!«, wiederholte er mit Nachdruck. »Für die Sterbesakramente kommt Ihr zu spät, und der Tote läuft Euch nicht weg. Ihr gelangt noch früh genug zu Eurem Klosterbruder. Seine Seele hat längst den ihr vorbestimmten Weg genommen, und seine sterbliche Hülle wird gut bewacht. Wozu also die Eile?«

Dass der Commissario kein Wort des Bedauerns über den Mord an dem Klosterbruder äußerte, verwunderte Pater Angelico nicht. Tiberio Scalvetti ging mit Gefühlsäußerungen so sparsam um wie ein Medicus mit den hochgiftigen Bestandteilen mancher Arzneien. Und für seichtes Geplauder, Allgemeinplätze oder Sentimentalitäten war er noch viel weniger zu haben.

Es musste also einen triftigen Grund dafür geben, dass Scalvetti nicht am Tatort auf ihn gewartet hatte und ihn nun aufforderte, sich zu ihm zu setzen. Andererseits: Scalvetti war kein leicht zu durchschauender Mann. Vielleicht war er nach seinem langen Ritt auch nur müde und nicht gewillt, so schnell wieder aufzuspringen und sich von dem wärmenden Kaminfeuer zu trennen.

Pater Angelico seufzte. »Also gut, um der Liebe Christi willen sollt Ihr Euren Willen bekommen«, brummte er, zog einen Stuhl heran und setzte sich.

Tiberio Scalvetti ging auf die Bemerkung nicht ein. Stattdessen klopfte er mit seinem Becher dreimal hart auf die Tischplatte, damit der Wirt zu ihnen herübersah. Und als der Glatzkopf reagierte, bedeutete er ihm, dass er einen zweiten Becher bringen sollte.

»Ihr scheint die Nacht im Sattel verbracht zu haben«, sagte Pater Angelico mit fragendem Unterton in Scalvettis finsteres, brütendes Schweigen hinein.

Der Commissario nickte. »Es ist noch keine Stunde vergangen, seit ich aus Perugia zurück bin.«

»Perugia? Seit wann treibt Euch die Verteidigung der Freiheit unserer stolzen florentinischen Republik hinüber nach Umbrien?«, fragte Pater Angelico mit einem Anflug von Spott.

»Seit die Feinde unserer Republik nach der gescheiterten Pazzi-Verschwörung im April 1478 wieder Morgenluft wittern und sich mit neuen Plänen zu einem blutigen Umsturz tragen«, antwortete Tiberio Scalvetti.

Pater Angelico wusste, worauf der Commissario anspielte. Lorenzo de' Medici und seine Parteigänger herrschten zwar noch immer über Florenz und hielten so gut wie alle wichtigen Staatsämter mit ergebenen Gefolgsleuten besetzt. Aber Il Magnifico litt von Jahr zu Jahr mehr unter der heimtückischen Gicht, die schon die meisten männlichen Medici vor ihm befallen, nach und nach zu Krüppeln gemacht und früh ins Grab gebracht hatte. Inzwischen fesselte die Krankheit, die mit großen Schmerzen verbunden war, auch Lorenzo immer häufiger und für immer längere Zeitspannen ans Bett. In der Stadt kursierten hier und da schon Gerüchte, Lorenzo habe nach Einschätzung seiner Ärzte nicht mehr länger als ein, zwei Jahre zu leben.

Da verwunderte es nicht, dass einige der in der Verbannung lebenden florentinischen Nobili, die ihre Reichtümer ins Exil hatten hinüberretten können, in der Hoffnung auf baldige Rückkehr und Machtübernahme dunkle Pläne schmiedeten.

»Ich denke, Ihr von der Otto di Guardia habt überall Eure Zuträger und Agenten, die dafür sorgen, dass die in der Verbannung lebenden florentinischen Familien dem Haus der Medici nicht gefährlich werden. Und ich dachte, Ihr habt Eure Leute nicht nur hier in der Heimat, sondern überall in Italien.«

»Das mag so sein, aber gelegentlich ist es ratsam, sich in die Höhle der Hyänen zu begeben und selbst Hand anzulegen«, erwiderte Tiberio Scalvetti trocken.

Dem Mönch stellten sich die Nackenhaare auf. Wenn jemand wie Scalvetti in diesem Zusammenhang von »Hand anlegen« sprach, war das meist im Wortsinn zu verstehen. Wobei in der Hand zweifellos eine Klinge oder eine andere tödliche Waffe gelegen hatte.

Tiberio Scalvetti, der ahnte, was seinem Gegenüber durch den Kopf ging, verzog das Gesicht zu einem freudlosen Lächeln. »Was passiert, wenn in einem Staat die Ausbeuter vertrieben sind, Pater?«, fragte er scheinbar ohne jeden Zusammenhang.

Pater Angelico zuckte die Achseln. »Das Volk feiert?«

»Anzunehmen, es feiert ja auch jede Hinrichtung wie ein Volksfest«, bemerkte Tiberio Scalvetti. »Was aber ganz sicher eintritt, ist, dass die befreiten Ausgebeuteten sich bald wieder in Ausbeuter und Ausgebeutete aufteilen. Und das ist kein Zynismus, wie Ihr vielleicht unterstellt, sondern die nüchterne Erkenntnis, zu der gelangt, wer sich die Vergangenheit anschaut.«

Pater Angelico nickte, wenn auch widerwillig. Scalvetti hatte recht, ob ihm das gefiel oder nicht.

»Der Pöbel folgt nun mal nicht dem, der ihn heilt, sondern dem, der ihm Drogen gibt«, fügte der Commissario ungerührt hinzu.

Der Wirt brachte den gewünschten zweiten Becher. Schweißperlen glitzerten auf seinem kahlen Schädel und auf der Oberlippe. Er dienerte auf eine verkrampft beflissene Art und zog sich eilig wieder hinter seine schützende Theke zurück, wo er sich erleichtert mit einem alten Lappen über Gesicht und Stirn fuhr, so als sei er nur knapp der Ergreifung und Verschleppung in einen Folterkeller der Otto di Guardia entkommen.

Der Commissario füllte beide Becher mit heißem Gewürzwein und schob den, den der Wirt gerade gebracht hatte, dem Dominikaner zu.

Pater Angelico schüttelte den Kopf. »Nehmt es nicht persönlich, aber ich mache mir nichts aus Wein, der mit allerlei Gewürzen aufgekocht und fast immer übermäßig mit Honig gesüßt worden ist«, erklärte er höflich. »Ist solch ein Trank mit gutem Wein gemacht, betrachte ich das als unverzeihliche Sünde. Besteht seine Grundlage dagegen aus dem Verschnitt von billigem Fusel, ist man erst recht gut beraten, die Finger davon zu lassen.«

Ein mitleidiges Lächeln erschien auf Scalvettis knochigem Gesicht. »Im Prinzip stimme ich Euch zu, Pater. Aber dieses Gesöff hat solide, kräftige Beine und weiß einen nervösen Magen, den nichts Gutes erwartet, im Zaum zu halten. Dafür habe ich gesorgt, Ihr habt mein Wort darauf. Und da Ihr gut beraten sein wollt, lasst Euch außerdem sagen: Trinkt mehr als nur einen kräftigen Schluck von diesem Wein, bevor ich Euch zu Eurem toten Klosterbruder bringe!«

Pater Angelico warf ihm einen irritierten Blick zu, lachte dann aber trocken und hieb sich mit beiden Händen auf den Leib, der sich zwar nicht mit dicken Fettpolstern hervortat, aber doch kräftig zu nennen war. »Eure Sorge ehrt Euch, aber sehe ich vielleicht so aus, als litte ich unter einem nervö…«

Tiberio Scalvetti schnitt ihm das Wort ab. »Trinkt!«, befahl er in einem Ton, der keinen weiteren Widerspruch duldete. »Redet nicht, zum Teufel, sondern leert den Becher, Pater! Ihr werdet es brauchen!«

12

Mit gerafften Kutten folgten Pater Angelico und Bruder Bartolo dem Commissario in die Brandruine, wo sie über verkohlte Holzstücke, Tonscherben und nassen Bauschutt hinwegsteigen mussten.

»Pater Nicodemo ist wohl schon auf der Straße ermordet worden«, entfuhr es Pater Angelico, als sein Blick auf die dunklen, schmutzig braunen Flecken fiel, mit denen die Trümmersteine nahe der Straße gesprenkelt waren. Das war zweifellos Blut des Opfers. Wenn nicht kurz zuvor an dieser Stelle noch ein anderes blutiges Verbrechen geschehen war. Denn mit vergossenem Blut, seinem Geruch und der Art, wie es sich beim Trocknen verfärbte, kannte er sich aus, und zwar besser, als ihm lieb war.

»Ihr schaut genau hin«, sagte Tiberio Scalvetti anerkennend. »Die Blutspuren sind in der Tat eindeutig und lassen keinen anderen Schluss zu. Der Mörder hat Eurem Klosterbruder vor der Ruine die Kehle durchgeschnitten und ihn vermutlich schon während der Tat hier hereingezerrt.«

Bruder Bartolo sog scharf die Luft ein. »Allmächtiger!«, stieß er hervor und fuhr sich an die eigene Kehle, als müsse er sie vor einem ähnlich heimtückischen Überfall schützen.

»Mortui non mordent!«, rief Tiberio Scalvetti ihm zu. Die Toten beißen nicht. »Und gewöhnt Euch besser früh an den Anblick von Toten, Bruder Bartolo. Jedes Gras wird einmal Heu!«

Der Novize, schon jetzt blass um die Nase, zog ein gequältes Gesicht und presste die bleichen Lippen zusammen.

Tiberio Scalvetti wandte sich wieder Pater Angelico zu.

»Der Täter hat es allerdings nicht dabei belassen, Eurem Bruder die Kehle durchzuschneiden und damit das Leben zu nehmen. Ihm ging es offensichtlich um mehr als nur einen Mord.«

»Habt Ihr eine Vermutung, wann ungefähr Pater Nicodemo den Tod gefunden hat?«

»Der *rigor mortis* hat sich noch nicht im ganzen Körper ausgebreitet, bislang sind nur der Oberkörper sowie Arme und Hände erfasst. Aber wir hatten eine kalte Nacht, und da Kälte den Prozess des Erstarrens bekanntlich verlangsamt, schätze ich, dass Euer Klosterbruder irgendwann zwischen Mitternacht und zwei Uhr morgens hier gestorben ist.«

Pater Angelico nickte wortlos. Damit blieb offen, ob Pater Nicodemo auf dem Weg zu Ser Aurelio oder auf dem Rückweg ermordet worden war.

»Aber kommt und seht selbst! Die Leiche liegt da drüben im einstigen Küchenraum«, sagte der Commissario und wies schräg nach links. »Dort hat ein Großteil der Decke den Brand relativ unbeschadet überstanden. Der Raum ist vor Wind und Wetter einigermaßen geschützt, weshalb der Mörder ihn wohl auch für den zweiten Teil seines Verbrechens gewählt hat.«

»Den zweiten Teil?«, echote Bruder Bartolo und stöhnte auf. »Heilige Muttergottes, vielleicht hätte ich doch besser in der Werkstatt bleiben und weiter Malachite zerkleinern sollen!«

Pater Angelico reagierte nicht darauf. In seinem Magen brannte das Feuer, das der heiße Gewürzwein entfacht hatte. Aber das nahm er ebenso wenig bewusst wahr wie das Gemurmel seines Novizen. Ihn beschäftigte allein, dass sein Klosterbruder an diesem trostlosen Ort kaltblütig ermordet worden war.

»Wegen der erhalten gebliebenen Küchendecke hat er ihn

hierhergeschleppt?«, fragte er verständnislos. »Welchen Grund sollte er dafür gehabt haben, Commissario? Und was heißt ›zweiter Teil‹?«

»Wir hatten in den vergangenen Tagen viel Regen, und der Täter wollte offenbar sichergehen, dass seine Botschaft erhalten bleibt und weder von Windböen verweht noch von Regenschauern weggespült wird.«

Pater Angelico furchte die Stirn. Diese entsetzliche Sache wurde mit jedem Moment verwirrender. »Was sagt Ihr da? Der Mörder hat eine *Botschaft* hinterlassen?«

Tiberio Scalvetti blieb kurz stehen, wandte sich zu ihnen um und nickte. »Ja, und zwar eine überaus drastische und blutige. Jedenfalls hat er sich einige Zeit dafür genommen, also muss es ihm wichtig gewesen sein.«

Hastig schlug Bruder Bartolo das Kreuz und betete stumm ein Ave-Maria.

»Welcher Art ist diese Botschaft?«, fragte der Malermönch beklommen.

»Ich wünschte, ich hätte eine Antwort auf diese Frage, Pater. Der Sinn erschließt sich mir nicht so ganz. Aber vielleicht wisst Ihr mehr damit anzufangen, wo er doch Euer Klosterbruder war und Ihr mit seinen …«, Tiberio Scalvetti zögerte kurz, bevor er achselzuckend fortfuhr, »… nun ja, Eigenheiten und seinem Lebenswandel besser vertraut seid als jemand, der nicht zum Konvent von San Marco gehört. Ihr werdet ja gleich mit eigenen Augen sehen, was der Mörder hinterlassen hat.« Damit stiefelte er weiter durch den Schutt.

»Wer hat Pater Nicodemo überhaupt gefunden?«

»Ein Stadtbüttel, seines Zeichens Amtsdiener beim Gericht. Der Mann hat sich hier auf dem Weg zur Arbeit schnell noch mal erleichtern wollen.«

Pater Angelico rümpfte die Nase. »Dem Geruch nach zu urteilen, dürfte er nicht der Erste gewesen sein, der hier sein Wasser abgeschlagen hat.«

»Wohl kaum«, pflichtete Tiberio Scalvetti ihm bei und wich einer schmutzigen Pfütze aus. »Aber der Bursche hatte immerhin so viel Verstand, sofort zum Bargello zu laufen und den Wachen seine Entdeckung zu melden. Und wie der Zufall es wollte, traf ich gleichzeitig mit ihm dort ein. Ich hatte noch nicht einmal Zeit, aus dem Sattel zu steigen und mein Pferd einem Stallknecht zu übergeben.«

Im Bargello, einem festungsartigen Palast mit weitläufigem Innenhof, residierte der *podestà,* der oberste Richter und Repräsentant von Florenz. Aber in dem trutzigen, mit Zinnen und Wehrturm gewappneten Gebäude hatte auch die Otto di Guardia ihre offiziellen Amtsräume. Und ein Teil der verzweigten Kellergewölbe diente ihnen als Kerker – und Folterkammer.

Der Commissario führte sie um eine halb eingestürzte Zwischenmauer herum – und da lag die geschändete Leiche von Pater Nicodemo.

Augenblicklich schlug Pater Angelico der typisch metallische Geruch von Blut entgegen, der sich überall dort einstellte, wo viel Blut geflossen war. Plötzlich hatte er den Geschmack von Kupfer auf der Zunge.

Bruder Bartolo stieß einen Schrei des Entsetzens aus. Er taumelte zurück, schlug die Hand vor den Mund und krümmte sich wie von einem Keulenschlag getroffen.

»Bei Gott, ich hätte wirklich in der Werkstatt bleiben sollen! Heilige Muttergottes!« Die letzten Worte gingen in ein Würgen über. Überstürzt wandte er sich ab, stolperte zwei, drei Schritte zurück hinter die Zwischenmauer und übergab sich neben einem brusthohen Trümmerhaufen.

Auch Pater Angelico war, als er Pater Nicodemos Leiche erblickte, als versetze ihm jemand einen brutalen Tiefschlag. Und dabei hatte Scalvetti ihn gewarnt. Hatte angekündigt, dass ihn in der Brandruine ein Anblick erwartete, der ihm böse auf den Magen schlagen würde. Genau so war es. Nicht auszudenken, was geschehen wäre, hätte er sich dem mit nüchternem Magen ausgesetzt. Vermutlich hätte er wie sein Novize bittere Galle und Magensäfte gespuckt.

Ihn schauderte und er schluckte mehrmals, um die Übelkeit unter Kontrolle zu halten, was ihm zum Glück auch gelang. »Wie kann ein Mensch nur so bösartig und verdorben sein? Wer ist zu solch einer widerlichen Tat fähig?«, flüsterte er.

Tiberio Scalvetti zuckte die Achseln. »*Mysterium iniquitatis.* Das Mysterium des Bösen beschäftigt mich schon mein Leben lang. Und doch glaube ich nicht, dass ich es jemals entschlüsseln werde.« Er klang erschreckend gleichmütig, so als habe er sich längst abgewöhnt, an das Gute im Menschen zu glauben.

Pater Angelico gab keine Antwort. Er zwang sich, den geschändeten Leib seines Klosterbruders einer eingehenden visuellen Untersuchung zu unterziehen. Dies ohne Hast zu tun und jedem grausigen Detail Aufmerksamkeit zu schenken, war nicht leicht und kostete ihn eine gehörige Portion Überwindung.

13

Pater Nicodemo lag in der hintersten Ecke des Küchenraums, und seine leblosen Augen starrten an ihnen vorbei ins brandgeschwärzte Gebälk. Er lag, Arme und Beine von sich gestreckt, auf dem Rücken, der Kopf mit dem schlohweißen Haar zeigte zur Wand.

In seiner Kehle klaffte ein tiefer, schaurig anzusehender Schnitt, fast von einem Ohr zum anderen. Am Grund der Wunde hatte sich Blut gesammelt und war zu einer dunkelbraunen Kruste geronnen. Kutte und Untergewand waren von Blut getränkt. Sie waren von oben bis unten aufgeschlitzt und nach beiden Seiten zurückgeschlagen worden, so dass er vom Hals bis zu den Genitalien vollkommen entblößt dalag.

Nur dass sein Geschlecht sich nicht mehr da befand, wo es hingehörte. Vielmehr klaffte auch dort eine grässliche Wunde. Der Täter hatte Pater Nicodemo entmannt. Penis und Hoden quollen dem Toten nun aus dem weit aufgerissenen, blutverschmierten Mund, ein abstoßendes, obszönes Bild.

Aber damit noch nicht genug der gottlosen Schändung. Der Mörder hatte seinem Opfer eine merkwürdige, bunt bemalte Spielkarte auf die Brust gelegt. Und damit sie dort auch liegen blieb, hatte er sie auf einen langen rostigen Nagel gespießt und diesen dem Toten in den Leib gerammt, mitten ins Herz.

Des Weiteren war der welke Körper des alten Dominikaners mit einer Reihe römischer Zahlen versehen. Der Mörder hatte sie ihm in die Haut geritzt. Allem Anschein nach hatte er sehr darauf geachtet, weder zu tief noch zu oberflächlich ins Fleisch zu schneiden, damit die Zeichen trotz des ausgetretenen Blutes mühelos zu entziffern wären.

Und das waren sie. Es handelte sich um die Zahlenfolge LXXXIII, was nach dem modernen Dezimalsystem die Zahl 83 ergab.

Tiberio Scalvetti verharrte schweigend an Pater Angelicos Seite. Als der Malermönch sich neben seinen toten Klosterbruder kniete, ihm die Augen schloss und ein Gebet sprach, rührte er sich nicht von der Stelle. Auch faltete er weder die Hände, noch bekreuzigte er sich, als Pater Angelico zum Abschluss die Segensworte über den Toten sprach.

»Nun, was seht Ihr? Könnt Ihr Euch einen Reim auf all das machen?«, erkundigte er sich schließlich, als der Mönch das Kreuz über seinem toten Klosterbruder geschlagen und sich wieder aufgerichtet hatte. Dazu machte er eine ausladende Handbewegung, die erst den Kopf des Toten und dann den entblößten Leib mit der Spielkarte und den römischen Zahlen umschloss.

Pater Angelico schüttelte den Kopf.

Bruder Bartolo, bleich wie eine frisch getünchte Wand, wahrte noch immer reichlich Abstand zu dem Toten und presste sich eine Hand vor den Mund, als fürchte er, sich gleich noch einmal übergeben zu müssen. Caporale Gualberti und sein Kamerad, die ihnen mit etwas Verzögerung in die Ruine gefolgt waren, spähten dagegen aufmerksam an ihm vorbei und spitzten die Ohren, versuchten so viel wie möglich von dem mitzubekommen, was es dort in der Küchenecke zu sehen gab und was der Commissario und der Malermönch besprachen.

»Würdet Ihr mir zumindest darin zustimmen, dass alles auf eine … nun ja, sexuell motivierte Tat hinweist?«

»Pater Nicodemo war ein frommer Mann, der strikt nach den monastischen Geboten gelebt hat!«, erwiderte Pater Angelico scharf. »Dass diesem Mord ein sexuelles Motiv zugrunde liegen könnte, ist also völlig abwegig!«

Die buschigen Brauen des Commissario wanderten leicht in die Höhe. »Ihr klingt sehr kategorisch. Würdet Ihr dafür Eure Hand ins Feuer legen?«, erkundigte er sich.

»Ohne auch nur einen Wimpernschlag lang zu zögern!«, versicherte Pater Angelico. Er wusste, was Scalvetti angesichts der bestialischen Verstümmelung seines Klosterbruders durch den Kopf ging, und konnte es ihm noch nicht einmal verdenken.

Die Lasterhaftigkeit unter Mönchen und kirchlichen Würdenträgern war ein hässliches und allen nur zu vertrautes Geschwür im Leib der heiligen Mutter Kirche. Und was Kardinäle und Päpste mit ihren Lustknaben und Mätressen in ihren Palästen trieben, holten sich nicht wenige Mönche bei Huren und Strichern in dunklen Torwegen und Hinterhöfen – aber auch bei Klosterbrüdern. Er selbst hatte bei nächtlichen Gängen durch die Stadt mehr als einmal gesehen, wie ein Mönch an einem verschwiegenen Ort seine Kutte bis zur Brust raffte und sich den Fertigkeiten eines jungen Flötenspielers ganz besonderer Art hingab. Und zweifellos gab es Klöster, in denen Brüder nachts heimlich das Lager miteinander teilten und sich der Sodomie hingaben.

Aber zu dieser Sorte von Mönchen gehörte keiner der Dominikaner in San Marco, das nicht von ungefähr weit über die Grenzen Italiens hinaus für die Gelehrsamkeit und gottesfürchtige Lebensweise seiner Brüder gerühmt wurde!

»Pater Nicodemo hat gelebt, was er mit seinen ewigen Gelübden geschworen hatte, Commissario! Das weiß ich so sicher wie das Vaterunser!«

»Ich will Euch ja gern glauben, auch wenn wir alle oft irren in dem, was wir über unsere Mitmenschen zu wissen meinen«, sagte Tiberio Scalvetti beschwichtigend. »Aber …«

»In diesem Fall ist jeder Irrtum ausgeschlossen!«

»Sagt *Ihr.* Was aber nichts daran ändert, dass hier alles auf ein sexuelles Tatmotiv hindeutet«, entgegnete Tiberio Scalvetti mit einem Achselzucken. »Welchen Grund sollte der Mörder sonst gehabt haben, sein Opfer zu entmannen und ihm das Geschlecht in den Mund zu stopfen? Das hat nicht nur Zeit gekostet, in der er hätte entdeckt werden können, sondern war auch ein blutiges Stück Arbeit!«

»Eine bestialische Freude am Töten und Verstümmeln kann ihn dazu bewogen haben. Und diese perverse Lust treibt nicht nur Geistesgestörte und gottlose Verbrecher um. Es gibt Menschen, die machen daraus sogar einen Beruf und lassen sich für ihr blutiges Geschäft von der Kommune bezahlen«, erwiderte Pater Angelico bissig. »Aber wem erzähle ich das!«

Tiberio Scalvetti verzog keine Miene. »In der Tat, wem erzählt Ihr das! Die Freiheit wird immer mit Blut bezahlt«, sagte er nur. »Aber lasst uns zu den Tatsachen zurückkommen. Die helfen nämlich eher, das Rätsel um diesen Mordfall zu lösen, als wohlfeile Betrachtungen über die menschliche Natur und ihre Widersprüche im gesellschaftlichen Zusammenleben.«

»Nur zu, Commissario«, erwiderte Pater Angelico schmallippig. »Übrigens will ich gar nicht ausschließen, dass ein sexuelles Motiv vorliegt. Nur …«

»Teufel auch, jetzt sprechen wir endlich wieder eine Sprache und sehen ein und denselben Toten vor uns!«

»Aber das muss dann ein einseitiges sexuelles Motiv sein, etwas, das allein beim Mörder liegt!«, stellte Pater Angelico sofort klar.

Skeptisch wiegte Tiberio Scalvetti den Kopf, doch dann sagte er: »Also gut, nehmen wir einmal an, es verhält sich so, wie Ihr sagt. Was hat es dann mit dieser Karte hier auf sich? Kommt, seht sie Euch näher an!« Er beugte sich zu dem Toten hinunter, riss die Karte von dem Nagel und reichte sie ihm. »Ich denke, Ihr werdet die Zeichnung richtig zu deuten wissen.«

Mit spitzen Fingern nahm Pater Angelico das Stück Karton entgegen und stellte fest, dass es etwas größer war als gewöhnliche Spielkarten. Maße und Festigkeit entsprachen mehr den größeren Tarotkarten, wie sie von den Wahrsagerinnen der Fahrensleute benutzt wurden. Aber eine richtige Tarotkarte war es wiederum auch nicht, auch wenn es auf den ersten Blick so schien. Die Karte sah neu aus, wies keinerlei Gebrauchsspuren auf.

Die Zeichnung war alles andere als kunstvoll ausgeführt, wie das bei Tarotkarten gemeinhin der Fall war. Hier hatte eine offensichtlich mäßig talentierte Hand ein dreiteiliges Bild auf ein Stück grundierten Karton gemalt. Es zeigte in groben schwarzen Strichen, die flüchtig bunt unterlegt waren, einen hässlichen Affen, der auf einem ebenso widerlichen Bock ritt. Aus dem rechten unteren Kartenrand ragte ein böse grinsendes Dämonengesicht ins Bild, während aus der oberen linken Ecke ein Engel herabschwebte. Aus seinen Augen schossen Flammen des Zorns, und er schwang eine wie ein Blitz geformte Lanze gegen den Affen und den Bock.

»Nun, Pater? Was stellt die Karte Eurer Meinung nach dar?« Erwartungsvoll und mit dem Anflug eines wissenden Lächelns sah Tiberio Scalvetti ihn an.

Pater Angelico gab einen schweren Seufzer von sich. Das Bild gab kein Rätsel auf. Jeder halbwegs Gläubige hätte es auf Anhieb zu deuten gewusst. »Zweifellos eine der sieben Todsünden, und bei dieser *peccatum mortiferum* handelt es sich um die der *luxuria.*«

Der Commissario nickte knapp, so als habe er genau mit dieser und keiner anderen Antwort gerechnet. »Ganz recht, wir haben es mit einer gängigen bildlichen Darstellung der Todsünde Luxuria, also der Wollust, Ausschweifung und maßlosen Genusssucht zu tun. Und wenn ich mich nicht sehr täusche, soll das da oben in der Ecke der rächende Erzengel Gabriel sein.«

»Ohne Frage, und das feixende Gesicht unten rechts stellt den Dämon Asmodeus dar«, fügte der Dominikaner widerstrebend hinzu. Jeder der sieben Todsünden – *superbia,* Hochmut, Eitelkeit, Stolz; *avaritia,* Geiz, Habgier; *luxuria; ira,* Zorn, Rachsucht, Vergeltung; *gula,* Maßlosigkeit, Gefräßigkeit, Selbstsucht; *invidia,* Eifersucht, Neid; und *acedia,* Feigheit, Faulheit, Ignoranz, Trägheit des Geistes – war gemäß der Kirchenlehre ein besonderer Dämon zugeordnet. Schnell reichte er die Karte an Tiberio Scalvetti zurück. Es widerte ihn an, sie noch länger in der Hand zu halten.

»Asmodeus, genau!« Der Commissario schob die Karte in die Seitentasche seines Wamses. »Gut, darin sind wir uns also einig. Der eindeutige Hinweis auf diese Todsünde steht also auch im Einklang mit der Entmannung, oder wollt Ihr mir da widersprechen?«

Wortlos schüttelte Pater Angelico den Kopf. Er fühlte sich elend und sehnte sich nach einem starken Trank, mit dem er den bitteren Geschmack hätte fortspülen können.

»Was mir jedoch Kopfzerbrechen bereitet und so gar keinen Sinn ergibt, ist diese merkwürdige Zahl, die 83«, sprach der Commissario weiter. »Dabei *muss* sie eine Bedeutung haben, warum sonst hätte der Täter sie Eurem Klosterbruder in den Körper schneiden sollen? Und dann auch noch in römischen Ziffern. Obwohl ... es ist vermutlich leichter, ›LXXXIII‹ in menschliches Fleisch zu schneiden, als eine wiedererkennbare ›83‹ mit all ihren komplizierten Rundungen.«

Mit finsterer Miene starrte Pater Angelico auf die verkrusteten Wundmarkierungen hinunter und stutzte plötzlich. Sein Herzschlag beschleunigte sich. Mit einem Mal sprangen ihm das L und die vielen Blutflecken zwischen den Ziffern regelrecht in die Augen – schrien ihm stumm ihre Botschaft zu.

Was, wenn mit dem L gar nicht die römische Ziffer 50 gemeint war? Was, wenn der Mörder in der Nacht nicht gesehen oder bedacht hatte, wie stark die einzelnen Wunden noch nachbluten würden?

Ein kalter Schauer fuhr ihm den Rücken hinunter, und einen Augenblick zögerte er, ob er dem beklemmenden Verdacht wirklich nachgehen und ihn womöglich bestätigen oder ihn besser für sich behalten sollte.

Aber nein, das konnte er nicht mit seinem Gewissen vereinbaren! Er wäre sich schäbig und feige vorgekommen, so als zweifle er plötzlich selbst an dem, was er eben noch mit so großem Nachdruck erklärt hatte. Das hatte Pater Nicodemo nicht verdient.

»Seid so gut und gebt mir kurz Euren Dolch«, bat er den Commissario mit rauer Stimme und streckte die Hand nach der Waffe aus.

Tiberio Scalvetti machte ein verständnisloses Gesicht, kam der Bitte aber nach. »Was habt Ihr vor, Pater?«

»Ich glaube nicht, dass der Mörder hier die Zahl 83 hinterlassen hat«, sagte Pater Angelico schweren Herzens, nahm den Dolch entgegen und kniete sich neben die Leiche.

»Wie bitte? Das soll nicht 83 sein?« Tiberio Scalvetti lachte verwirrt. »Entschuldigt, aber das ist doch nun wirklich offensichtlich!«

»Nein, es scheint nur offensichtlich, weil die vielen Blutflecken verdecken, was es wirklich mit der Ziffernfolge auf sich hat«, widersprach Pater Angelico missmutig und machte sich an die Arbeit.

Behutsam kratzte er mit der Spitze der Klinge erst rechts vom L das Blut weg, das dort aus der recht tiefen, waagerecht verlaufenden Wunde ausgetreten und bis an den Fuß des ersten X gelaufen war. Auf dem Rippenbogen war ein gut daumenlanger Blutfleck entstanden. Dann nahm er sich den Blutfleck hinter dem zweiten X vor.

»Was um alles in der Welt sucht Ihr da?«, fragte Tiberio Scalvetti, beugte sich aber weit vor, um sich nichts von dem, was der Dominikaner mit seinem Dolch anstellte, entgehen zu lassen. »Was soll das bringen? Warum kratzt Ihr gerade diese Blutflecke weg?«

»Deshalb!«, antwortete Pater Angelico im nächsten Augenblick, zog den Dolch zurück und kam aus der Hocke hoch. »Wegen dieser kleinen Schnittwunden hinter dem L und dem zweiten X, die unter den Blutflecken verborgen waren. Die hat der Mörder nicht von ungefähr dort angebracht!«

»Beim Blute Christi!«, entfuhr es dem Commissario. »Diese kleinen Einstiche geben der Zahlenfolge natürlich ein völlig anderes Gesicht!«

»Besser gesagt, sie machen aus der scheinbar reinen Zahlenfolge LXXXIII eine Botschaft, die aus dem Buchstaben L besteht, gefolgt von einem Trennstrich, dann der Zahl XX, auf die wiederum ein Komma folgt, und der abschließenden Zahl XIII«, präzisierte Pater Angelico.

»Teufel auch, da habt Ihr genauer hingeschaut und kombiniert als ich!«, rief Tiberio Scalvetti freimütig. »Respekt! Was ich mit meinem müden Geist für eine 83 gehalten habe, hat sich also als Verweis auf eine Bibelstelle herausgestellt, heiliges Kanonenrohr! Denn *das* liegt ja nun auf der Hand, oder?«

Pater Angelico nickte und erklärte schlicht: »Levitikus, Kapitel 20, Vers 13.«

»Levitikus, drittes Buch Mose? Was macht Euch so sicher?« Der Commissario schien überrascht. »Das L könnte doch auch für den Evangelisten Lukas stehen.«

Der Mönch schüttelte den Kopf. »Bei Lukas geht es in Kapitel 20 um das Gleichnis von den bösen Winzern, die erst den Abgesandten des Weinbergbesitzers, der nach dem Rechten schauen soll, verprügeln und vertreiben und später sogar dessen Sohn töten. Nein, hier ist eindeutig Levitikus gemeint, auch wenn ich wünschte, es wäre nicht so.«

»So? Was steht denn bei Levitikus in Kapitel 20, Vers 13, dass Ihr so bedrückt dreinschaut?«

Erneut entfuhr Pater Angelico ein tiefer Seufzer, dann zitierte er bekümmert den Vers aus dem Alten Testament: *»Qui dormierit cum masculo coitu femineo uterque operati sunt nefas morte moriantur sit sanguis eorum super eos.«* Schläft einer mit einem Mann, wie man mit einer Frau schläft, dann haben sie eine Greueltat begangen; beide sollen mit dem Tod bestraft werden, ihr Blut soll über sie kommen.

Tiberio Scalvettis Augenbrauen schnellten in die Höhe. »Schau einer an! Es passt also doch alles zusammen wie das Schwertblatt in die Scheide!« Er konnte sich ein triumphierendes Lächeln nicht verkneifen, nahm seinen Dolch zurück und schob ihn schwungvoll in das mit gehämmertem Silber eingefasste Futteral. »Nun, ich denke, damit ist die Frage, was hinter dem Mord steckt, wohl endgültig beantwortet.«

»Ganz und gar nicht! Nichts ist geklärt!«, verteidigte Pater Angelico mit verkniffener Miene die Unschuld seines Klosterbruders. »Dass hier einzelne Komponenten zusammenpassen, ist ja noch kein Beweis. Das ergibt nichts weiter als eine Behauptung … ach was, eine bösartige Verleumdung, die an der Wahrheit vollkommen vorbeigeht! Das ist übelster Rufmord, noch dazu an einem Toten, dessen gottgefälliger Lebenswandel über jeden Zweifel erhaben ist.«

»Und doch muss derjenige, der Euren Klosterbruder ermordet und geschändet hat, ein Motiv gehabt haben. Er hat diesen abscheulichen Mord begangen und sich obendrein noch die Zeit genommen, das Opfer zu entmannen und diese eindeutige Botschaft zu hinterlassen«, hielt der Commissario nicht weniger hartnäckig dagegen. »Offenbar hält er sich für den Stellvertreter, für die ausführende rächende Hand des Erzengels Gabriel.«

»Und ich sage Euch, das ist die Tat eines Geistesgestörten – oder eines abscheulich abartigen Lustmörders!«

Tiberio Scalvetti blickte skeptisch drein und zuckte schließlich die Achseln. »Mag sein, dass Ihr recht habt, Pater. Kann aber auch sein, dass Euch, was Euer Bild von dem seligen Klosterbruder angeht, ein böses Erwachen droht, falls es gelingt, den Mörder zu finden«, sagte er, um sogleich hinzuzufügen: »Worauf ich jedoch vorerst nicht zu sehr hoffen würde. Niemand hat etwas gesehen oder hegt einen Verdacht, und es gibt auch sonst nichts, was uns auf die Spur des Täters führen könnte. Ihr wisst ja selbst, wie in solch einer Lage die Aussichten sind.«

Pater Angelico nickte. Was die mögliche Entlarvung und Ergreifung des Täters betraf, gab er sich keinen Illusionen hin. Zwar waren Morde in Florenz nicht unbedingt an der Tagesordnung, aber es war auch nicht gerade eine Seltenheit, dass eine Leiche den Arno hinuntertrieb oder jemand ausgeraubt und abgestochen in einem Hinterhof oder einer finsteren Brandgasse gefunden wurde. Jedenfalls herrschte kein Mangel an Gewaltverbrechen. Schon gar nicht in den Elendsvierteln der Tagelöhner und jenen berüchtigten Gegenden der Stadt, wo sich Freudenhäuser, Spelunken, Hehlerstuben und Spielhöllen der verruchtesten Sorte drängten und allen Abarten des Lasters gefrönt wurde. Dort, wo gewissenloses Gesindel den Ton angab, wo Fäuste und Messer locker saßen und ganze Banden einander bekämpften. Kaum einer der in jenen Vierteln verübten Morde wurde je aufgeklärt, so gut wie nie kam es zu einer Gerichtsverhandlung oder wurde ein Mord durch die Hinrichtung des Täters gesühnt. Nur wenn mehrere Schurken beteiligt oder eingeweiht waren und einer von ihnen den Mund nicht halten konnte oder sich mit seinem Komplizen zerstritt und ihn gezielt verpfiff, wurde der Gerechtigkeit Genüge getan.

»Aber wie dem auch sei, hier ist für uns nichts mehr zu tun«, befand Tiberio Scalvetti. »Wenn Ihr Euch irrt, ich aber mit meiner Vermutung richtigliege, wird dieser Mörder bald wieder zuschlagen.«

»Ihr meint, weil zu einem Fall von Sodomie immer noch zwei gehören?«

Der Commissario nickte. »Einen zu ermorden würde in diesem Fall – da der Mörder sich als Racheengel Gabriel geriert – ja keinen Sinn ergeben. Innerhalb dieser Logik muss dann auch für beide das Blut kommen.«

»Ich hoffe, Ihr täuscht Euch«, murmelte Pater Angelico. »So, und jetzt werde ich dafür sorgen, dass Pater Nicodemo mit der gebührenden Würde nach San Marco gebracht und …«

»Entschuldigt«, fiel Tiberio Scalvetti ihm höflich ins Wort, »aber es wird noch etwas dauern, bis Ihr ihn ins Kloster bringen lassen könnt.«

Auf Pater Angelicos Stirn bildete sich eine steile Unmutsfalte. »Wieso?«

»Auch wenn die Aussichten, dieses Verbrechen aufzuklären, nicht gerade rosig sind, handelt es sich doch um einen ungewöhnlichen Mord«, erklärte der Commissario. »Deshalb werde ich den Toten zunächst ins Bargello bringen lassen. Ich habe dort ohnehin gleich eine Besprechung mit meinen sieben Amtsbrüdern und werde sie bitten, gleichfalls einen Blick auf die Leiche zu werfen. Für den Fall, dass einem von ihnen irgendwann einmal ein ähnliches Verbrechen unter die Augen kommt.«

Dagegen konnte Pater Angelico keinen Einwand erheben. »Ich verstehe. Wann, meint Ihr, kann ich ihn im Bargello abholen?«

»Ich glaube nicht, dass es länger als dreißig, vierzig Minuten dauern wird. Und wenn Ihr nichts dagegen habt, werde ich nach der Leichenschau dafür sorgen, dass Euer Klosterbruder seinen Weg vom Bargello nach San Marco so gereinigt und würdevoll antritt, wie Ihr es Euch für ihn wünscht.«

»Das wäre sehr hilfreich, Commissario.«

»Gut, abgemacht. Wollt Ihr gleich mitkommen oder die Wartezeit lieber anderswo verbringen?«, erkundigte sich Tiberio Scalvetti. »Was ich an Eurer Stelle wohl tun würde. Aber das liegt natürlich ganz bei Euch. Sagt mir nur, wohin ich meinen Boten schicken soll, wenn die Leiche zum Abholen bereit ist.«

Pater Angelico überlegte nicht lange. »Wir werden im *Giardino* auf Eure Nachricht warten.«

Commissario Scalvetti lächelte kaum merklich. Dass der Malermönch die Taverne am Ufer des Arno zu seinen Lieblingsplätzen in der Stadt zählte, war ihm nur zu gut bekannt. »In Ordnung.« Er winkte die beiden Männer heran, die seitlich hinter Bruder Bartolo standen, und erteilte ihnen Anweisungen. »Schafft einen Leichenwagen heran! Und saubere Tücher! Ich will, dass dem toten Pater die Ehre zuteilwird, die ihm gebührt. Und bevor ihr ihn von hier wegbringt, legt ihr sein Geschlecht dorthin, wo es hingehört.«

»Sehr wohl, Commissario!«, rief Caporale Gualberti zackig und stieß den Mann neben sich an. »Los, mach das gleich.«

Der andere warf ihm einen erbosten Blick zu, wagte jedoch in Gegenwart von Tiberio Scalvetti keine Widerworte.

»Und noch etwas!«, rief der Chef der Geheimpolizei den Sbirri zu, bevor er den beiden Dominikanern in Richtung Straße folgte. »Die blutgetränkten Handschuhe, die der Mörder zurückgelassen hat, nehmt ihr auch mit. Sie liegen da in der Ecke.«

»Wird gemacht, Chef«, versicherte der Caporale.

Überrascht wandte sich Pater Angelico um. »Ihr habt die Handschuhe gefunden?«

Tiberio Scalvetti winkte ab. »Macht Euch keine Hoffnung. An diesen Handschuhen ist nichts, was über ihren Besitzer Auskunft geben könnte. Das Leder ist zwar von bester Qualität, trägt aber weder ein Monogramm noch sonst ein Zeichen, anhand dessen man Erkundigungen einziehen könnte. Es erscheint mir nur nicht richtig, sie hier im Dreck zurückzulassen.«

Die Enttäuschung war Pater Angelico anzusehen.

»Und nun entschuldigt mich! Es wird höchste Zeit, dass ich zu meinen Amtsbrüdern komme und sie über die beunruhigenden Machenschaften gewisser florentinischer Exilanten ins Bild setze«, sagte Commissario Scalvetti und eilte an ihnen vorbei. »Da draußen braut sich etwas zusammen, gegen das der entsetzliche Mord an Eurem Klosterbruder eine Lappalie ist!« Sprach es, schwang sich vor der Brandruine auf seinen feurigen Berberhengst, galoppierte durch die Gasse, die sich in der Mauer aus Schaulustigen auftat, wie sich einst das Rote Meer vor Mose geteilt hatte, und preschte mit fliegendem Umhang in Richtung Bargello davon.

14

»Florenz sonnt sich im Glanz seiner Prachtbauten und stinkt dabei zum Himmel!«, murmelte Pater Angelico mit finsterer Miene, während er mit Bruder Bartolo durch das Gewirr von Straßen und Gassen eilte. Es ging hinunter zum Fluss, denn das *Giardino,* seine bevorzugte Taverne, lag kurz vor der Ponte Vecchio direkt am Ufer des Arno.

Der Himmel über der stark befestigten Handelsmetropole war freigefegt von jeglichen Wolken, die Luft frisch und belebend, was er auf dem Weg zu seinem ermordeten und gottlos geschändeten Klosterbruder in seiner Geistesabwesenheit gar nicht wahrgenommen hatte. Es versprach ein milder, sonniger Februartag zu werden, auch wenn ihnen jetzt noch der Atem wie Dampf aus dem Mund wehte.

Gegen den unentrinnbaren Gestank vermochte die winterkalte Luft jedoch nicht viel auszurichten. Selbst die nächtlichen Regenschauer hatten an den ekelhaften Gerüchen in diesen engen Wohnvierteln wenig ändern können. Es war noch früher Vormittag, und trotzdem stieß man schon wieder überall in der Stadt auf große stinkende Pfützen. Was auch nicht anders zu erwarten war, denn noch immer kippten die allermeisten Bürger in den dicht bebauten Stadtteilen bei Tagesanbruch den Inhalt ihrer Nachttöpfe rücksichtslos vor das Haus. Und nicht jeder machte sich die Mühe, darauf zu achten, dass der gelbbraune Sturzbach wenigstens über einer Abflussrinne niederging. Wer in den frühen Morgenstunden unter einem der breiten, bogenförmigen Übergänge hindurchging, die in vielen Gassen auf der Höhe des ersten, überkragenden Obergeschosses einander gegenüberliegende Häuser miteinander verbanden, der musste gut aufpassen, dass er nicht von einem solchen üblen Morgenguss erwischt wurde. Denn in den Boden dieser Bogengänge war in der Mitte – und damit auch mitten über der Gasse – genau zu diesem Zweck ein Loch eingelassen.

Aber dabei blieb es nicht. Im Laufe des Tages gesellten sich noch der Urin und die Fäkalien der streunenden Hunde und Katzen hinzu, die Ausscheidungen des Federviehs, der Ochsen, Maultiere und Pferde sowie die Abfälle aus den offenen Schlächtereien, das verdorbene Gemüse von den Märkten und anderer Unrat. Um die Stadt von all dem Dreck dauerhaft reinzuwaschen, hätte es dreier schwerer Regenschauer bedurft – und zwar tagtäglich.

Nichtsdestotrotz liebte Pater Angelico seine Stadt. Florenz war die bedeutendste Handelsmetropole der Welt, zumindest was die Herstellung, die Veredlung und den Verkauf von Stoffen sowie das Bankwesen betraf. »Der Florentiner ist ein Weltbürger, der den Wind der Weite atmet!«, hieß es nicht von ungefähr im Volksmund. Und das war, was die Florentiner Kaufmannschaft und die Bankherren betraf, noch nicht einmal übertrieben, denn deren Geschäftsbeziehungen umfassten buchstäblich die ganze Welt.

Natürlich wusste er auch, dass Florenz im Vergleich zu vielen anderen Städten, die ebenfalls sechzigtausend Einwohner und mehr hatten, dank des Arno eher weniger von Dreck und Gestank gezeichnet war und wahrlich allen Grund hatte, sich seiner öffentlichen Bauten, der prachtvollen privaten Palazzi, majestätischen Kirchen, zahlreichen Klosteranlagen und nicht zuletzt seiner trutzigen Stadtummauerung zu rühmen.

Dennoch erschien ihm sein stolzes Florenz an diesem Tag wie ein riesiger Kadaver, der zwar noch in prunkvollen Gewändern steckte, dessen Verwesungsprozess jedoch schon begonnen hatte und sich mit dem entsprechenden Gestank bemerkbar machte. Und dass er so empfand, hatte nicht nur mit dem abscheulichen Mord an Pater Nicodemo und der bösartigen postmortalen Verleumdung zu tun.

Das rätselhafte Verbrechen hatte die Niedergeschlagenheit, die ihn schon auf dem nächtlichen Heimweg ins Kloster ergriffen hatte, nur verstärkt und ihn in noch tiefere, dunklere Seelengründe gestürzt. Seelengründe von einer beklemmenden Schwärze, in denen er sich von seinen Zweifeln, dem Wissen um seine Unzulänglichkeiten und inneren Dämonen sowie von der brennenden Scham ob seiner Verfehlungen in Gegenwart seines Novizen wie von schweren Mühlsteinen zerrieben fühlte.

Warum nur konnte er nicht so sein wie Bruder Ormanno, aus dessen Mund er noch nie ein lautes, geschweige denn böses Wort gehört hatte und der die Anweisung eines jeden Oberen auf der Stelle und mit einer vorbehaltlosen Bereitwilligkeit befolgte, die der Selbstaufgabe eines Heiligen gleichkam? Lag es daran, dass der sanftmütige Portarius kaum des Lesens und Schreibens mächtig war und sich nicht zuletzt deshalb einen kritiklosen, kindlichen Glauben und Gehorsam bewahrt hatte?

Wie immer die Antwort lautete, er wünschte, er wüsste sie – und hätte dann auch die Willensstärke, sie widerspruchslos zu befolgen.

Kaum war ihm das alles durch den Kopf gegangen, da schämte er sich auch schon dafür, dass er selbst jetzt, nachdem er eben noch an der geschändeten Leiche seines Mitbruders gestanden und ihm die Lider geschlossen hatte, wieder um sich selbst kreiste.

Aber war es nicht wiederum verständlich, dass er sich abzulenken und die grässlichen Bilder loszuwerden versuchte, die eben in der Brandruine auf ihn eingestürmt waren?

Die Seele seines Mitbruders lag nun in Gottes Hand, und er hegte keinerlei Zweifel daran, dass Gott ihm die Barmherzigkeit schenkte, die ein so frommer und gottesfürchtiger Mann wie er verdient hatte. Was dagegen die Aussichten betraf, dass einst auch seine Seele …

Er zog es vor, diesen Gedanken nicht weiter zu verfolgen, seufzte tief und wich einem schweren Ochsengespann aus, das aus der Via Pietra Piana auf die breite Kreuzung mit der Via del Fosso rumpelte; das klobige Fuhrwerk, beladen mit in Stroh verpackten Töpferwaren, war gewiss auf dem Weg zu einem der vielen Märkte.

Es kam nur langsam voran, drängte doch das Volk um diese Zeit, kurz nach der Morgenmesse, in Scharen auf die Gassen, Straßen und Plätze. Aus dem weiteren Umland traf zu dieser Stunde die Nachhut der *contadini,* des Landvolkes, mit ihren Erzeugnissen ein, hinzu kamen reisende Quacksalber und Fahrensleute, Kaufleute aus fremden Städten und Ländern, berittene Edelleute samt Gefolge, langbärtige Wanderprediger, Pilger in rauen Bußgewändern, Handelskuriere und kirchliche Legaten, arbeitslose Landsknechte und zwielichtiges Gesindel.

Zugleich strömte aus den Patrizierhäusern und herrschaftlichen Palazzi der *popolo grasso* auf die Straßen, das »fette Volk«, wie die Nobili und Grandi auch genannt wurden: einheimische Großkaufleute und Bankherren sowie ihre selbstgefälligen Söhne, die meisten in edelsten Gewändern und mit federgeschmückter Kappe auf dem stolz erhobenen Haupt.

Die einen machten sich auf den Weg zu ihrem *fondaco,* ihrem Handelskontor, andere wurden im Palazzo della Signoria zur Ratssitzung eines der vielen Regierungsgremien erwartet. Wieder andere hatten im Haus ihrer Gilde zu tun, Verabredungen mit Freunden, Bauunternehmern, Maklern und Notaren einzuhalten oder Geschäfte und Einkäufe zu tätigen, die sie weder einem Hausdiener noch einem Sekretär überlassen wollten oder konnten.

In dem farbenfrohen Meer der Roben aus feinstem florentinischen Tuch und Samt und Seide, in dem herrschaftliches Rot dominierte, schwammen auch nicht wenige schwarze Soutanen von einheimischen Pfarrpriestern sowie grob gewebte weiße, graue und schwarze Ordenskleider von Dominikanern, Zisterziensern, Franziskanern und Augustinern, deren Konvente und Kirchen nicht nur durch ihre schiere Zahl das Bild der Stadt beherrschten, sondern auch in allen theologischen Belangen in Florenz den Ton angaben.

Dazu gesellte sich ein nicht weniger buntes Heer aus Bütteln, Schreibern mit dem obligatorischen Tintenfass und der Ledertasche für ihre Federkiele am Gürtel, livrierten Lakaien und gewöhnlichen Dienstboten und Mägden, die für ihre Herrschaft unterwegs waren. Überall wimmelte es von Ausrufern, Lastenträgern, Handwerkern, Fuhrleuten, Bauarbeitern, herumlungernden Straßenjungen und zerlumpten Tagelöhnern, die hofften, Arbeit zu finden.

Für die herausgeputzten Ehefrauen und Töchter von Stand, die sich nach strenger Florentiner Sitte nur in Begleitung von Dienerinnen oder Angehörigen in der Öffentlichkeit zeigten, war es dagegen noch zu früh – und für die nicht weniger elegant und aufwendig gekleideten Kurtisanen ebenso.

Für die einfachen Leute wie die Wollschläger, Kämmer, Färber und Waschfrauen, die so beengt in den schmalbrüstigen mehrstöckigen Mietshäusern lebten, hatte die Arbeit dagegen schon beim ersten Tageslicht begonnen. Das Klappern ihrer Holzsandalen, der *zoccoli,* war schon durch Straßen und Gassen gehallt, bevor die Stadttore geöffnet wurden. Gleiches galt für das geräuschvolle Aufstoßen der Schlagläden vor den Fenstern und das Knarzen, Quietschen und Knallen der Ladentüren und Gitter vor den Werkstätten, Geschäften und Schenken zu ebener Erde.

Die lärmende Betriebsamkeit und das lebhaft bunte Straßenbild, das in den frühen Morgenstunden ein wahres Fest fürs Auge war – zumal unter einem sonnig klaren Himmel wie an diesem Februartag –, stimmten Pater Angelico für gewöhnlich mit ihrer geradezu ansteckenden Energie überaus froh und belebten ihn.

An diesem Tag jedoch spürte er nichts davon. Wie er auch kein Auge für die prächtigen öffentlichen Bauten und majestätischen Gotteshäuser hatte, an denen sie auf ihrem Weg zum Fluss vorbeikamen. Was er sah, waren die Brutstätten der Gewalt und des Elends in den krummen Gassen mit ihren schäbigen Mietshäusern, die rissigen Fassaden, der Dreck auf den buckligen Pflastersteinen, die barfüßigen Straßenkinder und das alltägliche Elend der Ärmsten der Armen, die zerlumpt, ausgezehrt, verkrüppelt auf Almosen warteten – und mit ihren Bettelschalen und frommen Bittsprüchen doch nur selten das Herz eines reichen Signore zu erweichen und seinem Geldbeutel eine kleine Münze zu entlocken vermochten.

Die Grandi und Nobili zogen es vor, Klöstern erhebliche Summen zu stiften und sündhaft teure Fresken und Tafelbilder zur Ausschmückung einer Kirche oder eines Klosters in Auftrag zu geben. Konnten sie sich so doch der regelmäßigen Bittgebete der in ihrer Schuld stehenden Weltpriester und Ordensleute sicher sein, und zwar lange über ihren Tod hinaus.

Was sie eingedenk ihrer täglichen Versündigungen für zwingend notwendig hielten, um ihr Seelenheil zu retten. Dazu brachte es dem *stato* ihres Namens und ihrer Familie Ruhm und Ehre ein – und sie waren nun einmal nüchtern kalkulierende Kaufleute. Nicht von ungefähr lautete die Devise italienischer Geschäftsleute, auf der ersten Seite eines jeden Rechnungsbuches festgehalten: *»A nome di Dio e di guadagno!«* Im Namen Gottes und des Profits.

»Ja, Florenz stinkt wahrhaftig zum Himmel!«, bekräftigte Pater Angelico noch einmal grimmig, als sein Blick auf das mit Perlen bestickte, königsblaue Wams eines reichen Seidenproduzenten fiel. »Und es ist nicht allein der gewöhnliche Unrat, der einen Gestank verbreitet, von dem einem übel werden kann!«

Bruder Bartolo schwieg.

Der Malermönch seufzte schwer und fügte widerstrebend hinzu: »Andererseits muss man nicht lange suchen, um in der eigenen Umgebung Unreines zu finden. Dafür reicht schon ein offener Blick in den nächstbesten Spiegel.«

Der Novize, immer noch recht blass um die Nase, gab auch jetzt keinen Laut von sich. Er schaute ihn noch nicht einmal fragend von der Seite an, sondern blickte starr geradeaus und schwieg. Er war völlig verstört, und das in mehr als einer Hinsicht.

Wie üblich hatte Bruder Bartolo Mühe, bei dem flotten Schritt mitzuhalten, den sein Novizenmeister auch dann vorgab, wenn überhaupt keine Eile geboten war. Selbst auf dem Weg in die Via Sant'Anna hatte es keinen Grund gegeben, sich mit solcher Hast einen Weg durch das Gewimmel zu bahnen.

Pater Nicodemo war tot, mochte der Herr seiner Seele gnädig sein! Und so entsetzlich dieser gewaltsame Tod auch war, es hätte doch keinen Unterschied gemacht, ob sie nun fünf Minuten früher oder später bei seiner Leiche eingetroffen wären.

Schon gar nicht, wo doch ein so mächtiger Mann wie Commissario Scalvetti am Tatort dafür gesorgt hatte, dass sich kein Unbefugter der Leiche näherte.

Aber sein Meister war und blieb ein ungewöhnlicher und schwer zu durchschauender Mann, dessen Eigenheiten in merkwürdigem Widerspruch zu den Grundsätzen eines monastischen Lebens standen und dadurch ständig Anlass zu Verwunderung und Verwirrung, manchmal sogar zu Erschrecken gaben. Wenn er nur an die Szene in der Werkstatt dachte, wo sein Meister ihrem Prior so unverfroren die …

Sie gingen gerade die breite Via del Diluvio in Richtung der Piazza di Santa Croce hinunter, als Pater Angelico den Novizen aus seinen Grübeleien holte und unvermittelt erklärte: »Wenn wir wieder im Kloster sind, werde ich dafür Sorge tragen, dass du einen anderen Novizenmeister erhältst.«

Bruder Bartolo blieb stehen und sah ihn bestürzt an. »Aber Meister, was habe ich getan, dass Ihr mich nicht länger unterrichten wollt?«, stieß er erschrocken hervor.

»Es hat nichts mit dir zu tun. Du hast dir nichts zuschulden kommen lassen, bei Gott nicht!«, versicherte Pater Angelico und zupfte an seinem Kuttenärmel, um ihn zum Weitergehen zu bewegen. »Der Grund liegt in mir. Ich kann einfach nicht länger dein Novizenmeister sein.«

»Aber warum nicht?« Bruder Bartolo verstand gar nichts.

Pater Angelico verzog missmutig das Gesicht. »Weil es mir an den Voraussetzungen fehlt, wie ich erkannt habe. Denn wie schon Ovid so treffend sagte: *›Quod parum novit, nemo docere potest!‹*« Niemand kann lehren, was er zu wenig kennt. »Und wie soll ich dich Demut und Gehorsam lehren, wo es mir doch selbst so sehr daran mangelt? Das ist mir beim Anblick von Pater Nicodemo, dessen Leben wahrlich ein beständiger Lobpreis Gottes war, bewusst geworden. Du hast jemanden wie ihn verdient.«

»Ist … ist es wegen der Sache mit unserem ehrwürdigen Vater vorhin?«, fragte der Novize vorsichtig.

Der Malermönch atmete tief durch und nickte. »Ja, auch, aber das ist es nicht allein. Dennoch hat mir mein Verhalten die Augen dafür geöffnet, dass ich nicht der Richtige bin, um deine Ausbildung zu beenden.«

Ein sorgenvoller Ausdruck trat auf das jungenhafte Gesicht des Novizen. Die Vorstellung, Pater Angelico als Novizenmeister zu verlieren, beunruhigte ihn weit mehr als alles, was er an irritierenden Eigenheiten an ihm je erlebt hatte. »Ihr mögt unseren Prior ein wenig in die Irre geführt haben, als Ihr so tatet, als könne man nicht mitten im Zermalmen der Malachite innehalten. Aber das ist doch kein Grund, um Euch nun …«

Pater Angelico winkte ab und lächelte unfroh. »Das war in deiner Gegenwart schon ungehörig genug«, fiel er ihm ins Wort. »Du wusstest schließlich, dass es keinen Unterschied macht, ob und wie lange man das Zerstoßen der Steine unterbricht.«

»Nun, ja …«

»Was viel schwerer wiegt, ist die grundsätzliche Haltung, die ich unserem Prior gegenüber an den Tag gelegt habe, und zwar in deiner Gegenwart. Das ist für einen Novizenmeister, der in allem ein Vorbild sein und die monastischen Tugenden lehren soll, die größere Verfehlung.«

»Ja, aber …«

»Cucullus non facit monachum!«, zitierte Pater Angelico. Eine Kapuze macht noch keinen Mönch! »Und schon gar nicht macht sie einen zu einem tugendsamen Klosterbruder, dem es nachzueifern gilt!«

Bruder Bartolo schwieg einen Moment nachdenklich, so als wüsste er nicht recht, ob er dem zustimmen könne. »Ihr habt keinen großen Respekt vor unserem Prior«, sagte er schließlich im Tonfall einer Feststellung, auch wenn er dabei fragend die Brauen hochzog.

Pater Angelico zögerte kurz, dann bekannte er sich zur Wahrheit. »Nein, nicht einmal bescheidenen«, gestand er das Offensichtliche ein und seufzte. »Bei der Heiligen Dreifaltigkeit, ich habe es wahrlich lange versucht, aber es will mir nicht gelingen, selbst mit innerlich geballten Fäusten und knirschenden Zähnen nicht, und mein schändliches Versagen betrübt mich mehr, als ich dir sagen kann.«

»Seid Ihr bei Eurer Gewissenserforschung denn auch zu dem Schluss gekommen, dass unseren ehrwürdigen Vater an der Zerrüttung zwischen Euch keine nennenswerte Mitschuld trifft?«, erkundigte sich Bruder Bartolo. »In unserer Ordensregel heißt es ja: ›Gehorcht eurem Oberen wie einem Vater, aber auch mit dem Respekt, der ihm aufgrund seines Amtes gebührt; andernfalls verfehlt ihr euch gegen Gott in ihm.‹«

»In der Tat!«, murmelte Pater Angelico.

»Aber dort steht auch, dass er die Richtlinien der Gemeinschaft in Ehren halten und ›in Liebe dienen‹ soll«, fuhr der Novize fort und bewies einmal mehr, dass er einen überaus wachen und hellen Geist besaß. »Und heißt Liebe nicht, darauf bedacht zu sein, dass man den anderen nicht verletzt und ihm das Leben nicht unnötig schwermacht? Meint Ihr, diesen Verpflichtungen ist der ehrwürdige Vater Euch gegenüber immer nachgekommen, so dass auch Ihr ihm den gebührenden Respekt schuldet?«

Verblüfft sah Pater Angelico ihn an. »Willst du jetzt vielleicht den *advocatus diaboli* für mich spielen?«

Der Novize schürzte die Lippen und zuckte die Achseln. »Wenn Ihr es erlaubt – sozusagen als spontane Überprüfung dessen, was ich bisher von Euch und meinem Meister in Bologna gelernt habe –, tue ich es gern«, schlug er vor. »Wobei ich mich jedoch lieber auf das verlasse, was Ihr mir in den letzten Monaten beigebracht habt, als auf das dünne Süppchen, das mir in meinem einstigen Kloster als geistige Kost vorgesetzt wurde.«

Pater Angelico verkniff sich das Schmunzeln, das sich auf seine Lippen drängen wollte. »Schmeicheleien, auch wenn du sie noch so raffiniert anbringst, werden dir nicht helfen, meinen Argumenten zu entkommen!«

»Davon habe ich auch nicht zu träumen gewagt, Meister«, erwiderte der Novize trocken. »Wäre es anders, wäret Ihr mir nach so vielen Monaten immer noch ein Fremder, und ich wäre Euren Unterricht nicht wert!«

Nun huschte doch der Anflug eines Lächelns über das Gesicht des Mönchs. »Schmeichelst du dir nun auch noch selbst, oder ist das dein Versuch, der Rolle des Advocatus Diaboli ein neues Gesicht zu geben?«, spottete er.

Bruder Bartolo erlaubte sich ein verhaltenes Grinsen. »Weder noch. Es war eine reine Tatsachenfeststellung. Aber nun sagt, Meister, können wir beginnen mit dem, was ich vorgeschlagen habe?«

»Nur zu!«

»Nun, dann will ich mit einer Ermahnung beginnen, die Euch nur zu gut bekannt sein dürfte und die jedem Oberen mit auf den Weg gegeben wird. Sie lautet: ›Der Klosterobere darf nichts lehren, anordnen oder befehlen als das Gebot des Herrn. Sein Befehl und seine Lehre dringe als Sauerteig der göttlichen Gerechtigkeit in die Herzen der Jünger.‹ Auch soll er sich nach unserer Regel aufgrund seiner Verantwortung vor Gott als der

Geringste unter uns einschätzen. Denn wie es in der Heiligen Schrift geschrieben steht: ›Der Obere wisse, dass beim Jüngsten Gericht die Schuld den Hirten trifft, wenn der Herr an den Schafen zu wenig Nutzen findet!‹«

»Der erste Grad der Demut ist der unverzügliche Gehorsam!«, hielt Pater Angelico ihm sofort entgegen, und es war eine bittere Selbstanklage. »Wegen des heiligen Dienstes, den wir gelobt haben, oder aus Furcht vor der Hölle oder wegen der Herrlichkeit des ewigen Lebens!«

Bruder Bartolo nickte eifrig. »Gewiss, gewiss, Meister! Aber es steht auch geschrieben: ›Wer also das hohe Amt angenommen hat, muss seinen Schülern mit doppelter Belehrung vorstehen, das heißt, er hat alles Gute und Heilige mehr durch Werke als durch Worte zu zeigen!‹«

Das parierte Pater Angelico mit der bedingungslosen Forderung der Ordensregel, indem er zitierte: »›Selbst wenn einem Bruder Unmögliches aufgetragen wird, so heißt es, soll er aus Liebe und Vertrauen auf die Liebe Gottes gehorchen.‹«

»Aber der Prior hat auch ein *liebevoller* Vater zu sein! Und durch *Taten* hat er den Titel eines Oberen auszufüllen!«, konterte wiederum Bruder Bartolo und ließ seinem Meister keine Zeit, dem etwas entgegenzusetzen, indem er sogleich fortfuhr: »Auch muss er zu Gott mit reinem Gewissen sagen können: ›Deine Gerechtigkeit habe ich nicht in meinem Herzen verborgen, Deine Wahrheit und Dein Heil habe ich verkündet!‹«

»Richtig, aber du hast das Zitat des Propheten verkürzt und durch das Weglassen des letzten, nicht unwesentlichen Satzes seinen Charakter völlig verändert. Du hast aus einem Klageruf eine reine Beteuerung gemacht!«, rügte Pater Angelico. »Denn was du da so flott unterschlagen hast, lautet doch: ›Sie aber wiesen mich voller Verachtung zurück.‹«

»Verzeiht, das muss mir in der Hitze des Gefechts kurzzeitig entfallen sein!«, wischte Bruder Bartolo den Tadel unbekümmert beiseite. »Dafür bin ich mir aber ganz sicher, dass ich fehlerfrei wie folgt zitiere: ›Ein vorbildlicher Oberer soll vom himmlischen Geist entbrannt sein und den Einflüsterungen und Verlockungen der Welt widerstehen und ebenso seinem hinfälligen Schmuck entsagen.‹« Womit er unmissverständlich auf die allseits bekannte Eitelkeit ihres Priors anspielte, der sich nur zu bereitwillig kostbaren Schmuck und edelste liturgische Gewänder schenken ließ, sowie auf dessen nicht weniger offenkundigen Ehrgeiz, hohe kirchliche Würden zu erringen und sich womöglich eines Tages mit dem Purpur einer Kardinalsrobe schmücken zu können.

Pater Angelico nickte. »Aber selbst Gehorsam wird nur dann Gott wohlgefällig sein, wenn der Befehl nicht aufgeregt, nicht lau, noch mit Murren oder dem Widerspruch des Unwilligen vollzogen wird. Denn wer den Oberen gehorcht, gehorcht Gott, der gesagt hat: ›Wer euch hört, der hört mich!‹«

Der Novize lachte. »Jetzt seid Ihr es, der verkürzt, Meister! Denn dieses Gehorchen, das Jesus verlangte, war auf die Nachfolge seiner Jünger und Apostel und die Lehre unseres Erlösers bezogen, wohl aber kaum auf alltägliche Dinge im menschlichen Miteinander.«

Das vermochte Pater Angelico nicht in Abrede zu stellen, und trotzdem setzten sie ihren Schlagabtausch noch eine Weile fort. Erst als sie das *Giardino* am Borgo Santissimi Apostoli erreichten, machte der Pater dem Wettstreit um die besseren Argumente ein Ende.

»Genug, lass es gut sein, Bruder Bartolo! Du hast dich redlich geschlagen und bewiesen, dass du die Heilige Schrift, unsere Ordensregel und manch anderen wichtigen Text kennst«, sagte er und war insgeheim gerührt, dass der Novize im Wechselspiel der Argumentation so leidenschaftlich für ihn Partei ergriffen hatte, ohne sich seinerseits jedoch einer Respektlosigkeit gegenüber dem Oberen schuldig gemacht zu haben.

»Heißt das, Ihr überlegt es Euch noch mal?«, fragte Bruder Bartolo hoffnungsvoll und schaute ihn flehentlich an.

»Nein, ich werde es mir nicht noch einmal überlegen. Mein Entschluss ist gefasst.«

Die Bestürzung war Bruder Bartolo augenblicklich anzusehen. »Meister, das könnt Ihr mir nicht …«

Pater Angelico hob die Hand. »Ich muss es mir nicht noch einmal überlegen, weil ich das schon getan habe. Ich bleibe dir als Novizenmeister erhalten. Du hast mich überzeugt. Bei der Rechnung, die du gerade aufgemacht hast, erweist sich die Schuld nämlich als ziemlich ausgewogen verteilt«, erklärte er. »Und jetzt komm! Du siehst aus, als könntest auch du eine Stärkung gebrauchen!«

15

»Bring uns einen Krug Roten und einen Teller *pane sardo,* Botticello!«, rief Pater Angelico dem Wirt zu, kaum dass sein Novize und er den Schankraum betreten hatten.

Der glatzköpfige, kurzbeinige Wirt, der eben erst die schweren hölzernen Schlagläden vor seiner Trattoria entriegelt und aufgeschoben hatte, wieselte trotz seiner enormen Leibesfülle flink im Schankraum umher, um alles für die ersten Gäste vorzubereiten, mit denen in etwa einer Stunde zu rechnen war.

Der Florentiner nahm nämlich pro Tag nur zwei Mahlzeiten ein, und so hielten es auch die meisten anderen Landsleute auf der italienischen Halbinsel. Etwa um die dritte Tagesstunde setzte man sich zum *desinare,* und die zweite Mahlzeit des Tages, die *cena,* fiel in der Regel mit dem Sonnenuntergang zusammen. Während der Sommerzeit, wenn die Tage besonders lang waren, gönnten sich manche zwischendurch noch eine Brotzeit, was jedoch bei besonders sittenstrengen Bürgern verpönt war. »Mehr als zweimal am Tag zu essen heißt leben wie das Vieh«, geißelten sie eine derartige Maßlosigkeit.

Beim Klang von Pater Angelicos Stimme hielt Botticello in seinen Vorbereitungen inne und fuhr zu ihnen herum. »Padre? Gütiger Gott, Ihr seid es wirklich! So früh habe ich Euch ja noch nie bei mir gesehen!«

»Und Ihr fragt auch besser nicht nach dem Grund!«, beschied ihn der Malermönch knapp. Er stand mit Botticello, der eigentlich Pantaleone Barberino hieß, aber von allen, die ihn kannten, wegen seiner fassartigen Gestalt nur bei seinem trefflichen Spitznamen genannt wurde, auf freundschaftlichem Fuß. Aber an diesem Morgen verspürte er nicht das geringste Verlangen, sich mit dem Wirt auf seichtes Geplauder einzulassen, geschweige denn, ihm von dem Mord an seinem Klosterbruder und der Schändung der Leiche zu erzählen. Die schreckliche Geschichte würde auch so schnell genug die Runde machen und zweifellos auch ihren Weg ins *Giardino* finden.

»Bei den Leiden des Herrn, nichts könnte mir ferner liegen, als Euch mit Fragen zu bedrängen!«, versicherte Botticello besorgt, als er die blassen, von Erschütterung gezeichneten Gesichter seiner beiden frühen Gäste sah.

»Natürlich nicht, Botticello. Dir sind doch Neugier und Redseligkeit so fremd wie einem Wüstenerimiten«, gab Pater Angelico zurück und hielt auf die Tür zu, die hinaus in den Garten führte.

»Ihr wollt Euch nach draußen setzen?«, stieß Bruder Bartolo ungläubig hervor.

»Warum nicht?«, fragte Pater Angelico über die Schulter zurück und stieß die Tür auf. »Die Sonne scheint, was es zu nutzen gilt. Und was unser Wollumhang an Wärme womöglich nicht hergibt, wird der kräftige Rote allemal wettmachen. Nicht zuletzt regt frische Luft um die Ohren das Denken an.«

»Heute Morgen hätte ich nichts dagegen, eine Zeitlang davon verschont zu bleiben«, murmelte der Novize und folgte ihm widerwillig hinaus in jenen Teil des *Giardino,* der Botticellos Trattoria ihren Namen gegeben hatte.

Der gerade mal zwölf Schritte breite und etwa doppelt so lange Streifen Garten mit seinen beiden Olivenbäumen erstreckte sich zum Fluss hin und bot einen schönen Ausblick auf den Arno und die Steinbögen der nahen Brücke Santa Trinità. Zur rechten Seite hin wurde er von der nackten, rissigen Wand eines vierstöckigen Wohnhauses begrenzt, und linker Hand, zur Straße hin, erhob sich eine mannshohe, efeuberankte Backsteinmauer.

Sie setzten sich an einen der Tische, die in der Sonne standen, und schon wenige Augenblicke später brachte Botticello zwei irdene Becher und einen Krug dunklen Rotwein. Wortlos stellte er Becher und Krug auf die Tischplatte aus grob behauenen, verwitterten Bohlen. Es kostete ihn sichtlich Selbstbeherrschung, nicht doch eine Frage zu stellen. Man sah es ihm förmlich an, sah das Zucken in den Lippen, als müsse er die Frage wenigstens tonlos loswerden. Doch am Ende gelang es ihm, seinen inneren Drang im Zaum zu halten und sich wortlos zu entfernen.

Pater Angelico füllte beide Becher randvoll. »Trink!«, forderte er seinen blassgesichtigen Novizen auf. »Und runter damit! Auf einen Zug!«

Bruder Bartolo sah seinen Meister zweifelnd an, folgte dann aber dessen Beispiel und leerte seinen Becher, ohne abzusetzen.

Wortlos griff Pater Angelico zum Krug, schenkte nach und bedeutete dem Novizen mit einem Handzeichen, dem ersten kräftigen Schluck einen zweiten folgen zu lassen.

»Bei den himmlischen Chören«, keuchte Bruder Bartolo und rollte die Augen, als der Rotwein nach dem zweiten Sturzbach die Kehle hinunter im Magen seine feurige Wirkung entfaltete und ihm das Blut in den Kopf trieb. Von Morgenfrische merkte er nichts mehr.

Ein spöttisches Lächeln huschte über Pater Angelicos Gesicht, dann kehrte der finstere Ausdruck auch schon zurück. Mit zusammengekniffenen Augen starrte er hinunter auf den Arno, dessen schlammige Fluten sich durch das breite Flussbett wälzten und die Brückenpfeiler umgurgelten. »Absurd!«, stieß er schließlich hervor und knallte den leeren Steingutbecher wütend auf die rauen Tischbohlen. »Geradezu lächerlich absurd!«

»Ich kann auch immer noch nicht glauben, was ich da … da gerade gesehen und gehört habe, Meister«, sagte Bruder Bartolo, in zweifacher Hinsicht aufgewühlt. »Der Tod ist mir wahrlich nicht fremd, aber etwas so Abscheuliches und Ungeheuerliches ist mir noch nie unter die Augen gekommen.«

»Ungeheuerlich in jeder Beziehung! Die groteske Verleumdung von Pater Nicodemo übertrifft die Schändung seiner Leiche noch an satanischer Bösartigkeit«, ereiferte sich Pater Angelico.

Der Novize nickte. »Ihr sagt es, Meister. Aber um die Tat eines Geistesgestörten handelt es sich gewiss nicht.«

»Und wieso nicht? Was macht dich da so sicher?«

»Die Tatzeit, Meister.«

Pater Angelico furchte die Stirn, erwiderte jedoch nichts. Denn in dem Moment kam Botticello zu ihnen an den Tisch. Er brachte einen großen Teller mit Pane sardo, hauchdünnen, knusprigen Brotfladen mit Olivenöl und Thymian. Seufzend und mit sorgenvoller Miene stellte er den Teller vor sie hin. Er wartete ein paar Sekunden, ob der Malermönch nicht vielleicht doch die Absicht hatte, ihn ins Vertrauen zu ziehen, und kehrte schließlich, als dieser beharrlich schwieg und nicht einmal seinen Blick erwiderte, mit einem weiteren schweren Seufzer in den Schankraum zurück.

»Wieso spricht die Tatzeit dagegen, dass ein Verrückter den Mord begangen hat?«, fragte Pater Angelico, nahm sich einen Brotfladen und biss hinein. Er ahnte schon, was seinem Novizen durch den Kopf ging, und bei Licht betrachtet lag es ja förmlich auf der Hand.

»Keiner, der sie hier oben nicht alle zusammenhat«, der Novize tippte sich gegen die Stirn, »ist in der Lage, sich eine solche Greueltat auszudenken – wenn man einmal davon absieht, dass jemand, der so etwas tut, auf seine Art auch geistesgestört sein muss. Aber das gilt wohl für jeden, der derart ruchlose Verbrechen begeht und damit die Geschäfte des Teufels betreibt.«

Pater Angelico nickte und schob ihm den Teller mit den knusprigen Brotfladen nach sardinischer Schäferart hin. Außerdem füllte er ihre Becher wieder auf, wenn auch nur zur Hälfte. »Weiter!«

Bruder Bartolo nahm sich einen Fladen, biss herzhaft hinein und fuhr kauend fort: »Es dürfte außer Frage stehen, dass der Mörder nicht nur seine Bluttat, sondern auch die Schändung der Leiche genau geplant hat. Er hat diese merkwürdige Tarotkarte und den langen Nagel mitgebracht, und er wusste genau, wo er sein Opfer ungestört … äh, entmannen und ihm die Zeichen in den Körper ritzen konnte. All das hat Zeit gekostet. Und es gibt nicht an jeder Straßenecke einen Ort, der für ein derartiges Verbrechen so geeignet ist wie die Brandruine in der Via Sant'Anna.«

»Womit denn auch ausgeschlossen ist, dass es sich um einen Mord im Affekt handelt«, sagte Pater Angelico, überaus angetan von der Klarsichtigkeit und dem logischen Denken seines Novizen. Bruder Bartolo mochte zwar einen empfindlichen Magen haben, wenn es ans Beschauen verstümmelter Leichen ging, aber sein Denkvermögen war – gottlob – von umso robusterer Natur. »Was wiederum geradezu zwingend die nächste Schlussfolgerung nach sich zieht. Nämlich, dass der Mörder auf die Stunde genau gewusst haben muss, wann Pater Nicodemo letzte Nacht das Kloster verlassen und welchen Weg er einschlagen würde.«

Bruder Bartolo stutzte, hielt im Kauen inne und schaute irritiert drein. »Richtig! Aber dann … dann müsste er ja auch gewusst haben, dass Ser Aurelio im Sterben liegt und man Pater Nicodemo in der Nacht ins Haus der Rovantini rufen würde. Aber woher soll er davon mitten in der Nacht Kenntnis gehabt haben? Wie, in Gottes heiligem Namen, kann das sein, Meister?«

»Indem der Mörder selbst einen Boten mit der falschen Nachricht zu uns ins Kloster geschickt und Pater Nicodemo glauben gemacht hat, Ser Aurelio habe einen bösen Rückfall erlitten und liege im Sterben«, mutmaßte Pater Angelico grimmig. »Ich konnte es ja selbst kaum glauben, als er mir bei unserem kurzen nächtlichen Zusammentreffen vor San Marco davon berichtete. Wären wir beide doch nur ein wenig misstrauischer gewesen! Ich wette, dem Gelehrten geht es so gut, wie man es seit Tagen gehört hat, und er befindet sich weiterhin auf dem besten Weg zur vollständigen Genesung!«

»Natürlich, so muss es gewesen sein, Meister! Was für eine ebenso hinterhältige wie raffinierte Täuschung, um Pater Nicodemo in die Falle zu locken!«, sagte Bruder Bartolo voller Abscheu, trank einen Schluck Wein und tunkte ein Stück Brot in das Thymianöl auf dem bunten Steingutteller. »Nur, warum das alles?«

Pater Angelico kam nicht dazu, weitere Mutmaßungen anzustellen, denn in dem Moment glitt ein langer, keilförmiger Schatten von hinten zwischen sie und legte sich über den Tisch. Er war zu lang und entschieden zu schmal, um auch nur annähernd Botticellos Silhouette zu entsprechen.

16

Pater Angelico wandte den Kopf und schluckte, als er sah, wessen Schatten hier unvermittelt über sie gefallen war.

Auch Bruder Bartolo zeigte sich beim Anblick des Mannes in höchstem Maße überrascht, nur setzte er nach der ersten Verblüffung unverzüglich eine missbilligende, ja feindselige Miene auf.

Der Schatten gehörte einem schlanken, hochgewachsenen Mann von achtundvierzig Jahren. Seine markanten, wohlproportionierten Züge hätten jedem Aristokraten zur Ehre gereicht und wären bestens geeignet gewesen, einem Bildhauer oder Maler als Modell für das Haupt eines römischen Konsuls oder Imperators zu dienen. Die elegante Kleidung aus nachtschwarzem Samt, aus dem sowohl sein Wams als auch der faltenreiche Umhang gearbeitet waren, tat ein Übriges dazu, ihm das Aussehen eines Mannes von nobler Herkunft zu verleihen.

Wären da nicht … ja, wären das nicht das Vlies seines mit Grau durchzogenen brustlangen Bartes und die langen schwarzen Korkenzieherlocken gewesen, die ihm an den Schläfen herabbaumelten. Und wäre da – vor allem – nicht der hässliche gelbe Stoffstern gewesen, der vorn an seinem Spitzhut prangte, dieses erniedrigende Zeichen menschlichen Makels, das jeder Jude in der Öffentlichkeit sichtbar tragen musste, Männer an der Kopfbedeckung, Frauen am Kleid. So verlangte es das Gesetz, das Cosimo de' Medici in seiner Regierungszeit erlassen hatte und das kein Jude zu brechen wagte. Denn sowenig man einerseits auf die lukrativen Geschäfte mit den Hebräern verzichten wollte, sowenig wollte man andererseits davon abrücken, sie in der Öffentlichkeit als das Volk der Jesusmörder zu brandmarken.

»Friede deinem Haus, mein uneinsichtiger Bruder in Christo«, begrüßte Pater Angelico den Neuankömmling, und Bruder Bartolo klappte buchstäblich die Kinnlade herunter, als er sah, dass sein Meister den Mann auch noch mit dem christlichen Segenszeichen bedachte.

»*Schalom,* mein irregeleiteter Freund«, erwiderte Gershom Jezek, der Pfandleiher, nach kurzem Zögern den Gruß und blieb damit dem von gutmütigem Spott getragenen Ritual, dem ihre Begrüßung seit Jahren folgte, treu.

Der Novize schnappte hörbar nach Luft. Empörung flammte in seinen Augen auf, und es schien, als schreie er mit jeder Faser seines Körpers: »Blasphemie!«

Pater Angelico legte ihm eine Hand auf den Arm und übte unmissverständlich Druck aus. »Kaum etwas in der Welt ist das, was es zu sein scheint, Bruder Bartolo!«, beschied er ihn. »Haben wir das nicht gerade erst wieder festgestellt?«

»Ja, schon, Meister, aber …«

»Also hüte dich vor vorschnellen Urteilen!«, schnitt Pater Angelico ihm das Wort ab. »Man muss schon mit einem anderen Menschen ein ganzes Fass Salz gegessen haben – und das dauert seine Zeit –, um ein Urteil über ihn abgeben zu können!«

Der Novize senkte betreten den Blick. Dass sein Meister mit einem Juden so freundschaftlich, ja wie mit einem Gleichberechtigten, verkehrte, musste er erst einmal begreifen.

»Mir scheint, ich komme ungelegen, Pater. Vielleicht sollte ich es später noch einmal versuchen. Die Angelegenheit, die mich zu Euch bringt, hat keine Eile«, sagte Gershom Jezek, der insgeheim schon bereute, sich in Gegenwart des Novizen nicht mehr Zurückhaltung auferlegt zu haben.

»Unsinn, Gershom!«, widersprach der Malermönch energisch und wedelte mit der Hand. »Teufel auch, Ihr kommt ganz und gar nicht ungelegen, zumal ich ein Hühnchen mit Euch zu rupfen habe. Außerdem wollte Bruder Bartolo sowieso gerade gehen.«

Der starrte seinen Meister entgeistert an.

»Was ist, Bartolo? Was sitzt du hier noch herum und gaffst mich an, als wäre dir plötzlich das Gehirn abhandengekommen? Nun beweg dich! Erkundige dich, ob es sich so verhält, wie ich vermute. Den Weg zum Haus der Rovantini in der Via di Mezzo wirst du ja wohl auch ohne mich finden, oder?«

Nun dämmerte Bruder Bartolo, wovon sein Meister sprach, und er nickte hastig. Mit einem bekümmerten Blick, der dem Weinkrug und den köstlichen Brotfladen galt, erhob er sich.

»Und lass dir Zeit!«, rief Pater Angelico ihm nach. »So schnell ist mit dem Boten aus dem Bargello nicht zu rechnen.«

»Wie Ihr wünscht, Meister«, gab Bruder Bartolo pflichtschuldig zurück und verschwand im Schankraum der Trattoria.

»Rovantini? Bote aus dem Bargello? Was um alles in der Welt treibt Euch denn heute um?«, wunderte sich Gershom Jezek und setzte sich seinem Freund gegenüber. Doch er gab Pater Angelico keine Gelegenheit, seine Fragen zu beantworten, sondern wechselte sofort das Thema und fuhr mit um Nachsicht bittender Miene fort: »Aber lasst uns erst einmal die dumme Sache von gestern Nacht aus der Welt schaffen. Und bevor Ihr anfangt, mir wegen meiner Eigenmächtigkeit Vorwürfe zu machen und mich des Vertrauensbruchs oder gar übler Täuschung zu bezichtigen, räume ich aus freien Stücken ein, dass es nicht richtig war, was ich getan habe, sondern anmaßend. Wenngleich es nur aus Sorge um Euer Wohlergehen geschehen ist.«

»So«, knurrte Pater Angelico.

Gershom Jezek setzte eine bedauernde Miene auf. »Ich hätte den unbequemen Weg nehmen und versuchen sollen, es Euch auszureden. Auch auf die Gefahr hin, dass Ihr kein Einsehen habt. Den ernsthaften Versuch wäre ich Euch schon um unserer Freundschaft willen schuldig gewesen. Verzeiht, dass ich ihn unterlassen und mich wie eine … nun ja, anmaßende Amme benommen habe!«

»Ich sehe, dass Eure Frau mir zuvorgekommen ist und Euch hat wissen lassen, was eigentlich ich Euch hatte sagen wollen«, erwiderte Pater Angelico ganz ohne Verstimmung oder gar Zorn. Der Groll, der letzte Nacht in ihm rumort hatte, war längst verraucht. Ja, mittlerweile war er Gershom insgeheim sogar dankbar dafür, dass er ihn getäuscht und ihm kein Opium gegeben hatte. Er wusste nur zu gut um die Gefahren, die auf ihn lauerten, sollte er der Sucht wieder verfallen. Aber dass er für richtig hielt, was sein Freund getan hatte, wollte er so deutlich doch lieber nicht bekunden. »Und damit ist gesagt, was es dazu zu sagen gab, Gershom. Halten wir uns damit nicht weiter auf. Siebenmal fällt selbst der Gerechte …«

Der Hebräer war sichtlich erleichtert. »… und siebenmal steht er wieder auf«, führte er den Vers aus dem Buch der Sprichwörter Salomos zu Ende.

Unaufgefordert brachte Botticello einen Becher für den jüdischen Pfandleiher. Dass der Malermönch sich mit ihm zusammensetzte, war für ihn ein längst vertrautes Bild.

Pater Angelico griff zum Krug. »Hier, nehmt einen Schluck. Und dann sagt mir, woher Ihr gewusst habt, dass Ihr mich hier antrefft?«

»Wie der Zufall es wollte, hatte ich heute Morgen auf dem Borgo Santissimi Apostoli zu tun. Da habe ich gesehen, wie Ihr mit Eurem Novizen im *Giardino* verschwunden seid. Ich wäre

Euch sogleich gefolgt, um mit Euch über die Verhandlungen mit dem Getreidehändler Federigo Brunaccio zu reden, bin dann aber auf dem Borgo noch ein paar Minuten von einem Glaubensbruder aufgehalten worden.«

Erwartungsvoll sah der Dominikaner ihn an. »Ist unser *sensale* mit dem störrischen Kerl über den Preis für seinen Sklaven Cione handelseinig geworden? Können wir den Mann nun endlich freikaufen?«

Er verabscheute die Sklaverei, die in Italien seit der ersten fürchterlichen Pestepidemie im Jahre 1347 wieder eingeführt und vom Gesetz erlaubt worden war, aus tiefster Seele. Doch was ihn noch viel mehr empörte, war, dass die Kirche ihren Segen dazu gegeben hatte – mit dem Argument, dass es sich angeblich ja um seelenlose Heiden handele, die aufgrund ihrer Ungläubigkeit kein besseres Los verdienten. Und diese vermeintlichen Heiden blieben, selbst wenn sie sich in der Sklaverei zum christlichen Glauben bekehrten, dennoch das Eigentum ihrer Besitzer. Die Freiheit konnte sich ein Sklave nur erkaufen, vorausgesetzt, er hatte die Möglichkeit, etwas Geld für sich zu verdienen, und einen Herrn, der sich auf einen Freikauf einließ. Nur wenigen gelang das.

Seit Jahren versuchte nun Pater Angelico, dieses schändliche Unrecht mit bescheidenen Mitteln, aber beharrlicher Entschlossenheit zu bekämpfen, indem er immer wieder Sklaven freikaufte. Dabei trat er jedoch nicht selbst in Erscheinung, und das aus guten Gründen. Niemand durfte wissen, schon gar nicht Prior Bandelli, dass er von dem Geld für Materialien, das er sich für die Anfertigung eines Tafelbildes oder eines Freskos aushändigen ließ, immer einiges für seine heimliche Mission abzweigte und aufsparte. Manchmal waren es nur ein paar Kupfermünzen, dann wieder ein, zwei Silberstücke und selten einmal ein Goldflorin. So konnte es manchmal ein, zwei Jahre oder länger dauern, bis genug Geld für einen Freikauf zusammenkam.

Wer als Nächstes aus der Sklaverei befreit werden sollte, diese Entscheidung hatte er von Anfang an Gershom Jezek überlassen. Zu schwer war ihm die Bürde, die mit einer solchen Entscheidung einherging. Zudem steuerte sein Freund stets einiges zu den vierzig, fünfzig oder gar mehr Goldflorin bei, die ein Freikauf je nach Alter, Arbeitskraft und Ausbildung der betreffenden Person kostete.

Mit dem Besitzer Kontakt aufzunehmen und den Preis auszuhandeln, das lag dann in der Hand des Sensale Fantino Durante. Der Mann war als gewiefter Notar und Makler im Sklavenhandel bestens bekannt. Ihn interessierte nicht, warum jemand einen Sklaven oder eine Sklavin freikaufen wollte, solange er nur seine Provision einstreichen konnte. Sklaven waren für ihn Waren wie Mehlsäcke, Stoffballen oder Fässer voll Wein, mit denen Geld zu verdienen war.

Gershom Jezek lächelte. »Der Handel ist unter Dach und Fach. Brunaccio hat gemerkt, dass Durante nicht geblufft hat und nicht mehr aus ihm herauszuholen ist. Cione kommt frei.«

»Bei Gott, das ist eine gute Nachricht!«, rief Pater Angelico.

»Jetzt müssen wir bloß noch eine Arbeitsstelle für ihn finden. Der Getreidehändler denkt natürlich nicht daran, ihn in seinen Diensten zu behalten, denn dann müsste er ihm ja Lohn zahlen. Lieber kauft er sich für dreißig Florin wieder einen jungen Sklaven und lernt den als Hilfsschreiber in seinem Kontor an.«

»Cione eine Anstellung als Hilfsschreiber zu verschaffen dürfte bei seinen Fähigkeiten nicht allzu schwer sein«, sagte der Dominikaner zuversichtlich.

Gershom Jezek pflichtete ihm bei. »Aber jetzt erzählt, was es mit den Rovantini und dem Boten aus dem Bargello auf sich hat!«

Augenblicklich erlosch der freudige Ausdruck auf Pater Angelicos Gesicht, und ein dunkler Schatten fiel über seine Züge, so als habe sich eine Wolkendecke vor die Sonne geschoben. »Pater Nicodemo, ein wahrhaft frommer und aufrechter Mann aus meinem Kloster, ist vergangene Nacht ermordet worden. Man hat seine geschändete Leiche heute Morgen in der Via Sant'Anna gefunden«, antwortete er, und er hatte keinen Grund, Gershom Jezek auch nur ein Detail der grässlichen Tat zu verschweigen. Ganz davon abgesehen, dass der Freund früher oder später doch davon erfahren würde.

»Heilige Menora!«, stieß der Pfandleiher bestürzt hervor. Mit wachsendem Entsetzen hörte er zu, als Pater Angelico berichtete, auf welche Art der Mörder den Leichnam verstümmelt hatte und von welch ruchlos verleumderischer Art die Botschaft war, die er mit der Tarotkarte und dem Hinweis auf die Stelle im Buch Levitikus hinterlassen hatte. Dann fragte er fassungslos: »Was kann der Täter bloß für einen Grund für sein Verbrechen und diese ebenso bösartige wie haltlose Bezichtigung gehabt haben, wo Ihr doch absolut sicher seid, dass Euer Klosterbruder gänzlich unschuldig war?«

Ratlos zuckte Pater Angelico die Achseln. »Das Böse braucht keinen Grund, nur günstige Gelegenheiten, Gershom«, sagte er bitter, griff zu seinem Becher und kippte den Wein hinunter. Es half nicht viel gegen die ohnmächtige Wut.

Sie redeten noch eine Weile, dann musste Gershom Jezek zurück in seinen Laden in der Via Mensano. Er erwartete einen wichtigen Kunden.

Kurz nachdem der Hebräer das *Giardino* verlassen hatte, kehrte auch schon Bruder Bartolo zurück.

»Ganz wie Ihr vermutet habt, Meister!«, rief er mit grimmiger Genugtuung, kaum dass er die Tür vom Schankraum zum Garten aufgestoßen hatte. »Mit Ser Aurelio steht alles zum Besten. Niemand im Haus der Rovantini hat einen Boten nach San Marco geschickt und um Pater Nicodemos geistlichen Beistand gebeten! Man war höchst schockiert, davon zu hören, dass der Mörder den Namen Rovantini missbraucht hat.«

Pater Angelico nickte. »Ich hatte keine andere Auskunft erwartet«, sagte er und verfiel wieder in finster brütendes Schweigen.

Der Novize setzte sich zu ihm. Nach kurzem Zögern und einem fragenden Blick zu seinem Meister, der wortlos nickte, brach er sich die Hälfte des restlichen Brotfladens ab und ließ sie sich schmecken. Danach schielte er mehrfach zum Teller hinüber, wagte es aber offensichtlich nicht, auch nach der anderen Hälfte zu fragen.

»Nun nimm schon den Rest«, forderte Pater Angelico ihn nach langem gedankenschweren Schweigen schließlich auf.

Bruder Bartolos Augen leuchteten. »Danke, Meister!«

Pater Angelico ließ ihn in Ruhe das letzte Stück Pane sardo essen. Er gönnte ihm auch noch einen kräftigen Schluck Wein. Doch dann sagte er streng: »Hör zu, Bruder Bartolo, und hör *sehr gut* zu. Denn ich werde mich nicht ein drittes Mal wiederholen!« Er machte eine kurze Pause. »Ich habe dir schon einmal gesagt, dass ich despektierliches Verhalten dem Pfandleiher Gershom Jezek gegenüber nicht toleriere, ganz gleich, ob es sich in Worten oder nur in Blicken ausdrückt. Und das Gleiche gilt für den Umgang mit jedem Juden.«

Dem Novizen schoss das Blut ins Gesicht. »Aber sie gehören doch zu dem Volk, das unseren Herrn und Erlöser ausgeliefert und ans Kreuz geschlagen hat! Gottes Fluch ist über sie gekommen. So steht es in der Bibel«, verteidigte er sich hastig.

»Verzeiht mir die Frage, aber wie könnt Ihr Euch mit einem solchen Hebräer an einen Tisch setzen, Meister?«

»So steht es ganz und gar nicht in der Bibel, auch wenn es immer wieder von verbohrten, ungebildeten Kleingeistern im Kirchenrock so behauptet und von den Kanzeln gepredigt wird«, erwiderte Pater Angelico ungehalten. »Muss ich dich wieder daran erinnern, dass nicht nur unser Herr selbst, sondern auch die Gottesmutter, der heilige Josef sowie die Jünger allesamt Juden gewesen sind? Unser Glaube steht auf dem des jüdischen Volkes, so wie ein Haus, das Bestand haben soll, auf einem festen Fundament errichtet ist.«

»Das … das mag so sein«, räumte der Novize widerstrebend ein. »Aber als demütige Diener unseres Herrn müssen wir doch den einzig wahren Glauben gegen die Irrlehren …«

Scharf fiel Pater Angelico ihm ins Wort. »Der Glaube ist eine unvollkommene Erkenntnis, wie uns der heilige Tommaso von Aquin in seinem *Compendium theologiae* gelehrt hat«, beschied er ihn. »Aber da du es mehr mit dem heiligen Augustinus hältst, der unserem Orden seine *regula* gegeben hat, so soll auch er mit seiner weisen Warnung ›Es sind viele draußen, die drinnen zu sein scheinen, und es sind viele drinnen, die draußen zu sein scheinen!‹ hier zu Wort kommen.«

Der Novize blickte verstört drein. Er wusste nicht, was er erwidern sollte.

Pater Angelico schenkte ihm einen versöhnlichen Blick. »Es geht nicht darum, den eigenen Glauben geringzuschätzen. Nichts liegt mir ferner als das«, beteuerte er. »Er ist mir nicht weniger kostbar als dir, Bruder Bartolo. Aber wir sollten uns alle vor Hochmut schützen.«

Bruder Bartolo furchte die Stirn. »Hochmut in welcher Hinsicht?«

»Dass wir meinen, über die einzige Wahrheit zu verfügen und Gottes Willen zu kennen. Ich will dir eine Geschichte erzählen, die man die ›Ringparabel‹ nennt. Sie findet sich in einer Sammlung italienischer Novellen aus der Mitte des dreizehnten Jahrhunderts, die sich *Novellino* nennt. Kennst du sie?«

Der Novize schüttelte den Kopf. »Erzählt, Meister!«

»Ein Sultan, der sich wieder einmal in Geldnot befand, ließ einen reichen Juden kommen, um ihn um sein Vermögen zu bringen. Zu diesem Zweck stellte er ihm die hinterhältige Frage, welche Religion denn wohl die einzig wahre sei. Antwortete der Mann: ›Die jüdische‹, beging er eine unverzeihliche Beleidigung gegen die Religion des mohammedanischen Herrschers. Sagte er jedoch: ›Die sarazenische‹, dann verleugnete er den eigenen Glauben. Im einen wie im anderen Fall bot sich dem Sultan ein prächtiger Vorwand, um das Hab und Gut des jüdischen Kaufmanns einzuziehen.« Er unterbrach seine Erzählung, um den Rest Wein aus dem Krug auf ihre beiden Becher zu verteilen.

»Und welche Antwort hat der Jude dem Sultan gegeben?«, fragte der Novize und griff dankbar nach dem Becher, den sein Meister ihm reichte.

»Der Sohn Israels hat mit einer Geschichte geantwortet, die womöglich einstmals in babylonischer Gefangenschaft ersonnen worden ist. Und sie geht wie folgt: Es war, o Herr, einmal ein Vater, der mit drei Söhnen gesegnet war und einen Ring besaß, geschmückt mit einem überaus edlen Stein. Jeder Sohn bedrängte den Vater, ihm diesen kostbaren Ring zu vermachen. Der Mann aber liebte alle Söhne gleichermaßen und wollte keinen von ihnen enttäuschen. Deshalb ließ er einen tüchtigen Goldschmied kommen und trug ihm auf: ›Meister, fertigt mir zwei Ringe, die diesem hier gleichen, und verseht jeden mit einem Stein, der dem in meinem Ring gleicht.‹ Der Meister führte den Auftrag so gewissenhaft und kunstfertig aus, dass niemand außer dem Vater den echten Ring von den beiden nachgemachten unterscheiden konnte. Der Mann ließ seine Söhne einzeln zu sich kommen und gab jedem einen Ring, woraufhin jeder von ihnen glaubte, den echten Ring erhalten zu haben. – Das, hochwürdiger Sultan, ist die Geschichte der drei Religionen. Nur der Vater, der sie gab, weiß, welches die rechte ist. Und seine Söhne, also wir Menschen, glauben jeder, die echte zu besitzen. – Als der Sultan diese Geschichte gehört hatte, kam er ins Grübeln und ließ den jüdischen Kaufmann unbehelligt ziehen.«

Bruder Bartolo wiegte den Kopf. »Nun ja, darüber kann man sich in der Tat Gedanken machen«, räumte er ein. »Aber letztlich ist es doch nur ein Gleichnis, Meister, wenn auch kein schlechtes.«

»Gewiss. Vor allem aber ist es eine Geschichte ganz nach dem Herzen der Florentiner, die sich im Zuge seit Jahrhunderten andauernder geschäftlicher und kultureller Beziehungen zur Welt der Sarazenen und zum einstigen Byzanz doch einen freien Blick und vor allem den Geist religiöser Duldsamkeit erworben haben«, hielt der Malermönch ihm entgegen, um dann sarkastisch hinzuzufügen: »Nicht von ungefähr heißt es in unserer Stadt, dass einem Florentiner in Seenot ein Kürbis als Halt lieber ist als das Johannesevangelium. Außerdem verdirbt zu viel Religion die Welt.«

Um ein Haar wäre Bruder Bartolo der gottlob leere Becher aus der Hand gefallen. Mit offenem Mund starrte er seinen Meister an, als könne er nicht recht glauben, was er soeben gehört hatte. Aber für eine Erwiderung wäre auch gar keine Zeit gewesen, denn im selben Moment traf Scalvettis Bote aus dem Bargello im *Giardino* ein.

17

In der Kapelle von San Marco brannten außer dem ewigen Licht am Altar nur noch die beiden großen Kerzen, die zu Häupten von Pater Nicodemos Leichnam standen. Sie warfen ihren warmen Schein auf den Toten und Pater Angelico, der neben ihm auf dem kalten Steinboden kniete.

Nicht eine Minute sollte ein sterbender oder toter Klosterbruder in Dunkelheit oder allein verbringen. Dass bei ihm Totenwache gehalten wurde, war der letzte brüderliche Liebesdienst, der jedem Mönch zuteilwurde. So schrieb es die Ordensregel vor. Auch dass die Beerdigung erst drei Tage nach dem Tod zu erfolgen hatte.

So lange nämlich, an dieser alten Überzeugung hielten die Mönche fest, hielt die Seele des Verstorbenen sich noch in der Nähe seines Körpers auf und rang mit den Mächten der Finsternis. Während dieser kritischen Zeit bedurfte es der unablässigen Gebete und Fürbitten sowie des Lichts geweihter Kerzen, damit die Seele sich aus der Umklammerung der Dunkelheit befreien konnte und ihren Weg ins himmlische Licht fand.

Pater Nicodemos sterbliche Hülle war in seinem Habit und mit über den Kopf gezogener Kapuze auf ein schlichtes Holzbrett gebettet. Dieses ruhte seinerseits auf einer leicht schräg gestellten, hölzernen Bahre, so dass der Kopf des Toten ein wenig höher lag als seine Füße. Mit ihrem Lattenrost ähnelte die Bahre einer Leiter, nur dass sie an den seitlichen Enden vier Traghölzer besaß. Die Hände des Toten lagen wie zum Gebet gefaltet auf der Brust und hielten seinen Rosenkranz.

Pater Angelico glaubte, dass die Seele seines ermordeten

Klosterbruders weder seine Gebetsströme und Fürbitten noch die irgendeines anderen nötig hatte, um der göttlichen Gnade teilhaftig zu werden. Wenn es einen barmherzigen und gerechten Gott gab, woran er angesichts des grenzenlosen menschlichen Leids und der nicht endenden Gewalt in der Welt zuweilen qualvoll zweifelte, dann war ihm die Aufnahme in den Himmel gewiss.

Dennoch betete er für ihn, weil es das Einzige war, was er für den Klosterbruder, der sein Leben wahrhaftig in Armut, Keuschheit und Gehorsam verbracht hatte, noch tun konnte. Wenigstens hatten Scalvetti und er dafür sorgen können, dass niemand in San Marco den Toten so verstümmelt und verhöhnt zu sehen bekommen hatte, wie es Bruder Bartolo und ihm in der Brandruine widerfahren war. Er hatte den Leichnam selbst noch einmal gewaschen, weil er den Knechten des Commissario nicht recht zutraute, das gewissenhaft getan zu haben. Anschließend hatte er ihn in einen sauberen Habit gekleidet.

Und dabei hatte er in der starren rechten Faust des Toten den Knopf gefunden. Keinen gewöhnlichen aus Holz, Horn oder Knochen, sondern einen aus aufgepolstertem Messing, mit dunkel-moosgrünem Stoff bezogen und geschmückt mit einem gerade mal daumennagelgroßen Löwenkopf, dem *marzocco* genannten Wappentier von Florenz.

Wie von selbst spielten seine Hände mit dem Knopf, während er die vertrauten Gebete der Totenwache murmelte und erfüllt war von Trauer, Schmerz, Abscheu, Zorn und Ohnmacht. Manchmal vermengten sie sich zu einer quälenden Kakophonie der Gefühle, die ihn auch körperlich elend machte. Sein Magen krampfte sich zusammen. Immer wieder meinte er, den metallischen Geschmack von Blut auf der Zunge zu haben.

Und ebenso quälte ihn die Frage nach dem Warum. Was, in Gottes heiligem Namen, hatte den Mörder bewogen, den Klosterbruder derart zu verstümmeln und der Sodomie zu bezichtigen? Wer immer hinter der bestialischen Tat stand, hatte eine schändliche Lüge in die Welt gesetzt. Doch aus welchem Grund, zu welchem Zweck? Oder war diese Frage sinnlos, weil der Täter geistesgestört war, wie Scalvetti annahm? Dagegen sprachen wiederum das planvolle Vorgehen und die offensichtliche Tatsache, dass der Mörder bibelkundig war, also des Lesens und Schreibens mächtig. Ein einfacher *citadino,* ein Einwohner der Stadt, mochte vielleicht den groben Wortlaut einer solchen Bibelstelle kennen, war aber wohl kaum in der Lage, sie einem Evangelium oder gar dem Levitikus zuzuordnen geschweige denn Kapitel und Vers exakt anzugeben. Dazu reichte es nicht, lesen und schreiben zu können – was auch nicht alle Mönche von sich sagen konnten –, man musste auch im Besitz einer Bibel sein. Und das konnten sich aus dem einfachen Volk die wenigsten leisten. Selbst eine mit beweglichen Lettern gedruckte Bibel kostete ein Mehrfaches dessen, was ein Handwerker im Monat verdiente; von den von Hand kopierten Ausgaben der Heiligen Schrift ganz zu schweigen. Die Bibel des gemeinen Volkes fand sich in Form von Fresken und Tafelbildern in Kirchen und Kapellen. Dort erzählten die Bilder in einprägsamen Szenen die göttliche Heilsgeschichte.

Von der Tür her fuhr ihm ein kühler Windhauch in den Nacken und ließ die Kerzen zu Häupten des Toten flackern. Er nahm an, sein Novize sei von seinem Latrinengang zurückgekehrt. Bruder Bartolo waren der Wein und die mit Öl bestrichenen Brotfladen nicht allzu gut bekommen; er hatte seit ihrer Rückkehr ins Kloster mit einer milden Form von Durchfall zu kämpfen.

Doch es war Vincenzo Bandelli, der in die Kapelle kam und sich auf die andere Seite des Aufgebahrten stellte, wobei seine blitzenden Augen und seine Pose nichts Gutes verhießen.

»Was habt Ihr Euch bloß dabei gedacht?«, fauchte er und hielt sich nicht damit auf, das Schweigegebot nach der Regel aufzuheben. »Bei Gott, ich bin von Euch einiges an Respektlosigkeit und mangelnder Demut gewohnt. Und jeder andere an meiner Stelle hätte Euch längst die Bußstrafen auferlegt, die Ihr verdient! Dass ich das bisher nicht getan habe, verdankt Ihr allein meiner Großmut. Aber auch die kennt Grenzen! Heute habt Ihr den Bogen wahrhaftig überspannt! Beim Haupte des heiligen Johannes, was habt Ihr Euch dabei gedacht, mir …«

Abwehrend hob Pater Angelico die Hand. »Es ist nicht nötig, dass Ihr mich daran erinnert, ehrwürdiger Vater«, erklärte er schuldbewusst, weil er zu wissen glaubte, was der Grund für die Empörung des Priors war, nämlich sein Verhalten am Morgen in der Bottega. Im Nachhinein hatte er sich dafür geschämt, weshalb er nur zu bereit war, seine Verfehlung offen einzugestehen und sich in aller Form dafür zu entschuldigen. Und natürlich durfte sich das nicht wiederholen. Es war überhaupt höchste Zeit, dass er seine persönliche Abneigung überwand und dem Prior den Respekt zollte, der ihm als Klosteroberem gebührte. Bruder Bartolo mochte den Advocatus Diaboli noch so gut gegeben haben, er hatte sich wie jeder andere in San Marco der Regel zu beugen, auf die er sein Gelübde abgelegt hatte, und musste zumindest den ernstgemeinten Versuch unternehmen, sich in Demut zu üben und zu einem besseren Verhältnis mit Bandelli zu finden. »Ich bin in mich gegangen und habe erkannt, dass es ungehörig war, Eurer Aufforderung nicht umgehend Folge zu leisten. Ich hätte mit Euch in den Garten gehen und …«

Vincenzo Bandelli schnitt ihm das Wort ab, und zwar in äußerst harschem, unversöhnlichem Ton. »Wovon zum Teufel redet Ihr? Was soll diese Sache mit dem Garten? Wollt Ihr mich verhöhnen?«, stieß er erbost hervor und gab seinem Gegenüber keine Gelegenheit zu einer Erwiderung. »Spart Euch Euren Atem. Ich weiß, woran ich bei Euch bin, Pater Angelico! Ich weiß es seit dem Tag, an dem Ihr über die Schwelle meines Klosters getreten seid. Ich habe Euch von der ersten Stunde an angesehen, dass Ihr nichts taugt und nicht zum monastischen Leben berufen seid!«

Die Worte des Priors gingen wie Stockhiebe auf Pater Angelico nieder. Mit einem Ruck richtete er sich auf, um bei den verbalen Schlägen zumindest auf Augenhöhe mit ihm zu stehen. Das Schuldgefühl und der Wille zur gebotenen Unterwerfung waren wie weggewischt. »Und ich habe schon immer geahnt, dass Ihr bereits am ersten Tag Euer endgültiges Urteil über mich gefällt habt und entschlossen wart, davon nicht mehr abzurücken«, entgegnete er mit eisiger Stimme.

Vincenzo Bandelli fuchtelte unwirsch mit der ringbestückten Rechten. »Unsinn, ja geradezu lächerlich! Ihr habt Eure Chance gehabt, mehr als eine sogar!«

»Wollt Ihr diese Lüge wirklich auf Eure Seele nehmen?«

Darauf ging der Obere wohlweislich nicht ein. »Denkt doch, was Ihr wollt! Das tut Ihr ja ohnehin. Aber glaubt nicht, ich bereue, was ich soeben gesagt habe.«

»Das sähe Euch auch nicht ähnlich. Euch hält ja offensichtlich nicht einmal die Gegenwart eines Toten davon ab, Euer Gift zu verspritzen … *ehrwürdiger Vater!*«

Vincenzo Bandelli bedachte ihn mit einem flammenden Blick. »Das ist eine Schande, in der Tat«, bekräftigte er. »Und zwar eine, die *Ihr* zu verantworten habt!« Dabei stach er mit ausgestrecktem Zeigefinger über Pater Nicodemos Leichnam hinweg in seine Richtung. »Aber genug davon! Ich weiß, was ich von Euch zu halten habe. Weiter darüber zu reden wäre so aussichtslos, wie im Winter an den Bäumen nach Feigen zu suchen! Es geht hier vielmehr um die Causa Nicodemo!«

»Causa Nicodemo?«, wiederholte Pater Angelico verblüfft und zog die Stirn in Falten. »Ich wusste gar nicht, dass es eine solche gibt. Unser Klosterbruder ist einem ruchlosen Verbrechen zum Opfer gefallen …«

»… und die abscheulichen Umstände seines Todes und seiner Verstümmelung bringen mit sich, dass sich in Florenz das Gerücht zu verbreiten droht, San Marco sei ein Hort gottloser Sodomie!«, fuhr ihm der Prior erregt in die Rede. »Herrgott, was habt Ihr Euch bloß dabei gedacht, mir bei Eurer Rückkehr ins Kloster diesen unbedarften Novizen Bartolo zu schicken, statt mir persönlich Bericht zu erstatten?«

»Ich dachte, Eure angegriffenen Nerven zu schonen, indem ich Euch so wenig wie möglich mit meiner Gegenwart belästige«, antwortete Pater Angelico. »Es muss auch so schon schwer genug sein, mit dem Paradox zu leben, dass ich einerseits angeblich nichts tauge, andererseits aber offenbar hinreichend befähigt bin, Novizenmeister zu sein. Ganz abgesehen davon, dass Ihr eifrig mein Loblied singt, auf dass der Geldstrom, der durch meine Tafelbilder und Fresken in die Klosterkasse fließt, nicht versiege!«

Wut rötete das Gesicht des Klosteroberen. »Lenkt nicht vom Thema ab! Wir haben kostbare Stunden verloren, weil Bruder Bartolos Ausführungen lückenhaft und missverständlich waren. Welch bösartige Bezichtigung der Mörder als vermeintliche Rechtfertigung seiner Tat hinterlassen hat, musste ich von einem unserer Konversen erfahren!«, tobte er. »Dabei wäre es

Eure Aufgabe gewesen, mich über alles genauestens ins Bild zu setzen!«

»Mag sein, dass unser Novize Hemmungen hatte, die grausigen Einzelheiten vor Euch auszubreiten. Aber was ändert das an der Tatsache, dass wir – Ihr und ich genauso wie alle anderen in San Marco – wissen, wie haltlos, ja absurd und lächerlich es ist, gegen Pater Nicodemo den Vorwurf der Sodomie zu erheben?«

»Die Welt da draußen weiß es nicht!«, donnerte Vincenzo Bandelli mit hochrotem Gesicht und stach nun mit dem Zeigefinger in Richtung Tür. »Die Leute werden sich das Maul zerreißen. Ob ein Gerücht haltlos und bösartig ist oder aber der Wahrheit entspricht, interessiert den Pöbel doch einen feuchten Kehricht! Nichts ist schneller als das Gerücht, und es wächst im Fortschreiten, wie Ihr ja wohl selbst wisst!«

Pater Angelico schaute bedrückt drein. »Damit habt Ihr leider recht.«

»Und ob ich recht habe!« Der Prior funkelte ihn an. »Also was vergeudet Ihr hier kostbare Zeit und haltet Totenwache, wofür genügend andere Brüder zur Verfügung stehen, während dieses verleumderische Gerücht auf Straßen und Plätzen und in den Tavernen die Runde macht?«

Verständnislos blickte Pater Angelico ihn an. »Wie kommt Ihr auf den Gedanken, dass ein derart unberufener Mann wie ich das Gerücht eindämmen oder gar aufhalten könnte?«

Genervt verdrehte Vincenzo Bandelli die Augen. »Herr im Himmel, das liegt doch wohl auf der Hand. Einer der mächtigsten Männer dieser Stadt hört auf Euch und ist zweifellos in der Lage, dieser Verleumdung auf irgendeine Art Einhalt zu gebieten!«

»Redet Ihr von Commissario Scalvetti?«

»Von dem rede ich in der Tat!«

Pater Angelico lachte unfroh. »Ich weiß nicht, wie Ihr zu der irrigen Annahme gelangt seid, Tiberio Scalvetti *höre* auf mich. Nichts liegt dem Wesen dieses Mannes und der Natur seines Amtes ferner, ehrwürdiger Vater. Er mag mich respektieren und womöglich …«

»Sage ich doch«, schnitt ihm der Prior das Wort ab. »Nutzt diesen Respekt, um den guten Namen nicht nur des Verstorbenen, sondern unseres Klosters zu schützen! Ihr wisst, man neidet uns seit langem, dass wir unter dem Schutz des Hauses Medici stehen und Lorenzo unser Patron ist! Wird unser Name nun in den Schmutz gezogen, kann uns das großen Schaden zufügen. Die Augustiner von Santo Spirito, aber vor allem die Franziskaner von Santa Croce – diese eingebildeten Schwarzkutten, die sich in ihrer Selbstüberschätzung für die besseren Mönche und Theologen halten – werden sich die Gelegenheit, uns bei dem Signore in Misskredit zu bringen und sich selbst in Szene zu setzen, nicht entgehen lassen.«

»Der brüderliche Zusammenhalt unter unseren florentinischen Orden ist doch immer wieder herzbewegend«, murmelte Pater Angelico.

Vincenzo Bandelli überhörte den Sarkasmus geflissentlich. »Das muss um jeden Preis verhindert werden! Also nutzt Euren Einfluss! Hier geht es nicht um Euch oder mich, sondern um den Namen und das Ansehen unseres Klosters! Seht zu, was Ihr bei Commissario Scalvetti erreichen könnt, um der Liebe Christi und der Wahrheit willen!«

Was auch immer zwischen ihnen stand, diesem Appell konnte Pater Angelico sich nicht widersetzen, wenngleich er wenig Hoffnung hegte, dass irgendjemand in der Lage war, dem Geschwätz der Straße einen Riegel vorzuschieben.

Er seufzte. »Gut, ich werde mit Scalvetti reden und sehen, was sich tun lässt. Aber macht Euch nicht zu große Hoffnungen!«

»Ich gebe mich nicht mit Hoffnungen ab, ich habe konkrete Erwartungen«, beschied Vincenzo Bandelli ihn kühl. Daraufhin wandte er sich ab und rauschte aus der Kapelle, wobei er in der Tür um ein Haar Bruder Bartolo über den Haufen gerannt hätte.

Verblüfft blickte der Novize dem Oberen nach. »Hat es wieder Ärger gegeben, Meister?«, raunte er besorgt, nachdem er die Tür hinter sich geschlossen hatte.

»Nein, unser ehrwürdiger Vater hat mich nur wissen lassen, wie verbunden er sich mir fühlt«, antwortete Pater Angelico ehrlich und doppeldeutig zugleich. »Aber jetzt geh hinüber ins *scriptorium* und bitte einen der Brüder, an meiner Stelle die Totenwache zu übernehmen. Ich muss in die Stadt. Unser Prior wünscht, dass ich meine Nützlichkeit fürs Kloster auf ganz neue Art unter Beweis stelle.«

Bruder Bartolo sah ihn verwundert an. »Inwiefern auf ganz neue Art, Meister?«

»Indem ich im Winter nach Feigen suche!«

18

Wann immer Pater Angelico das Bargello in der Via Balestrieri betrat, konnte er sich eines Schauers nicht erwehren. Das lag weniger an dem massiv gemauerten Quaderbau selbst, der mit seinen Zinnen und Türmen entschlossene Wehrhaftigkeit und Unnachgiebigkeit gegenüber allen Feinden der Republik demonstrierte. Auch die Tatsache, dass gelegentlich Hinrichtungen nicht auf dem Richtplatz im Osten vor der Stadtmauer, sondern hier im weitläufigen Innenhof vollstreckt wurden, war nicht der Grund für die Beklemmung, die ihn an diesem Ort befiel. Sie hatte vielmehr mit den unterirdischen Kerkern und der Folterkammer zu tun, in die der Commissario ihn einst geführt hatte. Die Erinnerung an jene Nacht, in der er dort unten auf der Streckbank erwacht war, ließ sich nicht so leicht abschütteln.

Er erklomm die von steinernen Löwen bewachte Freitreppe und betrat den Säulengang im ersten Stock, wo Tiberio Scalvetti seine Amtsräume hatte, doch er hätte sich den Weg hierher sparen können.

»Bedaure, aber Commissario Scalvetti ist außer Haus, Padre«, teilte ihm im Vorzimmer der kleinwüchsige, rundliche *segretario* mit der geschmeidigen Eunuchenstimme mit. »Er ist in wichtigen Staatsgeschäften unterwegs. Wann er zurück sein wird? Nun, das weiß allein der Allmächtige!« Dass Scalvettis Sekretär offenließ, ob er mit dem Allmächtigen seinen irdischen Herrn von der Otto di Guardia meinte oder den himmlischen Schöpfer, mochte Zufall sein; so oder so passte die Bezeichnung in jeder Hinsicht.

Pater Angelico war nicht allzu traurig darüber, den Commissario nicht anzutreffen, wusste er doch nur zu gut, dass dieser ihm höchstens ein mitleidiges Lächeln schenken würde, wenn er hörte, was der Prior ihm aufgetragen hatte. Um später guten Gewissens sagen zu können, er habe sich redlich bemüht, mit Scalvetti über die Angelegenheit zu sprechen, begab er sich hinüber nach Santa Croce, doch auch in der *Colombina,* der Schankstube an der Kreuzung der Via Ghibellina und Via dei Pelacani, wo er gewöhnlich seine Mahlzeiten einnahm, war der Commissario nicht anzutreffen.

Auf dem Weg zurück ins Zentrum der Stadt bemerkte Pater Angelico die große Zahl von Schaustellern und Fahrensleuten, die auf sämtlichen Straßen und Marktplätzen ihre Buden und kleinen Bühnen errichteten. Und dann nahm er auch in den Arkadengängen rund um das weite Geviert des Mercato Vecchio die vorgefertigten Kostüme und Masken wahr, die überall vor den Läden zum Verkauf hingen. Natürlich! Nur noch wenige Tage, dann begann die Karnevalszeit! Kein Wunder, dass so viele Fremde in die Stadt strömten. In ganz Italien war bekannt, dass es vor der *quaresima,* der Fastenzeit, in Florenz hoch herging. Am Arno wusste man Feste zu feiern. Hier wurde der Karneval mit Umzügen, prachtvollen Maskenbällen und öffentlichen Volksbelustigungen aller Art nicht weniger aufwendig gefeiert als in Venedig! So war es auch kein Wunder, dass er den Commissario weder in seiner Amtsstube noch in seinem Stammlokal angetroffen hatte. Bei der gewaltigen Menge an fremdem Volk, das in diesen Tagen zusätzlich zu den üblichen Reisenden nach Florenz strömte, war es für die Feinde des Hauses Medici um einiges leichter, Spione und womöglich gar Attentäter an den Wachposten der Stadttore vorbei nach Florenz einzuschleusen. Die Acht von der Wache hatten gewiss alle Hände voll zu tun, genau das zu verhindern und den Schutz der Medici zu gewährleisten.

Ohne bestimmtes Ziel und in düstere Gedanken versunken, streifte Pater Angelico durch die belebten Viertel der Stadt. Hier herrschte noch immer ein wüstes Nebeneinander von schäbigen Hütten, schmucklosen Werkstattschuppen, kastenförmigen Woll- und Seidenmanufakturen aus rotbraunem Backstein, schmalbrüstigen Mietshäusern mit fünf, sechs und mehr Stockwerken und prachtvollen Palazzi.

Doch ganz allmählich veränderte sich das Bild. Wohin man in Florenz auch kam, ständig stieß man auf neue Baustellen. Die Stadt erlebte ein neues Baufieber, insbesondere was die Errichtung prachtvoller Patrizierresidenzen betraf. Dazu hatte die Kommune den Anstoß gegeben.

Die Signoria hatte ein Gesetz erlassen, das jedem, der einen Palazzo errichtete, für vierzig Jahre Steuerfreiheit gewährte. Bisher hatten viele reiche Handelsherren aus Furcht vor den Buchprüfungen der Steuereintreiber nach der Devise gelebt: »Hast du was, dann bist du was – aber was du hast, das zeige lieber nicht! Denn Neid ist ein Kraut, das man besser nicht begießt!«, und sich in der hohen Kunst des Jammers über vermeintlich schlechte Geschäfte geübt. Nun aber öffneten sie ihre prallvollen Geldtruhen und steckten Tausende von Goldflorin in den Bau eines Palastes. Die Lieferanten von Marmor, Sandstein, Tuff, Ziegeln und vor allem den beliebten Kalksteinsorten *pietra forte* und *pietra serena* aus den Steinbrüchen von Santa Margherita a Montici und Monte Olivieto waren der steigenden Nachfrage kaum noch gewachsen.

Auf seinem scheinbar ziellosen Streifzug gelangte Pater Angelico auch in das Viertel San Giovanni und fand sich dort auf einmal in der Via Chiara wieder. Erstaunt darüber, wohin sein Unterbewusstsein ihn geführt hatte, blieb er vor dem protzigen Palazzo des Wollfabrikanten und Medici-Vertrauten Marsilio

Petrucci stehen. Das Gebäude imitierte mit den rauen Bossen im unteren Teil der Fassade und dem nach oben hin immer kunstvoller gestalteten Mauerwerk den Palast der Medici, das steingewordene Symbol fürstlicher Macht und Vorbild für alle anderen Erbauer eines Palazzo dieser Größe. Doch während der Prunk der Medici auserlesenen Kunstverstand offenbarte, hatte Marsilio Petrucci sich auf die reine Zurschaustellung von Reichtum beschränkt – innen wie außen.

»Teufel auch!«, entfuhr es Pater Angelico. Kurz erwog er, umzukehren und sich schnellstens aus dem Staub zu machen, bevor jemand aus dem Haus ihn bemerkte. Doch er widerstand diesem ersten Impuls, so stark er auch sein mochte. Ihm war klar, dass er die Arbeit, die in der Hauskapelle auf ihn wartete, nicht länger vor sich herschieben konnte. Seine Schonfrist war abgelaufen, wie Vincenzo Bandelli ihm nachdrücklich zu verstehen gegeben hatte. Und in dem Punkt hatte sein Prior bedauerlicherweise recht. Es war an der Zeit, sich dem Unausweichlichen zu stellen – was auch hieß, sich wieder in die gefährliche Nähe von Lucrezia zu wagen.

»Herr, gib mir die Kraft«, murmelte er, als er durch die Tür im rechten Flügel des Hofportals trat. »Für das eine wie das andere!«

19

Welch eine Überraschung, Padre!«, begrüßte ihn Silas Makaris, der Majordomus griechischer Herkunft mit falschem Lächeln. Pater Angelico hatte den hochnäsigen Kerl einst ob seiner Impertinenz schneidend zurechtgewiesen und ihn an seine Stellung als besserer Lakai erinnert; das hatte der Mann ihm nie verziehen. »Und ich fürchtete schon, Ihr könntet noch immer zu angegriffen sein, um unserem Haus die Ehre zu geben.«

»Ich bin sicher, in deiner tiefen Sorge um mein Wohlergehen hast du so manche schlaflose Nacht verbracht, Silas«, gab Pater Angelico zurück.

»Ich wage es nicht, Euch mein Herz zu öffnen und zu zeigen, wie sehr es mich bewegt, Euch wohlauf zu sehen und in unserem Haus begrüßen zu können«, konterte der Majordomus und deutete eine höhnische Verbeugung an.

Pater Angelico bedachte ihn mit einem kalten Lächeln. »Jeder Tag hat seine Plagen, und meiner hat schon genug gesehen. Deshalb tut Ihr wahrlich gut daran, mir den Blick in diese Grube zu ersparen.«

Es kostete den Majordomus sichtlich Mühe, Haltung zu wahren und darauf nicht mit einer neuerlichen Unverschämtheit im Gewand vermeintlicher Höflichkeit zu reagieren. »Wünscht Ihr den Signore zu sprechen, der über Euer unerwartetes Erscheinen zweifellos ...«

»Du brauchst ihn nicht zu belästigen, Silas«, fiel Pater Angelico ihm ins Wort. »Ich bin nur hier, um oben kurz nach dem Rechten zu sehen und mir einen Überblick zu verschaffen, welche Malutensilien noch da sind und welche fehlen. Den Weg in die Hauskapelle finde ich ohne deinen Beistand.«

»Und dessen seid Ihr Euch nach der langen Zeit Eurer … Genesung sicher?«

»So sicher, wie ich mich an deiner Liebenswürdigkeit erfreue«, erwiderte Pater Angelico. »Jetzt weiß ich wieder, was mir all die Zeit gefehlt hat!«

»Bei Gott, es geschehen wahrlich noch Zeichen und Wunder, selbst in Klöstern! Wer hätte das gedacht«, giftete der Majordomus. »Aber nun lasst Euch nicht länger aufhalten, auch wenn ich nichts lieber täte, als weiterhin mit Euch zu plaudern. Aber manche Freuden kostet man besser in kleinstmöglicher Dosis – der Verträglichkeit halber, wenn Ihr versteht, was ich meine.« Er wies in Richtung der Steintreppe, die vom lichtdurchfluteten Innenhof mit seinem mächtigen Säulengang hinauf in die oberen Stockwerke führte, als erteile er ihm huldvoll die Erlaubnis. Dabei wusste er genau, dass Marsilio Petrucci dem Dominikaner uneingeschränkten Zutritt zu seinem Palazzo erteilt hatte und der Malermönch weder einer Erlaubnis noch der Begleitung eines Hausdieners bedurfte, um sich in die Hauskapelle zu begeben.

»Du bist so unschwer zu verstehen wie ein kläffender angeketteter Hofhund!«, konterte Pater Angelico, ließ ihn stehen und erklomm die Treppe zu der umlaufenden Galerie, durch deren von Säulen getragene Rundbögen man hinunter in den Innenhof mit dem plätschernden Springbrunnen schauen konnte. Die aufdringlich schweren, vergoldeten Wandleuchter und die Wandnischen, die mit wahllos zusammengekauften antiken Büsten und Statuen vollgestellt waren, würdigte er keines Blickes. Hier sprach allein das Geld und nicht der Kunstverstand eines passionierten Sammlers und Liebhabers seltener Preziosen.

Am Ende des schmalen Seitentraktes führte eine mit

Schnitzarbeiten reich verzierte Eichentür in die Hauskapelle. Gerade als er sie öffnete, wurden unten im Vestibül des Palazzo Stimmen laut. Freudige Rufe und Gelächter drangen gedämpft zu ihm in die Kapelle. Eine der Stimmen, die dunkle und besonders laute, war zweifellos die von Marsilio Petrucci.

Der Raum hinter der Eichentür maß ein gutes Dutzend Schritte in der Länge und halb so viele in der Breite. Die Decke war als Tonnengewölbe errichtet, und am hinteren Ende befand sich die abgerundete Nische, in der einmal der Hausaltar der Petrucci stehen würde. In die rechte Längswand waren zwei Rundbogenfenster eingelassen, die Pater Angelico für die Größe der Hauskapelle zu klein geraten schienen. Sein geschulter Blick für Symmetrie und harmonische Raumaufteilung wurde jedes Mal, wenn er den Raum betrat, irritiert.

Die den beiden Fenstern gegenüberliegende Längswand war bis unter die Decke eingerüstet. Schwarze Markierungsstriche unterteilten die Fläche in sieben Felder. In diesen Feldern sollten einmal die Fresken der sieben biblischen Szenen zu sehen sein, die der Wollfabrikant aus dem reichen Bilderschatz der Heiligen Schrift für diese Seite seiner Kapelle ausgewählt hatte. Dass darunter unbedingt auch die Geschichte vom Einzug der Heiligen Drei Könige aus dem Morgenland sein musste, hatte Pater Angelico nicht überrascht. War das doch die einzige signifikante Stelle in der Bibel, an der Reichtum ohne jeden Hauch von Anrüchigkeit oder gar Verwerflichkeit erwähnt wurde. Kein Wunder, dass sich die Medici diese Szene in großer Pracht in die Hauskapelle ihres Palastes hatten malen lassen.

Bis auch hier, im Haus der Petrucci, ein derartiges Fresko an der Wand prangte, würde allerdings noch viel Wasser den Arno hinunterfließen. Bisher war nur der Untergrund an der Wand in mühsamer Arbeit geglättet, und allein das erste Feld nahe der Tür, das den Sündenfall von Adam und Eva im Paradies zeigen würde, trug Rauputz. Weiter war er nicht gekommen. Wäre es nach ihm gegangen, hätte er hier auch keine Hand mehr gerührt, doch diese Hoffnung hatte er endgültig begraben müssen.

Vor dem auf Rollen laufenden Gerüst standen im Licht der Rundbogenfenster zwei *trespoli,* einfache Arbeitstische auf Schragen. Auf dem einen herrschte ein wildes Durcheinander von Maurerkellen, Stemmeisen, Drahtbürsten, Spachteln und anderen Gerätschaften, die vonnöten waren, um das nackte, raue Mauerwerk zu glätten und zu verputzen. Auf dem anderen lag das große Skizzenbuch mit den Entwürfen für die einzelnen Fresken.

Mit einem tiefen Seufzer, der aus seinem Innersten kam und mit Erinnerungen schwer beladen war, trat er näher, zog das Skizzenbuch zu sich heran und schlug es auf. Seine Hand zitterte leicht, als er die großformatigen Seiten umblätterte.

»Wenn Ihr die erste Szene sucht, so werdet Ihr sie in Eurem Buch nicht finden«, sagte hinter ihm unvermittelt eine ihm nur zu vertraute Frauenstimme. »Das Blatt habe ich gerettet, falls Ihr das vergessen haben solltet.«

Pater Angelico zuckte zusammen und fuhr herum. Sein Herzschlag beschleunigte sich, und seine Kehle war von einer Sekunde auf die andere wie ausgetrocknet.

Es war, wie er befürchtet hatte. Lucrezias Gegenwart brachte ihn aus dem inneren Gleichgewicht, um das es seit einiger Zeit auch ohne ihre Einwirkung schon schlecht genug bestellt war.

»Donzella Lucrezia!« Er empfand seine eigene Stimme als fremd und verräterisch gepresst. Allein ihren Namen auszusprechen erschien ihm wie das Eingeständnis seiner geheimen, mühsam in Schach gehaltenen Sehnsüchte und Wünsche, die in so verstörendem Gegensatz zu seinen Gelübden standen.

»Beim Wunder des wiedererweckten Lazarus, Ihr habt meinen Namen ja doch nicht vergessen«, rief sie theatralisch und klatschte scheinbar entzückt in die Hände, während sie auf ihn zuschritt. »Dabei wäre ich jede Wette eingegangen, dass er Euch längst entfallen ist – wie auch so einiges andere!«

Er fühlte, wie ihm ihr Spott das Blut schneller durch die Adern jagte und bis in die Wangen trieb. »Wie ich sehe, seid Ihr bei so guter Gesundheit und in Euren Äußerungen so ungestüm, wie ich Euch in Erinnerung hatte.« Was nicht nur eine äußerst einfallslose Bemerkung war, sondern auch eine maßlose Untertreibung, erschien Lucrezia ihm doch noch bezaubernder, als er sie in Erinnerung gehabt hatte. Und dabei wären jene inneren Bilder schon Grund genug gewesen, Beichte abzulegen. »Ich hoffe, es geht Euch so gut, wie Ihr ausseht.«

Betörend sah sie aus!

Sie trug eine langärmelige, geschlitzte *cioppa* aus safrangelbem Samtbrokat, die sparsam, dafür aber umso wirkungsvoller mit Goldfäden durchwirkt war. Durch die Schlitze ihres edlen, eng anliegenden Obergewandes, das ihre grazilen, anmutig weiblichen Formen wunderbar zur Geltung brachte, leuchtete die cremefarbene Seide ihres Unterkleides. Ihre Haube, die für eine unverheiratete Frau ungewöhnlich viel von ihrer honigblonden Lockenpracht preisgab, war aus gestärktem flämischen Leinen gearbeitet und bestach durch ihre elegante Schlichtheit. Wie üblich trug sie einen Schal – diesmal einen aus feinster, kastanienbrauner Spitze – mehrfach locker um den Hals geschlungen.

Im Gegensatz zur Mehrzahl florentinischer Frauen von

Rang trug sie keinerlei Schminke. Nicht einmal das feine Pulver aus zerriebenen Perlen minderer Qualität, das der Haut einen besonderen Schimmer verlieh und sich so großer Beliebtheit erfreute. Sie hatte es nicht nötig – ebenso wenig, wie sie darauf angewiesen war, ihre Haare zu bleichen und mit der Brennschere in Locken zu zwingen, um der vorherrschenden Mode Genüge zu tun. Ihr Gesicht war rein, ebenmäßig und auch ohne die gängigen Schönheitsmittel von frischem, jugendlichem Zauber.

Ihre Augen, grün wie makellose Malachite und von winzigen Goldsplittern gesprenkelt, blitzten ihn an. »Mir geht es so gut, wie es einer alten Jungfer nur gehen kann, wenn ihr Vater vorhat, sie demnächst hinter Klostermauern lebendig zu begraben, Pater Angelico«, erwiderte sie auf die ihr eigene unverblümte Art, die mit der Schicklichkeit und Sittsamkeit, die von Töchtern vornehmer Familien erwartet wurden, so gar nichts gemein hatte. »Sowie meine liebreizende Stiefmutter beim ersten warmen Frühlingswetter mit ihren beiden Kindern von ihrem Winteraufenthalt bei ihrer Familie in Venedig zurück ist, wird mein Schicksal besiegelt sein! Worüber sollte ich also klagen? Darf ich mich doch bald für den Rest meines Lebens unter dem Joch einer vertrockneten Äbtissin, der man das Amt gekauft hat, und den Gemeinheiten verbiesterter älterer Mitschwestern voll Dankbarkeit dem Lobpreis Gottes widmen!«

Er sah die Ohnmacht und den Schmerz in ihren Augen und war einmal mehr zutiefst angerührt. Ihr Vater hatte sich auf das unablässige Drängen ihrer Stiefmutter hin entschlossen, sie in Kürze in ein Nonnenkloster zu geben. Dass nachgeborene oder sogenannte überzählige Töchter aus gutem Haus, die nur mit einer hohen Mitgift zu verheiraten gewesen wären, gegen ihren

Willen den Schleier nehmen mussten, um ihre Familie nicht zu ruinieren, war eine ebenso verbreitete wie abscheuliche Sitte im ganzen Land. In Lucrezias Fall kam noch das Unglück hinzu, dass sie von unterhalb des rechten Ohrs bis hinunter zur Brust von dunklen Brandnarben gezeichnet war, Folge eines tragischen Unfalls mit einem glutgefüllten Heizbecken, den sie in Kindertagen erlitten hatte. Deshalb verhüllte sie ihren Hals stets mit einem Schal.

Sie selbst nannte sich mit bitterem Sarkasmus »schadhafte Ware«, die auf dem Heiratsmarkt von Florenz selbst mit einer außerordentlich hohen Mitgift nicht standesgemäß loszuschlagen sei. Zudem bestand Marsilio Petruccis zweite Frau, mit der er inzwischen zwei weitere Kinder hatte, kategorisch darauf, Lucrezia so schnell wie möglich aus dem Haus zu schaffen – allerdings ohne das Vermögen zu schmälern, das sie ihren eigenen Kindern als Erbe zu sichern gedachte.

»Ihr seid mit neunzehn alles andere als eine alte Jungfer«, widersprach er wenig geistreich, obwohl er nur zu gut wusste, dass junge Mädchen oft schon mit zwölf ihrem künftigen Ehemann versprochen und im Schnitt zwei, drei Jahre später verheiratet wurden. In Anbetracht dessen traf Lucrezias Selbsteinschätzung sehr wohl zu, wenn auch nur, was ihr Alter betraf.

Ein müdes Lächeln flog über ihr Gesicht. »Ihr wart noch nie ein begabter Schmeichler, und das gereicht Euch wahrlich nicht zum Nachteil, Pater Angelico. Also versucht Euch nicht in etwas, auf das Ihr Euch nicht versteht und worauf ich keinen Wert lege«, sagte sie überraschend milde. Es war, als seien ihre Bitterkeit und alle unausgesprochenen Vorwürfe wie warmer Teig bei kalter Zugluft in sich zusammengefallen. »Ihr wisst so gut wie ich, dass ich recht habe.«

Unbehaglich zuckte er die Achseln. »Lasst uns nicht wieder

von Dingen reden, die nicht zu ändern sind, weil sie unserem Willen und Einfluss entzogen sind.«

»Sind sie das wirklich?«, fragte sie leise nach. »Auf mich trifft das ja fraglos zu, aber auch auf Euch?« Ihre feingeschwungenen Brauen gingen leicht in die Höhe. »Ahnt Ihr, was ich in meinem Gemach heimlich zur Hand nehme, wenn ich zum Beten niederknie? Das Gebetbuch ist es jedenfalls nicht.«

Ihm war, als färbe sein Gesicht sich dunkelrot. Hatte sie ihn doch an ihre letzte Begegnung an diesem Ort erinnert, die gut zwei Monate zurücklag. Wütend hatte ihr Vater seine Skizze vom Sündenfall aus der Kladde gerissen, zusammengeknüllt und zu Boden geworfen. Dass er, der Malermönch, Lucrezia als bezaubernde Eva in fast gänzlicher Nacktheit gezeichnet hatte, war nicht der Auslöser seines Wutanfalls gewesen. Das hatte er so gewünscht, wie er sie zudem noch als Madonna in seiner Kapelle verewigt sehen wollte. Ihn hatte etwas ganz anderes empört, nämlich, dass auf dem Entwurf nicht nur Eva unter dem Baum der Erkenntnis nach dem Apfel gegriffen hatte, sondern auch Adam. Dass Marsilio Petrucci ihn nicht der Blasphemie bezichtigt, sondern die Darstellung nur entrüstet als Unfug bezeichnet hatte, verdankte er wohl nur seinem hervorragenden Ruf und seinem Habit. Und während Lucrezias Vater wutschnaubend aus der Hauskapelle gestürmt war, hatte sie sich nach dem Papierknäuel gebückt, die Skizze heimlich eingesteckt und ihm, bevor sie ihrem Vater folgen musste, beschwörend zugeflüstert: »Ihr habt mir in die Seele geschaut, Angelico. Und Ihr wisst es! Rettet mich!«

Allmächtiger, er vermochte ja nicht einmal sich selbst zu retten vor den Dämonen, die schon in überreicher Zahl in ihm gehaust hatten, bevor er ihr das erste Mal begegnet war!

Hastig wich Pater Angelico ihrem forschenden und verzweifelt hoffenden Blick aus und wandte sich dem Skizzenbuch zu, denn er fürchtete, sie könnte seine geheimsten Gedanken und Wünsche in seinen Augen lesen wie den Text in einem aufgeschlagenen Buch.

»Ich werde in nächster Zeit mit meinem Novizen hierher zurückkehren und mich an die Arbeit machen«, erklärte er mühsam beherrscht und wechselte abrupt das Thema, um das gefährlich glatte Eis ihres bisherigen Wortwechsels schnellstmöglich zu verlassen. »Wir werden sehr beschäftigt sein, um Euren Vater nicht noch mehr zu verärgern.«

»Wollt Ihr mir zu verstehen geben, dass Ihr keine Zeit mehr für mich haben werdet und ich Euch tunlichst fernbleiben soll?«, fragte sie.

Er sah sie nicht an. »Meinen Wünschen sind scharfe Grenzen gesetzt, Donzella«, erwiderte er, so kühl es ihm nur möglich war. Dabei begehrte alles in ihm auf; er wollte nicht so herzlos sein. »Ich habe meine Pflichten zu erfüllen – als von Eurem Vater beauftragter Maler und als Mönch, der ein heiliges Gelübde abgelegt hat. Ich bitte Euch, vergesst das nicht.«

Ihre Hand fuhr durch die Luft, als wolle sie seine Worte abschmettern. »Nichts von dem, was Menschen tun, sagen oder schwören, ist ewig!«, erwiderte sie heftig. »Und wenn ich mich nicht täusche, findet sich nirgendwo in der Bibel eine Stelle, an der das größte und einmalige Geschenk Gottes, nämlich die Lie…«

Mitten im Wort brach sie ab, denn die Tür zur Kapelle flog auf. In Begleitung zweier fremder Männer in edler Reisekleidung kam ihr Vater hereingestiefelt.

20

Da bist du ja, mein Augenstern! Unser Besuch aus Lyon ist eingetroffen!«, rief Marsilio Petrucci, schwer um Atem ringend. Er schnaufte, als sei er nicht nur die paar Dutzend Stufen ins Obergeschoss heraufgestiegen, sondern habe einen steilen Berg erklommen. Angesichts seiner Leibesfülle, die durchaus die Bezeichnung Fettsucht verdiente – und in einer kräftig roten Samtrobe nach Art der Prioren steckte –, konnte seine Atemnot allerdings kaum überraschen.

Als er den Malermönch erblickte, erstrahlte sein teigiges, von Schweißperlen glänzendes Gesicht mit den hängenden Hamsterbacken wie die aufgehende Sonne an einem wolkenlosen Morgen. »Und was sehe ich da! Pater Angelico, mein schon verloren geglaubter und viel gerühmter Meister der Freskenkunst! Endlich seid Ihr zurück! Bei Gott, der Tag wird immer besser!«

Pater Angelico verneigte sich respektvoll, aber ohne jeden Anflug von Unterwürfigkeit vor den drei Herren, was die vornehm gekleideten Franzosen, der eine um die vierzig und damit so alt wie der feiste Wollfabrikant, der andere ein gutes Dutzend Jahre jünger, mit einem eleganten angedeuteten Nicken erwiderten.

Marsilio Petrucci wandte sich an seine Hausgäste und sagte leutselig: »Signori, erlaubt mir, Euch meine Tochter Lucrezia vorzustellen, meinen Augenstern!« Er winkte seine Tochter heran. »Lucrezia, das ist Monsieur Fernand Brissac, mein neuer Partner in Lyon, der fortan unser Handelshaus dort vertreten wird.« Dabei deutete er auf den fast gleichaltrigen Franzosen, der von kräftiger, untersetzter Gestalt war. Er hatte ein eher grobes Gesicht mit mächtigem Unterkiefer und blauen Schatten auf den glattrasierten Wangen. »Und sein Begleiter ist Monsieur Henri de la Croix, sein Cousin.«

Lucrezia verzog das Gesicht. »Ein Augenstern, der Euch so sehr am Herzen liegt, dass Ihr ihn nicht schnell genug unter Nonnengewand und Schleier verschwinden lassen könnt«, flüsterte sie.

Ihr Vater warf ihr einen scharfen Blick zu.

»*Je suis excité!* Ich bin entzückt, Eure Bekanntschaft zu machen, Donzella Lucrezia«, begrüßte Fernand Brissac sie mit einer galanten Verbeugung und führte ihre Hand an seine Lippen, ohne sie jedoch zu berühren.

Lucrezia neigte mit einem spröden Lächeln den Kopf. »Das Vergnügen ist ganz meinerseits, mein Herr«, grüßte sie höflich zurück.

»*Mon Dieu! Quelle élégance!* Ihr habt uns vorenthalten, dass das wahre Juwel von Florenz in Eurem Haus lebt und Eure Tochter ist, Signore Petrucci!«, rief Henri de la Croix mit einem unverhohlen bewundernden Blick. »Selbst wenn es ein trister Tag wäre, hier strahlt *le soleil* … die Sonne ja doch! Und mit welch betörender *grâce!*«

Der jüngere der beiden Franzosen war mit der schlanken Gestalt und den ebenmäßigen Zügen eines Edelmannes gesegnet, wie er von den Troubadours hätte besungen werden können.

Er hatte lebhafte hellblaue Augen mit seidig dichten Wimpern, für die eine Frau weiß der Himmel was gegeben hätte. Volles schwarzes Haar, das leicht bläulich schimmerte, fiel ihm in wohlgestalteten Wellen bis fast auf die Schulter. Ein kurzer schwarzer Kinnbart verlieh seinem Aussehen eine verwegene, kecke Note.

Marsilio Petrucci lachte geschmeichelt. »Ihr sagt es, Monsieur de la Croix«, erwiderte er stolz.

Lucrezia reagierte auf das blumige Kompliment mit einem trockenen Lachen. »Nicht jedes Juwel hat das Glück, makellos zu sein, mein Herr«, sagte sie hintersinnig.

»*Mon Dieu,* gebt mir Eure Tochter zur Frau, und ich werde ihr ewige Treue schwören!«, verkündete Henri de la Croix mit übertriebener Galanterie.

Fernand Brissac lachte spöttisch. »*Mon Dieu,* lasst Euch bloß nicht von meinem Cousin den Kopf verdrehen, Donzella Lucrezia«, rief er mit starkem Akzent, aber in ebenso flüssigem Italienisch wie sein Begleiter. »Seine Treue ist kurz wie ein Hasenschwanz.«

Marsilio Petrucci und Henri de la Croix lachten.

Lucrezia schenkte dem Charmeur einen koketten Blick. »Vielleicht habt Ihr ja den Mut, mich zu entführen, mein Herr de la Croix. Das würde mir schon genügen.«

»Voilà! Chapeau!«, riefen die beiden Franzosen wie aus einem Mund. Offensichtlich hielten sie Lucrezias Bemerkung für einen geistreichen Witz.

Ihr Vater fand das weniger belustigend, wie sein gequältes Lächeln dem, der hinschaute, verriet. »Ich bitte dich um ein wenig mehr Zurückhaltung, Tochter! Nicht jeder versteht deine besondere Art zu scherzen«, sagte er mit mildem Tadel. Dass die Zurechtweisung nicht schärfer ausfiel, verdankte Lucrezia zweifellos der Gegenwart seiner Lyoner Geschäftspartner, vor denen er das Gesicht zu wahren wünschte. An seine Gäste gewandt fuhr er eilig fort: »Seid so gütig, mich einen Augenblick zu entschuldigen. Ich habe mit Pater Angelico, der mir die Hauskapelle ausmalen wird, noch rasch etwas zu bereden.«

»Très bien«, erwiderte Henri de la Croix mit einem Augen-

zwinkern. »Nehmt Euch nur Zeit, damit wir uns noch lange an der Gegenwart Eurer Tochter erfreuen können.«

Marsilio Petrucci zog Pater Angelico, der die dick aufgetragene Galanterie des kinnbärtigen Franzosen mit stillem Missfallen beobachtet hatte, einige Schritte zur Seite. »Bei Gott, mir fällt ein gewaltiger Stein vom Herzen, Euch endlich wieder hier anzutreffen! Ihr habt meine Geduld auf eine harte Probe gestellt«, raunte er mit einer Mischung aus Erleichterung und Vorwurf, während die beiden Franzosen fortfuhren, Lucrezia mit schmeichlerischen Artigkeiten zu überhäufen. »Nicht dass ich Euch nicht eine gewisse Zeit der Erholung von Euren … argen Widrigkeiten gegönnt hätte, aber mich über zwei Monate warten zu lassen, das ist weiß Gott mehr, als selbst der nachsichtigste Mann einfach so hinnehmen kann! Wie gern hätte ich meinen Gästen schon jetzt einige Proben Eures Könnens gezeigt!«

»Die Hölle ist der einzige Ort, an dem der Mensch all seine Vorhaben und Wünsche erfüllt findet, Signore«, erwiderte Pater Angelico. »Zudem hätte es Euch jederzeit freigestanden, Euren Auftrag zurückzuziehen und einen anderen Maler mit der Arbeit zu betrauen!«

»Da sei der Leibhaftige vor!«, rief der Wollfabrikant erschrocken. »Aber genug davon. Nun nehmen die Dinge ja wohl endlich ihren vorgesehenen Lauf. Deshalb wollen wir die Unannehmlichkeiten, die zu der Verzögerung geführt haben, vergessen. Sagt mir lieber: Wann kann ich damit rechnen, dass Ihr hier Euer erstes Fresko anbringt?«

»In einigen Tagen, nehme ich an«, antwortete Pater Angelico vage, während Lucrezias helles Lachen an sein Ohr drang. Diesmal klang es weder spröde noch spöttisch, sondern so, als fühle sie sich köstlich unterhalten. Das wurmte ihn, und die

Tatsache, dass das so war, gefiel ihm noch viel weniger. »Wie lange es dauert, ein Fresko aufzutragen, ist nicht so einfach zu kalkulieren wie die Zeit, die man braucht, um eine Stoffbahn aufzurollen.«

»So einige Tage.« Marsilio Petrucci schien einigermaßen zufrieden. »Gut, dann könnte die Zeit, die meine Gäste hier verweilen, vielleicht ausreichen, damit sie vor ihrer Abreise noch einen Eindruck davon gewinnen, was hier eines hoffentlich baldigen Tages in voller Schönheit zu sehen sein wird.«

Pater Angelico nickte. »Besser heute ein Ei als morgen eine Henne.«

Marsilio Petrucci schaute irritiert drein, als wisse er nicht recht, ob er sich über die Bemerkung ärgern oder darüber lachen sollte. Er entschied sich für Letzteres, denn sein Selbstbewusstsein schloss kategorisch aus, dass ein Mönch sich über ihn lustig machen könnte. »In der Tat, in der Tat. Aber liefert ein prächtiges Ei, das ebenso Euch zur Ehre gereicht wie meinem Haus!«, verlangte er und klopfte dem Mönch gönnerhaft auf die Schulter. »Und jetzt will ich Euch nicht länger von der Arbeit abhalten. Bestimmt drängt es Euch nach so langer künstlerischer Enthaltsamkeit, Euch mit ungebremster Kraft ans Werk zu machen!« Damit nickte er ihm noch einmal zu und kehrte zu seinen französischen Hausgästen zurück.

Lucrezia, der ihr Vater den Arm um die Schultern gelegt hatte, drehte sich in der Tür noch einmal nach Pater Angelico um und schenkte ihm einen rätselhaften Blick. Er wusste nicht recht zu sagen, ob eine Warnung darin lag oder eine stumme Beschwörung. Das eine beunruhigte ihn so sehr wie das andere.

21

Den Mann, der im *Canto del Gallo* allein an einem Tisch vor dem einzigen Fenster der Schenke saß und gedankenverloren in seinen Humpen Dünnbier starrte, hätte selbst seine eigene Mutter schwerlich wiedererkannt.

Er hatte sich einen sorgfältig getrimmten Vollbart aus Echthaar ins Gesicht geklebt, den er sich schon Wochen zuvor bei einem Perückenmacher drüben in Santo Spirito, auf der anderen Seite des Arno, gekauft hatte. Auf seiner Nase saß eine Brille mit einfachem, etwas verbogenem Drahtgestell, deren rechtes Glas quer durch das Rund gesprungen war. Die Brille hatte er bei einem *rigattiere* erstanden, der seinen Trödelladen in den feuchten Kellerräumen eines Hauses auf der Via dell'Oche betrieb. Um sich noch weiter abzuschirmen, hatte er die Kapuze seines schwarzen Umhangs nicht zurückgeschlagen. Sie fiel ihm weit in die Stirn und tauchte sein Gesicht in tiefen Schatten.

Keiner der wenigen Gäste, die weiter hinten im Raum saßen, in der Nähe des wärmenden Kaminfeuers, schenkte ihm Beachtung. Niemand ahnte, dass dies der Mann war, der den Mönch von San Marco umgebracht und verstümmelt hatte – und hier in der Taverne darauf wartete, seine zweite Bluttat verüben zu können.

Die müden Tagelöhner und Handwerker, die jetzt, bei Anbruch der Dämmerung, von der Arbeit kamen, hatten anderes im Sinn, als einem einsamen Zecher, dem offensichtlich nicht nach Gesellschaft zumute war, Aufmerksamkeit zu schenken. Ihnen war wichtig, dass möglichst schnell der erste Krug Wein oder Bier auf ihren Tisch kam und dazu eine herzhafte Mahlzeit. Dann wurde zu Würfeln und Kartenspiel gegriffen.

Von seinem Platz am offenen Fenster aus hatte der Mann einen ungehinderten Blick auf die gegenüberliegende Seite der Via Sant'Anna. Dort hatte ein Schlachter seinen Laden, und direkt daneben lag das Geschäft des *fallimagno* Gherardo Calvano, seines Zeichens Kerzenzieher und Schöpfer von Wachsbildnissen.

Die Florentiner waren fromm; sie liebten Prozessionen, versäumten selten einmal die Morgenmesse und beendeten den Arbeitstag so oft wie möglich mit dem Besuch der Vesper. Aber wie ihre Landsleute in anderen Städten, Dörfern und Weilern Italiens bewahrten sie sich auch einen ausgeprägten Hang zu abergläubischen Praktiken, die ihre Wurzeln in heidnischer Zeit hatten. Gebete und Fürbitten waren zweifellos gut und schön und mochten gelegentlich auch die erhoffte Wirkung erzielen. Es schadete jedoch nichts, ihnen in besonders dringenden Fällen Nachdruck zu verleihen. Dann ging man zu einem Fallimagno und beauftragte ihn, aus Wachs ein Bildnis seiner selbst oder jener Person anzufertigen, für die man im Himmel etwas erbitten wollte. Dieses Bildnis stellte man in einer der Kirchen oder in einer Kapelle vor die Muttergottes, die Statue des jeweiligen Namenspatrons oder eines anderen Heiligen, in dessen Zuständigkeit die erflehte Hilfe fiel. Und je lebensechter der Fallimagno das Wachsbildnis zu gestalten vermochte, desto besser waren nach allgemeiner Überzeugung die Aussichten, dass die Bitte erhört wurde. Gherardo Calvano war jedenfalls einer der besten Bildnismacher der Stadt.

Wobei genau genommen nicht mehr er die Wachsbildnisse anfertigte, sondern seine Frau Bartolomea. Schon seit Jahren führte sie an seiner Stelle die Aufträge aus, und sie hatte den Lehrling Gismondo ausgebildet, wenn auch hinter verschlossener Werkstatttür. Die Augen des alten Gherardo taugten längst nur noch zum Kerzenziehen. Dafür arbeitete seine gut zwanzig Jahre jüngere Frau, mochte sie auch noch so ein zänkisches, abscheuliches Lästermaul und versoffenes Weibsstück sein, kunstfertiger, als er es jemals vermocht hatte.

Freudig erregt wartete der Mann darauf, endlich zur Tat schreiten zu können. Nun konnte es nicht mehr lange dauern. Die dunklen Schatten des Abends hatten sich über Florenz gesenkt und die Via Sant'Anna in trübe Dunkelheit gehüllt. Die Glocke der nahen Kirche Santa Maria Maddalena hatte soeben den Beginn der Vesper verkündet. Jeden Augenblick musste Gherardo Calvano mit seinem Lehrling aus dem Laden kommen.

Gismondo hatte seine Gesellenprüfung bestanden, wenn auch nur mit Ach und Krach. Mittlerweile hatte er auch das Geld zusammen, das er für seine Aufnahme als Geselle in die Gilde zu entrichten hatte. An diesem Abend würde der Alte ihn ins Gildenhaus bei Orsanmichele führen und ihn durch den feierlichen Eintrag in die Handwerkerrolle zu einem rechtmäßigen Mitglied der *Arte dei Medici, Speziali e Merciai* machen, in der Ärzte, Apotheker und auf besondere Waren spezialisierte Ladeninhaber zusammengeschlossen waren. Sie war eine der sieben hohen Gilden der Stadt, neben denen es noch vierzehn niedere Arti gab.

Der Mann machte sich bereit. Er wollte sich schon erheben, als er bemerkte, dass er noch nicht einmal die Hälfte seines Biers getrunken hatte. Den Steinhumpen so auf dem Tisch zurückzulassen wäre ein Fehler gewesen, und noch so kleine Fehler konnten unter ungünstigen Umständen zum Verhängnis werden. Kein Wirt erinnerte sich an einen maulfaulen Gast, der seinen Humpen ausgetrunken hatte. Aber einer, der mehr als die Hälfte seines Trunks verschmäht hatte, würde sehr wohl im Gedächtnis bleiben. Das *Canto del Gallo* war nicht der Ort, an dem man auch nur einen Schluck verschenkte. Also führte der Mann den Humpen an den Mund und zwang sich, ihn bis auf den Grund zu leeren. Das Dünnbier ekelte ihn an, aber es musste sein – um der guten Sache willen, für die er gleich wieder Blut vergießen würde.

Er rang sich ein Rülpsen ab, erhob sich mit gebeugtem Kopf und kam fast im selben Moment aus der Schenke, als schräg gegenüber der alte Meister Gherardo mit seinem frischgebackenen Gesellen auf die Straße trat. Mit gebeugtem Rücken schlurfte er an der Seite des schlaksigen Gismondo die Via Sant'Anna hinauf in Richtung Stadtmitte.

Jetzt hieß es schnell sein. Gleich würde Bartolomea die Ladentür von innen verriegeln, die Öllampe über der Verkaufstheke abhängen und mit ihr nach hinten in die Werkstatt verschwinden. Mit einem schnellen Blick nach rechts und links vergewisserte er sich, dass niemand in der Nähe war, dem er hätte auffallen können. Dann schritt er auf die Ladentür zu, senkte den Kopf noch weiter und riss sich mit einer schnellen Bewegung den falschen Bart vom Gesicht. Auch die Brille zog er sich von der Nase und stopfte sie mitsamt dem Bart in die Innentasche seines dunklen Umhangs.

Er erreichte die Tür nur Sekunden bevor Bartolomea ihm zuvorkommen und von innen den Riegel vorschieben konnte. Und kratzbürstig und ungehobelt, wie sie war, traute er ihr sehr wohl zu, dass sie ihn dann nicht mehr einlassen würde.

Entschlossen, die einmalige Gelegenheit, die sich an diesem Abend bot, nicht ungenutzt verstreichen zu lassen, öffnete er die Tür, trat in den Laden und schloss die Tür sogleich wieder. Direkt dahinter blieb er stehen, tastete nach dem Riegel in seinem Rücken und schob ihn behutsam in seine Eisenhalterung am Rahmen.

»Frau Bartolomea, wie schön, Euch doch noch anzutreffen!«, rief er munter und mit einem breiten Lächeln, von dem er hoffte, sie möge sich davon geschmeichelt fühlen. »Ich fürchtete schon, ich könnte zu spät dran sein!«

Bartolomea Calvano hatte soeben die Klappe in der Ladentheke anheben und dahinter hervorkommen wollen. Mit unwirscher Miene hielt sie nun inne. »Das seid Ihr auch!«, bellte sie. »Ich wollte gerade schließen!«

Er legte noch mehr Liebenswürdigkeit in seine Stimme und lächelte beharrlich. »Nun, dann habe ich heute ja meinen Glückstag. Denn nichts bereitet mir größere Freude, als Euch aufsuchen und eines Eurer außergewöhnlich kunstvollen Wachsbilder in Händen halten zu können!« Es kostete ihn einige Überwindung, diesem verfressenen und versoffenen Lästerweib, das – dick und aufgeschwemmt wie der Kadaver einer fetten Ratte – in einer dreckigen, mit Wachs verschmierten Flickenschürze vor ihm stand, derart Honig ums Maul zu schmieren.

»Den Gang hättet Ihr Euch sparen können!«, knurrte sie. »Das Wachsbild, das Ihr bestellt habt, ist noch nicht fertig. Nächste Woche, hab ich gesagt. Also kommt dann wieder! Und wenn es nicht zu viel verlangt ist, nicht gerade zum Ladenschluss! So, und jetzt muss ich zurück in die Werkstatt. Ich habe einen Kessel Wachs auf dem Feuer und noch eine Menge zu tun!«

Er machte ein betrübtes Gesicht. »Oh, das muss ich falsch verstanden haben, werte *mona* Bartolomea.« Und wieder lächelte er sie an. »Aber sagt, dürfte ich vielleicht einen Blick in Eure Werkstatt werfen und Euch ein wenig bei der Arbeit zusehen? Das würde mich brennend interessieren!«

Die Wachsbildnerin, auf deren feister Oberlippe schwarzer

Haarflaum stand, starrte ihn an, als habe er sie aufgefordert, ihr dreckiges Gewand zu heben und ihm einen Blick auf ihren fetten Leib zu gewähren.

Er sah schon die schroffe Abfuhr auf ihren Lippen, doch bevor sie sie aussprechen konnte, hielt er bereits den Silberflorin in der Hand und fuhr schnell fort: »Hier, es soll Euer Schaden nicht sein!« Dabei schob er ihr die Münze über den Tresen.

Sie starrte ungläubig auf den Silberflorin, zögerte einen Moment und griff schließlich rasch danach. »Ihr feinen Herren! Mag der Henker wissen, was Euch manchmal durch den Kopf geht«, brummte sie kopfschüttelnd und ließ die Münze unter ihrer Schürze verschwinden.

»Sprecht besser nicht vom Henker, Mona Bartolomea, auf dass sein Schatten nicht über Euch fällt«, erwiderte er launig und zwinkerte ihr zu.

Sie verzog keine Miene. »Ich habe schon bessere Scherze gehört«, brummelte sie und schlug die Klappe in der Ladentheke zurück. »Und jetzt kommt! Aber denkt nicht, dass Ihr mir den ganzen Abend stehlen könnt!«

»Habt keine Sorge! Mit ein paar Minuten ist mir schon vollauf gedient«, versicherte er wahrheitsgemäß und folgte ihr in die Werkstatt. Sorgfältig drückte er die Tür hinter sich ins Schloss.

Der Raum, in dem es intensiv nach Talg und Bienenwachs roch, war höher als der Laden. Vier schwere Vierkantbalken, die die Decke trugen, unterteilten die Werkstatt in verschiedene Bereiche. Zur Linken fiel der Blick auf zwei schmale Werkbänke, auf denen mehrere unterschiedlich große und unterschiedlich weit gediehene Wachsbildnisse lagen. Werkzeuge hingen in langen Reihen an der Wand. Nahe der Tür standen Kisten mit Kerzen aller Art auf dem Boden. In der Mitte des

Raumes, genau in dem Quadrat, das die Balken dort bildeten, waren auf einem weiteren Werktisch mehrere Eisenformen aufgereiht. Und rechter Hand befand sich die gemauerte Feuerstelle mit dem Rauchabzug. Dort blubberte heißes Wachs in einem schmiedeeisernen Kessel, der auf einem Eisengitter über dem Feuer stand.

»Weiß der Teufel, was Ihr hier zu sehen erwartet«, grummelte Bartolomea verständnislos, während sie zu wattierten, brandfleckigen Lederhandschuhen griff und den Kessel vom Feuer hob. »Also kommt nicht auf den Gedanken, Euer Silber zurückzuverlangen. Ihr habt es nicht anders gewollt!«

»Seid unbesorgt, alles ist so, wie ich es mir erhofft habe!«, erwiderte er, fuhr unter seinen Umhang und lockerte den Dolch mit der langen doppelseitigen Klinge, den er an der rechten Hüfte trug. Gleich war der Moment gekommen. Es kribbelte ihm schon in den Fingern.

Diesem Opfer würde er allerdings nicht die Kehle aufschlitzen. Bei dem Mönch war es ja glücklicherweise noch einmal gutgegangen, aber dennoch wollte er eine solche Sauerei nicht ein zweites Mal erleben. Nicht, dass ihm davon schlecht geworden wäre oder er plötzlich Hemmungen entwickelt hätte. Nicht die Spur! Es war einfach nur lästig gewesen, beim Setzen des Schnittes von Ohr zu Ohr aufpassen zu müssen, dass er von dem gewaltigen Blutstrom verschont blieb.

Andererseits war noch kein Meister vom Himmel gefallen, und er lernte mit jedem Mord dazu. Keiner sollte ihm nachsagen, er sei in seiner Kunst des Mordens auf dem Stand eines Anfängers geblieben.

Bartolomea war indessen mit dem Kessel an den Tisch in der Mitte getreten und goss bedachtsam heißes Wachs in die einzelnen Formen.

Zwei hätte sie noch zu füllen gehabt, als er mit einem Satz seitlich hinter sie sprang, die linke Hand auf ihren Mund presste und ihr den Dolch auf Höhe des Herzens in den Rücken rammte.

Ein erstickter Schrei prallte gegen seine Hand, als sie im Todeskampf versuchte, den Mund zu öffnen. Sie bäumte sich auf und krümmte sich ihm entgegen. Der Kessel entglitt ihren kraftlosen Händen, vergoss das restliche Wachs über die Tischplatte und polterte zu Boden.

Blitzschnell riss er den Dolch zurück und stach mit aller Kraft ein zweites Mal zu, weil er fürchtete, ihr Herz wegen ihrer Körperfülle nicht erreicht zu haben. Doch die Sorge erwies sich als grundlos. Ihr Körper erschlaffte schon, bevor der kalte Stahl erneut ganz in sie gedrungen war, und wie ein Mehlsack fiel sie mit einem dumpfen Laut auf den Dielenboden. Er musste schnell ausweichen, denn es hätte ihn angewidert, ihren Leib auffangen zu müssen.

Einige lange Sekunden verharrte er reglos neben der Leiche und lauschte. Es blieb still. Er hörte nichts als seinen eigenen schnell gehenden Atem und, wie er meinte, das erregte Hämmern seines Herzens.

Vollbracht! Zum zweiten und bestimmt nicht zum letzten Mal! Mein Plan ist so reibungslos aufgegangen, wie ich ihn ersonnen habe, beglückwünschte er sich selbst. Aber warum auch nicht, wo ich mein Vorhaben doch von langer Hand vorbereitet und mir über Wochen hinweg alles beschafft habe, was ich für die verschiedenen Taten brauche. Ich – der *Todesengel* – werde Florenz das Fürchten lehren und mein Ziel erreichen!

Schon im nächsten Moment rief er sich zur Ordnung. Jetzt war nicht die Zeit, sich in seinem Ruhm zu sonnen. Das konnte warten. Er hatte noch einige Arbeit zu leisten, bis der Schauplatz seiner Tat das Bild bot, das er dafür entworfen hatte.

Er holte die für Bartolomea bestimmte Tarotkarte hervor, die er sich mit einigen anderen von einer durchreisenden Zigeunerin nach seinen Wünschen hatte malen lassen. Daneben legte er die vier mitgebrachten Nägel; drei waren länger als seine Hand, der vierte entschieden kürzer und dünner. Ein Blick auf die Wandborde mit den Werkzeugen hinter den beiden schmalen Werkbänken sagte ihm, dass wie erwartet alles, was er für seine weiteren Aufgaben benötigte, vorhanden war. Als er um den Tisch herumging, berührte seine Hand kurz die Stelle, wo Wachs über die Kante geflossen war. Er zuckte zusammen, als er mit dem heißen Material in Berührung kam.

Dann machte er sich an die Arbeit.

22

Die Mönche von San Marco hatten sich zur Komplet im Chorgestühl der Klosterkirche versammelt. Der Gesang ihres Chorgebetes erhob sich mit der melodischen Perfektion und Leichtigkeit jahrzehntelanger Übung von den Stallen hinauf ins Gewölbe. Und wenn es denn dem Allmächtigen gefiel, verharrte ihr Lobpreis nicht im Kirchenschiff, sondern überwand alle irdischen Barrieren und stieg bis in die himmlischen Sphären empor.

Pater Angelico legte besondere Inbrunst in die gesungenen Psalmen, Hymnen und Antiphonen. Er hatte allen Grund, dem Schöpfer seine Sünden zu bekunden und Gnade und Barmherzigkeit zu erbitten. Die Begegnung mit Lucrezia und das, was sie in ihm ausgelöst hatte, hingen wie ein dunkler Schatten über seiner Seele. Ihm war, als sei die trügerische Schicht Asche, die während der vergangenen Monate die unselige Glut in ihm allmählich zugedeckt hatte, im Augenblick ihres Erscheinens wie von einem Sturmwind davongeblasen worden, als sei die Glut wieder zu hell auflodernden Flammen entfacht.

Herr, gib mir die Kraft, der Versuchung des Fleisches zu widerstehen, betete er stumm, während seine Lippen mühelos den vertrauten Gesang formten. Du weißt besser als jedes irdische Wesen, Herr, wie schwach und wankelmütig wir Menschen sind!

Doch es war nicht allein die beklemmende Vorstellung, nun wieder täglich im Palazzo der Petrucci ein und aus zu gehen und dort auch Lucrezia zu begegnen, die ihn beschäftigte. Da war auch die Sache mit den beiden herausgeputzten Franzosen, die Lucrezia so unverblümt hofiert hatten. Offenbar hatte sie daran sogar Gefallen gefunden, insbesondere an den blumigen Schmeicheleien dieses Schönlings Henri de la Croix, was ihm ein ärgerliches Rätsel war.

Schließlich gab es noch etwas, das ihn zu alledem immer wieder vom Chorgebet der Komplet ablenkte, und zwar den merkwürdigen Wortwechsel zwischen Vincenzo Bandelli und dem Conte della Mirandola, den er bei seiner Rückkehr ins Kloster zufällig aufgeschnappt hatte.

Dass Pico della Mirandola, ein überaus gelehrter Mann von gerade mal siebenundzwanzig Jahren, San Marco aufsuchte, war an sich nichts, was ihn überrascht hätte. Seit seiner erfolgreichen Flucht aus Frankreich war der junge Graf ein häufig gesehener Gast, der viel Zeit in der Bibliothek des Klosters verbrachte. Er schätzte die Ruhe und die Sicherheit, die ihm hier gewiss waren. In den letzten Jahren hatte der Philosoph, der mehrere Sprachen beherrschte und sich wie wohl kein anderer Gelehrter nichtjüdischen Glaubens mit der Kabbala beschäftigt hatte, viel von sich reden gemacht – im Guten wie im Schlechten.

Dass er eine verheiratete Frau auf ihr eigenes Betreiben hin entführt hatte, von dem gehörnten Ehemann verfolgt worden war und sich nach einem kurzen Gefecht mit demselben monatelang hatte verstecken und seine Verletzung kurieren müssen, war schlimm genug. Viel schwerer wog jedoch eine ganz andere Verfehlung. Nämlich, dass er neunhundert zum Teil äußerst riskante theologische Thesen verfasst und in Rom in Druck gegeben hatte, um sie dort öffentlich vor Gelehrten aus aller Welt zu verteidigen. Papst Innozenz VIII. hätte ihm seine Kühnheit wohl verzeihen können, hätte er gewartet, bis die eigens dafür eingesetzte Kommission seinen Thesen Rechtgläubigkeit bestätigt hatte.

Doch das hatte Pico della Mirandola nicht getan. Stattdessen hatte er hastig eine Rechtfertigungsschrift verfasst und veröffentlicht, ohne das interne Votum der Kommission abzuwarten. Das war ihm von der Kurie so schwer verübelt worden, dass ihm ein Prozess wegen Häresie drohte. Ihm war nur die überstürzte Flucht nach Frankreich geblieben, wo er auf dem Weg nach Paris verhaftet wurde. Dass König Karl VIII. der Forderung des Papstes, ihn auszuliefern, nicht nachgekommen war, verdankte der ungestüme Graf allein seinem Freund und Gönner Lorenzo de' Medici, der schließlich 1488 auch dafür gesorgt hatte, dass er bei freiem Geleit nach Florenz zurückkehren konnte.

All das war nichts, was Pater Angelico an Pico della Mirandolas Leben und Treiben beunruhigend fand. Der Mann hatte – wie jeder andere – viele Gesichter, und das des Gelehrten gereichte ihm allemal zur Ehre. Was ihn beunruhigte, war vielmehr jener Wortwechsel, den er an der Tür zum Studiolo des Priors leider nur in Teilen aufgeschnappt hatte. Immer wieder versuchte er seither, sich das Gesagte so genau wie möglich in Erinnerung zu rufen.

Da war von Girolamo Savonarola die Rede gewesen, jenem einstigen Klosterbruder, der sich bei öffentlichen Predigten mit seiner groben Aussprache – die zu seinem wenig einnehmenden Äußeren gepasst hatte – bei Florentinern wie Klosteroberen wenig Sympathien erworben hatte. Die Leute in Florenz erwarteten von ihren Priestern eine elegante Sprache und anregende Predigten. Savonarola aber hatte ihnen derbe theologische Kost geboten, die mit ihrem geradezu fanatisch eifernden Grundton selbst über das weit hinausgegangen war, was sie von feurigen Bußpredigern gewohnt waren. Kurzum: er war für San Marco untragbar geworden, und so hatte man ihn eiligst nach Bologna weggelobt, an die Universität der Dominikaner.

Und nun sollte er nach Florenz und zu ihnen nach San Marco zurückkehren? Pater Angelico wollte das einfach nicht glauben. Hatte er die Satzfetzen, die zu ihm auf den Gang gedrungen waren, richtig verstanden? Hatte Pico della Mirandola tatsächlich Savonarolas Loblied gesungen und dem Prior versichert, der Mann habe sich wundersam von einem grobschlächtigen Priester mit bäuerlicher Aussprache zu einem geradezu begnadeten Prediger mit geschmeidiger Zunge entwickelt?

Pater Angelico hoffte aus tiefstem Herzen, dass er da etwas falsch gedeutet hatte. Es mochte ja sein, dass Girolamo Savonarola an seiner Sprache und dem Aufbau seiner Predigten gearbeitet hatte und nun, was den Vortrag betraf, mit den Großen seiner Zeit mithalten konnte. Was er dagegen ganz und gar nicht glaubte, war, dass der Mann sich in seinem Wesen verändert hatte und andere theologische Ansichten vertrat als zuvor. Girolamo Savonarola war von einem fanatischen Eifer, der ihn schon damals zutiefst erschreckt hatte. Daran würde auch eine neue, gefälligere Verpackung nichts ändern.

Gebe Gott, dass Lorenzo dem Ansinnen einen Riegel vorschiebt, falls Mirandola bei Vincenzo Bandelli damit auf offene Ohren stößt, betete Pater Angelico. Denn ohne die Zustimmung des Medici hatte Savonarola keine Chance, jemals wieder einen Fuß nach Florenz und ins Kloster San Marco zu setzen. Er hoffte inständig, dass die Freundschaft zwischen dem Fürsten der Stadt und dem gelehrten Grafen in diesem Fall an ihre Grenzen stieß!

Der Konvent näherte sich gerade dem Abschlusshymnus, als Pater Angelico in der Tiefe des leeren Mittelschiffs eine Bewegung wahrnahm. Gewöhnlich erschienen wegen der späten Abendstunde keine Gläubigen aus dem Volk zur Komplet. Diesmal jedoch hatte sich jemand in der Kirche eingefunden. Eine schattenhafte Gestalt schritt den Mittelgang herauf. Augenblicke später löste sie sich aus der Dunkelheit und trat in den schwachen Kerzenschein, der aus dem Altarraum noch einige Schritte weit über den Lettner fiel.

Unmerklich fuhr Pater Angelico zusammen. Das war Scalvettis Caporale Gualberti! Und der Scherge suchte seinen Blick! Ihn beschlich eine dunkle Ahnung. Doch dann sagte er sich, dass der Mann vielleicht eine gute Nachricht zu übermitteln hatte.

Gualberti gab ihm ein unmissverständliches Zeichen, dass er ihn gleich vor der Kirche erwarte. Als Pater Angelico die stumme Aufforderung mit einem knappen Nicken beantwortete, beugte der Caporale kurz die Knie und bekreuzigte sich. Dann wandte er sich um und tauchte wieder in die Finsternis des Kirchenschiffes ein.

Wenige Minuten später eilte Pater Angelico ihm nach, dicht gefolgt von Bruder Bartolo, den er aufgefordert hatte, ihn zu begleiten.

Der Caporale wartete vor dem Portal. »Commissario Scalvetti hat mich geschickt, Euch unverzüglich zu holen!«

»Gibt es einen Hinweis darauf, wer Pater Nicodemo getötet hat?«, fragte der Malermönch hoffnungsvoll.

»Nein, ganz im Gegenteil. Der Tarotkartenmörder hat erneut zugeschlagen«, teilte Gualberti ihm grimmig mit. »Wieder in der Via Sant'Anna!«

23

Die Via Sant' Anna war so hell erleuchtet wie wohl noch nie zuvor. Aus unzähligen offenen Fenstern ringsumher fiel das Licht von Kerzen und Öllampen in die Nacht. Zudem loderten vor dem Laden des Fallimagno Calvano zwei Pechfackeln, die Scalvettis Schergen auf seinen Befehl hin entzündet hatten.

»Ich glaube nicht, dass der Commissario auch nach mir geschickt hat, deshalb sollte ich wohl besser hier draußen warten, Meister«, sagte Bruder Bartolo kläglich, und es schwang unverhohlen die Bitte mit, ihm den Anblick eines zweiten grausig zugerichteten Leichnams zu ersparen. Zwar hatte der Caporale kein Wort über das Opfer und die näheren Umstände der Tat verloren, aber dass sie keineswegs einen friedlich Entschlafenen zu sehen bekommen würden, lag auf der Hand.

»Von wegen! Du kommst gefälligst mit«, machte Pater Angelico die Hoffnung seines Novizen zunichte. »Es schadet dir gar nichts, einen Geschmack von der Welt jenseits unseres wohlbehüteten Klosterlebens zu erhalten, und dieser Geschmack ist nun mal häufig bitter wie Galle.«

Bruder Bartolo seufzte schwer. »Ihr seid ein harter Meister«, klagte er leise.

»Du hattest die Wahl. Es stand dir frei, einem anderen zugewiesen zu werden«, erinnerte ihn Pater Angelico. »Jetzt musst du mit deiner Entscheidung leben. Und es soll dir eine Lehre sein.«

»Inwiefern eine Lehre, Meister?«

»Insofern, als die Geschichte im Kleinen wie im Großen immer wieder zeigt, dass die Glückstreffer des Menschen selten und zufällig sind, seine Fehlgriffe dagegen häufig und methodisch!«

Caporale Gualberti lachte leise, während Bruder Bartolo ein ganz und gar nicht belustigtes Gesicht zog.

Aufmunternd klopfte sein Meister ihm auf die Schulter. »So, und jetzt lass es uns angehen, was immer wir dort drinnen auch vorfinden.«

Tiberio Scalvetti erwartete sie im Laden. »Das Opfer ist Bartolomea, die Frau des Fallimagno Gherardo Calvano«, verkündete er, ohne sich zunächst dafür zu entschuldigen, dass er Pater Angelico aus dem Kloster hatte holen lassen und ihn damit um kostbare Stunden Schlafes brachte. »Sie liegt hinten in der Werkstatt, das heißt, genau genommen hängt sie da. Ich dachte, das solltet Ihr sehen. Zudem könnte ich auf Eure Hilfe angewiesen sein.«

Pater Angelico wunderte sich insgeheim, dass Scalvetti so viel daran gelegen war, ihn und nicht etwa einen seiner Amtsbrüder am Tatort zu haben. Man hätte meinen können, der Commissario habe einen Narren an ihm gefressen, ja, sehe in ihm so etwas wie einen Freund, wenn auch auf seine ganz eigene trockene, reservierte Art. Dabei stand der Mann wahrlich nicht in dem Ruf, viel Umgang mit Leuten zu pflegen, die nicht zum Umfeld der Otto di Guardia gehörten. Und selbst denen gegenüber, die dazugehörten, wahrte er, soweit man hörte, Distanz. Wenn es wirklich so war, wie er vermutete, würde Pater Angelico sich irgendwann einmal darüber klarwerden müssen, ob das eine Freundschaft war, die auch er sich wünschte. Aber damit hatte es keine Eile.

»Wer hat die Leiche überhaupt gefunden, Commissario?«, fragte er, um den Augenblick, da er sich dem Grauen stellen musste, noch etwas hinauszuzögern.

»Gismondo, der Geselle des alten Gherardo Calvano. Er sah im Laden und in der Werkstatt noch Licht brennen«, sagte Scalvetti und berichtete in knappen Sätzen, weshalb die beiden an diesem Abend länger aushäusig gewesen waren. »Der Fallimagno liegt oben in seiner Kammer im Bett. Ich habe einen Medicus kommen lassen, der ihm einen betäubenden Schlaftrunk verabreichen soll. Und der frischgebackene Geselle, der der Toten vermutlich keine Träne nachweint, sitzt drüben in der Schenke und ertränkt seinen Schock in Branntwein. Ich denke, den Abend hat er sich anders vorgestellt. Keiner hat den Täter kommen oder gehen sehen, was auch nicht verwunderlich ist. Die Hintertür der Werkstatt führt auf einen großen Hof. Von dort aus kann man sich durch zwei Torwege und eine Brandgasse bequem aus dem Staub machen.«

»Und Ihr seid sicher, dass es wieder der Tarotkartenmörder war, Commissario?«

»Da ist jeder Zweifel ausgeschlossen. Die Bestie hat weder Mühe gescheut noch mit satanischen Einfällen gespart – der Mord kann keinem anderen zugeschrieben werden. Aber das werdet Ihr gleich selbst sehen!«

Pater Angelico hörte seinen Novizen mehrmals hart schlucken, doch dann folgte Bruder Bartolo ihm und Scalvetti tapfer nach hinten in die Werkstatt.

Die beiden Dominikaner meinten vielleicht, nach dem Morgen in der Brandruine vorbereitet zu sein auf das Bild, das sich ihnen bieten würde, und doch traf der Anblick der Toten sie wie ein Hammerschlag in die Gedärme.

Bartolomea Calvano hing splitternackt und blutüberströmt an einem der massiven Stützbalken links vom mittleren Werktisch, zu dessen Füßen sich eine große Lache aus getrocknetem Wachs gebildet hatte. Der Mörder hatte ihr drei dicke, lange

Nägel, wie Zimmerleute sie zur Errichtung von Dachstühlen verwendeten, durch den Hals getrieben und sie so an den Balken genagelt, dass ihre Füße gerade noch den Boden berührten. Einer der Nägel war allerdings krumm geschlagen, was darauf schließen ließ, dass der Täter im Umgang mit einem Hammer nicht die Erfahrung eines Zimmermanns besaß.

Der blutige Mund der Toten stand weit offen, so als stoße sie einen endlosen stummen Schrei aus. Zwei daumenlange Kienspäne, die der Mörder ihr zwischen Ober- und Unterkiefer geklemmt hatte, verhinderten, dass der Mund zufiel. Die Zunge fehlte. Die hatte die Bestie herausgeschnitten und zusammen mit einer Tarotkarte über dem Kopf der Toten an den Balken genagelt.

Der fette Leib der Frau war unterhalb der schlaffen Brüste ähnlich markiert wie der Leichnam von Pater Nicodemo. Da die Tote aber nicht am Boden lag, sondern aufrecht an dem Balken hing, waren die Einritzungen wegen des vielen herabgeflossenen Blutes noch schwerer zu erkennen.

»Der Teufel muss ihm die Hand geführt haben!«, stieß Pater Angelico voller Grausen hervor.

Der Novize sank auf den nächsten Schemel, so als sei ihm plötzlich alle Kraft aus den Beinen gewichen. Er würgte ein paar Mal, aber er übergab sich nicht.

»Der schlimmste Teufel auf Erden ist und bleibt der Mensch«, erwiderte Tiberio Scalvetti trocken. »Und dieser hier hat nichts unversucht gelassen, um uns davon zu überzeugen. Nur hätte er sein Opfer besser auf die Dielenbretter als an den verdammten Balken genagelt. Dann wäre es leichter, seine Botschaft zu entziffern.«

Pater Angelico nickte. »Immerhin war er so rücksichtsvoll, ihre Zunge nicht auf, sondern ein gutes Stück *unter* die Mitte der Tarotkarte zu nageln, um uns die Arbeit nicht gar so schwer zu machen«, sagte er, trat an den Balken und studierte die Zeichnung. Dabei atmete er nur durch den Mund, denn im Tod hatten sich die Schließmuskeln der Frau geöffnet; ihre Leiche war entlang der Beine mit Urin und Kot beschmutzt.

»Dummheit kann man ihm wahrlich nicht nachsagen«, räumte Scalvetti widerwillig ein.

»Nun, dann wollen wir also lesen, was er uns hinterlassen hat«, sagte Pater Angelico. »Der Erzengel Gabriel in der oberen linken Ecke ist uns ja schon vertraut.«

»Und der Dämon unten rechts fehlt auch nicht. Ich nehme an, dies soll den liebreizenden Beelzebub darstellen«, ergänzte der Commissario.

Pater Angelico nickte. »Das deckt sich mit der Zeichnung in der Mitte der Karte«, sagte er mit Blick auf das sich erbrechende, fette Schwein. »Damit dürfte klar sein, dass wir es hier mit der Todsünde *gula* zu tun haben.«

»Völlerei, Gefräßigkeit und Selbstsucht«, zählte Bruder Bartolo hinter ihnen mit kläglicher Stimme die Sünden auf, die unter *gula* verstanden wurden.

»Das ist auch mein Eindruck«, pflichtete Tiberio Scalvetti ihm bei. »Und wenn man sich den Leib der Toten ansieht und nur ein wenig über ihren nicht eben maßvollen Lebenswandel weiß – was ich für mich in Anspruch nehmen kann –, dann hat man es nicht schwer, einen Zusammenhang herzustellen. Es heißt zwar: *De mortuis nil nisi bene.*« Über die Toten soll man nur Gutes sagen. »Aber wir stehen hier ja nicht am Grab in dem Augenblick, bevor die ersten Erdbrocken auf den Sarg poltern und man der Toten noch ein paar fromme Sprüche mit auf den Weg gibt. Deshalb sei hier in aller Deutlichkeit gesagt, dass Bartolomeas Fress- und Sauflust ihrem Hang zu lästerlichen Reden in nichts nachstand. Die Frau konnte einen trinkfesten Landsknecht unter den Tisch saufen und mit ihren Flüchen selbst einen Kesselflicker blass werden lassen.«

»Hier scheint also alles zusammenzupassen«, folgerte Pater Angelico. »Ganz anders als im Fall von Pater Nicodemo, der von dem Mörder so schändlich verleumdet worden ist.«

»Vielleicht liegt bei Eurem Klosterbruder eine tragische Verwechslung vor.« Scalvetti zuckte die Achseln. »Aber lassen wir das. Darüber zu spekulieren bringt uns jetzt nicht weiter. Helft mir lieber, die Nuss zu knacken, die er uns hier präsentiert hat!« Er wies auf den blutigen Leib der Toten. »Ich habe von den Markierungen schon einiges Blut weggewischt.«

Pater Angelico betrachtete die Schnitte im Fleisch genauer. Der Commissario hatte recht. Hier war viel weniger deutlich zu erkennen, welche Buchstaben und Zahlen der Mörder in die Haut geschnitten hatte, als bei Pater Nicodemo. Das lag zu einem Gutteil an den Fettwülsten der Toten. Zudem war dem Täter die erste römische Zahl misslungen. Offenbar hatte er bei den ersten beiden Markierungen – dem Buchstaben und der ersten Zahl für das gemeinte Kapitel – unterschätzt, wie weit die Oberhaut eines fetten Menschen im Gegensatz zu der eines mageren unter einem Messer aufplatzt und Wülste bildet. Die restlichen Ziffern, sieben an der Zahl, waren dagegen einigermaßen deutlich zu erkennen. Sie ergaben die Folge: XIXXXIV.

»Mir scheint, die ersten Schnitte bilden wieder ein L, womit wir es entweder erneut mit einer Stelle aus dem Levitikus oder aber mit einem Vers aus dem Lukasevangelium zu tun hätten, Commissario.«

»Es sei denn, ihm ist unten bei dem kurzen waagerechten Strich das Messer ausgerutscht«, wandte Tiberio Scalvetti ein.

»In dem Fall könnte es sich um einen Hinweis auf das Buch Hiob handeln.«

Pater Angelico wiegte unentschlossen den Kopf. »Möglich wäre es, aber auf Anhieb will mir bei Hiob keine Stelle einfallen, die zu dieser Todsünde passen könnte – womit ich nicht ausschließen will, dass es eine solche gibt.«

»Dann erleuchtet mich, Pater!«

»Schauen wir uns doch den einigermaßen lesbaren Rest an«, sagte Pater Angelico und gab sich Mühe, bis auf die römischen Ziffern alles zu ignorieren. »Sicher ist, dass hinter der dritten Zahl – die erste, undeutliche mit eingerechnet – gemäß dem römischen Rechensystem das Komma hinter der Kapitelangabe sitzen muss, was XI ergibt. Die restlichen fünf Zahlen ergeben dann mit XXXIV den Vers.«

Tiberio Scalvetti nickte. »Also die Elf ist Teil der Kapitelzahl, und die Vierunddreißig bezieht sich auf den Vers«, fasste er zusammen. »Nur dass vor der Elf eben noch eine Zahl steht.«

»Das dürfte aber schnell zu klären sein, denn bei der fehlenden ersten Zahl kann es sich eigentlich nur um ein M, ein L oder ein weiteres X handeln. Dazu bräuchten wir allerdings eine Bibel.«

Der Commissario schlug sich mit der flachen Hand vor die Stirn. »Natürlich! Wo war ich bloß mit meinen Gedanken? Mir fehlt es doch mehr an Schlaf, als ich dachte!« Er wandte sich zu seinem Caporale um. »Gualberti! Ist die Bibel endlich da?«

»Ich sehe nach, ob Giovanni schon zurück ist«, antwortete der Scherge und hastete hinaus.

Und zu Pater Angelico sagte Scalvetti: »Ich habe einen meiner Männer beauftragt, eine Bibel aus dem Bargello zu bringen. Zum Teufel, wo steckt der Bursche bloß? Er wird doch wohl nicht den Weg über die nächste Schenke genommen haben!«

Kurz darauf kehrte Gualberti mit dem schweren, in kostbares Leder gebundenen Folianten zurück und legte ihn auf einen der Werktische linker Hand.

»Lasst uns zuerst bei Lukas nachschauen. Ich vermute, dass wir dort auf die richtige Stelle stoßen«, sagte Pater Angelico, schlug die Bibel auf und fand mit sicherem Griff das Lukasevangelium. »Nehmen wir einmal an, es handelt sich bei der unkenntlichen Zahl um ein weiteres X, dann wäre Kapitel einundzwanzig gemeint.« Er fuhr mit dem Finger über die Seite und verharrte dann beim vierunddreißigsten Vers jenes Kapitels. »Heureka!«

Tiberio Scalvetti blickte ihm über die Schulter und las laut mit: *»Adtendite autem vobis ne forte graventur corda vestra in crapula et ebrietate et curis huius vitae et superveniat in vos repentia dies illa!«*

Pater Angelico drehte sich nach seinem Novizen um, winkte ihn heran und sagte: »Zeig uns, wie gut dein Latein ist. Übersetze uns den Vers!«

Auf schwankenden Beinen trat Bruder Bartolo zu ihnen, beugte sich über die Bibel und übersetzte mit halbwegs fester Stimme: »Nehmt euch in Acht, dass Rausch und Trunkenheit und die Sorgen des Alltags euer Herz nicht beschweren und … und dass jener Tag euch nicht plötzlich überrascht.« Und dann fügte er ein lahmes »So in etwa« hinzu.

Pater Angelico nickte wohlwollend. »An deiner Übersetzung ist nichts auszusetzen.«

»Nun, der Tag ist hier in der Tat sehr schnell über Bartolomea gekommen, wenn auch weitaus dramatischer, als Lukas seine Warnung wohl verstanden wissen wollte«, sagte Scalvetti. »Gut denn! Damit passen hier alle Teile zusammen. Ich danke Euch, dass Ihr meinem beschämend müden Geist auf die Sprünge geholfen habt, Padre. *Felix, qui potuit rerum cognoscere causas!*« Glücklich, wer den Dingen auf den Grund sehen kann.

»Nicht der Rede wert, Commissario«, wehrte Pater Angelico ab. »Aber vielleicht könnt Ihr Euch erkenntlich zeigen. Ich hätte etwas mit Euch zu bereden, das meinem Prior besonders am Herzen liegt.«

»Mit Vergnügen! Lasst uns das aber bei einem Krug Wein in der *Colombina* tun! Ihr seid natürlich mein Gast«, erwiderte Tiberio Scalvetti sofort. »Ich denke, den haben wir uns verdient, was meint Ihr?«

»Es bedarf keiner besonderen Überredungskunst, mich da zum Mitkommen zu bewegen«, versicherte der Malermönch, während von der Straße laute Stimmen zu ihnen in die Werkstatt drangen.

»Gualberti, sieh nach, was der Krawall da draußen zu bedeuten hat!«, befahl der Commissario. »Wenn sich da mal wieder Gaffer versammelt haben, jagt sie schleunigst zurück in ihre Häuser!«

»Sehr wohl, Signore!«

Sobald der Caporale die Werkstatt verlassen hatte, räusperte Bruder Bartolo sich vernehmlich. »Meister, auf ein Wort, wenn Ihr erlaubt?«

Beide Männer drehten sich zu ihm um.

»Ja?«, fragte Pater Angelico.

»Verzeiht, aber mir ist etwas aufgefallen, als ich … nun, als ich mich erst einmal setzen und mich … mich fassen musste«, sagte der Novize, immer noch verlegen ob seines Anfalls von Schwäche.

»Nur zu! Heraus damit«, sagte der Commissario und runzelte die Stirn.

Der Novize druckste ein wenig herum und wandte sich dann an den Commissario: »Nun ja, vielleicht ist es Eurer Beachtung nicht wert, aber ich wollte es doch erwähnt haben für den Fall, dass …«

»Lass diesen Eiertanz, Bartolo!«, fiel Pater Angelico ihm ins Wort. »Komm zur Sache! Was *ist* dir denn aufgefallen?«

»Erst einmal der tiefe Stiefelabdruck in der Wachslache dort, Commissario«, rückte der Novize endlich mit der Sprache heraus und deutete zur Verblüffung der beiden Männer auf den Boden neben dem Tisch. »Falls nicht Ihr in das Wachs getreten seid oder einer Eurer Schergen, könnte das doch der Stiefel des Mörders gewesen sein.«

»Teufel auch!«, rief Tiberio Scalvetti und starrte auf die deutliche Ausformung einer spitz zulaufenden, mit Kreuzstich genähten Stiefelsohle im Wachs. Der Absatz musste auf der linken Außenseite abgetreten sein, denn an der Stelle war der Abdruck sichtlich weniger tief. »Das ist mir doch völlig entgangen! Dieser Abdruck muss in der Tat vom Mörder stammen. Von mir oder einem meiner Männer ist er ganz sicher nicht. Und auch nicht vom Fallimagno oder seinem Gesellen. Die sind ihrer Aussage nach schon in der Tür zurückgeschreckt und haben sich erst gar nicht in die Werkstatt getraut.«

»Ausgezeichnet beobachtet«, mischte Pater Angelico sich ein. »Aber du hast deinen Satz eben mit ›erst einmal‹ begonnen. Was darauf schließen lässt, dass es noch etwas gibt, das keinem von uns aufgefallen ist, dir aber schon. Also?«

Bruder Bartolo gönnte sich ein vorsichtiges Lächeln, das jedoch sofort wieder verschwand. Denn Eitelkeit war auch eine der sieben Todsünden. »Es gibt noch einen zweiten Abdruck, viel unscheinbarer allerdings, noch viel leichter zu übersehen als der von dem Stiefel. Zumal, wenn man nicht wie ich so lange auf dem Schemel gesessen und ihn genau auf Augenhöhe gehabt hat.«

Tiberio Scalvetti verzog das Gesicht. »Deine Rücksichtnahme ehrt dich, Bruder Bartolo«, sagte er mit spöttischer Miene. »Aber du brauchst mir nicht gleich die passende Entschuldigung für mein Versäumnis auf dem silbernen Tablett zu servieren, nur damit ich nicht wie ein Trottel dastehe. Also, spuck die saure Frucht aus!«

»Hier, das ist es!« Der Novize begab sich an die Tischkante, wo Wachs über die Platte und dann hinunter auf den Boden geflossen war, und deutete auf einen Abdruck, der etwa die Größe einer *picciolo*-Münze hatte. »Hier ist der Mörder mit seinem Ring an das Wachs gekommen, wenn meine Augen mich nicht sehr trügen.«

Pater Angelico und Tiberio Scalvetti beugten sich zur Tischkante hinunter.

»Bei meiner Seele! Deine Augen trügen dich ganz und gar nicht, sondern sind offenbar so scharf, wie meine trübe geworden zu sein scheinen«, stieß der Commissario hervor. »Das ist in der Tat der Abdruck eines Ringes!«

»Leider ist nur ein Teil des Rings mit dem Wachs in Berührung gekommen«, warf Pater Angelico bedauernd ein. »Andernfalls hätte man den Mörder anhand dieses Abdrucks identifizieren beziehungsweise den Kreis der Verdächtigen auf eine Familie reduzieren können. Denn das sieht mir ganz nach einem Familienwappen aus.«

Tiberio Scalvetti nickte. »Richtig, die halbe florentinische Lilie ist deutlich zu erkennen, doch was der kantige Ansatz im zweiten Wappenfeld sein soll, dafür gibt es dummerweise einige Dutzend Möglichkeiten. Dennoch hast du das prächtig gemacht, Bruder Bartolo!«

Auch Pater Angelico schenkte seinem Novizen einen anerkennenden Blick, der verriet, wie stolz er auf ihn war.

Der Commissario seufzte. »Auf die Spur der Bestie bringen uns die beiden Abdrücke wohl leider noch nicht.«

»Aber vielleicht sollten wir diese … nun ja, Beweisstücke trotz allem sichern?«, schlug der Novize mutig vor.

Der Commissario stutzte. »Sichern? Wie stellst du dir das vor? Die Wachsschicht ist viel zu dünn, als dass man sie abschaben und länger aufbewahren könnte.«

»Man könnte sie aber mit Gips ausgießen, also eine negative Form herstellen und von dieser dann Abdrücke herstellen«, sagte Bruder Bartolo wie aus der Pistole geschossen, hatte er sich über diese Frage doch schon Gedanken gemacht. »Und was die Tischkante betrifft, so könnte man das Stück mit dem Ringabdruck heraussägen. Wer weiß, wann diese Beweisstücke noch von Nutzen sein werden.«

Einen Augenblick lang war Tiberio Scalvetti sprachlos. »Beim Strick des Henkers, das ist eine treffliche Idee. Sie ist so gut, dass sie eigentlich von mir hätte kommen müssen!«, rief er schließlich, sichtlich hin- und hergerissen zwischen Ärger über seinen an diesem Abend bestürzend trägen Geist und Begeisterung angesichts des findigen Novizen und seiner Vorschläge. »Also gut, ich sehe dir noch einmal nach, dass du mich bis auf die Knochen blamiert hast. Das heißt, genau genommen habt Ihr das beide getan, Tod und Teufel auch! Seid bloß froh, dass mein Caporale draußen nach dem Rechten sieht und nicht Zeuge meiner Blamage geworden ist!« Sein Augenzwinkern verriet jedoch, dass nicht eine Unze echten Grolls in ihm war.

Pater Angelico lachte über das ganze Gesicht. »Da schließe

ich mich doch an. Man sieht und hört, dass du bei mir schon mehr gelernt hast, als ich vermutet habe!«

»Ihr seid zu gütig, Meister.«

»Aber glaub nicht, dass mir das zur Gewohnheit wird«, warnte ihn Pater Angelico. »So, und nun mach dich an die Arbeit. Lauf in meine Werkstatt und hol, was du benötigst, um hier gute Abdrücke herzustellen. Eine Säge brauchst du nicht mitzubringen. Wie ich sehe, hängen dort drüben mehrere an der Wand.«

Der Novize strahlte vor Freude darüber, dass sein Meister ihn mit dieser verantwortungsvollen Aufgabe betraute. »Ihr werdet mit mir zufrieden sein!«

»Das will ich hoffen!«

»Meint Ihr nicht, dass Euer Novize es verdient hätte, mit uns auf einen Umtrunk in die *Colombina* zu gehen?«, gab Tiberio Scalvetti zu bedenken.

Pater Angelico winkte ab. »Ach was, der Bursche ist von all dem Lob, das er gerade eingeheimst hat, doch jetzt schon halb besoffen. Darauf noch Wein zu gießen käme der Todsünde Maßlosigkeit schon sehr nahe«, erwiderte er. »Also, lasst uns gehen!«

24

Die *Colombina* war eine der ehrbaren Schankstuben in Santa Croce. Was dort aus Küche und Fässern kam, war von gleichbleibend guter Qualität, ohne dass der Wirt einen mit überzogenen Preisen übers Ohr haute, wie es in vielen der Tavernen rund um den Priorenpalast auf der Piazza della Signoria häufig der Fall war. Auch wurde einem Wein oder Bier nicht in groben, angestoßenen Humpen aus Ton oder Stein vorgesetzt, sondern kam in wohlgeformten Zinnbechern. Und statt in plumpen Holzschalen wurde einem das Essen hier auf richtigen Tellern serviert, die ebenfalls aus Zinn oder aus Steingut gearbeitet waren. Auch saßen hier nicht alle Gäste auf langen harten Holzbänken oder Schemeln, sondern der Wirt hatte Stühle mit lederner Sitzfläche und ebensolchem Rückenteil angeschafft. Kurzum: die *Colombina* war ein Ort, an dem man es sich in jeder Hinsicht gutgehen lassen konnte.

Tiberio Scalvetti hatte seinen Stammplatz, einen kleinen Tisch mit nur zwei einander gegenüberstehenden Stühlen, am Erkerfenster direkt neben dem Eingang. Von dort aus hatte er einen ungehinderten Blick nicht nur auf die Tür des Lokals, sondern auch auf die Kreuzung der Via Pelacani und Via Ghibellina. Bequemer konnte man als Mitglied der Otto di Guardia das Kommen und Gehen der Leute nicht im Auge behalten, und wann war man als Commissario schon einmal nicht wachsam!

Keiner der Einheimischen aus dem Viertel wagte es, sich in den Erker zu setzen. Und wenn jemand, der mit den ungeschriebenen Gesetzen in diesem Teil der Stadt nicht vertraut war, es dennoch tat, dann war Vittore Farnese, der stämmige Wirt, rasch zur Stelle und sorgte dafür, dass derjenige sich entweder einen anderen Platz in seiner Stube suchte oder sich wieder davonmachte.

Der Commissario brauchte keine Bestellung aufzugeben. Kaum hatten Pater Angelico und er Platz genommen, brachte Luca, der schlaksige Tavernenjunge, ihnen auch schon einen Krug mit dunklem Rotwein und zwei Becher.

Anerkennend hob Pater Angelico die Brauen, als Tiberio Scalvetti die Zinnbecher füllte und er mit Kennerblick den Wein an seiner dunklen Farbe erkannte. Er funkelte wie flüssiger Rubin im Licht der schmiedeeisernen Öllampen, die von den Deckenbalken hingen. »Ah, Carmignano! Ihr müsst schon einige meiner Schwächen kennen.«

»Und zwar Carmignano von der besten Sorte, Padre! Das Leben ist zu kurz, um schlechten Wein zu trinken«, erwiderte Tiberio Scalvetti.

»Ihr sprecht mir aus der Seele!«

Den ersten Becher tranken sie schweigend und mit stillem Genuss.

»Nun, dann lasst hören, um welche Gefälligkeit Ihr mich bitten wollt«, sagte der Commissario schließlich, während er ihre Becher ein zweites Mal füllte.

Der Mönch verzog das Gesicht zu einer unglücklichen Miene und rieb sich die alte Landsknechtsnarbe auf der Wange. »Es ist weniger meine Person als vielmehr mein Prior, der Hoffnung in Euch und Euren Einfluss setzt«, erklärte er und legte dar, was Vincenzo Bandelli ihm aufgetragen hatte.

Tiberio Scalvetti hörte aufmerksam zu, machte zunächst ein ungläubiges Gesicht und lachte schließlich laut auf. »Der Mann scheint nicht nur zu viel Zeit hinter Klostermauern zu verbringen, sondern auch wenig Kenntnis von der Natur des Menschen zu haben«, sagte er bissig. »Insbesondere von der des Pöbels. Geschwätz und Gerüchte sind für diese Leute eine zweite Nahrung. Das Maul muss was zu kauen haben!«

»Wem sagt Ihr das?«

»Lächerlich zu glauben, es stünde in *irgend*jemandes Macht, bösartige Nachreden im Volk zu unterdrücken! Selbst der fähigste wunderwirkende Heilige müsste an dieser Aufgabe verzweifeln. Gegen Windmühlen anzugehen wäre dagegen das reinste Kinderspiel.« Er schnaubte geringschätzig. »Nein, dieses Hirngespinst soll er sich gleich aus dem Kopf schlagen! Ihr dürft mich auch gern zitieren!«

Pater Angelico hatte keine andere Antwort erwartet, ebenso wenig wie jeder andere halbwegs vernunftbegabte Mensch es an seiner Stelle getan hätte. »Ich sehe es nicht anders, Commissario. Es würde mir die Sache meinem Prior gegenüber jedoch um einiges leichter machen, wenn ich ihm ausrichten könnte, dass Ihr alles in Eurer Macht Stehende unternehmen werdet, um die verleumderischen Schmähreden über Pater Nicodemo zu unterbinden.«

»Was, wie ich ja wohl klar zum Ausdruck gebracht habe, nichts sein wird.«

Der Mönch neigte den Kopf. »Richtig. Aber das muss ich ja nicht unbedingt dazusagen. Es sei denn, er fragt nach und zwingt mich dazu.«

Der Commissario lächelte verständnisinnig und nickte. »Ihr versteht Euch wahrlich nicht nur auf die Kunst der Malerei und die Heilige Schrift, Pater, ihr habt es auch sonst faustdick hinter den Ohren, wenn Ihr mir die Bemerkung erlaubt!«

Pater Angelico erwiderte das Lächeln und zuckte die Achseln. »Ihr kennt doch gewiss den alten toskanischen Spruch, wonach man beim Fuchs nun mal so schlau sein muss wie der Fuchs, wenn man nicht zwischen die Zähne geraten will.«

Der Commissario lachte. »Und ein schlauer Fuchs seid Ihr in der Tat!« Er nahm einen Schluck von seinem Wein. »Also gut, wenn Ihr es so geschickt verpackt, habe ich nichts dagegen, wenn Ihr ihm das ausrichtet.«

»Womit mir schon sehr gedient ist«, sagte Pater Angelico erleichtert.

Zwangsläufig wandte ihr Gespräch sich wieder dem Tarotkartenmörder zu und der Frage, was ihn zu seinen abscheulichen Taten trieb und weshalb er jedes Mal auf eine der sieben Todsünden verwies.

»Ich kann mir keine andere Erklärung denken als die, dass der Mann geistesgestört und von einem religiösen Wahn besessen ist«, sagte Tiberio Scalvetti. »Nur ein Verrückter, der jegliches Gewissen verloren hat, ist zu so etwas imstande.«

»Ist nicht jeder, der solche grässlichen Morde begeht, schwer im Geiste gestört?«, erwiderte der Mönch und erinnerte sich unwillkürlich der grauenhaften Gemetzel, die er in seiner Zeit als Landsknecht hatte miterleben müssen.

»Mir scheint, hier liegen die Dinge doch etwas anders.«

»Da stimme ich Euch zu. Aber es war sicher nicht irgendein dahergelaufener Verrückter, der diese Taten begangen hat. So besteht ja wohl kein Zweifel daran, dass es sich um einen recht gebildeten Mörder handelt«, gab Pater Angelico zu bedenken.

Der Commissario nickte. »Gewiss, der Mann versteht sich nicht nur aufs Lesen und Schreiben, was ihn allein schon von der Masse des einfachen Volkes unterscheidet, sondern er verfügt auch über eine beachtliche Kenntnis der Heiligen Schrift.«

»Und er muss aus dem Kaufmannsstand kommen«, fügte der Mönch hinzu.

»Woraus schließt Ihr das?«

»Daraus, dass er römische Ziffern verwendet«, erläuterte

Pater Angelico. »Schließlich haben wir Italiener im Kaufmannswesen die doppelte Buchführung eingeführt. Da ist es seit langem gang und gäbe, beim Eintragen von Einnahmen und Ausgaben in die Rechnungsbücher römische Ziffern zu verwenden. Hier in Florenz ist es den Kaufleuten auf Betreiben der Steuereintreiber sogar gesetzlich so vorgeschrieben. Römische Ziffern sind nämlich nicht so leicht zum Nachteil der Kommune zu frisieren wie die Zahlen des Dezimalsystems.«

»Was letztlich nur dazu geführt hat, dass jeder Kaufmann fleißig zwei Rechnungsbücher führt«, bemerkte Tiberio Scalvetti trocken. »Das offizielle *libro grande* für die Steuer, das stets viel weniger Gewinn ausweist, als tatsächlich erzielt worden ist, und das gut versteckte *libro segreto* für die private Buchhaltung, in dem der wahre Profit vermerkt ist.«

»Wer die Kuh zu oft und zu grob melkt, muss sich nicht wundern, wenn es bald nur noch spärlich tröpfelt.«

»Gut, es spricht also einiges dafür, dass wir es mit jemandem aus dem Kaufmannsstand zu tun haben – oder einem, der bei einem Kaufmann im Kontor arbeitet, etwa als Schreiber«, räumte Tiberio Scalvetti ein. »Aber zwingend ist es nicht. Denn wie ich heute Morgen bereits sagte, kann der Täter sich auch schlicht deshalb für die römischen Ziffern entschieden haben, weil sie einfacher in die Haut der Opfer zu ritzen sind.«

»Dagegen, dass es sich um einen Schreiber handelt, spricht wiederum der Abdruck des Siegel- oder Wappenrings im Wachs an der Tischkante«, wandte Pater Angelico ein.

Tiberio Scalvetti schüttelte den Kopf. »Kaum anzunehmen, dass ein gewöhnlicher *fattore* über einen derartigen Ring verfügt. Der Lohn eines Kontorangestellten gibt eine solche Anschaffung nicht her, ganz zu schweigen davon, dass ein einfacher Angestellter wohl kaum ein Familienwappen besitzt.«

»Ein Privatsekretär im Palazzo eines reichen Signore, der selbst aus gutem, aber inzwischen verarmtem Haus stammt, könnte einen solchen Ring als Lohn erhalten haben«, spekulierte Pater Angelico.

»Nun ja, es kann sich um ein Erbstück handeln«, gab Scalvetti zu und konnte sich ein Schmunzeln nicht verkneifen. »Ihr seid wirklich nicht nur hartnäckig, sondern wisst auch trefflich Zeichen zu deuten. Einen Mann wie Euch könnte ich in meiner Truppe gebrauchen.«

»Vielleicht werde ich genötigt sein, deswegen bei Euch vorzusprechen, falls mein Prior mich aus dem Kloster jagt. Ich meine, wenn er herauskriegt, dass ich ihn an der Nase herumgeführt habe«, gab der Mönch zurück. »Schon jetzt ist nicht allzu viel brüderliche Liebe zwischen uns verloren.«

Tiberio Scalvetti lachte. »Ach was! Solltet Ihr einmal die Kutte vom Leib ziehen, wird man wird Euch das Atelier einrennen.«

Pater Angelico wusste die Anerkennung, die hier zum Ausdruck kam, zu schätzen. »Jeder hat seine Sendung.«

»Und jede Zeit ihre Wahrheit«, murmelte Tiberio Scalvetti und starrte hinaus in die Nacht. Ein dunkler Schatten schien sich über seine asketischen Züge zu legen, während ihm diese merkwürdigen Worte über die Lippen kamen. Mit einem Mal schien er in Gedanken bei ganz anderen Dingen, die ihn noch weitaus mehr bedrückten als die beiden Morde.

»Und welcher folgt Ihr?«, konnte der Mönch nicht umhin zu fragen.

»Für mich gilt: *Ex umbris et imaginibus in veritatem*«, antwortete der Commissario. Ein Leben, das aus Schatten und Bildern zur Wahrheit führt.

Der Mönch sah ihn überrascht an. »Das hört sich nach einer

ausgesprochen platonischen Weltauffassung an«, sagte er mit fragendem Unterton.

Doch Tiberio Scalvetti sprang nicht darauf an. »Sei's drum«, murmelte er – schroff beinahe, so als bereue er die beiden letzten Bemerkungen –, griff zum Becher und leerte ihn mit einem Zug.

Pater Angelico war klug genug, nicht nachzuhaken. »Da ist noch etwas, das es zu durchdenken gilt, wenn wir dem Täter auf die Spur kommen wollen«, führte er ihr Gespräch in sichere Gewässer zurück.

»Als da wäre?«

»Das vermutlich Entscheidende, nämlich das ›*Cui bono?*‹, wie Marcus Tullius Cicero zu fragen pflegte«, antwortete der Mönch. »Wem nützt es? Was genau bezweckt der Tarotkartenmörder mit seinen gottlosen Taten? Meiner Kenntnis nach geschehen die wenigsten Verbrechen ohne Anlass und ohne Zweck.«

Der Commissario nickte. »Eine gute Frage«, pflichtete er ihm bei und legte die Stirn in Falten, während er sinnierte. »Wenn wir seine Botschaften beim Wort nehmen, dann müssten Anlass und Zweck religiöser Art sein. Todesstrafe für Menschen, die sich einer der sieben Todsünden schuldig gemacht haben.«

»In dem Fall hätte der Mörder allein hier in Florenz mehr Morde zu begehen, als er selbst bei einem langen Leben bewältigen könnte«, erwiderte Pater Angelico sarkastisch. »Reines, gottgefälliges Leben dürfte in den Mauern unserer Stadt ungefähr so oft zu finden sein wie korrekt geführte Libri Grandi!«

»Ihr sagt es.«

Sie verfielen beide in stummes Grübeln.

Schließlich stutzte Tiberio Scalvetti und sagte: »Nun, einen sehr indirekten Zweck, besser gesagt einen Nebeneffekt, haben die beiden Morde in der Via Sant'Anna in jedem Fall!«

»Jetzt ist es an Euch, mich zu erleuchten!«

»Niccolo Landozzi, der Sensale, der drüben in der Via Pietra Piana wohnt, wird sich heimlich die Hände reiben und schon im Geiste überschlagen, um wie viele Goldflorin er bald reicher sein wird.«

»Ich vermag Euch noch immer nicht zu folgen«, sagte Pater Angelico.

Der Commissario nickte. »Ich muss da wohl etwas weiter ausholen. Wer in diesem Teil der Stadt eine Immobilie kaufen oder verkaufen möchte, wendet sich an den Makler und Notar Niccolo Landozzi. Der hält hier die Fäden in der Hand und weiß, wie man das Beste aus einem Handel herausholt – für sich, aber auch für seine Kunden.«

»Kommt er als Mörder in Frage?«

Scalvetti lachte. »Ausgeschlossen! Der Sensale ist ein schmächtiges Kerlchen, das von dem Gewicht der Toten zerquetscht worden wäre, wenn er denn überhaupt wundersamerweise für einige Sekunden die Kraft aufgebracht hätte, sie vom Boden hochzuheben. Nein, das Schlitzohr stemmt nichts, das schwerer ist als Tintenfass und Federkiel! Zudem steckt in seinem Leib so viel religiöser Eifer wie in den Erlassen unserer Steuerkommission.«

»Ich verstehe.« Der Mönch klang ein wenig enttäuscht. Aber das wäre ja auch zu einfach gewesen. »Erzählt weiter! Wie kommt der Sensale hier ins Spiel?«

»Er vertritt den Erben des einstigen Besitzers der Brandruine, in der man Euren Klosterbruder gefunden hat. Der Mann lebt in Pisa, ist ein vermögender Kaufmann und hat mit dem Verkauf keine Eile. Der Sensale soll den höchsten Preis für ihn herausschlagen, und das dauert seine Zeit, sind doch mehrere Florentiner brennend daran interessiert, das große Eckgrundstück zu erwerben. Ihr wisst ja selbst, dass unter den Vermögenden unserer Stadt wieder einmal ein Wettrennen darum entbrannt ist, wer demnächst den größten und prächtigsten Palast bauen wird.«

Pater Angelico nickte. »Vierzig Jahre Steuerfreiheit«, bemerkte er und wartete gespannt, wohin Scalvettis Faden wohl führte.

»Genau. Und was die Eckimmobilie betrifft, so gibt es mehrere ernsthafte Interessenten«, fuhr der Commissario fort. »Nur ist natürlich keiner der Grandi und Nobili unserer Stadt so einfältig, eine Menge Gold in den Ankauf der heruntergebrannten einstigen Manufaktur zu versenken, ohne mindestens noch zwei oder drei der angrenzenden Häuser dazuzukaufen. Und das sind die Häuser des Feinschmieds Nozetti, des Schlachters Bellini *und* des Fallimagno Calvano.«

Der Mönch horchte auf und lehnte sich erwartungsvoll vor. »Ah, jetzt kommt ein wenig Licht in die Angelegenheit!«

»Wartet! Es ist komplizierter, als Ihr vielleicht vermutet«, sagte Tiberio Scalvetti schnell, um ihn vor voreiligen Schlüssen zu warnen. »Wie Ihr Euch sicher denken könnt, hängt kein Signore es an die große Glocke, dass er in naher Zukunft den Neubau seines Familiensitzes plant, und noch viel weniger, wo genau er zu bauen gedenkt.«

»Weil das die Preise der Häuser und Grundstücke, die er für seinen Palazzo braucht, rasant in die Höhe schießen lassen würde«, warf Pater Angelico ein.

Der Commissario nickte. »Genau. Deshalb bedient man sich eines versierten Mittelsmannes wie Niccolo Landozzi, der, wie ich bereits sagte, ein ausgemachtes Schlitzohr ist und sich auf dieses Versteckspiel versteht wie kaum ein anderer. Er hat erst einmal das Gerücht gestreut, dass er schon einen Käufer für das Eckgrundstück habe. Einen Stoffveredler aus Siena, der nach Florenz übersiedeln und mit dem Bau seiner Manufaktur beginnen wolle, sobald er das Bürgerrecht erhalten habe und in der Gilde eingetragen sei.«

»Was bei einem Mann mit Geld und Namen zwar ein paar Monate dauern mag, aber so sicher kommen wird wie das Amen in der Kirche«, meinte Pater Angelico. »Nach der alten Devise: Wo der Gewinn – hier für die Stadt – am größten ist, da ist das Recht.«

Es zuckte in Tiberio Scalvettis Mundwinkeln. »Man könnte auch sagen: Jede Sache, die rentabel ist, fällt in gemeine Hände«, hieb er in dieselbe Kerbe. »Aber nun gut, so liegen die Dinge nun einmal in unserer Kommune – und nicht nur hier. Jedenfalls hat Landozzi diese reizende Lüge geschickt in Umlauf gebracht. Natürlich hat er sie nicht plump in die Welt hinausposaunt. Vielmehr kam sie ihm vorgeblich unbedacht über die Lippen, als er hier in der *Colombina* den Abschluss eines anderen, weitaus weniger lukrativen Geschäftes feierte und in kleiner, weinseliger Runde scheinbar der Versuchung erlag, mit dem dicken Fisch zu prahlen, den er angeblich an Land gezogen hatte.«

»Dieser Sensale wächst mir richtig ans Herz«, spottete der Mönch.

»Ja, ja, der aalglatte Zwerg ist ein Ausbund an Redlichkeit, das muss man ihm lassen«, sagte Scalvetti. »Jedenfalls war damit die Lügengeschichte heraus. Dass er seine Mitzecher bat, kein Wort über die Sache zu verlieren, hatte denn auch die gewünschte Wirkung. Natürlich blieb sie ganz und gar nicht geheim, sondern begann unter der Hand zu kursieren. Damit war denn auch die stille Hoffnung des Schlachters und des Feinschmieds dahin, dort könnte ein Signore in nächster Zeit bauen wollen. Die beiden hätten nämlich, wie man hört, bei einem guten Angebot nichts dagegen gehabt, ihre Läden und Wohnhäuser zu verkaufen. Damit schien es jedoch vorerst vorbei. Der Sensale ließ wohlweislich einige Zeit verstreichen und sprach dann eines Tages den Fallimagno an, ob er denn nicht die Zeit für gekommen halte, Haus und Werkstatt zu verkaufen. Er habe da einen jungen Meister an der Hand, der sich gern dort selbständig machen wolle, wenn man sich denn handelseinig werde.«

»Ich nehme an, der Fallimagno hat keine Erben«, warf Pater Angelico ein.

»So ist es. Ihr müsst zudem wissen, dass der Alte der Arbeit schon lange überdrüssig ist. Mit seinem Augenlicht steht es nicht zum Besten, und es drängt ihn, zu seiner deutlich jüngeren Schwester zu kommen. Sie ist mit einem Mann verheiratet, der bei Fiesole ein prächtiges Gut besitzt und gewillt ist, den Fallimagno und selbst seine übellaunige Frau bei sich aufzunehmen. Nur wollte sie davon nichts wissen, und da sie im Haus der Calvanos das Sagen hatte, wurde daraus auch nichts. Aber dann hat der Alte sich in einem Anflug unerhörter Courage ein Herz gefasst und Landozzi mit dem Verkauf von Haus und Werkstatt beauftragt. Und damit hatte der Sensale die Hand nicht nur auf dem großen Filetstück an der Ecke, sondern auch auf dem nötigen Endstück.« Der Commissario machte eine kurze Pause und fügte dann spöttisch hinzu: »Zu seinem Bedauern jedoch nicht lange.«

»Weil er die Rechnung ohne Bartolomea Calvano gemacht hatte?«, folgerte der Mönch.

»Womit Ihr absolut ins Schwarze getroffen habt«, gab der

Commissario zurück. »Als sie erfuhr, was ihr Mann getan hatte, ist die Xanthippe in Landozzis Kontor gestürmt und hat ihm die Hölle heißgemacht. Sie hat ihn tatsächlich aufgefordert, den Vertrag, den er mit ihrem Mann geschlossen hatte, unverzüglich und vor ihren Augen zu zerreißen. Ihr wüstes Geschrei war bis auf die Straße zu hören. Sie hat Landozzi gedroht, ihn vor Gericht zu zerren, ihn wegen Betrugs, böswilliger Täuschung und aller möglicher anderer Schandtaten zu verklagen. Ihr Mann habe gar nicht verstanden, worum es gegangen sei, hat sie dem Sensale vorgehalten, außerdem könne er nicht einmal mehr lesen, unter was er da seine Unterschrift gesetzt habe. An den Pranger werde sie Landozzi bringen, und so fort.«

»Und?«

»Was blieb Landozzi übrig, als ihrem Willen zu entsprechen?«, fragte Scalvetti zurück. »Ein guter Ruf ist durch solch eine Anklage schnell beschädigt. Abgesehen davon dürfte der schmächtige Tintenkleckser angesichts dieses Berges von vor Wut kochendem Fleisch um sein Leben gefürchtet haben. Andererseits wäre der Sensale nicht, was und wer er ist, hätte er nicht selbst aus diesem bitteren Rückschlag noch einen Vorteil gezogen. Er konnte die Frau tatsächlich dazu bewegen, einem anderen Vertrag zuzustimmen, der einen Kompromiss darstellt. Demnach wird er, Landozzi, und kein anderer den Verkauf von Haus und Werkstatt aushandeln, sollten sich die Calvanos jemals *gemeinsam* zu diesem Schritt entschließen. Und da Bartolomea gar nicht daran dachte, sich in absehbarer Zeit damit einverstanden zu erklären, konnte sie zu diesem Vertrag ihren mürrischen Segen geben.«

»Eine anregende Geschichte, die wieder einmal viel über die dunklen Seiten der menschlichen Natur verrät«, sagte Pater

Angelico. »Nur scheint mir der Kern zu fehlen. Woher ist denn bekanntgeworden, dass mehrere reiche Signori ein Auge auf dieses Stück der Via Sant'Anna geworfen haben?«

»Das hat Landozzi seinem jungen Schreiber Giacinto Cutolo zu verdanken«, erklärte Scalvetti. »Der hat die Abschrift des ersten Verkaufsvertrages ins Haus der Calvanos gebracht – und dabei den groben Fehler begangen, das Schriftstück der Frau des Meisters auszuhändigen.«

»Das dürfte den Sensale ja gehörig gewurmt haben!«

»Ja, und zwar so sehr, dass er Cutolo nach dem Krawall mit Bartolomea auf der Stelle entlassen und aus dem Haus geworfen hat«, berichtete der Commissario und fügte mit beißendem Spott hinzu: »Was allerdings ein noch viel gröberer Fehler war. Denn der Bursche hat sich für den Rausschmiss, den er als bittere Ungerechtigkeit empfunden hat, umgehend gerächt. Und zwar hat er ausgeplaudert, dass sein einstiger Arbeitgeber gleich drei reiche Florentiner an der Hand hat, die ihn umschmeicheln, damit er ihnen das Eckhaus verkauft und auch noch die drei angrenzenden Häuser zu einem günstigen Preis beschafft.«

Pater Angelico zog die Brauen hoch. »Der Mann tanzt auf drei Hochzeiten gleichzeitig? Da dürfte ihm einiger Ärger ins Haus stehen.«

»Solange der eine nichts vom anderen wusste, ging Landozzis Spiel ja auf. Aber nun, da die Karten auf dem Tisch liegen, hat er in der Tat kräftig zu rudern, um bei den Wellen der Empörung den Kopf über Wasser zu halten«, bestätigte Scalvetti. »Was ihn vor allzu übler Beschimpfung bewahrt, ist wohl die Tatsache, dass er mit dem Eckgrundstück immer noch einen veritablen Trumpf in der Hand hält. Bei allem Groll – wirklich verderben wollen es sich die Herrschaften mit ihm vorerst nicht, wenn ich recht informiert bin.«

Was wohl bei Euch außer Frage steht, dachte Pater Angelico und fragte: »Wisst Ihr auch, um wen es sich bei den drei Signori handelt?«

Tiberio Scalvetti nickte. »Genau genommen sind es nur zwei, der Bankherr Matteo Brancoletti und Jacopo Forlani, dem einige prächtig laufende Ziegeleien und ein Steinbruch gehören. Den Dritten, Umberto Rovato, können wir außer Acht lassen. Der befindet sich seit einigen Monaten außer Landes, nämlich in Amsterdam, wo er eine neue Niederlassung aufbaut und Verbindungen knüpft.«

Die Namen Matteo Brancoletti und Umberto Rovato sagten Pater Angelico etwas. Ersterem gehörte eines der namhaftesten und kapitalstärksten Bankhäuser der Stadt, während der andere einer vornehmen und alteingesessenen florentinischen Familie entstammte. Die Rovatos hatten einst von umfangreichem Grundbesitz außerhalb der Stadt gelebt, aber früh genug erkannt, dass der Kaufmannschaft und dem Handel die Zukunft der klingenden Münze gehörte. Mit dem Namen Jacopo Forlani hingegen wusste er weniger anzufangen, wenngleich er ihm schon zu Ohren gekommen war.

»Wer ist dieser Jacopo Forlani, Commissario?«

»Ein Neureicher, der zwar ehrgeizig danach strebt, bald auch Signore genannt und zu höheren Staatsämtern zugelassen zu werden. Zugleich hat er aber noch gegen den strengen Stallgeruch eines Emporkömmlings von zweifelhafter Herkunft zu kämpfen«, sagte Scalvetti. »Der Mann ist in den letzten Jahren überraschend schnell zu erstaunlich viel Geld gekommen, indem er Söldnerheere mit Proviant, Pferden und anderer Ausrüstung versorgt hat. Wobei seine Geschäftspraktiken, wie man sich erzählt, so anrüchig und undurchsichtig waren wie seine Herkunft.«

»Genau besehen hätten wir mit diesen beiden Männern, die sich demnächst mit einem Palazzo selbst ein Denkmal setzen wollen, doch zwei Verdächtige«, sagte der Dominikaner vorsichtig, wusste er doch, dass seine These kühn war. »Ein Motiv wäre ihnen jedenfalls nicht abzusprechen.«

Scalvetti, der gerade hatte trinken wollen, musterte ihn über den Rand seines Bechers hinweg mit einem Ausdruck zwischen Zustimmung und Ungläubigkeit. »Wisst Ihr, was Ihr da sagt?«

»Nun, was ich sage, ist erst einmal nichts weiter, als dass bei den beiden nicht nur die Frage nach dem ›*Cui bono?*‹ beantwortet wäre«, erwiderte Pater Angelico gleichmütig, »sondern dass man wohl auch mit Fug und Recht davon ausgehen kann, dass sie des Lesens und Schreibens mächtig sind, eine Bibel sowie mit Sicherheit einige hübsche Ringe mit Wappen und Siegel besitzen und ebenso fraglos einiges vom Rechnungswesen verstehen. Mehr sage ich nicht.«

»Aber wenn Ihr es laut sagt, kann es Euch den Kopf kosten, Padre! Selbst ich könnte es nicht ungestraft wagen, diese Männer auch nur entfernt mit den Morden in Verbindung zu bringen!« Scalvetti hatte unwillkürlich die Stimme gesenkt, obwohl sich niemand in ihrer Nähe aufhielt und es in der Schankstube alles andere als leise zuging. »Wir reden hier von Matteo Brancoletti, der nicht nur schon zweimal in den Priorenrat der Signoria gewählt worden ist, sondern auch im Haus der Medici ein und aus geht, als sei es sein zweites Zuhause. Bei Jacopo Forlani sieht es etwas, aber doch nicht viel anders aus. Seine Familie hat bei der Pazzi-Verschwörung, als noch keiner wusste, ob der Umsturz gelingt oder scheitert, für Lorenzo bitterlich Blut gelassen und kann sich des Wohlwollens von Il Magnifico sicher sein, auch wenn dieser es nicht an die große Glocke hängt. Mittlerweile werden Jacopo Forlani schon in den Häusern einiger vornehmer Familien die Türen geöffnet; Familien, die zum inneren Kreis der Medici gezählt werden.«

Der Mönch zuckte die Achseln. »Auch die Fische des Fürsten haben Gräten.«

Nachdenklich sah Scalvetti ihn an und schüttelte dann den Kopf. »Was Ihr da gerade aufgezählt habt, trifft auf Dutzende, wenn nicht gar einige hundert Florentiner zu.«

»Ja, wenn man das *›Cui bono?‹* außer Acht lässt«, beharrte der Dominikaner.

»Dennoch ist es einfach grotesk anzunehmen, dass einer dieser reichen Männer nachts durch die Gassen schleicht und grausige Morde verübt, nur um diese Grundstücke erwerben zu können! Es mag sie in den Fingern jucken, an dieser Stelle zu bauen, das will ich gelten lassen. Aber dass sie dafür morden und riskieren, ertappt zu werden und vor der Stadt auf dem Richtplatz zu enden, das entbehrt jeder Wahrscheinlichkeit. Gibt es doch genug andere Plätze, wo sie ihren Palazzo hinsetzen können!«

»Ich gebe zu, dass es nicht sehr wahrscheinlich klingt«, sagte Pater Angelico bedächtig. »Aber ist das nicht gerade der beste Schutz davor, überhaupt in Verdacht zu geraten?«

Tiberio Scalvetti zog ein Gesicht, als habe sich der herrliche Wein unvermittelt in Essig verwandelt. »Jetzt klingt Ihr wie ein mit allen Wassern gewaschener Scholastiker, der über so viele Ecken zu argumentieren weiß, dass man ihm am Ende tatsächlich abnimmt, dass Sonne und Mond doch einmal zur selben Stunde im Zenit stehen können!«

»Es mag ja sein, dass ich falschliege, aber gänzlich ausschließen würde ich die Möglichkeit nicht, Commissario. Vielmehr würde ich mich an Eurer Stelle durch vorsichtige Nachforschungen vergewissern, dass tatsächlich keiner von beiden als Täter in Frage kommt.«

Tiberio Scalvetti schnaubte grimmig. »Mir scheint, Ihr verkennt …« Doch er verstummte mitten im Satz, als sein Blick auf einen einfach gekleideten, drahtigen Mann Mitte zwanzig fiel, der zügig, wenn auch nicht in auffälliger Eile über die Kreuzung kam und auf die *Colombina* zuhielt. »Kein Wort! Da kommt einer von meinen Ohren und Augen!«

»Soll ich mich entfernen, damit Ihr ungestört reden könnt?«, bot der Mönch an.

Der Commissario nickte. »Wenn Ihr die Güte hättet, kurz im Hinterhof nachzusehen, ob die Latrine besetzt ist? Aber haltet Euch nicht lange dort auf, es sei denn, ein menschliches Bedürfnis verlangt es tatsächlich.«

Pater Angelico lachte, erhob sich und begab sich hinaus in den Hinterhof. Er fand die Latrine besetzt, und so blieb er ein, zwei Minuten in der frischen Luft stehen, ohne dass es merkwürdig ausgesehen hätte.

Als er in die Schenke zurückkehrte, kam Tiberio Scalvetti, ein grimmiges Lächeln auf dem scharf geschnittenen Gesicht, ihm schon entgegen. »Unser Tagwerk scheint noch nicht vollbracht«, sagte er. »Kommt!«

Verblüfft sah der Mönch ihn an. »Worum geht es?«

»Meinem Mann ist etwas zu Ohren gekommen, dem wir auf der Stelle nachgehen müssen!«

»Wir?«

Tiberio Scalvetti warf ihm ein spöttisches Lächeln zu. »Warum nicht? Ihr scheint an nächtlichen Abenteuern doch Gefallen zu finden, wenn ich mich recht entsinne. Ich denke da an die Causa Movetti. Worum es geht, werde ich Euch gleich mitteilen. Und nun kommt! Denn wie sagt der tüchtige Bäcker: *Carpe noctem!*« Nutze die Nacht!

25

Tiberio Scalvetti zog ihn in den Durchgang, der von der Schankstube hinaus in den Hinterhof führte. Es wunderte Pater Angelico ein wenig, dass der Commissario die *Colombina* auf diesem Umweg verlassen wollte. Was sprach dagegen, den ganz normalen Ausgang zu nehmen? Scalvetti war hier bestens bekannt; Wirt wie einheimische Gäste sahen ihn häufig kommen und gehen.

Dass der Commissario gute Gründe hatte, diesen Weg einzuschlagen, dämmerte ihm, als dieser im Flur nach wenigen Schritten vor einer schmalen Gittertür stehen blieb, die linker Hand in die Wand eingelassen war. Als er kurz zuvor nach draußen gegangen war, hatte er dieser Tür keine sonderliche Beachtung geschenkt, weil er annahm, dass sie hinunter in den Vorrats- und Weinkeller führte. Nun jedoch sah er im Licht der kleinen Lampe, die neben dem Einlass auf einem Seitenbord brannte, dass dem Gitter ein Riegel oder ein Schloss fehlte. Stattdessen befand sich zwischen den Eisenstäben nur ein quadratischer schwarzer Eisenkasten.

Tiberio Scalvetti stellte sich davor, so dass der Mönch nicht sehen konnte, was genau er tat. Pater Angelico bekam nur mit, dass der Commissario durch das Gitter griff und sich auf der Hinter- oder Unterseite des Schließkastens kurz zu schaffen machte. Dann war ein Klicken zu vernehmen, und die Gittertür sprang auf.

»Schnell, die Treppe hinunter!«, raunte Scalvetti, ließ ihn an sich vorbei in den Gang treten, der nach zwei Schritten im rechten Winkel nach rechts abknickte, und drückte das Gitter hinter sich wieder zu.

Hinter der scharfen Biegung führte ein rundgemauerter Treppengang etwa zwei Dutzend Steinstufen in die Tiefe. Von unten drang ein schwacher Lichtschein herauf, so dass man gerade eben sehen konnte, wohin man seinen Fuß setzte.

»Ihr macht es wirklich spannend«, murmelte Pater Angelico über die Schulter. Ihm fiel auf, dass die Stufen deutliche Spuren von Abnutzung aufwiesen, was bei dem harten grauen Stein den Schluss nahelegte, dass sie schon vor sehr langer Zeit angelegt worden waren.

»Ihr sollt mich nicht für einen Langweiler halten«, gab Scalvetti leise zurück.

Am Fuß der Treppe eröffnete sich ein kleines Gewölbe mit rundem Grundriss von etwa fünf, sechs Schritten Durchmesser. Mit seiner hohen Decke wirkte es wie eine unterirdische Rotunde.

Zwei Türen führten aus dem Kellerrund. Auf der linken Seite versperrte ein Gitter mit einer ähnlichen Schließanlage wie oben den Weg. Dahinter zeichnete sich schemenhaft ein breiter Durchgang ab. Irgendwo dort musste sich der Weinkeller befinden. Vor der Gittertür hing, nur halb zugezogen, ein Vorhang aus schwarzem Wollstoff, der sich am rechten Rand bauschte. Dem Treppenaufgang genau gegenüber befand sich ein zweiter Ausgang, verschlossen von einer schweren Eichentür, die zusätzlich mit sich kreuzenden, handbreiten Streifen aus Eisenblech beschlagen war. So etwas wie ein Schloss schien es in der Tür nicht zu geben. An keiner Stelle zeichnete sich auf der glatten Fläche aus schwarzem Blech und dunkler Eiche etwas ab, das auf einen Schließmechanismus hingedeutet hätte, obwohl es zweifellos einen gab.

Tiberio Scalvetti zog im Vorbeigehen den Vorhang ganz vor die Gittertür und deutete auf die Öllampe, die an drei Eisenketten von der Decke hing. Das Öl befand sich in einem kugelförmigen Behältnis von der Größe eines Kinderkopfes, und die Lampe brannte mit weit heruntergedrehtem Docht.

»Mein ganz eigenes ewiges Licht«, sagte er selbstironisch, griff nach einer Handlaterne, die im Lichtkreis am Boden stand, und entzündete sie mit Hilfe eines langen Kienspans, den er aus einem Holzkasten an der Wand nahm.

Pater Angelico fragte sich, wohin der Commissario ihn wohl bringen mochte und welchem Zweck dieser geheimnisvolle Abstieg in die dunklen Eingeweide der *Colombina* diente.

»Habt noch einen Augenblick Geduld«, sagte Scalvetti, als ahne er, was dem Mönch durch den Kopf ging. »Erst einmal muss ich Euch einen heiligen Schwur abnehmen.«

Pater Angelico furchte die Stirn. »Mit meiner Aufnahme in den illustren Kreis der Otto di Guardia sollten wir aber schon noch warten, bis ich irgendwann wirklich vor verschlossenen Klostertüren stehe«, sagte er.

Ein flüchtiges Lächeln glitt über Scalvettis Gesicht. »Ich werde das im Hinterkopf behalten, Pater. Aber jetzt geht es allein darum, dass Ihr mir bei Eurer Seele schwört, mit niemandem über das zu sprechen, was Ihr hier seht und gleich noch sehen werdet«, erklärte er. »Nicht einmal in der Beichte!«

»Ich werde Euer Vertrauen nicht missbrauchen. Ich werde absolutes Stillschweigen bewahren, das schwöre ich bei meiner Seele«, kam der Mönch der Forderung augenblicklich nach. Doch er wusste nicht recht, ob er sich nur geehrt fühlen oder auch beunruhigt sein sollte.

»Gut, das hätten wir hinter uns gebracht. Und jetzt dreht Euch um und blickt zur Treppe, bis ich Euch sage, dass Ihr Euch wieder umwenden könnt.«

Pater Angelico tat, wie ihm geheißen. Kaum hatte er sich

umgedreht, vernahm er hinter sich ein leises Geräusch, als schabe Stein über Stein. Dann hörte er ein doppeltes metallisches Klacken und nahm an, dass es sich dabei um das Zurückspringen zweier schwerer Bolzen oder Riegel handelte, ausgelöst vermutlich von einem im Mauerwerk verborgenen Federmechanismus.

»Ihr könnt Euch wieder umdrehen, Padre! Der Sesam ist geöffnet. Tretet ein.«

Mit einiger Spannung begab der Mönch sich zu ihm, trat durch den Rundbogen hinter der schweren, mehrfach gesicherten Eichentür und fand sich in einem zweiten rundgemauerten Raum wieder, der etwa so groß war wie das hinter ihm liegende Gewölbe. Und wie dort gab es auch hier eine zweite, rückwärtige Tür.

Verblüfft schaute er sich um, während der Commissario hinter ihm die Tür schloss und die Bolzen aus dem Mauerwerk mit neuerlichem Klacken zurück in die Fassungen des faustdicken Eichenbretts sprangen.

Die gerundete Wand links der Tür war bis zu der genau gegenüberliegenden zweiten Tür mit Waffen aller Art bedeckt. Da hingen, dicht an dicht, Hellebarden und Streitäxte neben Lanzen, Schwertern und Dolchen unterschiedlicher Länge und Machart. Dazu kamen Schwertgehänge, Kettenhemden, Helme sowie Brustpanzer und Stulpenhandschuhe. Mit diesem Arsenal hätte man eine kleine Truppe ausrüsten können. Am Ende hingen aber auch Gerätschaften von der Wand, die ganz sicher nicht dem Kampf dienten, sondern der peinlichen Befragung unter der Folter.

In der Mitte des Raumes lag ein dicker, schmuckloser Teppich, der weniger der Zierde diente, wie seine unansehnliche rostbraune Farbe verriet, als vielmehr wohl die Bodenkälte mildern sollte. Auf dem Teppich standen neben zwei Scherensesseln ein *loggio,* ein breites Schreibpult mit Schubladen und Seitenfächern für Papiere und andere Utensilien, ein solider, großer Faktoreitisch sowie eine massive, eisenbeschlagene Truhe mit zwei schweren Vorhängeschlössern.

Die rechte Hälfte des runden Raumes glich dem Laden eines Gebrauchtwarenhändlers, der sein Geschäft mit Kleidung aller Art machte und sowohl fadenscheiniges und geflicktes Armeleutezeug im Angebot hatte wie auch etliche Stücke von makelloser, ja sogar edler Qualität. Von einer Reihe weit in den Raum ragender Eisenstangen, die in schweren winkelförmigen Wandhalterungen saßen, hingen Roben, Wämser, Hüftjacken, Kniebundhosen, Beinkleider, Gewänder, Umhänge, Kutten, Livreen, Hüte, Kappen, Gürtel und vieles andere an Bekleidung mehr. Unterhalb der Stangen standen Stiefel und anderes Schuhwerk aller Art in allen möglichen Größen.

»Teufel auch«, entfuhr es dem Dominikaner. »Ich habe Euch ja so manches zugetraut, Commissario! Aber hier unten ein ganzes Waffenarsenal, eine komplette Schreibstube und eine wohlsortierte Kleiderkammer vorzufinden – und das auch noch alles in einem Raum –, das hätte ich bei Gott nicht erwartet!«

Tiberio Scalvetti gönnte sich ein kleines stolzes Lächeln. »In meinem Amt muss man auf alle Eventualitäten vorbereitet sein, und das an verschiedenen Orten«, sagte er und bestätigte damit das Gerücht, demzufolge die Otto di Guardia an vielen Punkten sowohl in Florenz als auch außerhalb der Stadt über geheime Räumlichkeiten verfügte, die für konspirative Treffen mit Agenten und Zuträgern sowie für andere Zwecke genutzt werden konnten. »Und nun sollten wir uns mit dem Umkleiden beeilen, sonst ist der Vogel ausgeflogen, bevor wir seiner habhaft werden können!«

»Umkleiden?«, wiederholte Pater Angelico ungläubig.

»Ihr habt schon richtig verstanden. Dort, wo wir hinmüssen, sollte ich nicht gleich anhand meiner Kleidung als Mann der Otto di Guardia erkannt werden – und Ihr nicht als Mönch«, rief Scalvetti ihm zu und machte sich auch schon zwischen den Kleiderstangen zu schaffen. »Leute meines Schlages sind dort ebenso unerwünscht wie Vertreter Eurer frommen Zunft. Obwohl ich zugeben muss, dass Ihr in dieser Hinsicht mir gegenüber einen kleinen Vorteil habt. Hier, nehmt das. Das dürfte Euch passen … und Euch vielleicht an alte Zeiten erinnern«, fügte er hinzu und lachte.

Pater Angelico konnte die Kleidungsstücke gar nicht so schnell auffangen, wie der Commissario sie ihm zuwarf. Ein altes braunfleckiges Wams flog an seinem Kopf vorbei und landete hinter ihm auf dem Faktoreitisch, doch die ausgeblichene Kniebundhose nach Landsknechtsart bekam er zu fassen. Es folgten ein Umhang und ein breitkrempiger Söldnerhut mit einigen abgeknickten Fasanenfedern.

»Das mit dem Anprobieren von Stiefeln und Beinkleidern schenken wir uns besser. Es würde zu viel Zeit kosten. Und Ihr seid vom Klosterleben ja einige Härten gewöhnt«, erklärte Scalvetti, während er ähnliche Kleidungsstücke für sich selbst heraussuchte. »Ich hoffe, Euer mönchisches Schamgefühl wird nicht allzu sehr strapaziert dadurch, dass ich Euch zum Umziehen nicht einmal einen Paravent bieten kann. Präsentiert mir einfach wieder Euren breiten Rücken, so wie ich Euch meinen entbiete!«

»Von mir aus könnt Ihr nackt durch den Raum tanzen! Ich bin nicht in einem Federbett zur Welt gekommen, sondern auf einer Feldpritsche unter einer löchrigen Zeltplane. Mein nackter Hintern kümmert mich so wenig wie Eurer! Erklärt mir lieber, wozu das alles dienen soll!«, brummte Pater Angelico, löste seinen Gürtel und streifte sich Habit und Untergewand in einem Zug über den Kopf. »Was um alles in der Welt habt Ihr vor?«

»Meinem Informanten, den Ihr vorhin gesehen habt, ist zu Ohren gekommen, dass sich in einer üblen Spelunke namens *Tre Pupazzi* unten am Borgo dei Tintori jemand damit rühmt, jemandem die Kehle durchgeschnitten und der fetten Bartolomea den Garaus gemacht zu haben«, sagte Scalvetti und stieg hastig in seine Landsknechtskleider. »Der Kerl hört auf den Namen Silvio Montini.«

Pater Angelico schaute skeptisch drein. Die bei den hohen, hölzernen Hallen der Färber gelegenen Kaschemmen nahe am Fluss standen in dem Ruf, das lichtscheue Gesindel der Stadt anzuziehen und eine Brutstätte des Lasters und des Verbrechens zu sein. »Eine Spelunke in diesem miesen Viertel scheint mir aber kaum der passende Ort für einen Umtrunk unseres Täters zu sein, dem wir doch weder Bildung noch den Besitz eines teuren Rings absprechen können«, wandte er ein und mühte sich mit den seitlichen Knöpfen seines Wamses.

»Ihr würdet Euch wundern, an welchen vermeintlich unmöglichen Orten wir manchmal auf Herren von Rang und Namen stoßen. Manche dieser Hochwohlgeborenen scheinen von den menschlichen Niederungen ebenso magisch angezogen zu werden wie Motten vom Licht«, erwiderte Tiberio Scalvetti.

»Und warum schickt Ihr nicht einfach ein paar von Euren Sbirri in diese Taverne?«

»Aus Gründen, die ich heute Morgen schon einmal angedeutet habe, sind einige meiner besten Männer derzeit außerhalb der Stadt beschäftigt. Zudem ist es spät, und ehe ich die anderen aus ihren warmen Betten jage, nehme ich mich der

Sache doch lieber selbst an. Gelegentlich habe ich auch nichts dagegen, persönlich zuzugreifen. Das fördert die Moral der Truppe«, erklärte er mit dem ihm eigenen Sarkasmus. »Aber da Ihr zu Recht darauf hingewiesen habt, welcher Abschaum sich allabendlich dort unten versammelt, wollen wir doch dafür sorgen, dass Ihr Euch den Gefahren, die damit womöglich verbunden sind, nicht unbewaffnet aussetzt. Dass Ihr noch immer trefflich mit einer Klinge umzugehen versteht, davon habe ich mich letztes Jahr selbst überzeugen können. Kommt, sucht Euch einen Dolch aus.«

»Nicht nötig«, wehrte Pater Angelico ab. »Ich ziehe es vor, notfalls nach der mir vertrauten Waffe zu greifen.« Damit schlug er den alten Wollumhang zurück, um seinen Stoffgürtel mit dem Dolch zu präsentieren. Seit der Causa Movetti hatte er es sich zur Gewohnheit gemacht, ihn unter der Kutte zu tragen. Es war der einzige Gegenstand aus seiner Landsknechtszeit, den er vor seinem Eintritt ins Kloster nicht an Gershom verkauft, sondern in sein neues Leben als Mönch mitgenommen hatte. Obwohl er damit die Ordensregel verletzte, die keinem Mönch persönliches Eigentum zugestand, hatte er sich nicht von dem Erbstück trennen können. Sein Vater hatte die Waffe von einer abenteuerlichen Reise ins Heilige Land mitgebracht, und ihm, dem Sohn, hatte sie mehr als einmal das Leben gerettet.

Tiberio Scalvetti machte große Augen und trat zu ihm. »Es ist ja nichts Neues, dass Mönche ihr Messer am Gürtel tragen. Aber dieses prächtige Stück dient wohl weniger dazu, Brot von einem Kanten zu schneiden und Klosterhonig draufzustreichen«, spöttelte er und streckte die Hand aus. »Ihr erlaubt?«

Pater Angelico zog den Dolch, der über eine lange, schmale, doppelseitig geschliffene Klinge verfügte, aus der flachen Scheide aus fein gehämmertem Silber und reichte ihn Scalvetti.

»Herrlich«, sagte der Commissario, wog die Waffe mit dem geriffelten Griffstück aus Elfenbein in der Hand und strich bewundernd über die Klinge, die mit ihrer wellenförmigen Maserung kalt im Licht funkelte. »Welch ein Meisterstück der Schmiedekunst! Und aus bestem Damaszener Stahl!« Fast widerstrebend gab er den Dolch wieder zurück. »Ihr seid ein Mann nach meinem Geschmack, Padre. Und die Kutte sehe ich Euch großzügig nach. Wir alle treffen im Leben Entscheidungen, die unserem inneren Wesen im Grunde widersprechen.«

Die Bemerkung ließ den Dominikaner stutzen. Er warf dem Commissario einen prüfenden Blick zu und fragte sich, ob dieser schon mehr über ihn wusste, als ihm lieb sein konnte. Hatte er Kenntnis von seinen nächtlichen Besuchen im Keller des Juden oder gar von dem, was in ihm gärte, seit er Lucrezia kannte? Aber nein, das eine war so unmöglich wie das andere! Obwohl …

Der Commissario lachte, als sei seine Bemerkung nichts weiter gewesen als ein Scherz. »Nehmt es mit Gleichmut. Nicht alle meine Worte gehören gleich auf die Goldwaage. Und nun sollten wir uns schleunigst auf den Weg machen.«

Noch einmal musste Pater Angelico, nun halbwegs beruhigt, sich abwenden, während Scalvetti die Schließanlage der zweiten, rückwärtigen Tür betätigte.

Wenige Augenblicke später folgte er dem Commissario durch einen langen, sich windenden Gang, der gerade breit genug war, dass ein kräftig gebauter, breitschultriger Mann ihn entlanggehen konnte und zu beiden Seiten noch ein, zwei Handbreit Platz hatte. Allerdings war er für eine so hoch aufgeschossene Gestalt wie Tiberio Scalvetti nicht geschaffen, weshalb der leicht vorgebeugt gehen musste.

Die Luft war trocken und muffig wie in einer Gruft. Das

Licht der Laterne in Scalvettis Hand glitt über uraltes Mauerwerk aus dunkelgrauem Gestein. An mehreren Stellen sah man, dass kleinere und auch größere Wandstücke zu verschiedenen Zeiten mit Steinen ausgebessert worden waren, die nicht der ursprünglich verwendeten Sorte entsprachen.

Pater Angelico zählte seine Schritte. Als er bei zweiunddreißig angelangt war und noch immer kein Ende ausmachen konnte, sagte Scalvetti über die Schulter: »Ich nehme an, Ihr wisst, wem wir diesen unterirdischen Gang zu verdanken haben, oder?«

»Vermutlich einem alten Adelsgeschlecht, das dort, wo jetzt das Haus mit der *Colombina* steht, irgendwann im zwölften oder dreizehnten Jahrhundert seinen Geschlechterturm hatte«, antwortete der Mönch.

Als Florenz Republik geworden war und das erstarkte Bürgertum den Adel entmachtet hatte, waren viele dieser Geschlechterwohntürme per Gesetz entweder um die oberen Stockwerke mit ihrer krönenden Zinnenanlage gekürzt oder gleich ganz abgerissen worden, um modernen Palästen Platz zu machen.

»So ist es«, sagte Scalvetti. »Die alten florentinischen Adelsfamilien waren ja oft derart verfeindet, dass sie einander erbitterte Gefechte darum lieferten, wer welche Stadtviertel beherrschte. Da war solch ein unterirdischer Fluchtweg für den Fall einer Niederlage natürlich eine nützliche, um nicht zu sagen: notwendige Einrichtung.«

»Wie können wir uns doch glücklich schätzen, dass es solche blutigen inneren Kämpfe nicht mehr gibt und wir in paradiesisch friedvollen Zeiten leben«, bemerkte Pater Angelico. In Wahrheit hatte sich natürlich wenig geändert, auch wenn es in neuerer Zeit nicht mehr die Adelsfamilien waren, die in Florenz um die Macht rangen und einander blutige Straßenkämpfe lieferten. Das letzte derartige Gefecht, das die Anhänger der Medici mit den Parteigängern der Pazzi ausgefochten hatten und in dem auf beiden Seiten viele umgekommen waren, lag gerade einmal ein Dutzend Jahre zurück.

»Ja, bei uns in Florenz schläft das Lamm am Busen des Löwen und liegt die Schlange einträchtig neben dem Hasen«, pflichtete Scalvetti ihm mit beißendem Spott bei. »Da fragt man sich manchmal schon, wozu die Kommune noch eine Otto di Guardia braucht.«

Pater Angelico begann erneut, Schritte zu zählen. Als zu ihrer bisherigen Wegstrecke noch einundvierzig weitere hinzugekommen waren, gelangten sie schließlich an den vergitterten Fuß einer kleinen Steintreppe, die so schmal war wie der Tunnel. Das Gitter ließ sich mit einem Schlüssel öffnen. Dann ging es in einen gewöhnlichen Keller mit allerlei Gerümpel und von dort über eine weitere Treppe hinauf in einen Hausflur. Von da führte Scalvetti den Mönch in einen zur Straße hin gelegenen Raum, der wie die schlichte Schreibstube eines Kontors eingerichtet war; einen Raum, wie es in Florenz wohl einige Hunderte gab. Als sie die Schreibstube verließen und hinaus auf die Straße traten, fiel Pater Angelico sofort ein mächtiger schwarzer Schatten ins Auge. Schräg rechts von ihnen ragte der Turm des Franziskanerklosters Santa Croce majestätisch in den Himmel. Der unterirdische Geheimgang hatte sie also in ein Haus auf der Via dei Malcontenti gebracht.

Möge es, gütiger Gott, kein schlechtes Omen sein, dass wir ausgerechnet hier wieder nach oben gekommen sind, dachte der Mönch, wurden doch über die Via dei Malcontenti die zum Tode Verurteilten zum Richtplatz vor der Stadt geführt.

26

Bis zum Borgo dei Tintori und dem diesseitigen Ufer des Arno war es von dem Haus mit der falschen Schreibstube nur noch ein kurzer Gang, zumal Scalvetti einen ähnlich flotten Schritt vorlegte, wie auch Pater Angelico ihn bevorzugte.

Als sie an der Franziskanerkathedrale entlang und über die Piazza di Santa Croce eilten, fiel aus den Fenstern einiger Palazzi an der Via dei Benci heller Lichtschein auf die Straße. Zudem hatten die Besitzer vor ihren Palästen in Eisenkäfigen große Feuer entzündet und ließen, als wollten sie die Nacht zum Tag machen, zusätzlich noch Dutzende Pechfackeln in den dafür vorgesehenen Halterungen am rauen Bossenwerk lodern. Aus den oberen Stockwerken drang Musik, die zum Tanzen lockte, und wehte mit dem Geruch von verbranntem Holz und Pech zu ihnen herüber.

»Für manche Neureichen kann die Zeit der Karnevalsfeste nicht früh genug beginnen«, meinte Scalvetti geringschätzig. »Bald kramen sie schon gleich nach Christi Geburt ihren grellen Tand hervor und protzen mit ihren Kostümbällen!«

Auf den Straßen rund um die Piazza war ungeachtet der späten Stunde noch einiges Volk unterwegs, viele schon mit ausgefallener Maske vor dem Gesicht und in bunter Verkleidung. Überwiegend handelte es sich um junge Leute, Gecken aus vermögendem Haus, die grüppchenweise unter lautem Gelächter und scherzhaften Zurufen von einer Vergnügung zur anderen zogen. Aber ihnen begegneten auch Kaufleute aus fremden Städten und fernen Ländern, die an ihrer Kleidung als solche zu erkennen waren und zu dieser Jahreszeit in Florenz das Nützliche mit dem Angenehmen verbanden.

Schon wenige Querstraßen weiter dem Fluss entgegen blieben Musik, Lichtschein und fröhliches Treiben hinter ihnen zurück. Die Gassen wurden schmaler, und zwischen den trostlosen einfachen Mietshäusern gewann die Dunkelheit wieder die Oberhand. Noch einmal überquerten sie eine breite Straße, den Borgo dei Tintori, dann passierten sie eine lange Reihe von hohen, langgestreckten Holzgebäuden, wie sie sich auch noch an anderen Stellen weiter flussabwärts fanden. Unten in diesen Hallen wurden in mächtigen Bottichen die edlen Tuche gefärbt, die Florenz so reich und berühmt gemacht hatten, und oben, auf den luftigen Dachspeichern, wurden sie in langen Bahnen zum Trocknen auf Stangengerüste gehängt. Selbst jetzt roch es hier intensiv nach den Färbestoffen, vor allem nach Kermes, aber auch Waid, Robbia und Oricello.

Schließlich erreichten sie den finsteren Uferstreifen, wo sich in bedrückender Enge die schäbigen Behausungen der Fischer, Fährleute, Flussschiffer, heruntergekommenen Tagelöhner und all derer drängten, die sich nichts Besseres leisten konnten – oder anderweitige Gründe hatten, hier und nirgendwo sonst Unterschlupf zu suchen. Abgetakelte Huren etwa, die kein Freudenhaus mehr über die Schwelle ließ, Hehler, Taschendiebe und Halsabschneider aller Art. Zwischen den Wohnhäusern eingeklemmt lagen die übel beleumundeten Tavernen, denen man von draußen schon ansah, was einen im Innern erwartete. Bei den meisten dieser Spelunken handelte es sich um windschiefe Bretterschuppen und bessere Hütten. Einige fanden sich in aufgegebenen Kellergewölben, in denen Flussschiffer einst ihre Waren zwischengelagert hatten. Zwei allerdings hatten sich in verhältnismäßig standfesten Häusern aus Balken und Mauerwerk etabliert, und eines dieser beiden war das *Tre Pupazzi.*

Was all diese Schenken gemeinsam hatten, war, dass ihre

skrupellosen Wirte verschnittenen Wein der billigsten Sorte verkauften und nicht selten mit Vitriol versetzten Fusel, von dem man blind werden konnte. Und wenn es überhaupt eine Küche gab, so musste man einen eisernen Magen haben, abgestumpfte Geschmacksnerven und am besten unstillbaren Hunger, um den dort zusammengekochten Fraß ohne Würgen herunterzubekommen.

Als Tiberio Scalvetti die schief in den Angeln hängende Brettertür aufstieß, schlug ihnen unglaublicher Lärm entgegen. Lautes Grölen, das Klatschen, mit dem Spielkarten auf Tischplatten gepfeffert wurden, obszöne Flüche, das Rasseln von Würfelbechern, kehliges Gelächter, schrille Frauenstimmen und lautes Krachen, wenn mit Steinhumpen angestoßen wurde.

Aber nicht nur diese Kakophonie umbrandete sie, sondern es umfing sie auch sofort eine Woge aus Farbgerüchen, verschüttetem Bier, Rauch, Urin, Schweiß und anderen üblen Körperausdünstungen. Sie nahm ihnen unter der tief hängenden, von Rauch geschwärzten Decke schier den Atem, und Pater Angelico hätte am liebsten auf der Stelle kehrtgemacht.

»Dignus est intrare«, raunte er, gerade laut genug, dass Scalvetti ihn noch verstehen konnte. Er ist würdig, einzutreten.

Der Commissario zog sich den Hut tiefer in die Stirn und ließ seinen Blick durch den trapezförmigen, sich nach hinten verjüngenden Raum schweifen.

»Elend und Gesindel sucht sich Gesellschaft«, gab er ebenso leise zurück. »Hier sind sie in ihrer vielfältigen menschlichen Ausprägung versammelt. Fehlt nur noch unser Tarotkartenmörder!«

Pater Angelico warf ihm einen spöttischen Blick zu. »Die Hoffnung stirbt zuletzt.«

Die Zecher nahe der Tür, überwiegend in grobes *bigello* gekleidet, das ungefärbte Tuch der einfachen Leute, warfen ihnen neugierige Blicke zu. Doch abgerissene Landsknechte, die schon seit langem bei keinem Condottiere mehr im Sold zu stehen schienen, weckten an diesem Ort nur flüchtiges Interesse, und so wandte man sich schnell wieder dem Trinken, Spielen und Zotenerzählen zu.

Tiberio Scalvetti und Pater Angelico gingen hinüber zu der primitiven Theke, einem langen Bord aus zusammengenagelten Brettern, das von vier brusthohen Schragen getragen wurde. Dahinter standen drei schmutzige Fässer aufgebockt.

»Was soll's sein, Männer?«, erkundigte sich der Wirt, als sie sich in eine Lücke zwischen jenen Zechern gedrängt hatten, die den Ausschank umlagerten. Der Mann war für einen Tavernenbesitzer ungewöhnlich mager, sein Gesicht trug die ausgezehrten Züge eines Hungerleiders. Was vermutlich daran lag, dass er klug genug war, nichts von dem anzurühren, was er seinen Gästen aus den Fässern einschenkte und als Essen vorsetzte.

»Branntwein«, bestellte der Commissario knapp und warf ein paar Piccioli auf die Brettertheke.

Der Hungerleider nickte, strich die Kupfermünzen mit einer Knochenhand ein, griff nach zwei steinernen Bechern und füllte sie mit Fusel. Die giftige Farbe des Gesöffs allein verriet den beiden neuen Kunden schon genug über seine wohl im wahrsten Sinne des Wortes mörderische Qualität.

Todesmutig nahmen sie einen Schluck von dem Gebräu – und mussten beide an sich halten, es nicht sofort wieder auszuspucken. Pater Angelico hatte das Gefühl, als wollten ihm von dem Fusel, der wie Terpentin schmeckte, alle Zähne aus dem Mund fallen.

»Gottseibeiuns!«, keuchte er.

Der Commissario hatte sich besser im Griff. Er wischte sich

mit dem Handrücken über den Mund und machte ein Gesicht, als habe ihm ein Engel auf die Zunge gepinkelt. »Tod und Teufel, das nenne ich einen Rachenputzer! Das war's, was uns gefehlt hat!«

»Zweifellos«, sagte Pater Angelico und machte nun auch gute Miene zum bösen Spiel. Um nicht gleich den nächsten Schluck nehmen und damit seine Gesundheit ernsthaft in Gefahr bringen zu müssen, wandte er sich halb von der Theke ab und ließ seinen Blick über die Tische wandern. Dabei fragte er sich, wer von den Gestalten, die dort saßen, Silvio Montini sein mochte. Wenn man zu jenen Einfaltspinseln gehörte, die tatsächlich meinten, einen Mörder an seiner finsteren Visage erkennen zu können, dann bot sich hier eine mehr als reichhaltige Auswahl.

Tiberio Scalvetti tat so, als trinke er noch einen Schluck, und fragte dann den Wirt beiläufig: »Sag mal, ist Silvio heute schon bei dir aufgetaucht? Silvio Montini, meine ich. Wir haben gehört, dass wir ihn heute Nacht hier antreffen.«

Der Wirt stutzte. »Was wollt ihr denn von dem?«, fragte er, nicht direkt misstrauisch, aber doch wachsam.

Der Commissario zauberte ein komplizenhaftes Grinsen auf sein Gesicht. »Nicht jedes Geschäft ist dazu bestimmt, gleich an die große Glocke gehängt zu werden, wenn du verstehst, was ich meine.«

Jemand neben Scalvetti, der den Wortwechsel mitbekommen hatte, lachte abfällig. »Was für 'n Geschäft soll denn der Silvio mit euch Landsknechten vorhaben?«

»Trink du nur weiter dein Dünnbier und kümmere dich nicht um unsere Angelegenheiten, dann geben wir auch 'nen lauen Furz auf deine, Kamerad«, beschied ihn der Commissario, ohne angriffslustig zu klingen.

Der Kerl quittierte die Antwort mit einem erneuten Lachen und rief über den Lärm hinweg in Richtung der hinteren Schankstube: »He, Silvio! Hier sind zwei Landsknechte, die wollen mit dir Geschäfte machen! Erzähl uns doch mal, was für 'nen Bären du denen aufgebunden hast! Willste ihnen einen Batzen Kermes verscheuern, oder was?«

Es gab Gelächter rund um die Theke, und Pater Angelico bemerkte, wie im hinteren Teil der Schenke ein grobschlächtiger Kerl den Würfelbecher sinken ließ, den Kopf hob und ihnen sein pockennarbiges Gesicht zuwandte. Das musste ihr Mann sein!

Doch noch bevor er Scalvetti ein Zeichen geben konnte, wurde er von einem Mann angerempelt, der ihn gut um eine Haupteslänge überragte und im Begriff war, drei große Bierhumpen von der Theke zu seinen Tischgenossen zu tragen. Der Filzhut rutschte ihm vom Kopf und entblößte seine Tonsur. Er wollte noch nach dem Hut greifen, doch er entglitt seinen Fingern und landete im Dreck.

Sowie die Männer um ihn her sahen, dass sie es nicht mit einem heruntergekommenen Landsknecht, sondern mit einem Mönch zu tun hatten, brach wildes Gejohle aus.

»Heiliger Schwengel, da hat sich doch ein verkleideter Betbruder zu uns geschlichen!«, brüllte jemand. »Der sucht hier bestimmt 'ne feuchte Ritze, die er mal so richtig stechen kann, der arme Hund!«

»Da muss er mit seinem angestauten Saft aber noch 'ne Weile warten!«, griff ein anderer den beißenden Spott auf. »Pippos Püppchen rammeln oben schon mit den Schiffern, und bei denen kann's dauern!«

Wieder gab es schallendes Gelächter.

»Dahinten, der Pockennarbige in dem rotfleckigen *lucco*«,

zischte Pater Angelico dem Commissario zu, während sie noch von Spott umbrandet wurden.

Aber so leicht entkamen sie der Menge, die sie nun umringte, nicht. Die rauen Burschen wollten ihren Spaß und dachten nicht daran, ihnen den Weg frei zu machen, wohin auch immer.

»Kennt ihr den, Leute?«, rief ein stämmiger Kerl mit abstehenden Ohren und einer Hasenscharte über fauligen Zähnen, der sich breitbeinig vor Pater Angelico aufgebaut hatte. »Stellt sich ein feister Mönch, rund wie eine Tonne, an den Rinnstein, schlägt seine Kutte hoch und pisst in die Rinne. Kommt ein Junge vorbei und starrt ihm auf den Schwanz. Und was sagt der fette Betbruder? Er sagt: ›Grüß ihn schön von mir, Kleiner. Ich hab ihn schon seit Jahren nicht mehr zu Gesicht bekommen!‹« Und dann schüttete er sich aus vor Lachen, und die anderen Zecher stimmten ein.

»Ihr habt euren Spaß gehabt, Leute«, rief Scalvetti mit einem schiefen Grinsen in das Gebrüll, »aber jetzt macht Platz. Wir haben was mit Silvio zu bereden. Für eure Nutten interessieren wir uns nicht. Denen dürft ihr ganz allein die Spinnweben aus den Spalten fegen!«

»Nun mal nicht so eilig, Kerl!«, erwiderte eine argwöhnische Stimme im Rücken des Commissario. »Wollen doch mal sehen, ob auch unter deinem feinen Hütchen ein verlogener Klosterbruder steckt!« Und schon stieß jemand Scalvetti den breitkrempigen Hut, der sein Gesicht überschattet hatte, vom Kopf.

»Schau an, wenigstens der ist ungeschoren«, sagte der Wirt, offenbar enttäuscht, nicht auch diesen Gast mit Häme übergießen zu können.

Vielleicht wäre danach alles gutgegangen. Wäre da nicht einer in der Menge gewesen, der das Gesicht des Commissario schon gesehen hatte.

»Verdammt, das ist einer von den verfluchten Acht!«, brüllte er. »Der ist bestimmt nicht zu seinem Vergnügen hier!«

Die Wirkung dieses Alarmrufes war beeindruckend, wenn sie auch kaum überraschte. Die Menge spritzte auseinander, als sei in ihrer Mitte eine Kanonenkugel eingeschlagen. Jeder versuchte, die Taverne so schnell wie möglich zu verlassen. Tische und Bänke stürzten, Becher und Humpen polterten zu Boden und vergossen, was noch in ihnen war. Karten und Würfel flogen durch die Luft, als die Zecher an den Tischen wie von der Tarantel gestochen aufsprangen und das Weite suchten.

»Los, schnappen wir ihn uns!«, rief Scalvetti über den Tumult hinweg und stürmte los.

Doch das war in dem wüsten Durcheinander leichter gesagt als getan. Das Gesindel aus dem hinteren Teil der Schenke schlug ihnen wie eine Brandungswelle aus Menschenleibern entgegen. Einige griffen die beiden sogar mit Fäusten, Messern und Bierhumpen an, weil sie um ihr Leben fürchteten. Sie hatten wohl besonders viel auf dem Kerbholz und nicht mitbekommen, dass es dem Mann von der Acht um Silvio Montini ging.

Auf eine Messerstecherei wollte Pater Angelico sich nicht einlassen, deshalb ließ er seinen Dolch stecken. Ganz im Gegensatz zu Scalvetti, der unverzüglich blankgezogen hatte und soeben dem ersten Angreifer die Klinge über die Messerhand zog – schneller, als dieser der Bewegung zu folgen vermochte.

Doch der Mönch brauchte eine Waffe, um sich die Meute vom Hals zu halten, also bückte er sich nach einem Schemel, der ihm von einem Flüchtenden vor die Füße gestoßen wurde, und riss ihn hoch. Gerade noch rechtzeitig, um den Messerstich eines vierschrötigen Mannes mit roter Knollennase abzuwehren. Die Klinge bohrte sich in die Sitzfläche des Hockers.

Pater Angelico revanchierte sich, indem er dem Kerl mit aller Kraft seine Faust auf die Nase setzte und diese brach. Dem schmerzerfüllten Gebrüll des Mannes machte er einen Augenblick später ein Ende, zog er ihm doch den Schemel über den Schädel. Bewusstlos sackte der Kerl zu Boden, vor die Füße der Nachdrängenden, denen die Lust auf einen Kampf schnell verging, als sie sahen, dass sie dabei mehr zu verlieren als zu gewinnen hatten.

Dennoch mussten der Commissario und Pater Angelico sich noch einiger weiterer wild entschlossener Messerstecher erwehren, die in ihrer Überheblichkeit glaubten, es mit ihnen aufnehmen zu können. Keiner von ihnen setzte einen Stich oder verletzte sie sonst irgendwie; stattdessen handelten sie sich selbst blutige Wunden ein, Rippenbrüche und mächtige Beulen am Kopf, die ihnen mitsamt den bohrenden Schmerzen unter der Schädeldecke noch lange erhalten bleiben würden. Die einzige nennenswerte Blessur, die Scalvetti davontrug, war eine schmerzende Stelle am linken Schienbein, wo ein böser Stiefeltritt ihn getroffen hatte. Im Gegenzug hatte er dem Tretenden mit einem lästerlichen Fluch einen Stich in den Oberarm verpasst.

Trotz des wüsten Handgemenges verlor Pater Angelico den pockennarbigen Silvio Montini nicht aus den Augen. Er erwies sich als schlauer als all die anderen, die versucht hatten, zur Tür hinauszukommen oder sich ihnen in den Weg zu stellen. Auf halbem Weg zu ihnen besann er sich eines Besseren, machte kehrt, rannte zu dem Fenster, das in die hintere Wand eingelassen war, und entriegelte die hölzernen Schlagläden.

»Der Kerl sucht das Weite durchs Fenster!«, rief Pater Angelico dem Commissario zu.

»Schon gesehen«, schrie Scalvetti zurück. »Aber das wird

ihm nichts nützen.« Denn inzwischen war der letzte ihrer Angreifer in die Flucht geschlagen.

Hätten sie nicht einen Zickzackweg durch das Gewirr aus umgestürzten Tischen, Bänken und Schemeln nehmen müssen, wären sie des Mannes vielleicht noch in der Schenke habhaft geworden. So aber verloren sie kostbare Sekunden, die es Silvio Montini erlaubten, aus dem Fenster zu klettern und ins Freie zu springen.

»Verdammt!« Scalvetti kam wegen seines schmerzenden Schienbeins nicht so schnell hinterher, wie es nötig gewesen wäre. »Setzt ihm nach und seht zu, dass Ihr ihn nicht aus den Augen verliert!«

»Werde mein Bestes geben!«, rief Pater Angelico zurück, stieg durch das Fenster und nahm die Verfolgung auf.

27

Silvio Montini hatte einen Vorsprung von vielleicht dreißig, vierzig Schritten, der unter anderen Umständen ausgereicht hätte, ihn seinen Häschern entkommen und irgendwo zwischen den Behausungen am Flussufer untertauchen zu lassen. Aber der Nachthimmel war gegen ihn. Nur wenige Wolkenschleier zogen über Florenz hinweg, so dass viel Sternenlicht auf die Ebene am Arno fiel. Dazu kam der milchig helle Schein des fast vollen Mondes, der es dem Flüchtenden unmöglich machte, sich in finsteren Schatten spurlos aufzulösen. Dies wurde Silvio Montini schnell bewusst, und so änderte er seine Richtung. Statt auf die nächste Ansammlung von Schuppen und Unterkünften zuzuhalten, schlug er einen Haken und floh vom Flussufer weg in nordöstliche Richtung.

Was es damit auf sich hatte, durchschaute Tiberio Scalvetti als Erster. »Hölle und Verdammnis, er will zu den Trümmern von San Bernardo«, keuchte er und versuchte tapfer, trotz der Schmerzen im Bein den Anschluss nicht zu verlieren. »Die alte Nekropolis, Pater! Er wird versuchen, uns durch die Katakomben zu entkommen!«

»Mist«, entfuhr es Pater Angelico, als er begriff, was Silvio Montini vorhatte.

Die Kirche San Bernardo war irgendwann im zehnten oder elften Jahrhundert über den flussnahen Katakomben erbaut worden, die noch aus frühchristlicher Zeit stammten und in späteren Jahrhunderten die Gebeine der überwiegend armen Bewohner des Borgo dei Tintori aufgenommen hatten. Der Baumeister von San Bernardo musste jedoch schwerwiegende Fehler in der Berechnung der Statik begangen oder minderwertiges Material verwendet haben. Womöglich hatte sich auch nur die Erde unter der Kirche gesenkt.

Jedenfalls hatten sich schon kurz nach ihrer Einweihung die ersten Risse im Mauerwerk der Apsis und über dem Portal gezeigt. Versuche, die Schäden zu beheben, waren nicht von Erfolg gekrönt gewesen. An immer mehr Stellen hatten sich Spalten gefährlich weit aufgetan. Den Todesstoß hatte der Kirche schließlich ein eher schwaches Beben versetzt, das nirgendwo sonst in der Stadt Schaden anrichtete. Unter großem Getöse war das Gotteshaus, wie man sich erzählte, in sich zusammengestürzt.

Das war allgemein als böses Zeichen gedeutet worden. Und weil auf San Bernardo Gottes Segen offenbar nicht gelegen hatte, waren die Trümmer lange Zeit unberührt geblieben. Keiner hatte die Steine für die Errichtung einer anderen Kirche oder eines Wohnhauses verwenden und den Zorn des Allmächtigen auf sich lenken wollen. Viel später erst war der Großteil des Materials abgetragen und an anderer Stelle verbaut worden.

Seitdem lag der Zugang zu den uralten Katakomben wieder frei, und sie waren schnell zur Zuflucht für Bettler, Verstoßene, geistig Verwirrte und andere Elende geworden, die nirgends sonst in der Stadt geduldet wurden und im Winter keinen besseren Schutz vor Kälte und Regen fanden. In der Zwischenzeit hatten diese Leute sich drei weitere Aus- oder Zugänge gegraben, um dort unten in der Nekropolis nicht in der Falle zu sitzen, wenn Gefahr im Verzug war.

Dass der Commissario mit seiner Vermutung ins Schwarze getroffen hatte, wurde schnell deutlich, als Silvio Montini zielstrebig auf das einstige Kirchengelände zuhielt. Dort lag noch immer eine Menge Bauschutt herum, der jedoch im Laufe der

Jahre von Gras, hochschießendem Unkraut und genügsamem Gestrüpp überwuchert worden war.

»Bei Gott, das hat mir diese Nacht gerade noch gefehlt«, stieß Pater Angelico grimmig hervor, als er sah, wie Silvio Montini über den Rest einer geborstenen Säule sprang – und im nächsten Moment aus seinem Blickfeld verschwunden war.

Er hatte sich noch nie in die Katakomben gewagt und auch keinerlei Grund dazu gehabt. Während er nun zu dem Säulentorso rannte, überlegte er kurz, ob er die Verfolgung nicht einfach abbrechen und es dem Commissario überlassen sollte, den Kerl dort wieder herauszubekommen. Aber in Anbetracht der Tatsache, dass es noch drei weitere Ausgänge gab, von denen er nicht wusste, wo genau sie an die Oberfläche traten, hätte er das für feige und seiner nicht würdig gehalten.

»Nehmt den linken Gang, wenn Ihr unten seid und zur Gabelung des Tunnels kommt!«, brüllte ihm Scalvetti aus zehn, zwölf Schritten Entfernung zu. »Ich suche den rechten ab!«

Absuchen? Ja, womit denn, Scalvetti? Vielleicht mit Geistesblitzen, dachte der Mönch grantig. Einen Augenblick später stand er vor dem Zugang, durch den Silvio Montini abgetaucht war, und sah flackerndes Licht aus dem Dunkel aufsteigen. Natürlich, wer immer sich dort unten verkroch, hockte nicht in permanenter Finsternis in den Gewölben, sondern verschaffte sich durch ein paar Talglichter oder ein Feuer zumindest ein Minimum an Helligkeit zwischen all dem Gebein.

Kurz entschlossen wagte er sich in den dunklen Schlund. Von den Stufen der einstigen Treppe waren nur noch wenige Reststücke vorhanden, und so rutschte er mehr, als dass er die schräg abwärts führende Bahn aus Erdreich und losem Gestein hinunterstieg. Ihm war, als ginge es bis in den Hades hinab.

Bröckliges Mauerwerk umfing ihn, als er endlich unten angelangt war und sich in einem Eingangsgewölbe wiederfand. Es lag verlassen vor ihm, doch an zwei Stellen brannten in primitiven Feuerringen aus aufgeschichteten Steinen kleine Holzfeuer. Neben den Feuerstellen lagen Lumpensäcke, halb kaputte Tonkrüge, kleine Haufen Brennholz und anderes klägliches Hab und Gut der Bewohner dieser Dunkelwelt verstreut.

Er hastete weiter, hinein in einen breiten, gut mannshohen, aus Ziegelsteinen gemauerten Gang mit gewölbter Decke und dem nächsten flackernden Lichtschein entgegen. Zehn, fünfzehn Schritte weiter stieß er auf die ersten seitlichen Nischen. Vage machte er darin aufgeschichtete Knochen und Totenschädel aus.

Er rannte weiter, kam um eine Biegung und sah sich plötzlich einer Gruppe von schemenhaften Lumpengestalten gegenüber, die im Schein eines Talglichtes, das sie auf einen Totenschädel gesetzt hatten, ihre armseligen Siebensachen zusammenrafften. Wie eine aufgescheuchte Meute Ratten fuhren sie unter schrillem Angstgeschrei auseinander und kamen ihm in die Quere.

»Aus dem Weg!«, brüllte er, stieß eine der Gestalten grob zur Seite und hatte weder Zeit noch das Verlangen, sich Gedanken darüber zu machen, mit wem er da in Kontakt gekommen war.

So schnell er konnte, hastete er tiefer hinein in die Katakomben, vorbei an immer größeren und längeren Ausbuchtungen in den Wänden, die bis unter die Rundbögen mit Knochen und Schädeln angefüllt waren und sich endlos aneinanderzureihen schienen, unterbrochen nur von kurzen, vorspringenden Mauerstücken.

Der Gang machte eine weitere lange Biegung, in der Pater Angelico meinte, gleich von der Finsternis verschlungen zu werden, doch dann tauchte wieder Licht vor ihm auf, heller als an den anderen Lagerstellen, die er bislang passiert hatte.

Er hörte aufgeregte Stimmen und das Scheppern von Blech. Jemand, bei dem es sich nur um Silvio Montini handeln konnte, brüllte: »Sbirri! Sbirri! Macht die verfluchten Lampen aus, ihr Idioten!«

Im nächsten Moment erblickte Pater Angelico ein quadratisches Gewölbe, an dessen hinterem Ende sich der breite Hauptgang in zwei etwas schmalere Tunnel aufteilte. Hier hatten sich gut anderthalb Dutzend Männer und Frauen – auch sie ausnahmslos zerlumpte Elendsgestalten – um ein Feuer versammelt, über dem an einem eisernen Dreibein ein Kessel hing. Licht kam hier zudem von zwei kleinen Öllampen.

Pater Angelico erhaschte noch einen Blick auf Silvio Montini, der mit flatterndem Lucco in den linken Gang flüchtete. Er wollte ihm nach, doch zwei Männer vereitelten das – wenn wohl auch ungewollt –, als sie genau in dem Augenblick vom Feuer aufsprangen und ihm mitten im Lauf vor die Füße gerieten.

Diesmal gelang es ihm nicht, sich den Weg freizuboxen; er prallte ungebremst mit den beiden Katakombenbewohnern zusammen. Bei dem Zusammenstoß verlor er das Gleichgewicht, ruderte mit den Armen, taumelte in eine Nische voller Totenköpfe, krachte mitten hinein und riss mit Schulter und Ellbogen den sorgfältig aufgetürmten Stapel auseinander. In einer Wolke aus Dreck, Knochensplittern und jahrhundertealtem Staub prasselte ein Hagel aus Schädeln auf ihn nieder, und er ging zu Boden.

Bevor er noch wusste, wie ihm geschah, stürzte sich die Gruppe kreischend auf ihn. Eisige Hände griffen nach ihm, krallten sich um seine nackten Füße, grapschten ihn nach einem Geldbeutel oder anderem ab, was sie ihm entreißen könnten, und legten sich um seinen Hals, um ihn zu würgen.

Fluchend und Dreck und Staub ausspuckend, schlug der Mönch um sich. Er erlegte sich bei seinen Hieben und Stößen keinerlei Zurückhaltung auf, und lautes Jaulen verriet, dass seine Gegenwehr die gewünschte Wirkung hatte. Doch um ein Haar hätte ihm einer den Dolch aus der Scheide gerissen. Es gelang ihm gerade noch rechtzeitig, die Hand desjenigen zu packen und ihm die Waffe aus den Fingern zu winden.

»Versuch es noch einmal, Kerl, wenn du die Klinge zu spüren bekommen willst«, rief er, rammte dem Mann zur Warnung noch den Ellbogen in die Rippen und trat um sich. »Und wenn ihr anderen nicht sofort von mir lasst, schneide ich euch in Streifen!« Er fuchtelte wild mit dem Dolch und fragte sich, wo Scalvetti blieb. Der Commissario hätte längst bei ihm sein müssen, so weit zurück war er doch gar nicht gewesen. Aber er erschien nicht.

Die Elendsgestalten, deren Gestank ihm noch mehr auf den Magen schlug als der Knochenstaub in seinem Mund und der Haufen Totenschädel, in dem er lag, ließen von ihm ab. Eiligst rappelte er sich auf, schnappte sich eine der kleinen Öllampen und rannte in den Gang, durch den er Silvio Montini hatte verschwinden sehen.

Dabei machte er sich keine Hoffnung, ihn noch einholen zu können. Die Chance war verspielt, und es wurmte ihn, dass Scalvetti nicht auftauchte.

Er nahm den ersten Ausgang aus den Katakomben, auf den er traf. Reststücke von Brettern waren als Trittstufen in das Erdreich des nachträglich gegrabenen, schräg nach oben führenden Ganges geschlagen. Und für den letzten, fast senkrecht aufsteigenden Teil war eine Leiter aus Dachlatten und dicken

Ästen zusammengezimmert worden. Oben angekommen blies Pater Angelico, wütend auf sich selbst wie auf Scalvetti, die Flamme aus und warf die Öllampe hinunter in den Schacht. Dann blickte er sich suchend um.

»Pater?«, rief da der Commissario. »Padre, hier! Der flüchtige Vogel zappelt im Netz.«

Verblüfft wandte sich der Mönch in die Richtung, aus der die Stimme kam, und erblickte die hoch aufgeschossene Gestalt Scalvettis etwa vierzig Schritte entfernt vor der Silhouette einiger Hütten, die sich in den Schatten einer Färberhalle duckten.

»Hol mich Gott weiß wer!«, stieß er ungläubig hervor und stapfte, sich den Dreck von der Kleidung klopfend, zu dem Commissario hinüber.

Lässig stand Tiberio Scalvetti neben dem zweiten Ausgang auf der dem Borgo dei Tintori zugewandten Seite des linken Katakombentunnels, einen Fuß auf dem Rücken von Silvio Montini, der jammernd vor ihm am Boden lag.

»Beim heiligen Blut unseres Erlösers, wie habt Ihr den Burschen zu fassen gekriegt?«, fragte Pater Angelico. »Ihr seid doch hinter mir gewesen und wolltet den linken Gang übernehmen!«

»Ich habe es mir im letzten Moment anders überlegt. Ich habe mir gedacht, dass der Schurke sich kaum da unten verstecken wird«, antwortete Scalvetti mit einem Ausdruck leiser Belustigung. »Er konnte schließlich nicht wissen, dass wir nur zu zweit waren und nicht draußen noch einen Trupp Sbirri hatten, mit dem wir alle drei Zugänge hätten absperren können, um die Katakomben in Ruhe nach ihm abzusuchen. Er wollte da unten nicht in der Falle sitzen. Also dachte ich mir, dass er vermutlich den Ausgang nehmen würde, der den ersten verwinkelten Gassen am nächsten liegt.«

»Und das hättet Ihr mir nicht eher sagen können?«, grollte Pater Angelico. »Ich will ja nicht übertreiben, aber das da unten kommt dem ersten Kreis von Dantes Hölle schon sehr nahe! Es hat nicht viel gefehlt, und die Elendsgestalten hätten mir die Sachen vom Leib gerissen und mir Gott weiß was angetan!«

»Seht es mir nach, Pater, aber dafür war einfach nicht mehr genug Zeit. Zudem kam mir der Gedanke erst, als Ihr schon durch den Eingang wart«, sagte Scalvetti, zuckte bedauernd die Achseln und fügte mit gutmütigem Spott hinzu: »Wie ich sehe, habt Ihr die Gefahr bestens gemeistert. Also seid getröstet: *Ad augusta per angusta!*« Durch die Enge zum Erhabenen.

»Ja, *major e longinquo reverentia*«, konterte der Mönch mit säuerlicher Miene. Aus der Ferne besehen ist alles schön.

»Da kann ich Euch nicht widersprechen«, erwiderte Tiberio Scalvetti und versetzte dem am Boden Liegenden einen leichten Tritt in die Seite. »So, und jetzt hoch mit dir, Bursche! Wir haben noch eine längere Unterredung mit dir zu führen. Es geht um deine Verbrechen. Also beweg dich!«

»Ich habe nichts getan, Signore«, stieß Silvio Montini kläglich hervor, machte aber, dass er auf die Beine kam. »Was immer man mir nachsagt, ich habe es nicht getan! Ihr müsst mir glauben! Ich schwöre es bei allem, was mir heilig ist, Signore.«

»Was einem wie dir heilig ist, dürfte nicht der Rede wert sein«, erwiderte Scalvetti verächtlich. »Und mit blindem Glauben kann ich in meinem Amt nichts anfangen. Das fällt eher ins Fach des Paters. Ich verlasse mich auf gesicherte Erkenntnisse. Deshalb werden wir der Sache in aller Ruhe auf den Grund gehen – und zwar unten im Bargello!«

28

Eine eisige Kälte bohrte sich Pater Angelico bis ins Mark. Sie hatte wenig mit jener zu tun, die von den Granitquadern der Kellerwände im Bargello ausging, obwohl die allein schon dazu angetan war, einen das Frösteln zu lehren. Es war das Wissen um die elendigen dunklen Kerker, in denen hier tief unter dem Palast des Podestà die Gefangenen ihrem Schicksal entgegendämmerten, und die schreckliche Folterkammer, die am Ende des unteren Zellengangs wartete.

Viele von denen, die – unschuldig oder zu Recht – hier unten landeten, tauchten nie wieder auf, nicht einmal auf dem Richtplatz. Daran hatte man sich in Florenz gewöhnt, das bezeugte die ebenso geläufige wie fatalistische Redewendung: *»O per disagio o per tormenti!«*, wenn es um einen ging, der hier spurlos verschwunden war. Ob durch Entbehrung oder durch Folter, wer wusste schon, wie genau er zu Tode gekommen war? Am Ende wollte es auch keiner wissen.

Unwillkürlich zuckte Pater Angelico zusammen, als einer der wachhabenden Waffenknechte die schwere Gittertür hinter ihnen ins Schloss fallen ließ und den Schlüssel umdrehte. Das scharfe, nachhallende Knallen von Metall auf Metall hatte etwas erschreckend Endgültiges, als gebe es in diesem Reich, in das nie ein Schimmer Tageslicht drang, weder Hoffnung noch Erlösung.

Der Mönch zog seinen Wollumhang enger um die Schultern. Er war froh, wieder seine eigenen Gewänder zu tragen. Scalvetti hatte sie ihm von einem seiner Vertrauten aus dem geheimen Raum unter der *Colombina* ins Bargello bringen lassen. Was hätte er darum gegeben, wenn Silvio Montini ihnen doch noch entkommen wäre! Dann müsste er nicht Zeuge dessen sein, was den Unglücklichen in der Folterkammer erwartete.

»Ich denke, Sodino ist nun mit den Vorbereitungen fertig, so dass wir mit der peinlichen Befragung unseres Verdächtigen beginnen können«, sagte Tiberio Scalvetti gleichmütig, so als stünde ihnen eine gemütliche Plauderei mit dem Mann bevor.

Sodino war der Folterknecht, ein breitschultriger Mann mit einem grobschlächtigen Gesicht, das seinem fürchterlichen Handwerk entsprach, und fast schulterlangem, fettigem Haar.

»Ist das denn wirklich nötig?«, fragte Pater Angelico beinahe beschwörend, und das nicht zum ersten Mal. »Der Mann ist ein einfacher Färber, Commissario!«

»Sagt er!«

»Auf jeden Fall ist er ein armseliger Tagelöhner, bei dem es sich unmöglich um den Mörder handeln kann!«

»Das mag schon sein. Aber ebenso gut kann er ein Handlanger sein. Wer weiß, was wirklich in ihm steckt und ob er nicht doch etwas Nützliches preiszugeben hat«, erwiderte Scalvetti ungerührt. »Wir werden es gleich erfahren.«

»Aber Ihr wisst doch selbst nur zu gut, dass letztlich fast jeder unter der Folter zugibt, was man ihm vorwirft«, appellierte Pater Angelico an den gesunden Verstand von Tiberio Scalvetti, der als Mann der Otto di Guardia über langjährige Erfahrung mit der Marter verfügte.

»Seid versichert, dass ich mich auf mein Geschäft so gut verstehe wie Ihr Euch aufs Beten und auf das Führen eines Pinsels. Ich weiß sehr wohl, wie sich ein falsches Geständnis vermeiden lässt«, beschied ihn Scalvetti und öffnete die Tür zur Folterkammer. Dann wandte er sich noch einmal zu Pater Angelico um. »Aber wenn Ihr es vorzieht, nicht zugegen zu sein und oben zu warten, könnt Ihr das gerne tun. Ich würde es Euch auch nicht als Schwäche auslegen, Pater.«

Wortlos schüttelte der Mönch den Kopf. Er hätte nichts lieber getan, als den Kerkertrakt und die Folterkammer so schnell wie möglich hinter sich zu lassen, doch diesem Verlangen durfte er nicht nachgeben. Noch hegte er die schwache Hoffnung, für den Färber etwas tun und zumindest mildernd auf den Commissario einwirken zu können. Deshalb musste er bleiben, wie sehr er diesen Ort und das, was hier geschah, auch verabscheute.

Tiberio Scalvetti nickte mit einem hintergründigen Lächeln, als wüsste er genau, was den Mönch bewegte. »Gut denn, bringen wir die Sache zum Abschluss«, sagte er und trat in den großen Raum, der von zwei Pechfackeln beleuchtet wurde.

Pater Angelico bemühte sich, die von den Wänden hängenden Folterinstrumente und die grässlichen Gerätschaften, die mitten im Raum standen, so weit wie möglich zu ignorieren. Aber dass sein Blick die Streckbank mit der Winde und den Stricken streifte, auf der er wenige Monate zuvor selbst gelegen hatte und mit entsetzlichem Schrecken wieder zu sich gekommen war, ließ sich nicht vermeiden. Sogleich überschwemmte ihn seine Erinnerung mit Bildern von all den anderen Marterinstrumenten, die nicht bewusst wahrzunehmen er so wild entschlossen gewesen war.

Übelkeit stieg in ihm auf, als der bekannte Geruch ihm entgegenschlug. Ihm war, als könne er das Blut riechen, das hier vergossen worden war, die Glut der Kohlenbecken, in denen die Zangen erhitzt wurden, das verbrannte Fleisch, das unsägliche Leid, das in diesem Raum erduldet worden war. Aus jeder Pore des rußgeschwärzten Mauerwerks schien dieser Geruch zu dringen.

»Wir sind so weit, Herr«, sagte der Folterknecht Sodino, der sich wie damals seine brusthohe Lederschürze umgebunden hatte. Sie trug reichlich Spuren seiner Arbeit: Schmutz, Brandflecken und getrocknetes Blut.

»Dann wollen wir unseren Gast nicht länger warten lassen«, erklärte Tiberio Scalvetti und trat vor Silvio Montini hin.

Dieser saß wimmernd auf einem schweren, kantigen Stuhl, der zwischen den beiden brennenden Fackeln an der kalten Wand stand. Armlehnen, Rückenteil, Sitzfläche, Füße – der Stuhl bestand ganz und gar aus dickem Eichenholz und war durch massive Winkeleisen an den vierkantigen Füßen mit dem Boden verschraubt. Sodino hatte dem Färber breite Lederriemen um die aufliegenden Unterarme sowie um Brust, Oberschenkel und Fußgelenke gezurrt, so dass er sich, den Kopf ausgenommen, nicht bewegen konnte.

Und er trug Daumenschrauben.

Pater Angelico krampfte sich der Magen zusammen.

»Sag uns deinen Namen und deinen Beruf, damit wir wissen, dass wir es mit dem Richtigen zu tun haben«, begann Scalvetti das Verhör mit sanfter Stimme.

»Si...Silvio, Herr«, stammelte die abgerissene Gestalt auf dem Eichenstuhl und zitterte am ganzen Leib, soweit die Ledergurte das zuließen. »Silvio Mon... Montini, Herr ... Färbergehilfe. Aber ich habe nichts ver... verbrochen, dass Ihr mich ... mich auf die Folter spannen müsst. Bei Gott, ich schwöre es!«

»Das hast du mir schon einmal gesagt, und vielleicht erinnerst du dich, dass ich nicht geneigt war, deine Beteuerung für bare Münze zu nehmen«, erwiderte der Commissario in trügerisch freundschaftlichem Ton. »Aber um dem auf den Grund zu gehen, sind wir schließlich hier, nicht wahr?«

»Soll ich, Herr?«, fragte Sodino im Rücken von Scalvetti.

Der nickte. »Zieh sie an, aber mach langsam, Sodino. Wir sind nicht in Eile, und wir wollen dem Färber doch Gelegenheit geben, Gott und meinem Amt die gebotene Ehrfurcht zu erweisen, indem er uns sein verschlossenes Herz öffnet und der Wahrheit zum Durchbruch verhilft.«

»Allmächtiger, nein! Bitte, lasst ab!«, schrie Silvio Montini in Todesangst, als der Folterknecht zu ihm an den Stuhl trat und den Druck der Schrauben durch eine Drehung verstärkte. Augenblicklich verwandelte sich sein Schrei der Angst in einen des Schmerzes.

Pater Angelico musste an sich halten, Sodino nicht in den Arm zu fallen. Wenigstens zog dieser die Schrauben nicht so brutal an, dass dem Färbergehilfen die Daumen aufplatzten und Blut herausspritzte.

»Nun, wie steht es jetzt mit deiner Erinnerung? Fallen dir Untaten ein, die du begangen hast?«, erkundigte sich Tiberio Scalvetti gleichbleibend freundlich. »Gibt es etwas, das du dir von der Seele reden willst?«

»Ja, Herr, ja!«, stieß der Färber keuchend und mit schmerzverzerrtem Gesicht hervor. Dabei nickte er so heftig, als wollte er seinen Kopf vom Rumpf schütteln. »Ich habe gestohlen, Herr! Ein *braccio*[2] Tuch, Herr! Dem Färbermeister Sassetti! Letztes Jahr! Und … und … und eine Börse an Lichtmess! Die habe ich einem betrunkenen Kaufmann vom Gürtel geschnitten. Waren nur zwei Soldi und vier Piccioli drin. Mehr war es nicht, bei Gott und allen Heiligen!«

Tiberio Scalvetti nickte wohlwollend. »Du machst dich prächtig. Wärmt es dir nicht auch das Herz, dass du dir die Last

2 Längenmaß, circa 60 cm

dieser Schurkereien endlich von der Seele gesprochen hast?«, höhnte er. »Aber da die Tore deines dunklen Herzens sich nun endlich dem Licht der Wahrheit geöffnet haben, wollen wir uns nicht länger mit deinen kleinen Gaunereien beschäftigen, sondern zu deinen verruchten Bluttaten kommen. Sie müssen dir doch auf der Seele liegen wie Mühlsteine.«

Der Färber riss die Augen auf. »Bluttaten? Wovon redet Ihr, Herr? Nie im Leben nicht habe ich Blut vergossen! Ich kann noch nicht einmal den Anblick von Blut vertragen, bei meiner Seele nicht!«

»Wirklich?« Der Commissario musterte ihn scheinbar verblüfft. »Wie hast du es dann fertiggebracht, den Pater und die Frau des Wachsbildners abzustechen? Mit einer Binde vor den Augen?«

Der Mönch konnte mit ansehen, wie dem Mann dämmerte, welchem Umstand er seine Verhaftung und die Folter verdankte. »Nein, nein, hochwürdiger Herr! Das war ich nicht!«

»Aber es gibt Leute, die haben gehört, wie du dich damit gebrüstet hast«, hielt Scalvetti ihm vor.

»Bei den Leiden des Erlösers, das habe ich doch nur zum Scherz gesagt! Habe auch gelacht!«, stieß der Färber mit schriller, sich überschlagender Stimme hervor. »Ich habe die Morde nicht begangen, Herr. Das war der Gezeichnete! Der Gezeichnete war es, so wahr mir Gott helfe!«

Sodino gab ein leises, abfälliges Lachen von sich.

»So, du hast also den Teufel gesehen, und der Leibhaftige hat den Pater und die Wachsbildnerin abgestochen, ja?«, fragte Tiberio Scalvetti ruhig nach, um dann mit einem Seufzen den Kopf zu schütteln. »Du enttäuschst mich, Silvio Montini, du enttäuschst mich über alle Maßen, wo wir doch eben schon auf einem so guten Weg zu den Tiefen der Wahrheit waren. Willst du wirklich auf halbem Weg kehrtmachen und dich wieder verstockt zeigen? Nun, es liegt ganz bei dir, ob wir zusammen den leichten oder den weniger angenehmen Weg zurück auf den Pfad tugendhafter Offenheit nehmen!«

Sodino warf dem Commissario einen fragenden Blick zu, doch der bedeutete ihm mit einer knappen Handbewegung, er solle abwarten.

Grenzenlose Verzweiflung stand in Silvio Montinis Gesicht, als er begriff, dass der Folterknecht ihn so lange martern würde, bis er sagte, was der Commissario hören wollte. Er sah, dass man seinen Beteuerungen keinen Glauben schenken würde und dass sein Schicksal damit besiegelt war. Mit dieser Erkenntnis fiel jegliches Aufbegehren und Beteuern von Unschuld wie ein Strohfeuer in sich zusammen, und er gestand unter hemmungslosem Schluchzen, die Morde begangen zu haben.

»Ihr könnt doch nicht im Ernst glauben, dass ...«, setzte Pater Angelico – empört und von Scalvettis offensichtlicher Verblendung zutiefst erschüttert und abgestoßen – zum Protest an.

»Bis repetitia non placent«, fiel der Commissario ihm freundlich, aber zurechtweisend ins Wort. Wiederholungen gefallen nicht! Dann wandte er sich wieder dem schluchzenden Färber zu. »Gut, das hätten wir also geklärt. Jetzt gilt es nur noch, einige nebensächliche Einzelheiten zu bestätigen. Erzähl uns, wie du die beiden ermordet hast!«

»Abgestochen habe ich sie und ... und dann verstümmelt«, sagte der Färber eilfertig. »Und Tarotkarten habe ich auf den Leichen zurückgelassen ... und dann ... dann habe ich ihnen alles abgenommen, was sie an Geld bei sich hatten.«

Tiberio Scalvetti nickte scheinbar zufrieden. »Du hast ihnen also dein Messer ins Herz gerammt!«

»Ja, das habe ich, Herr! Mitten ins Herz, damit sie gleich tot sind!« Er ließ den Kopf auf die Brust sinken und fing erneut an zu schluchzen.

Einen Augenblick stand der Commissario mit ausdruckslo-ser Miene vor dem Färbergehilfen, der sein Leben verwirkt wähnte und sich schon auf dem Richtplatz sah. Dann wandte er sich ab und trug dem Folterknecht auf: »Verpass ihm eine ordentliche Tracht Prügel, und dann lass ihn laufen. Der Kerl hat die Morde so wenig begangen wie der Teufel!«

Sodino machte ein überraschtes Gesicht, und genauso schaute auch Pater Angelico drein.

Ein von Tränen erstickter Schrei der Erlösung entrang sich der Kehle des Färbers. »Seid gesegnet, Herr! Seid gesegnet!«

Tiberio Scalvetti bedachte den Mönch mit einem dünnen Lächeln. »Ich bin nicht das gefühllose Ungeheuer, für das Ihr mich vermutlich gehalten habt«, sagte er mit gekränktem Unterton. »Habt Ihr tatsächlich geglaubt, ich würde den armen Hund foltern lassen, bis er auch noch gesteht, einen Anschlag auf das Haus Medici zu planen?«

Verwirrt folgte Pater Angelico ihm aus der Folterkammer. »Aber warum, in Gottes Namen, habt Ihr ihn überhaupt auf den Stuhl binden und ihm Daumenschrauben anlegen lassen?«

»Weil ich mir sicher war, dass jemand, dessen bevorzugte Schenke die *Tre Pupazzi* ist, in jedem Fall genügend Dreck am Stecken hat«, erklärte Scalvetti. »Dass er da auf dem Stuhl gesessen hat, mit Daumenschrauben an den Händen, wird ihm hoffentlich eine Lehre sein. Nun können wir hoffen, dass er sich fortan mit ehrlicher Arbeit durchs Leben schlägt.«

»Er hat mehrere Diebstähle gestanden. Dafür hättet Ihr ihm nach Gesetz und Sitte die Ohren oder die rechte Hand abschneiden lassen müssen, aber Ihr habt es nicht getan«, stellte

Pater Angelico fest, während sie die Treppe nach oben stiegen. »Und das wohl kaum, weil Ihr es vergessen hättet.«

»Ich halte nichts davon, den Leuten zur Strafe für ihre Missetaten Ohren, Nasen oder gar Hände abzuschlagen«, gab Scalvetti unumwunden zu. »Damit brandmarken wir sie als Verbrecher und zwingen sie geradezu, weiterhin gegen die Gesetze zu verstoßen. Denn wer gibt einem, den man so als Dieb gezeichnet hat, noch ehrliche Arbeit? Besser wäre es, man würde Gauner wie den Färber für ein, zwei Jahre zu schwerer Arbeit in einem Steinbruch oder sonst wo verurteilen. Aber dazu bräuchte es Unterkünfte und Wachen und was weiß ich noch alles. Also brandmarkt man sie und verbaut ihnen damit für den Rest ihres Lebens jede Möglichkeit, auf dem Weg der Gesetze zu bleiben.« Er zuckte die Achseln. »Die Dummheit der Menschen ist grenzenlos, und sie macht auch vor den höchsten Regierungsämtern nicht halt.«

Als sie im Innenhof des Bargello standen und Pater Angelico seinen Umhang vor der Brust zusammenraffte, um sich gegen den frischen Wind zu schützen, fiel ihm ein, dass er dem Commissario bislang etwas unterschlagen hatte, das von Wichtigkeit sein konnte. »Fast hätte ich es wieder vergessen«, sagte er und griff in die Tasche seiner Kutte.

»Was, Pater?«

»Das hier!« Damit hielt er ihm den dunkelgrün bezogenen Knopf hin. »Ich habe den Leichnam von Pater Nicodemo gewaschen. Er hielt ihn in seiner starren Faust. Das dürfte ein Knopf vom Wams oder vom Umhang des Mörders sein.«

»Bei Gott, Ihr seid mir ein umsichtiger Mann. Euch entgeht wirklich nichts!«, sagte Scalvetti, hielt den Knopf ins Mondlicht und besah ihn sich. »Mhm, ein hübsches Stück. Aber ich fürchte, der eingestickte Marzocco verrät uns nicht, wem Euer

Klosterbruder ihn entrissen hat. Das Motiv des Löwen ist hier in Florenz so beliebt wie die Lilie.«

»Gewiss«, räumte Pater Angelico ein. »Aber der Knopf ist ein Beweis mehr dafür, dass es sich beim Tarotkartenmörder um einen Mann aus gutem, wenn nicht vornehmem Haus handeln muss. So etwas näht sich kein Tagelöhner oder einfacher Handwerker an Wams oder Umhang, denn einen Satz solcher Knöpfe können diese Leute sich schlichtweg nicht leisten.«

»Womit Ihr zweifellos recht habt«, sagte der Commissario und gab ihm den Knopf zurück. »Bewahrt ihn gut auf, wer weiß, wozu. Aber da wir gerade von vornehmen Männern sprechen …« Er zögerte kurz und nagte an der Unterlippe.

»Ja, Commissario?«

»Ich hätte da einen Auftrag für Euch.«

Verwundert sah der Mönch ihn an. »Einen Auftrag?«

»Nun, es geht eher um einen Gefallen, den Ihr mir erweisen könnt. Ich werde in den nächsten Tagen des Öfteren in wichtigen Geschäften außerhalb der Stadt unterwegs sein«, erklärte er. »Außerdem ist es weniger verfänglich, besser gesagt: längst nicht so verdächtig und heikel, wenn Ihr bei den Herren auf den Busch klopft und schaut, wie sie reagieren.«

Ahnungsvoll furchte Pater Angelico die Stirn. »Ihr wollt mir doch wohl nicht antragen, den Sensale, Forlani und Signore Brancoletti zu den Morden zu befragen?«, erkundigte er sich ungläubig.

»Genau das schwebt mir vor, Pater. Und warum auch nicht?« Der Commissario schenkte ihm ein entwaffnendes Lächeln. »Ihr seid dafür genau der richtige Mann.«

»Ihr beliebt zu scherzen!«

»Ganz und gar nicht! Was denkt Ihr wohl, was geschieht, wenn ein Mitglied der Otto di Guardia bei diesen Herren anklopft und sie mit Fragen behelligt, die mit den Morden in Verbindung stehen?« Er gab die Antwort darauf gleich selbst. »Sie werden auf solch ein Ansinnen nicht nur mit heller Empörung reagieren, sondern zutiefst in ihrer Ehre verletzt sein und auf der Stelle ihren Einfluss geltend machen, damit ich für meinen unverzeihlichen Übergriff zur Rechenschaft gezogen werde. Gut möglich, dass ich sogar meines Amtes enthoben werde. Da wird mir weder mein Ruf noch mein eigener, gar nicht so unbeträchtlicher Einfluss helfen. Ihr dagegen …«

»Mir dagegen werden die Herren diese Fragen bereitwillig beantworten, ohne sich in ihrer Ehre verletzt zu fühlen«, fiel Pater Angelico ihm ins Wort und lachte bitter. »Nein, Commissario! Ich denke nicht daran, ins offene Messer zu laufen und meinen Kopf zu riskieren. So eilig habe ich es nicht, festzustellen, ob ich mich nach meinem irdischen Leben vor den Pforten der Hölle oder dem Perlentor zum Himmelreich wiederfinde!«

Tiberio Scalvetti lachte. »Ach was, *Ihr* riskiert dabei doch nichts. Nicht ein Haar wird Euch gekrümmt, da bin ich mir sicher. Wäre es anders, hätte ich Euch nicht darum gebeten.«

»Und was, mit Verlaub gefragt, macht Euch da so sicher?«

»Dass Ihr als Mann Gottes einen Vertrauensvorschuss genießt. Man wird Euch, weil man Euch nicht kennt, für harmlos halten, schlimmstenfalls für lästig. Außerdem könnt Ihr die Sache ganz anders aufzäumen, so, dass die Herren gar nicht auf die Idee kommen, Ihr könntet mit ihnen sprechen wollen, weil Ihr in Bezug auf die Morde einer Spur nachgeht, die Euch zu ihnen geführt hat«, erklärte Scalvetti im Brustton der Überzeugung. »Wer hat je von einem Mönch gehört, der sich der Aufklärung von Verbrechen verschrieben hat?«

»Von Verschriebenhaben kann auch keine Rede sein«,

brummte Pater Angelico, aber er klang schon nicht mehr ganz so ablehnend wie eben noch.

Der Commissario sah, dass er gewonnen hatte. »Wie gesagt, nur mal auf den Busch klopfen und sehen, wie sie reagieren, Pater. Euch fällt bestimmt ein harmloser Vorwand ein, dessen bin ich gewiss. Ihr verfügt doch über einen außergewöhnlichen Einfallsreichtum, der wird Euch gute Dienste leisten. Also seid so gut und nehmt Euch der Sache an. Ihr wisst ja, es geschieht alles …«

»… *per bene di commune*«, beendete der Mönch den Satz für ihn und verzog das Gesicht. Für das Wohl der Kommune! Diese Rechtfertigung musste immer herhalten, wenn die Mächtigen der Republik etwas beschlossen, das dem Volk schwere Lasten auferlegte, ihnen selbst aber zum persönlichen Vorteil gereichte. »Dieser Spruch hat mich noch nie überzeugen können, und er tut es auch jetzt nicht.«

»Gut, dann handelt aus eigenem Interesse. Ihr wollt doch auch, dass der Mörder Eures Klosterbruders gefasst und seiner gerechten Strafe zugeführt wird. Und hat Euer Prior Euch nicht ans Herz gelegt, seinen Namen und den Eures Klosters von der bösartigen Verleumdung der Sodomie reinzuwaschen?«, erinnerte ihn Scalvetti.

Pater Angelico gab einen resignierten Seufzer von sich. »Also gut, ich werde sehen, was ich tun kann«, sagte er und wusste im selben Moment, dass er es bereuen würde, eingewilligt zu haben.

29

Unter einem klaren, sonnigen Morgenhimmel zog Bruder Bartolo den Karren mit den Malutensilien hinter seinem schweigsamen Meister her. Zwischen den gut verschlossenen Holzdosen, in denen sich die teuren Farbpigmente befanden, und all den anderen Dingen, die sie für das Auftragen eines Freskos benötigten, lagen auch die beiden Gipsabdrücke.

Pater Angelico hatte beim Beladen des Karrens nur einen flüchtigen Blick auf seine nächtliche Arbeit geworfen. Dazu gesagt hatte er nichts. Aber das knappe Nicken war ihm Lob genug gewesen. Hätte der Meister etwas auszusetzen gehabt, hätte er es ihn bestimmt wissen lassen. Nachlässigkeiten ließ er ihm nicht durchgehen, und darüber wollte er sich auch nicht beklagen.

Worüber der atemlose Novize jetzt gern Klage geführt hätte, war das scharfe Tempo, das Pater Angelico wieder einmal vorlegte. Offenbar war ihm völlig entfallen – oder nicht der Beachtung wert –, dass er, Bruder Bartolo, den schweren Karren durch die belebten Gassen zu ziehen hatte. Unter dem Skapulier die Hände gefaltet, stürmte sein Meister mit wehendem Umhang und grüblerischer Miene der Via Chiara entgegen, als gelte es, in San Giovanni einen Sturmangriff auf einen ahnungslosen Gegner zu unternehmen. Dabei geziemte es sich für einen Mönch doch nicht, eine solche Eile an den Tag zu legen. Dass sein Meister sich allerdings nicht darum scherte, was einem Mann im Rock Gottes gut zu Gesicht stand und was seinem geistlichen Stand nicht angemessen war, stellte für Bruder Bartolo längst keine Neuigkeit mehr dar.

Er fand Trost in dem Wissen, dass es mit dem Ausmalen der

Hauskapelle nun endlich weiterging und dass er seinem Meister dabei zur Hand gehen durfte. Das war ihm zuvor in der Werkstatt schmallippig in Aussicht gestellt worden. Er war so begierig darauf, die Kunst der Freskenmalerei zu erlernen, wie er sich wünschte zu erfahren, was Pater Angelico vergangene Nacht so lange vom Kloster ferngehalten hatte – und worüber er jetzt mit finsterer Miene brütete.

Silas Makaris rief bei ihrem Eintreffen im Hof der Petrucci eiligst zwei Hausdiener herbei, die ihnen beim Entladen und Hinauftragen zur Hand gehen sollten. Er hatte seine Lektion gelernt und würde es nicht noch einmal wagen, den Malermönch wie einen Bediensteten anzufahren, er solle seine Sachen gefälligst selbst in die Hauskapelle schleppen.

Pater Angelico würdigte Makaris keines Blickes. Er stürmte an ihm vorbei ins Haus, durchquerte den Innenhof und erklomm die Treppe ins Obergeschoss. Doch schon auf halber Höhe blieb er unvermittelt stehen.

Von oben kam ihm Lucrezia entgegen, in einem herrlichen Gewand aus blass rosafarbenem Damast und mit einem warmen, weinroten Samttuch um die Schultern. Ihr Anblick ließ ihn alles vergessen, was ihn eben noch beschäftigt und zu finsterem Vor-sich-hin-Starren veranlasst hatte.

Leichtfüßig wie eine Gazelle und ein verhaltenes Lächeln auf den Lippen, kam sie die Stufen herunter und blieb stehen, als sie mit ihm auf einer Höhe war.

»Pater Angelico! Es scheint, als dürfe mein Vater sich tatsächlich Hoffnung machen, dass die Hauskapelle noch zu seinen Lebzeiten fertiggestellt wird«, begrüßte sie ihn mit mildem Spott. »Wie schön, dass wenigstens ihm noch nicht alle Hoffnungen genommen sind!«

Ein schwacher Duft von Sandelholz ging von ihr aus, und

Pater Angelico meinte, noch nie etwas Herrlicheres gerochen zu haben. Zusammen mit ihrem bezaubernden Anblick verwirrte der Duft seine Sinne. »Ihr seht betörend aus, Donzella«, entfuhr es ihm, bevor ihm bewusst wurde, was er da sagte.

»Aber wohl leider nicht so betörend, dass auch ich neue Hoffnung schöpfen dürfte, nicht wahr?«, erwiderte sie leise und bedachte ihn mit einem Blick, der ihre Gefühle einmal mehr offenbarte und ihm tief ins Herz schnitt.

Hitze stieg ihm ins Gesicht. Ihm war, als brenne er unter dem stummen Flehen ihrer Augen. Plötzlich war das Verlangen, sie zu berühren, über die glatte Haut ihrer Wangen zu streichen und mit den Fingerspitzen den geschwungenen Linien ihrer vollen, rosigen Lippen zu folgen, nahezu übermächtig. Sein Herz raste und pochte bis hinauf in den Hals. Nicht ein Wort brachte er hervor – was auch nicht nötig war.

Ihm war, als sei die Zeit zum Stillstand gekommen und jedes Geräusch der Welt schlagartig verstummt. Und in diesem magischen Zustand gefühlter Ewigkeit wollten ihre Blicke einfach nicht voneinander lassen.

Schritte und Stimmen unten in der Halle, die rasch näher kamen, brachen den Bann. Es waren die Hausdiener, die die Malutensilien brachten.

Pater Angelico wünschte sie zum Teufel. Warum mussten sie ausgerechnet jetzt unter Beweis stellen, dass sie anzupacken wussten und ihren Lohn wert waren?

Ein kurzer, kaum merklicher Ruck ging durch Lucrezia. Ihr brennender Blick zog sich hinter einen Schleier höflicher Reserviertheit zurück. Sie räusperte sich, als müsse sie sich erst ihrer Stimme vergewissern, bevor sie ihn wieder ansprach. »Nun, dann will ich Euch nicht länger aufhalten. Ihr habt gewiss Wichtigeres zu tun, als mit einer angehenden Nonne zu plaudern«, sagte sie und legte flüchtig und scheinbar gedankenlos eine Hand auf seinen Arm, der, vom Kuttenärmel halb entblößt, unter dem Skapulier hervorschaute.

Die Berührung traf ihn wie ein Blitz, der durch seinen gesamten Körper fuhr, und wühlte ihn beinahe noch mehr auf als kurz zuvor ihr Blick.

Lucrezia war schon längst an ihm vorbei, als er noch immer wie gelähmt auf der Treppe stand und um Fassung rang. Erst die Hausdiener, die hinter ihm heraufgestiefelt kamen, sorgten dafür, dass er sich aus der Starre befreite. In kopfloser Hast brachte er die letzten Stufen ins Obergeschoss hinter sich, stürzte in die Hauskapelle und riss eines der Fenster auf, auf dass die kalte Morgenluft sein brennendes Gesicht kühle. Das Brennen in seinem Innern aber konnte sie nicht lindern.

Bruder Bartolo staunte nicht schlecht, als er sah, mit welch geradezu wütender Tatkraft sein Meister sich an diesem Morgen an die Arbeit machte. Er konnte den Intonaco für die *giornata,* den Feinputz für den Tagesabschnitt an Freskomalerei, gar nicht schnell genug auftragen. Die Vorzeichnung der Paradiesszene – zuvor auf einem Cartone angefertigt, mit einem Griffel unter Druck durch die Vorlage auf den Rauputz übertragen und dann zart mit einem Rötelstift nachgezogen – befand sich schon an der Wand. Nun hieß es schnell arbeiten, solange der Feinputz noch feucht genug war. Nur so konnte die Farbe tief genug einziehen und haltbar werden.

Pater Angelico begann, Eva in paradiesischer Nacktheit zu malen, und arbeitete mit einem geradezu ungestümen Eifer, ja fast schon besessen, ohne dass dabei jedoch die Genauigkeit von Form und Farben oder die plastische Darstellung der Figur gelitten hätte. Bruder Bartolo, der ihm mit Handreichungen zur Seite stand, kam aus dem Staunen nicht heraus. Es beeindruckte ihn tief, wie es seinem Meister gelang, die Gestalt der Eva auf der Wand mit einem rasenden Wirbel von Pinselstrichen lebendig werden zu lassen. Ihm schien es, als habe Pater Angelico jeden feinsten Strich, jede Schattierung und jedes Haar am Körper der Frau schon seit langem im Kopf und müsse nur noch seiner Hand freien Lauf lassen, um das Bild aus seinem Kopf auf den Feinputz zu bringen.

Etwa eine Stunde vor dem Angelusläuten war der letzte Strich gesetzt, und Pater Angelicos Eva schaute ihnen, einen prächtigen Apfel in der leicht erhobenen Rechten, von der Wand entgegen. Sie schien dort regelrecht zum Leben erwacht, so als könne sie sich jeden Augenblick aus dem Putz lösen und zu ihnen treten.

»Heilige Muttergottes, Eure Eva ist Donzella Lucrezia wie aus dem Gesicht geschnitten!«, rief Bruder Bartolo bewundernd.

»Wie der Vater es wollte«, murmelte Pater Angelico und schmiss den Pinsel hinter sich auf einen der Tische.

»Bei Gott, wenn man sich Eure Eva so ansieht, dann könnte man wahrlich versucht sein …« Der Novize konnte sich gerade noch verkneifen auszusprechen, was ihm auf der Zunge lag.

Pater Angelico warf ihm einen scharfen Blick zu.

Der Novize lief bis unter die Haarspitzen dunkelrot an, senkte beschämt den Kopf und hätte viel darum gegeben, sich augenblicklich in ein Erdloch verkriechen zu können.

»Bereite die Farbe für den Baum vor«, trug Pater Angelico, den es dringend zum Abort zog, ihm knurrig auf. »Ich bin gleich zurück. Aber drück nicht gleich so viel aus den Schweinsblasen, sonst trocknet die Farbe, bevor ich sie verbrauchen kann!«

»Ja, Meister!«

Als Pater Angelico in den Palazzo zurückkehrte, entdeckte er im Innenhof Lucrezia – und die beiden Franzosen. Er konnte nicht hören, was sie redeten, aber es war nicht zu übersehen, dass sie ihr den Hof machten und einander in Schmeicheleien und geistreichen Bemerkungen zu überbieten suchten. Jener Henri de la Croix tat sich dabei offenbar besonders erfolgreich hervor, das verrieten Lucrezias amüsierte Blicke, ihr wohldosiertes glockenhelles Lachen und ihre koketten Bewegungen. Und das Lächeln, das sie dem gutaussehenden Franzosen schenkte, wurde sogar noch eine Spur lieblicher und ihr Lachen lauter, als sie sah, wie er mit verkniffener Miene zu ihr hinüberspähte.

Abrupt wandte er sich ab, stürmte die Treppe hinauf und kehrte zu seiner Arbeit zurück. Doch kaum hatte er den unteren Teil des Baumes der Erkenntnis auf die Wand gemalt, drehte er sich zu seinem Novizen um, drückte ihm den Pinsel in die Hand und sagte: »Mal du weiter!«

»Die ersten Äste, Meister?«, fragte Bruder Bartolo freudig erregt, da er nun auch ein wenig Hand anlegen durfte.

»Nein, mal alles! Den ganzen Rest von dem vermaledeiten Baum!«

Ungläubig starrte der Novize ihn an. »Ihr wollt, dass ich allein …«, stotterte er.

»Hast du es auf den Ohren?«, blaffte sein Meister ihn an. »Ja, du sollst den ganzen Baum malen. Ich muss weg, habe Wichtigeres zu erledigen, als den Dicken mit Fresken zu beglücken!«

»Aber Ihr könnt mich doch unmöglich mit dieser Aufgabe allein lassen, Meister!« Bruder Bartolo erschrak, als ihm bewusst wurde, welche große Verantwortung Pater Angelico ihm da übertrug. »Ich habe noch nie …«

Wieder schnitt ihm sein Meister das Wort ab. »Du kannst es. Wir haben in der Werkstatt oft genug geübt, und ich weiß, dass du deine Sache hervorragend machen wirst. Außerdem kann der Dicke sowieso einen Paradiesbaum nicht von einem verwilderten Zitronenstrauch unterscheiden«, sagte er und fügte, während er nach seinem Umhang griff und zur Tür eilte, noch hinzu: »Ein Affe bleibt ein Affe, selbst wenn er sich in Seide kleidet!«

»Aber was habt Ihr denn so Dringendes vor, dass Ihr ausgerechnet jetzt wegmüsst und mir diese schwere Bürde auferlegt?«, rief Bruder Bartolo völlig verstört.

Pater Angelico war schon halb durch die Tür, als er sich noch einmal kurz umwandte und sagte: »Auf Büsche klopfen!«

30

Der Sensale Niccolo Landozzi bewohnte ein stattliches Eckhaus auf der Via Pietra Piana, von dessen Fenstern aus man einen unverbauten Blick auf die schräg gegenüberliegende Kirche San Ambrogio hatte. Es verriet, dass er sein Geschäft verstand und lukrative Abschlüsse auszuhandeln wusste. Zum Portal gelangte man durch einen kleinen Innenhof, in den man wiederum durch die angrenzende Via de Pentolini kam.

Kaum war Pater Angelico durch das Hoftor getreten, vernahm er auch schon erregte Stimmen, die durch ein offen stehendes Fenster zu ihm nach draußen drangen. Der Sensale hatte Besuch, worauf auch die beiden Pferde schließen ließen, die vor dem Eingang angebunden waren, ein herrlicher Rotfuchs und ein Apfelschimmel von nicht weniger gutem Blut. Dem Tonfall und dem Klang der Stimmen nach zu urteilen, waren die Besucher auf den Sensale ebenso schlecht zu sprechen wie aufeinander. Nur wenige Wortwechsel, und Pater Angelico wusste, dass Niccolo Landozzi seine beiden reichen Kunden Matteo Brancoletti und Jacopo Forlani bei sich hatte und dass in der Runde alles andere als Eintracht herrschte.

Wie schön, da treffe ich ja die ganze Bagage auf einen Schlag, dachte er.

»Kommt mir nicht wieder damit, Landozzi!«, bellte eine kratzige Stimme. »Ich bin Eurer Hinhaltungen und aalglatten Ausreden müde. Ihr habt mir Euer Wort gegeben, dass Ihr Euch der Sache annehmen und tun werdet, was in Eurer Macht steht!«

»Nichts anderes ist mein Bestreben, der Herr ist mein Zeuge«, beteuerte eine dünne Stimme, die nur dem schmächtigen

Sensale gehören konnte. Sie nahm sich gegen das Bellen des Steinbruchbesitzers wie ein klägliches Miauen aus. »Nur haben einige bedauerliche Umstände, auf die ich nun wahrlich keinen Einfluss hatte, wie Ihr doch sehr wohl wisst, mein hochgeschätzter Signore Forlani …«

»*Signore?* Wo seht Ihr außer mir hier einen Signore, der dieser Anrede würdig ist?«, mischte sich da eine dritte Stimme ein, dunkel, kräftig und bedrohlich wie das Grollen eines Vulkans kurz vor dem Ausbruch. »Was ich sehe, ist ein Rosstäuscher und Kriegsgewinnler, der sich schon jetzt großkotzig anmaßt, die Robe eines Prioren zu tragen, und meint, mit edlem Tuch könne er darüber hinwegtäuschen, dass an seinem Geld Blut klebt! Also schmiert diesem dahergelaufenen Aufschneider keinen Honig ums Maul, Landozzi!«

»Haltet Eure Zunge im Zaum, Brancoletti! Andernfalls werde ich Euch mit der Klinge eine Antwort erteilen, von der Ihr Euch so schnell nicht erholt«, konterte Jacopo Forlani die giftige Herabsetzung durch den Bankherrn. »Ich weiß genau, wie *Ihr* zu Eurem Reichtum gekommen seid und aus der schäbigen Wechselstube Eures Vaters ein Bankhaus gemacht habt! Also spielt hier nicht den vornehmen Mann, der mit einem goldenen Löffel im Maul und einem silbernen Klistier im Arsch zur Welt gekommen ist!«

»Nichts wäre mir lieber, als mit Euch die Klingen zu kreuzen, Forlani! Nur müsstet Ihr dazu ein Mann von Ehre sein, auf dessen Beleidigungen ich etwas geben könnte«, gab Brancoletti zurück. »Aber schon Eure Wortwahl verrät, dass Ihr auf einen langen Stammbaum aus Landstreichern und Trossdirnen zurückschauen könnt!«

»Bei Gott, noch ein Wort dieser Art, und Ihr schmeckt hier und jetzt Euer eigenes Blut!«, brüllte Jacopo Forlani, und Pater

Angelico hatte förmlich vor Augen, wie die Hand des Mannes zu seinem Dolch oder Kurzschwert fuhr.

»Signori, Signori! Ich muss doch sehr bitten!«, rief der Sensale beschwörend. »Um der Liebe Christi willen, lasst uns die Angelegenheit, die bedauerlicherweise etwas verfahren scheint, in meinem Haus mit dem gebotenen Anstand und der geschäftsmäßigen Nüchternheit regeln, der wir uns doch alle zu Recht rühmen dürfen!«

»Redet Ihr mir nicht von Anstand, Sensale!« Nun nahm Brancoletti den Sensale ins Visier. »Wessen Ihr Euch rühmen dürft, das ist Durchtriebenheit! In dieser Hinsicht könnt Ihr diesem aufgeblasenen Steinehändler und Tonbäcker die Hand reichen!«

»Wucherlump!«, konterte Jacopo Forlani.

Der Bankherr gab ihm nicht die Genugtuung, darauf zu antworten, sondern fuhr fort, Niccolo Landozzi unter Druck zu setzen. »Ich jedenfalls werde nicht hinnehmen, dass Ihr mit mir ein doppeltes Spiel spielt. Ich bestehe darauf, dass Ihr einhaltet, was Ihr mir versprochen habt. Andernfalls wird es Euch an den Kragen gehen, darauf habt Ihr mein Wort! Und leere Drohungen sind nicht das, was man mit meinem Namen verbindet, wie Ihr wohl wisst!«

»Gewiss, gewiss, wir werden schon eine Lösung finden, die Euch beiden gerecht wird«, versicherte der Sensale hastig, obwohl klar war, dass er nicht beiden Herren dienen konnte. Was denn auch sogleich zum Ausdruck kam. »Ihr habt Euer starkes Interesse natürlich ein wenig eher bekundet, Signore Brancoletti. Und wenn wir das auch nicht schriftlich festgehalten haben, so steht doch außer Frage, dass ich Euch …«

Jacopo Forlani durchschaute sofort, dass der Sensale auf die Feststellung zusteuerte, dass er dem Bankherrn den Vorzug werde geben müssen. »Das ist eine gottverdammte Lüge!«, fuhr er ihm empört in die Rede. »Ich habe bereits am Tag des Brandes mit Euch zusammengesessen und Euch von meinen Absichten unterrichtet! Dafür habe ich Zeugen! Also glaubt ja nicht, Ihr könntet Euch Eurer Verpflichtung so leicht entledigen! Ich werde Euch die Hölle heißmachen, wenn Ihr diesem blasierten Münzenzähler in den Arsch kriecht, bloß weil er den Medici die Stiefel leckt. Erteilt Ihr ihm den Zuschlag, werdet Ihr mich kennenlernen, das lasst Euch gesagt sein!«

»Was es von Euch kennenzulernen gibt – von diesem dreckigen Landstreicherwesen –, davon habt Ihr uns schon mehr als genug zotige Kostproben gegeben. Es liegt doch auf der Hand, dass Ihr Euch in der Gosse immer noch am wohlsten fühlt«, sagte Matteo Brancoletti von oben herab.

»Elender Hundsfott!«, brüllte Jacopo Forlani. »Sensale, Ihr werdet von mir hören!«

Augenblicke später kam der Ziegeleienbesitzer wutentbrannt aus dem Haus und stürmte mit hochrotem Gesicht zu seinem Pferd, dem Rotfuchs. Dass da jemand im Hof stand, nahm er in seiner Erregung gar nicht wahr.

Pater Angelico hatte nur ein paar Sekunden, um sich ein Bild von dem Mann zu machen. Jacopo Forlani war von untersetzter, stämmiger Gestalt und hatte ein kantiges Gesicht mit groben Zügen. Unter tiefliegenden Augen saß eine scharf gebogene Nase, die an den Schnabel eines Raubvogels denken ließ. Gekleidet war er, ganz wie der Bankherr verächtlich bemerkt hatte, in das edle rote Tuch, das früher einmal den Prioren und dem Gonfaloniere vorbehalten gewesen war, nun aber schon seit langem auch von anderen Grandi und Nobili getragen wurde. Aus ebensolchem Stoff war auch sein Barett gearbeitet, unter dem schütteres Haar hervorschaute. Nur seine *ginochio,* die auf Hochglanz polierten schwarzen Stiefel, die mit silbernen Schnallen verziert waren und ihm bis zu den Knien reichten, passten nicht so recht zu der vornehmen Kleidung.

Mit der Gewandtheit eines erfahrenen Reiters schwang Jacopo Forlani sich in den Sattel, zerrte sein Pferd grob herum und preschte aus dem Hof.

Die Hufschläge waren noch nicht ganz verklungen, da trat auch Matteo Brancoletti aus dem Haus. Er war in Begleitung des händeringenden Sensale, der ihm gerade einmal bis zur Schulter reichte.

Der schmalbrüstige Niccolo Landozzi, dessen Gesicht spitz und grau war wie das einer Maus, trug ein schlichtes, aber aus bestem, taubengrauem Wollstoff gearbeitetes Gewand – wohl Ausdruck vornehmer Selbstbescheidung – und darunter ähnlich schlichte schwarze Beinkleider.

Was für ein anderes Bild dagegen der Bankherr bot! Der gut Vierzigjährige war von großer, athletischer und ansehnlicher Gestalt und hatte prägnant männliche Züge, die Selbstbewusstsein signalisierten – und eine Spur notfalls brutalen Durchsetzungswillens. Seine Kleidung war von Kopf bis Fuß passend für einen Mann von Rang und Namen, der Reichtum mit modischer Eleganz zu verbinden wusste. Er trug feinstes, gerade einmal knöchelhohes Schuhwerk, dessen Leder nussbraun eingefärbt war; weiche, eng anliegende Beinkleider in einem dunkleren, warmen Farbton, die im Schritt in eine stark ausgeformte Schamkapsel übergingen, sowie ein abgestepptes, gefüttertes Seidenwams von saphirblauer Farbe und mit kunstvoll geschlitzten Ärmeln, die mit Seide von der Farbe seiner Beinkleider unterlegt waren. Der Kragen seines kupferfarbenen Umhangs war mit Pelz besetzt, wie auch der Rand seines Baretts, das im selben Farbton gehalten war. Nicht zuletzt trug er Handschuhe aus feinstem Sämischleder, passend zu Umhang und Kopfbedeckung gefärbt.

»Signore, ich bin untröstlich, dass es zu diesem unglücklichen Zusammentreffen mit Si… mit Jacopo Forlani gekommen ist und er dermaßen ausfallend gegen Euch werden musste«, sagte der Sensale hastig, wobei er unablässig seine Hände knetete. »Er hat mir nicht Bescheid gegeben, dass er mich zur selben Stunde aufzusuchen gedachte wie Ihr. Hätte ich das gewusst …«

Der Bankherr, dessen Gesicht von roten Wutflecken gezeichnet war, ließ ihn nicht ausreden. »Spart Euch die wohlfeilen Worte, Landozzi«, rief er. »Davon habe ich genug gehört! Und was dieser vulgäre Emporkömmling von sich gibt, lässt mich ohnehin kalt.«

Von wegen, dachte Pater Angelico. *So, wie du eben aus der Haut gefahren bist, haben dich die Grobheiten Forlanis ganz und gar nicht kaltgelassen!*

»Genug des Geredes«, fuhr der Bankherr indessen mit eisiger Stimme fort. »Meine Geduld ist erschöpft. Ich kann nicht länger warten, ich will endlich anfangen zu bauen. Deshalb dulde ich auch keine Ausreden mehr. Ihr steht bei mir im Wort, und Ihr werdet gut daran tun, Euch daran zu halten. Ich erwarte, dass Ihr mir innerhalb der nächsten Tage den Vertrag bringt. Mehr ist dazu nicht zu sagen. Es sei denn, Ihr wollt mich zum Feind haben!«

Der Sensale wurde blass wie ein Leichentuch. »Da sei der Herr vor, Signore!«

»Dann liefert, was Ihr versprochen habt.« Kalt wie ein Messer schnitten die Worte durch die Luft. Dann stieg Matteo Brancoletti in den Sattel, nahm den Zügel auf und jagte ebenso ungestüm aus dem Hof wie nur Augenblicke zuvor Jacopo Forlani.

Der Sensale sah dem Davonstürmenden nach, warf die Hände gen Himmel und rief: »Heilige Muttergottes, was soll nun bloß werden?«

»Ihr scheint mir da in einem rechten Dilemma zu stecken«, machte Pater Angelico sich bemerkbar.

Niccolo Landozzi fuhr herum und starrte ihn verwirrt an. »Wer seid Ihr? Wo kommt Ihr her? Und was habt Ihr hier zu schaffen?«

Der Mönch neigte freundlich den Kopf und nannte seinen Namen und den seines Klosters. »Verzeiht, dass ich mir diese Bemerkung erlaubt habe. Aber ich kam nicht umhin, den unfreundlichen Wortwechsel hier draußen mit anzuhören. Die beiden Signori, Ihr wisst ja selbst, waren so laut, dass ich es beim besten Willen nicht vermeiden konnte«, erklärte er.

»Ha, wenn es doch nur laut gewesen wäre! *Beängstigend* war es«, klagte der Sensale. »Ich fürchtete schon, sie würden aufeinander losgehen – *in meinem Haus!* Ein Skandal wäre das gewesen! Gesprächsthema für die ganze Stadt, nicht auszudenken!«

»Mit diesem … nun ja … Krawall ist Euch wahrlich wenig Respekt erwiesen worden«, sagte Pater Angelico mitfühlend. »Man hätte von diesen Signori wohl ein anderes Betragen erwarten können, wenn ich das so sagen darf.«

»Ihr sprecht mir aus der Seele, Padre«, seufzte Niccolo Landozzi bedrückt. »Es war beschämend … nein, empörend! Als wäre ich ein *garzone,* der in ihrem Geschäft Handlangerdienste verrichtet!«

Pater Angelico nickte und setzte eine Miene des Bedauerns auf, so als tue es ihm unendlich leid, dass sein Gegenüber diese Entgleisung der beiden Signori in seinem Haus hatte erdulden müssen.

»Jetzt ist guter Rat teuer, aber mir wird schon …« Der Sensale brachte den Satz nicht zu Ende. »Aber was rede ich da? Meine Sorgen werden Euch kaum interessieren, und sie bleiben auch besser hier. Sagt mir lieber, was Euch zu mir führt.«

»Eine nicht weniger bedrückende Angelegenheit, werter Sensale. Sie hat mit meinem verstorbenen Klosterbruder Pater Nicodemo zu tun.«

»Ihr sprecht von dem grausam Ermordeten?«

Pater Angelico nickte. »Ihm ist großes Unrecht geschehen, nicht allein wegen des Verbrechens, dem er zum Opfer gefallen ist, sondern auch, indem er so gottlos verleumdet wurde.«

Der schmächtige Mann furchte die Stirn. »Und was habe ich damit zu schaffen?«

»Wenn ich mich recht entsinne, war Pater Nicodemo lange Jahre Euer Beichtvater«, sagte Pater Angelico, der lange überlegt hatte, welchen Vorwand er benutzen konnte, um den Sensale und den Bankherrn in ein Gespräch über die Morde zu verwickeln. »Zudem sollt Ihr ihn, wenn mich nicht alles täuscht, gebeten haben, demnächst das neue Haus eines guten Kunden zu segnen.«

Der Sensale machte ein verblüfftes Gesicht und schüttelte den Kopf. »Da müsst Ihr etwas falsch verstanden haben, Padre. Ich kenne Euren Pater nicht und bin nie zur Beichte in San Marco gewesen. Mein Beichtvater ist Pater Donetto von San Ambrogio drüben.«

Nun war es an Pater Angelico, sich verwirrt zu geben. »Oh, da habe ich dann wohl etwas durcheinandergebracht. Dabei hätte ich Stein und Bein geschworen, dass der Name Landozzi gefallen ist, als er von der Haussegnung sprach. Wie konnte mir das passieren? Bitte seht mir nach, dass ich Euch anstelle meines toten Bruders meine Dienste antragen wollte«, sagte er mit verlegener Miene. »Die entsetzlichen Morde machen mir wohl doch mehr zu schaffen, als ich dachte. Aber wenn man bedenkt, was Pater Nicodemo Grässliches widerfahren ist und was sich gestern in derselben Straße ereignet hat, ist es vielleicht nicht verwunderlich, dass ich Dinge durcheinanderbringe.«

»Das ist es in der Tat nicht.«

»Ich kann noch immer nicht begreifen, dass es in den Mauern unserer Stadt ein Ungeheuer gibt, das zu solchen Taten imstande ist. Geht es Euch nicht auch so, werter Sensale?«

Niccolo Landozzi schluckte den Köder und ließ sich bereitwillig in ein Gespräch über die Verbrechen des Tarotkartenmörders verwickeln. Allerdings verlor Pater Angelico schnell die Lust daran, ihn auszuhorchen. Die Wahrscheinlichkeit, dass dieses schmächtige Kerlchen etwas mit den Morden zu tun hatte und dass dabei womöglich ein Bravo, ein bezahlter Meuchelmörder, im Spiel gewesen war, ging gegen null. Eigentlich gab es nur einen Grund, aus dem er dieses Gespräch führte, und das war der moosgrüne Knopf, den er zu Boden fallen ließ, während er scheinbar unruhig an seinem Habit herumzupfte.

Dann tat er so, als entdecke er soeben, was da zu seinen Füßen lag. »Oh, seht doch, was hier liegt!«, rief er, trat zurück und bückte sich. »Was für ein edler Knopf! Habt Ihr den verloren, Sensale? Oder ist er vielleicht eben einem Eurer Besucher von der geschwollenen Brust gesprungen?«

Niccolo Landozzi warf einen Blick auf den Knopf. »Nein, mir gehört er nicht. Ich liebe solch auffällige Verzierung nicht und trage schon gar keinen Löwen durch die Gegend«, sagte er kopfschüttelnd, und Pater Angelico glaubte ihm angesichts seiner Kleidung aufs Wort. »Aber es ist durchaus möglich, dass er einem der Signori vom Wams gesprungen ist.«

»Nun denn. Vielleicht begegne ich den beiden ja noch einmal, dann werde ich mich erkundigen, ob sie einen solchen Knopf vermissen«, sagte Pater Angelico und steckte selbigen schnell weg, bevor der Sensale danach greifen konnte. »Und nun entschuldigt, dass ich Euch mit dieser dummen Verwechslung aufgehalten habe. *Pax vobiscum!*«

Er machte, dass er vom Hof kam, und überdachte seine nächsten Schritte. Einerseits hätte er sich den Gang zum Haus des Sensale sparen können, andererseits hatte er ihm zumindest die Gewissheit gebracht, dass es sehr lohnend sein konnte, Jacopo Forlani und dem Bankherrn Brancoletti auf den Zahn zu fühlen. Denn beide Männer hatten neben einem Motiv nicht nur die Statur, um als Mörder in Frage zu kommen, sondern auch das zur Gewalt bereite Temperament, das für solche abscheulichen und grausamen Taten vonnöten war.

Den Kriegsgewinnler, wie der Bankherr ihn abfällig bezeichnet hatte, wollte er sich als Nächsten vornehmen. Dazu würde er nur bei einer der größeren Baustellen nachfragen müssen, wo der Ziegeleibesitzer anzutreffen sei.

Plötzlich überkam ihn eine grimmige Lust an der Sache. Dass er sich davon nur zu gern mitreißen ließ, um nicht an Lucrezia denken und sich mit seinem inneren Tumult beschäftigen zu müssen, gestand er sich allerdings nicht ein.

31

Die größte von Jacopo Forlanis drei Ziegeleien lag jenseits des Arno in Santo Spirito, unweit der Porta a San Frediano. Dort hatte er sein Kontor und auch das Zwischenlager für das Material aus seinem Steinbruch, wie Pater Angelico von einem Baumeister erfahren hatte.

Noch bevor er die drei mächtigen, gerundeten Brennöfen erblickte, sagten ihm die beiden klobigen Fuhrwerke, die mit schwerer Tonerde beladen auf der Via di Camaldoli vor ihm her zockelten, dass er sich auf dem richtigen Weg befand.

Das weiträumige, von einem hohen Bretterzaun umschlossene Gelände grenzte fast unmittelbar an die gut drei Manneslängen hohe Stadtmauer. Gleich hinter den doppelten Flügeln des schmiedeeisernen Tors türmten sich rechts und links Backsteine verschiedener Größe bis fast in Kopfhöhe auf, sorgfältig zu rechteckigen, sich nach oben immer weiter verjüngenden Blöcken aufgeschichtet. Weiter vorn, bei den Brennöfen, waren auf einer Unterlage aus harten Hölzern frisch gebrannte Steine zum Abkühlen ausgebreitet. Etwas weiter entfernt, in der Nähe eines einstöckigen, schmucklosen Hauses, lagerten die aus dem Steinbruch gebrochenen Marmorplatten. In einer halb offenen Stallung aus Brettern, die sich seitlich an das Haus anschloss, stand der Rotfuchs angebunden und beugte sich über seine Futterkrippe.

Pater Angelico brauchte nicht nach Jacopo Forlani zu fragen, erblickte dieser ihn doch, kaum dass er das Gelände betreten hatte, und kam ihm entgegen.

»Mit wem habe ich das Vergnügen, frommer Mann? Und womit kann ich Euch zu Diensten sein?«, erkundigte er sich mit einem verbindlichen Lächeln, ganz der eilfertige glattzüngige Geschäftsmann, der er zweifellos war. Kirchen und Klöster waren bei Männern seines Gewerbes gute Kunden, denn ihre Oberen übertrafen in Sachen Baulust die weltlichen Florentiner oft noch. Üppige Stiftungen von Reichen, die sich von ihren Sünden freizukaufen hofften, machten es möglich.

»Mein Name ist Pater Angelico«, stellte sich der Mönch mit einem ebenso freundlichen Lächeln vor. »Ich komme von San Marco, Signore Forlani.«

»Ah, die geistige Perle unserer Stadt und der Sitz großer Gelehrsamkeit«, schmeichelte der Unternehmer sogleich. »Plant Ihr, Euer prächtiges Kloster wieder einmal zu erweitern, oder bedarf die Umfassungsmauer Eurer ausgedehnten Gärten einer Erneuerung? Bei meinem letzten Gang hinauf zur Porta San Gallo schien mir, dass es dafür wohl bald an der Zeit sein müsste – wenn Ihr mir diese Bemerkung erlaubt, Padre.«

»Darüber wird wohl ein anderes Mal zu reden sein«, erwiderte Pater Angelico. »Mich führt heute ein sehr persönliches Anliegen zu Euch, etwas, das ich einem hochgeschätzten, jüngst verstorbenen Klosterbruder schuldig bin.«

»Seid meines aufrichtigen Beileids versichert«, murmelte Jacopo Forlani und bemühte sich um eine pietätvolle Miene. »Aber nur zu, was kann ich für Euch tun?« Nun, da er wusste, dass von dem fremden Mönch kein Auftrag zu erwarten war, klang er beinahe ungeduldig.

»Nichts, Signore. Vielmehr hoffe ich meinerseits, Euch zu Diensten sein zu können«, erwiderte Pater Angelico und gab erneut die Geschichte mit der Haussegnung zum Besten. Dabei schielte er verstohlen auf die kräftigen Hände des Mannes, um zu sehen, ob er einen Siegel- oder Wappenring mit dem erhabenen Relief einer halben Florentiner Lilie trug. Beringt waren die Hände seines Gegenübers in der Tat, sogar reichhaltiger, als es einem Mann, der sich um Vornehmheit bemühte, guttat. Aber keiner der Ringe wies eine Lilie auf. Was wiederum nichts zu bedeuten hatte. Vermutlich besaß der Kriegsgewinnler eine ganze Schatulle voller Ringe, die er gelegentlich wechselte. »Da schien es mir in seligem Gedenken an meinen Klosterbruder geboten, Euch anzubieten …«

Das gewinnende Lächeln war aus Jacopo Forlanis Gesicht verschwunden. Es hatte einem fast verächtlichen Ausdruck Platz gemacht. »Wie kommt Ihr auf den einfältigen Gedanken, ich hätte mit Eurem Kotstecher von Klosterbruder eine Segnung abgesprochen?«, fiel er ihm ins Wort und war auf einmal in Rage, als habe Pater Angelico einen neuralgischen Punkt berührt. »Ich kenne den Kerl überhaupt nicht, und dafür bin ich dem Himmel dankbar! Bei Euch Betbrüdern weiß man wirklich nie, was sich unter Eurer Kutte verbirgt, das hat sich hier doch einmal mehr gezeigt! Es wird schon seinen Grund gehabt haben, dass der Mörder dem Bock den Schwanz abgeschnitten und in das schmutzige Maul gestopft hat! Bestimmt hat Euer Bruder noch ganz anderes mit Wonne gelutscht als Euren Klosterhonig! Aber wem erzähle ich das? Würde mich nicht wundern, wenn Ihr nicht nur das Chorgebet mit ihm geteilt, sondern Euch von ihm auch die Rosette hättet stechen lassen!«

Pater Angelico fand den Ausbruch höchst erstaunlich, allerdings nicht wegen der dreisten und obszönen Unverschämtheiten, die Jacopo Forlani von sich gab. In der Bevölkerung von Florenz herrschte schon seit Generationen Unmut über die vielen Mönche und Nonnen, die sich mit ihren Klöstern überall breitgemacht hatten und versorgt werden wollten. Das trieb die Steuern in die Höhe. Nicht selten nahm dieser Unmut auch Züge von Geringschätzung an. Zumal manche Ordenshäuser –

Nonnenklöster nicht ausgenommen – nicht eben in dem Ruf standen, Orte *frommer* Hingabe zu sein. Dass immer wieder einmal ein Mann im Rock Gottes mit Strichjungen oder bei Dirnen angetroffen wurde, tat ein Übriges.

Dass dieser Mann so übergangslos dermaßen ausfallend geworden war, ließ darauf schließen, dass er für seine Verachtung … ja, besser gesagt, seinen Hass ganz eigene Gründe hatte. Welche das waren, darüber konnte er nur spekulieren, aber es tat auch nichts zur Sache. Es genügte zu wissen, *dass* Jacopo Forlani einen tiefen und offenbar sehr persönlichen Abscheu gegen alle hegte, die den Habit eines Mönchs trugen. Das war etwas, das es festzuhalten und Scalvetti zu berichten galt.

Pater Angelico verzog keine Miene und tat, als habe er den Schwall schmutziger Worte überhaupt nicht gehört. Er holte den Knopf hervor und sagte ruhig, wenn auch mit leicht sarkastischem Unterton: »Wenn Euch Pater Nicodemo nicht bekannt ist, wie Ihr sagt – und wie könnte ich an Euren Worten zweifeln –, dann muss ich wohl annehmen, dass Ihr mit diesem Knopf, den man in der Nacht des Mordes in seiner Faust gefunden hat, auch nichts anfangen könnt. Dabei würde er gut zu dem Putz passen, in den Ihr Euch kleidet, findet Ihr nicht?«

Jacopo Forlani stutzte, als habe er nicht richtig gehört oder gesehen, was der Mönch ihm da hinhielt. Dann schoss ihm erneut die Wutröte ins Gesicht. »Wie kannst du es wagen! Mach, dass du davonkommst, du dreckiger Hurensohn, sonst schlage ich dich zu Brei!«, schrie er und erregte damit die Aufmerksamkeit seiner Arbeiter. Zwei kräftige Burschen, die in der Nähe Ziegel aufgeschichtet hatten, kamen denn auch sofort heran. Einer bückte sich sogar nach einem Knüppel.

Schnell schloss sich Pater Angelicos Hand um den Knopf. Es war wohl Zeit, den Rückzug anzutreten. »Ihr solltet achtgeben, dass Euch nicht der Schlag trifft«, rief er noch, während er sich beeilte, hinter das Tor zu kommen. »Offenbar neigt Ihr dazu, schnell die Beherrschung zu verlieren und unbedachte Dinge zu sagen … ja, womöglich sogar Dinge zu tun, die Euch Kopf und Kragen kosten können. Wer weiß?«

»Lauf mir noch einmal über den Weg, und du kannst deinem Dreckskerl von Klosterbruder Gesellschaft leisten!«, brüllte Jacopo Forlani ihm nach und hob eine drohende Faust.

Pater Angelico winkte fröhlich und machte sich aus dem Staub. Man musste sich nicht jeder Schlacht stellen. Es genügte, die letztlich entscheidende erfolgreich zu schlagen und den Sieg davonzutragen.

32

An diesem Tag kam Pater Angelico aus dem Sichwundern nicht heraus. Es setzte sich fort, als er sich zum Palazzo der Brancoletti durchgefragt hatte, der sich in bester Lage auf der Via della Stufa erhob, unweit der Kathedrale von San Lorenzo.

Näher kann man dem Dunstkreis der Medici doch gar nicht sein, dachte er erstaunt, lag doch der Palast des Stadtfürsten und seiner Familie nur ein kleines Stück weiter die Via Larga hinauf.

Pater Angelicos Auffassung nach handelte es sich bei dem Palazzo der Brancoletti um ein stattliches Gebäude mit einem geräumigen Innenhof, der auch einen großen Stall beherbergte. An der rechten Schmalseite schloss sich ein einstöckiger Anbau mit einem eigenen, kleineren Vorhof an. Zwar war bei dem Anbau versucht worden, ihn der Architektur des Palastes anzupassen, aber da er offensichtlich viel später entstanden war, hatte man zwangsläufig nicht das erreicht, was einen Bankherrn wie Matteo Brancoletti auf Dauer zufriedengestellt hätte. Wie Pater Angelico später erfuhr, beherbergte der Anbau die Räume der Bank.

Aber der Palazzo schien dem Bankherrn insgesamt nicht mehr zuzusagen. Vermutlich hielt er ihn nicht mehr für standesgemäß, seit die Medici auf der Via Larga ihre beeindruckende Wohnfestung errichtet hatten und andere florentinische Grandi ihrem Beispiel nacheiferten. Nun ja, die Geltungssucht des Menschen kannte ebenso wenig Grenzen wie die von Scalvetti erwähnte Dummheit.

Auf das Staunen folgte ein kurzer Moment der Verwirrung,

als er in den großen Innenhof trat und sich dort zwei Männern gegenübersah, von denen der eine Anfang dreißig und der andere vier, fünf Jahre älter sein mochte. Beide sahen Matteo Brancoletti so verblüffend ähnlich, dass er sicher war, Brüder des Bankherrn vor sich zu haben.

Der Jüngere, dem welliges Haar ungewöhnlich lang auf die Schultern fiel und der eine eher sehnige, schlanke Statur hatte, war ähnlich elegant und teuer gekleidet wie der Bankherr, der etwas Ältere hingegen hätte auch als dessen Bediensteter durchgehen können, wenn auch gehobeneren Ranges. Seine Kleidung, wiewohl ebenfalls von bester Qualität und gefälligem Schnitt, ließ jeden modischen Schnickschnack vermissen. Das erdfarbene Gewand hatte in seiner Schlichtheit sogar fast etwas Monastisches, Franziskanisches an sich.

Der jüngere Mann hielt einige mehrfach gefaltete Briefe mit Siegelbändern – also Kurierschreiben – sowie eine größere Papierrolle in der Hand. Beim Erscheinen des Mönches unterbrachen die beiden ihr Gespräch, das von weithin hörbarem, vertrautem Lachen begleitet gewesen war, und sahen ihm mit höflich fragendem Blick entgegen.

Pater Angelico entbot ihnen, wie es sich für einen Ordensmann ziemte, den Friedensgruß, der sogleich zuvorkommend erwidert wurde, und bat, den Signore Matteo Brancoletti in einer persönlichen Angelegenheit sprechen zu dürfen.

»Da werdet Ihr Euch wohl noch etwas gedulden müssen, Padre. Unser Bruder jagt gerade sein neues Spielzeug ein paar Mal um die Stadt oder nach Fiesole hinauf«, sagte der Jüngere spöttisch.

»Alessio!«, wies ihn der andere milde zurecht.

Der Erste zuckte die Achseln. »Stimmt doch, Galeotto.«

»Alessio, der leider einen Hang zu vorlauten Bemerkungen

hat, meint, dass unser Bruder einen Ausritt unternommen hat«, erläuterte Galeotto Brancoletti. »Wir erwarten ihn jedoch bald zurück. Also wenn Ihr die Zeit hättet zu warten …«

»Gewiss doch, ich bin nicht in Eile«, sagte der Mönch und nutzte die Gelegenheit, den beiden den Knopf zu präsentieren. Gehörte er dem Bankherrn, hatte, so hoffte er, wohl keiner der beiden einen Grund, dies zu leugnen. »Ich habe ihn vor Eurem Hoftor auf der Straße gefunden. Womöglich ist er Euch oder Eurem Bruder von der Kleidung gesprungen.«

Alessio beugte sich vor. »Kann schon sein, Padre. Kommt mir jedenfalls bekannt vor.«

»Lasst sehen«, sagte Galeotto und griff nach dem Knopf, wobei Pater Angelico den Eindruck hatte, dass der Mann kurz stutzte. »Na, ich weiß nicht. Kann mich nicht erinnern, hier im Haus schon solche Knöpfe gesehen zu haben. Aber ich werde nachschauen. Danke, dass Ihr Euch die Mühe gemacht habt, Pater.« Und damit steckte er den Knopf ein, ohne dass Pater Angelico etwas dagegen hätte unternehmen können.

Es ärgerte den Mönch gewaltig, dass das Beweisstück auf diese Weise verloren war.

Galeotto wandte sich dem Eingang zu, vermutlich um einen Hausdiener zu rufen, damit dieser den Besucher in den Palazzo führte, doch galoppierender Hufschlag von der Straße her brachte ihn davon ab. »Das klingt ganz nach unserem Bruder! Ihr scheint den Zeitpunkt Eures Kommens gut abgepasst zu haben.«

Und im nächsten Moment preschte Matteo Brancoletti auch schon in den Hof, als gelte es, ein Wettrennen zu dessen rückwärtiger Begrenzung zu gewinnen.

Gleichzeitig trottete ein alter, gefleckter Hund aus der offenen Stalltür und lief dem Apfelschimmel vor die Hufe. Matteo

Brancoletti hätte Platz und Zeit genug gehabt, sein Pferd herumzuziehen und dem Hund auszuweichen, doch er unternahm nicht einmal den Versuch, sondern ritt geradewegs über das Tier hinweg.

Der Hund jaulte schrill, als die Hufe ihm die Knochen brachen. Er wurde durch den Dreck geschleudert und blieb, herzzerreißend wimmernd, auf der Seite liegen.

Matteo Brancoletti zügelte sein Pferd vor dem Stall, sprang mit einem Fluch auf den Lippen aus dem Sattel und rief: »Elender Köter, das hast du jetzt davon. Immer bist du einem im Weg! Galeotto, sorg dafür, dass das Gejammer aufhört!«

»Ja, Bruder.« Galeotto, als sei an dieser Aufforderung nichts Ungewöhnliches, griff nach seinem Dolch und schnitt dem Hund die Kehle durch. Das tat er ohne das leiseste Zögern und mit so mitleidloser Miene, als zerteile er eine Wurst.

Pater Angelico sah es mit kaltem Entsetzen.

Alessio, der neben ihm stand, bemerkte das und lachte. »Hat schon seinen Grund, dass wir unseren herzliebsten Galeotto auch *il brutto* nennen, Padre«, murmelte er, wobei der Vorgang ihn weniger abzustoßen als zu belustigen schien.

Der Bankherr blickte schon fragend zu Pater Angelico herüber, als ein älterer Mann mit einem Schriftstück in der Hand aus dem Haus kam und auf ihn zueilte. »Wenn Ihr einen Blick drauf werfen würdet, Signore«, hörte der Mönch ihn sagen. »Die Zusage muss mit dem Kurier weg, der bereits im Haus wartet.«

»Kaum zu glauben, dass er mal Priester werden wollte, nicht wahr?«, fuhr Alessio indessen süffisant fort, während Galeotto den Kadaver des Hundes zur Stalltür schleifte und nach einem Knecht rief. »Trägt bisweilen sogar noch seinen Bußgürtel. Und das Sackleinen, mit dem er sein Zimmer bespannt hat, hängt da auch noch. Es scheint, als trauere er dem geistigen Stand noch nach, der Gute. Nun, manche haben eben mehr als eine Berufung im Leben.«

Irritiert sah Pater Angelico ihn an. Er fand die Bemerkungen des jüngsten Brancoletti nicht weniger befremdlich als das Verhalten seiner Brüder.

»Ist in Ordnung, Tadeo! Das kann so raus«, sagte der Bankherr zu dem älteren Mann, bei dem es sich offenbar um den Vorsteher seines Kontors handelte, und wandte sich dem Besucher zu. Ohne ein Wort der Entschuldigung, geschweige denn des Bedauerns in Bezug auf das, was der Mönch soeben mit angesehen hatte, fragte er ihn nach seinem Anliegen.

Pater Angelico stellte sich vor und erzählte zum dritten Mal an diesem Tag seine kleine Lügengeschichte.

»Sagtet Ihr, Pater Angelico wie in Angelico Crivelli?«, fragte der Bankherr erstaunt nach, ohne auf die Haussegnung einzugehen. »Seid Ihr nicht der viel gerühmte Freskenmaler, der erst kürzlich ein herrliches Tafelbild für unseren Magnifico angefertigt hat?«

»Das ›viel gerühmte‹ sei dahingestellt, Signore Brancoletti«, antwortete Pater Angelico, »aber dass ich mich auch der Freskenmalerei widme und Tafelbilder anfertige, ist richtig, ja.«

Ein freudiger Ausdruck verscheuchte die leicht verkniffene Miene, die der Bankherr eben noch gezogen hatte. »Was für eine wunderbare Überraschung, Euch persönlich zu Gesicht zu bekommen, Padre! Das mit Eurem Klosterbruder, der Herr sei seiner Seele gnädig, ist leider ein Irrtum«, sagte er gleichmütig und ohne jede Anspielung auf das, was dem Toten durch den Mörder an Todsünde nachgesagt worden war. »Aber Ihr bringt mich auf einen Gedanken. Kommt doch bitte mit ins Haus und lasst uns dort weiterreden.«

Pater Angelico neigte den Kopf. »Gern, wenn es Euer Wunsch ist.«

»Und ob es mein Wunsch ist, Padre! Entschuldigt mich nur einen Augenblick. Ich habe noch kurz mit meinem Bruder zu reden.« Matteo Brancoletti ging zu Alessio hinüber und stauchte ihn wegen irgendwelcher *avvisi* zurecht, die er wohl kürzlich verlegt hatte. Diese Mitteilungen über Währungskurse aus allen Ländern, die bei jedem größeren Bankhaus fast täglich eintrafen, waren für einen Mann wie Brancoletti zur Berechnung von Krediten und Wechseln für Fernreisende so unerlässlich wie das Mehl für einen Bäcker.

Weder in seiner Lautstärke noch in der Wahl seiner Worte erlegte der Bankherr sich Zurückhaltung auf. Dass der Mönch mitbekam, wie er seinen jüngsten Bruder herunterputzte, schien ihn nicht im Geringsten zu kümmern.

»Wenn das noch einmal passiert, streiche ich dir für die nächsten Monate die Zuwendungen«, warnte er Alessio, der die Zurechtweisung mit verbissener Miene und Zorn im Blick über sich ergehen ließ. »Und kümmere dich gefälligst darum, dass die Vorkehrungen für unser Kostümfest so getroffen werden, wie ich es befohlen habe!«

Galeotto, der sich mittlerweile wieder zu Pater Angelico gesellt hatte, seufzte leise. »Für den armen Alessio hat er doch immer ein aufmunterndes Wort auf den Lippen, unser Herr und Gebieter«, murmelte er.

Wie ausgewechselt, die Freundlichkeit in Person, kehrte Matteo Brancoletti zu Pater Angelico zurück und führte ihn in seinen Palazzo. In der Halle, die etwas düster wirkte und dem Mönch eine Ahnung vermittelte, weshalb der Bankherr so darauf brannte, einen neuen Palast zu errichten, begegnete ihnen eine bildhübsche junge Frau mit leuchtend rotblondem Haar.

Sie lächelte dem Hausherrn verhalten zu und erwiderte den Gruß des Mönchs mit einem höflichen Nicken, bevor sie rasch in einem der unteren Zimmer verschwand.

»Antonetta, die Frau meines jüngsten Bruders«, bemerkte Matteo Brancoletti und fügte geringschätzig hinzu: »Hat diese Perle überhaupt nicht verdient. Weiß der Teufel, was er mit ihr treibt oder, besser gesagt, nicht treibt! Mein Gott, dreieinhalb Jahre und noch immer kein Nachwuchs. Hätte ihr längst einen Sohn machen müssen. Ich habe bereits zwei Stammhalter!« Stolz lag in seiner Stimme.

»Dankt Gott für den Segen.«

»Was ich auch tue, Padre! Die beiden sind draußen auf dem Land bei ihrer Amme, sie gedeihen prächtig.«

Eine *balia* aus dem Bauernvolk in Dienst zu nehmen, was im Volksmund »Milch kaufen« genannt wurde, und ihr während der ersten zwei, drei Lebensjahre die Aufzucht des Nachwuchses auf dem Land zu übertragen, war eine unter den Wohlhabenden weitverbreitete Sitte. Sie hielten die Stadt für einen Ort, an dem für die Gesundheit ihrer Neugeborenen und Kleinkinder zu viele Gefahren lauerten.

»Ich werde schon noch dafür sorgen, dass Alessio endlich unserem Haus und der Familie seiner Frau Ehre macht und einen Stammhalter produziert«, knurrte Matteo Brancoletti abschließend. »Doch jetzt kommt, ich will Euch meine Fresken zeigen und Euch einen Eindruck von dem geben, was ich mir für meinen neuen Palazzo wünsche. Ich werde in Kürze mit dem Bau beginnen. Vielleicht kann ich Euch für dieses Vorhaben gewinnen.«

Das hat mir gerade noch gefehlt, noch ein Palast, noch mehr Fresken, stöhnte Pater Angelico innerlich, ließ sich aber wohlweislich nichts anmerken. Vielmehr gab er eine freundliche, unbestimmte Antwort, die der Bankherr für verhaltenes Interesse halten konnte. Er brauchte noch Zeit, wartete er doch darauf, dass Brancoletti seine Handschuhe auszog und ihm einen Blick auf seine Ringe gewährte. Bei Galeotto und Alessio hatte er einen Ring wie den, den er suchte, nicht entdecken können. Nun war er gespannt, was bei Matteo Brancoletti ans Licht kommen würde, denn beringt waren dessen Hände, das verrieten die drei Erhebungen in dem feinen Leder.

Doch der Mann tat ihm nicht den Gefallen. Er war zu sehr damit beschäftigt, ihn durch seinen Palazzo zu führen, ihm in seinem *sala grande* und anderen Gemächern seine Fresken zu präsentieren und wortreich auszuführen, was er in seinem neuen Palast anders und besser haben wollte.

Als die Führung beendet war, gab es für Pater Angelico keinen Grund mehr zu bleiben. Mit der Versicherung, er werde sich wohlwollend Gedanken über das Angebot des Bankherrn machen, verabschiedete er sich schließlich und kehrte dem dunklen Palazzo verstimmt den Rücken. Es gefiel ihm gar nicht, unverrichteter Dinge abziehen zu müssen.

Doch als er auf der Straße war und sich die Ereignisse der vergangenen Dreiviertelstunde noch einmal durch den Kopf gehen ließ, kam er zu dem Ergebnis, dass er in diesem Haus trotz allem einige bemerkenswerte Dinge zu hören und zu sehen bekommen hatte. An die Fresken dachte er dabei nicht.

33

Auf dem Weg zurück in die Via Chiara fielen Pater Angelico hier und da kleine Gruppen von Menschen auf, die zusammenstanden und leise, aber aufgeregt miteinander sprachen. Bei diesen Gruppen handelte es sich nicht nur um einfaches Volk, sondern es waren Florentiner aus allen Schichten darunter. Den ernsten Mienen nach zu urteilen, hatten sie etwas Gewichtiges zu bereden.

Er fragte sich, ob aus Kreisen der Signoria etwas über eine bevorstehende Staatskrise durchgesickert war oder Florenz womöglich von einem anderen Staat eine Kriegserklärung erhalten hatte und ein entsprechendes Heer im Anmarsch war. Diese Möglichkeit verwarf er jedoch sofort wieder, denn in solch einem Fall hätten die Glocken der Stadt längst Sturm geläutet.

Also dachte er nicht weiter darüber nach. Wenn sich etwas Wichtiges ereignet hatte, würde er das von Scalvetti erfahren, den aufzusuchen er im Begriff war. Doch vorher holte er im Hof der Petrucci noch die beiden in ein Tuch eingeschlagenen Gipsabdrücke aus dem Karren, den sie im Hof abgestellt hatten.

Zu Pater Angelicos großer Erleichterung war der Commissario mittlerweile von seinen geheimen auswärtigen Geschäften ins Bargello zurückgekehrt. Sein Segretario ließ den Dominikaner sogleich durch.

»Ihr kommt wie gerufen«, begrüßte ihn der Commissario mit einer Miene, die nichts Gutes verhieß. »Setzt Euch, Padre, setzt Euch! Es gibt einiges zu bereden.«

»In der Tat.«

»Ich hoffe, Ihr bringt bessere Nachrichten!«

»Darüber wird zu reden sein. Aber hier sind erst einmal die Gipsabdrücke, die mein Novize gestern in der Werkstatt des Wachsbildners angefertigt hat«, sagte Pater Angelico und legte das Bündel auf den schweren, schwarz gebeizten Faktoreitisch, der mit penibel geordneten Akten, Papieren und Schriftrollen bedeckt war. Dass Bruder Bartolo so weitsichtig gewesen war, auch noch einen zweiten Satz Abdrücke herzustellen, hielt er nicht für erwähnenswert.

Tiberio Scalvetti nickte knapp. »Wer weiß, wozu sie einmal nütze sein können«, sagte er, doch es klang nicht so, als verbinde er eine ernste Hoffnung damit.

Seine Amtsstube war überaus sparsam eingerichtet, wie es zu seinem asketischen Wesen passte. Zunächst fiel der Blick eines jeden, der den Raum mit den beiden vergitterten Bogenfenstern betrat, auf einen ausgebleichten Totenschädel. Er thronte an der vorderen Kante des Faktoreitisches als Beschwerer auf einem Stoß Papiere und trug auf der Schädeldecke in schwarzen Lettern die Mahnung, die manche gewiss auch als Drohung begriffen: *Morti natus es!* Für den Tod bist du geboren.

Ein schmuckloser Armstuhl hinter dem Tisch, ein einfacher harter Stuhl davor, zwei schwere, mit Eisenblech beschlagene und mit Doppelschloss versehene Truhen vor dem unverputzten, rauen Mauerwerk an der linken Seitenwand sowie zwei schmiedeeiserne Fäuste, die Gitterkästen mit Öllampen in den Raum hielten, vervollständigten die Einrichtung. Eine Klosterzelle hätte nicht sparsamer ausgestattet sein können. Gegen diese Amtsstube des mächtigsten Mitglieds der Otto di Guardia nahm sich das Studiolo von Vincenzo Bandelli mit seinen erlesenen Teppichen und Wandbehängen sowie den vergoldeten Kerzenhaltern und kunstvoll gearbeiteten Möbelstücken wie ein Fürstengemach aus.

»Erzählt Ihr zuerst, Pater«, sagte der Commissario.

Der Mönch nahm auf dem harten Besucherstuhl Platz und begann seinen Bericht.

»Ich habe Euch gesagt, dass Ihr den Sensale von der Liste der Verdächtigen streichen könnt«, betonte Scalvetti, nachdem er erfahren hatte, was dem Dominikaner zu Ohren und zu Augen gekommen war. »Wie sollte der Bursche auch an einen Bravo kommen? Zudem würde er sich damit der Gefahr aussetzen, fortan ständig erpresst zu werden. Der Schmächtling mag durchtrieben sein, aber für einen so tollkühnen Schritt ist er zu klug – und hat zu viel zu verlieren. Die Sache mit dem Kriegsgewinnler, wie Ihr Jacopo Forlani so treffend bezeichnet habt, ist dagegen höchst interessant. Der unbändige Hass, mit dem er Euch überschüttet hat, könnte sehr wohl auf ein Motiv hindeuten.«

Pater Angelico nickte. »Und brutale Gewalt ist ihm sicherlich auch nicht fremd.«

»Kaum, nur stellt sich die lästige Frage, wie dazu der Mord an der Wachsbildnerin passt. Die Frau mag ja ein gottloses Leben geführt haben, aber sie hat nicht dem geistigen Stand angehört«, wandte Scalvetti ein. »Und der Hass scheint sich ja speziell gegen Ordensleute zu richten.«

»Ein berechtigter Einwand, dem ich nichts entgegenzusetzen habe.«

»Vielleicht gibt es dennoch eine Verbindung, die wir nur noch nicht sehen, aber hoffentlich noch erkennen, falls Jacopo Forlani doch unser Mann ist. Nun zu den Signori Brancoletti! Wirklich bezeichnend, was Ihr da berichtet habt – sowohl von Matteo als auch von Galeotto!«

Pater Angelico gab ein zorniges Schnauben von sich. »Grausam und einfach widerlich, was die beiden der armen Kreatur angetan haben«, empörte er sich noch im Nachhinein. »Am liebsten hätte ich mir die beiden vorgeknöpft und ihnen den Stahl meines Dolches zu schmecken gegeben!«

Der Commissario lachte. »Und verdient hätten sie es, bei Gott! Aber was Ihr da erzählt, überrascht mich ganz und gar nicht.«

»Wie das?«

»Ihr müsst wissen, dass die Brancoletti erst im vergangenen Jahrzehnt zu Reichtum und Ansehen gekommen sind, was ohne jede Frage dem Willen und Geschäftssinn des Matteo zu verdanken ist«, erklärte Scalvetti. »In die Wiege gelegt war ihm dieser Aufstieg nicht gerade, denn sein Vater hat ihm nichts hinterlassen als eine mehr schlecht als recht gehende kleine *tavola* am Mercato Nuovo. Mit einer unbedeutenden Wechselstube, die nur gelegentlich kleinere Kredite vergab, konnte und wollte Matteo sich allerdings nicht abfinden. Er erwies bei einigen Investitionen eine überaus glückliche Hand, das will ich vorwegschicken. Aber vor allem kurbelte er sein Geschäft an, indem er kräftig auf die Kreditvergabe setzte und bald mehr Außenstände hatte, als er es sich eigentlich leisten konnte. Hinzu kam, dass er die großen Bankhäuser mit seinen Konditionen unterbot, was ihm naturgemäß eine Menge neuer Kunden einbrachte.«

»Ein riskantes Spiel.«

»In der Tat«, bestätigte Scalvetti. »Das wohl auch bei fast jedem anderen ein böses Ende genommen hätte. Denn vor *morosi,* saumseligen Schuldnern, die mit ihren Zahlungen nicht nachkommen, ist kein Bankherr gefeit.«

Pater Angelico war gespannt, worauf die Rede des Commissario hinauslief.

»In diesen Fällen ist es ja üblich, dass der Gläubiger den Schuldner nach ein, zwei erfolglosen Ermahnungen ins *specchio* einschreiben lässt«, fuhr dieser fort. »Und im öffentlichen Schuldbuch der Kommune zu stehen ist alles andere als eine Freude. Ganz abgesehen davon, dass ein Bürger, der dort eingetragen ist, nicht mehr zur Wahl in irgendwelche Ämter zugelassen wird. Und Ihr wisst, wie versessen unsere Bürger darauf sind, sich mit einem Titel schmücken zu können, am besten mit dem eines Prioren oder gar des Gonfaloniere.«

»Vanitas vanitatum, omnia vanitas«, bestätigte der Mönch. Eitelkeit der Eitelkeiten. Alles ist Eitelkeit.

»Wer nach dem Eintrag ins Specchio nicht spurt, bekommt schnell die noch viel üblere Art zu spüren, einen Schuldner zum Zahlen zu bewegen: Er wandert in die *stinche.* Und der Schuldturm ist nun wahrlich nicht der Ort, an dem man frohen Mutes sitzt, bis der Gläubiger sich auf einen Schuldenschnitt einlässt!«

»Was dem läuternden Zweck der Stinche auch eher abträglich wäre«, sagte Pater Angelico. »Aber so weit erzählt Ihr mir nichts Neues, Commissario. Wie hat Matteo Brancoletti es denn nun vermeiden können, von Morosi in den Ruin gestürzt zu werden?«

»Hier kommt Galeotto ins Spiel, sein hündisch ergebener Bruder, der eine merkwürdig zwiegespaltene Seele haben muss, hat er doch eine Zeitlang einer Geißlerbewegung angehört«, sagte Scalvetti und verzog das Gesicht. »Jedenfalls hat Matteo sich den zeitintensiven Umweg über den Schuldturm gespart und stattdessen seinen Schuldnern Galeotto auf den Hals gehetzt, der sie mit seinen ganz eigenen, buchstäblich schlagkräftigen Argumenten dazu bewegen sollte, ihre Außenstände unverzüglich zu begleichen. Und Galeotto hat seine Sache so gut gemacht, dass er sich seinen Beinamen Il Brutto regelrecht verdient hat. Immerhin sind bei den sogenannten Gesprächen, die er geführt hat, nicht selten Knochen zu Bruch gegangen und schmerzhafte Schnittwunden zurückgeblieben.«

Pater Angelico hob die Brauen, schienen doch hier in dem Rätsel um den Mörder einige Teile zusammenzupassen. »Heilige Dreifaltigkeit! Und niemand hat gegen ihn Anklage erhoben?«

»Selbstverständlich nicht! Wessen hätte er denn verklagt werden sollen? Denen, die so traktiert worden waren, sind seltsamerweise durchweg bedauerliche Unfälle zugestoßen! Was der raschen Verbreitung der Botschaft, die Matteo über seinen Bruder hat ausrichten lassen, selbstredend keinen Abbruch getan hat«, sagte Scalvetti. »So hat es denn auch nicht lange gedauert, bis er nur noch den Namen seines tüchtigen Bruders erwähnen musste, um seine Morosi auf Trab zu bringen. Und damit war sein Aufstieg gesichert.«

»Und das hat seinem Ansehen bei den anderen Bankherren nicht geschadet?«, wunderte sich Pater Angelico, der zu jener Zeit als Söldner durch die Lande gezogen war und diese Geschichten nicht kannte.

Der Commissario warf ihm einen Blick zu, als sei ihm da eine äußerst einfältige Frage herausgerutscht. »Padre, Ihr wisst doch selbst: In diesen Kreisen gelten Durchsetzungsvermögen und Einfallsreichtum, wenn es um den eigenen Profit geht, mehr als alles andere. Das Gewissen gibt man vor der Tür zum Kontor ab – wenn man denn noch eines besitzt.«

»Fürwahr«, seufzte Pater Angelico.

»Und damit, dass er unserem Magnifico, der einen Kardinalshut für seinen halbwüchsigen Bruder Giovanni[3] kaufen

3 den späteren Papst Leo X.

wollte, aber wieder einmal knapp bei Kasse war, das nötige Handgeld für den Papst angedient hat, konnte Matteo Brancoletti den Glorienschein eines Signore ergattern, der sich um die Kommune verdient gemacht hat. Denn der Papst hat Wort gehalten, und ein nicht einmal fünfzehnjähriger Medici darf sich jetzt in Kardinalspurpur kleiden. Jedenfalls ist man seit dem Handel zwischen unserem Stadtherrn und dem Brancoletti gut beraten, über den Aufstieg des Matteo Brancoletti das Tuch gnädigen Schweigens, besser noch: des Vergessens zu breiten.« Mit einem Ausdruck bitterer Resignation zuckte Scalvetti die Achseln. »Es ist ärgerlich, aber was soll man machen? Nicht alle Psalmen enden mit Lobgesang.«

»Womöglich auch nicht die der Brancoletti«, kam Pater Angelico auf den Kern ihres Gesprächs zurück. »Denn was Ihr mir von den beiden erzählt habt, lässt doch nur den Schluss zu …«

»… dass Matteo Brancoletti ein skrupelloser Geschäftsmann ist und sein Bruder Galeotto Freude daran hat – oder zumindest nichts Verwerfliches daran findet –, anderen Gewalt anzutun«, beendete Tiberio Scalvetti den Satz anders, als der Mönch ihn auf der Zunge hatte. »Und damit stehen sie in unserer Stadt alles andere als allein da!«

»Die Flamme ist dem Rauch am nächsten«, gab der Mönch zu bedenken.

»Nein«, wehrte Scalvetti ab. »Zieht keine voreiligen Schlüsse, auch wenn ich zugeben muss, dass manches in diese Richtung weisen *könnte.*«

»Mir scheint das mehr als nur eine Möglichkeit unter vielen zu sein«, wandte Pater Angelico ein. »Zumindest bei Brancoletti sehe ich ein starkes Motiv. Es drängt ihn mit aller Macht, den Bau seines neuen Palazzo in Angriff zu nehmen. Und so, wie er den Sensale bedroht hat, dürfte dieser gar keine andere Wahl haben, als ihm den Vorzug vor Forlani zu geben.«

Tiberio Scalvetti schaute bedrückt drein. »Und doch sind die Brancoletti unangreifbar, zumindest nach dem derzeitigen Stand der Ermittlungen. Denn mehr als lächerlich vage Verdachtsmomente haben wir nicht vorzuweisen. Und Ihr wäret nicht von dieser Welt, wenn Ihr glaubtet, ich könnte sie einem scharfen Verhör unterziehen, geschweige denn über das *territio verbalis,* das Zeigen der Marterinstrumente, hinausgehen. Das würde mich …«

»… den Kopf kosten«, beendete der Mönch den Satz für ihn. »Ich weiß, ich weiß, das habe ich begriffen. Aber ich wüsste noch einen Vorwand, unter dem ich Matteo einen weiteren Besuch abstatten und mich dabei doch noch der Art und Größe seiner Ringe …«

Der Commissario ließ ihn nicht ausreden. »Ich werde ein Buch mit den eingetragenen florentinischen Familienwappen und Siegeln beschaffen. Wobei uns selbst das nicht viel weiterbringen wird. Deshalb wollen wir uns für den Moment auch nicht weiter damit aufhalten«, sagte er in einem Ton, der keinen Widerspruch zuließ, und griff nach einem zusammengerollten Papier, das die ganze Zeit vor ihm gelegen hatte. »Es gibt anderes, das mir mehr auf den Nägeln brennt, und zwar dieses verfluchte Pamphlet, das fraglos aus der blutigen Feder des Mörders stammt!«

»Ein Bekenntnis?«, stieß Pater Angelico hervor.

Der Commissario schnaubte abfällig. »So könnte man es nennen, wenngleich der Mistkerl sich für einen anderen ausgibt, sozusagen für einen Zeugen des Todesengels. Hier, lest selbst!«

Pater Angelico nahm das Papier, das von der Größe eines Oktavblattes war, und las mit wachsendem Befremden und Abscheu. Das Schreiben war mit schmutzig brauner Tinte aufgesetzt, in einer noch viel merkwürdigeren Handschrift, die grob und ungelenk daherkam und doch immer verriet, dass der Verfasser eigentlich in der Lage war, überaus elegant und schwungvoll zu schreiben. Keine Frage, der Mann hatte sich bemüht, seine Schrift zu verfremden.

Das Schreiben war an die Bevölkerung von Florenz gerichtet und begann mit dem markigen Anruf: *Florentiner, hört!* Und schon die ersten Sätze verrieten, was er dem Volk mitzuteilen hatte: *Ich habe den Todesengel vom Himmel stürzen sehen! Vom Turm der heiligen Stadt kam er herab und fiel voller Zorn auf die Stadt der Schmerzen mitsamt ihrem verlorenen Volk nieder! Ihr wisst, welche einst gottesfromme Stadt seinen Zorn erregt und ihn hat herabstürzen lassen, um mit seinem Flammenschwert fürchterlich zu sühnen, was ihre gottlosen Bürger an Todsünden auf sich geladen haben. Zwei Mal sah ich den Todesengel im blendenden Licht der ihn umtosenden Flammen das gerechte Urteil vollstrecken. Hinabgefahren sind die von ihm niedergestreckten Sünder in den grauen Sumpf am Styx. Aber seid gewarnt! Noch weilt der Todesengel des Herrn in unseren Mauern, so dass auch Eure Stunde schon bald kommen kann! Das Sodom und Gomorrha am Arno wird seiner strafenden Schwerthand nicht entkommen. Wer sich nicht bekehrt und Buße tut, wird fallen und niedergemäht wie das Gras unter der Sichel des Sensenmannes! Es wird Schwefel und Asche vom Himmel regnen, und brennende Kreuze werden herabfallen und Euch erschlagen, auf dass das Heulen und Zähneklappern kein Ende hat! Florentiner, hört, was ich gesehen und Euch mitgeteilt habe! Der Todesengel, er wartet auch auf Euch!* Und am Schluss folgte noch ein verlogen beschwörendes *Gottes Barmherzigkeit sei mit uns!*

»Bei den Seelen der Heiligen und aller Märtyrer«, murmelte Pater Angelico angewidert. »Unglaublich! Was für ein krudes Zeug er da zusammenfaselt. Er bedient sich bei Dantes *Göttlicher Komödie.* Die ›Stadt der Schmerzen‹ steht bei Dante für die Hölle, und mit dem ›Turm der heiligen Stadt‹ ist natürlich der Himmel gemeint.«

Tiberio Scalvetti nickte mit finsterer Miene. »Auch das mit ›dem grauen Sumpf am Styx‹ hat er geklaut; bei Dante bezieht es sich auf den fünften Kreis der Hölle. Ohne Geist und Verstand hat er das alles miteinander verquirlt«, sagte er abfällig. »Aber bei Gott, er hat mit diesem verfluchten Schreiben erreicht, was er wollte, nämlich, dass seine Morde für Strafakte des Todesengels gehalten werden! Was hier steht – und was der Schweinehund auch noch mit Blut auf dieses Blatt geschrieben hat, da gehe ich jede Wette ein –, ist schon jetzt in aller Munde!«

Jetzt wusste Pater Angelico, weshalb er so viele Menschen hatte die Köpfe zusammenstecken und aufgeregt miteinander reden sehen. Von wegen Staatskrise oder Kriegserklärung! Der Mörder versteckte sich hinter einer Nebelwand aus religiösem Geschwafel.

»Wo, um alles in der Welt, habt Ihr das her, Commissario?«, fragte er und reichte das Schreiben zurück.

»Aus einem *tamburo* drüben an der Piazza di Santo Spirito.«

»Raffiniert!«

Tamburi wurden die kleinen Holzkästen genannt, die die Kommune an verschiedenen zentralen Orten der Stadt an Hauswänden angebracht hatte. Offiziell hießen sie *buco della verità,* Loch der Wahrheit. Aber mit der Wahrheit nahmen es die Florentiner, die sich der Kästen bedienten, nicht immer so genau. Denn was sie anonym auf die Zettel schrieben, die sie dort hinterließen, waren nur allzu oft bösartige Nachreden und Denunziationen unliebsamer Mitbürger.

»Der Dämlack von Büttel, der den Tamburo dort heute Morgen leeren musste, hat bei seiner Rückkehr zur Behörde natürlich nichts Besseres zu tun gehabt, als das Schreiben in sämtlichen Amtsstuben herumzuzeigen«, sagte Scalvetti erbost. »Ihr könnt Euch denken, was dann passiert ist! Statt erst einmal Stillschweigen zu bewahren und alles Weitere mir zu überlassen, haben diese einfältigen Tintenkleckser sich mit ihrem Wissen wichtiggemacht und den Inhalt des Schreibens in die Welt hinausposaunt. Der Hundsfott, der das zu verantworten hat, gehört ausgepeitscht, so sehe *ich* es jedenfalls! Aber der Schaden ist nun einmal angerichtet, und wir werden damit leben müssen.«

Pater Angelico verstand seinen Zorn. »Ein Gutes hat dieses Schreiben aber dennoch.«

»Dass die einfach gestrickten Leute jetzt in Angst und Schrecken vor dem Wüten des Todesengels verfallen, Euch die Kniebänke der Beichtstühle blank scheuern und sich für ein paar Tage vornehmen, ein gottgefälligeres Leben zu führen?«, fragte Scalvetti.

Es zuckte kurz um Pater Angelicos Mundwinkel. »Dass es lange Schlangen vor den Beichtstühlen geben wird, ist anzunehmen. Aber das meine ich nicht, nein. Ich rede von etwas anderem, und zwar den Stellen aus der *Göttlichen Komödie,* die der Kerl in seiner kruden Epistel verwurstet hat.«

Der Commissario legte die Stirn in Falten. »Ich kann Euch nicht ganz folgen. Wie soll uns diese Zitatenstümperei weiterhelfen, Pater?«

»Beispielsweise können wir wohl ausschließen, dass Jacopo Forlani seine Nase jemals in ein so anspruchsvolles Buch wie

Dantes *Göttliche Komödie* gesteckt hat und dann auch noch daraus zu zitieren weiß«, antwortete der Mönch. »Wohingegen die Brancoletti gewiss alle solide ausgebildet sind und bestimmt ein Exemplar dieses Buches in ihrem Palazzo stehen haben.«

»Teufel auch, da setzt Ihr einen Treffer, Pater«, sagte der Commissario und nickte anerkennend. »Es ist in der Tat kaum anzunehmen, dass der Geist humanistischer Bildung Forlani jemals auch nur gestreift hat. Zumindest lassen seine Herkunft und sein ungehobeltes Auftreten auf nichts anderes schließen.«

»Also ist Brancoletti unser Mann«, beharrte Pater Angelico einmal mehr.

Tiberio Scalvetti seufzte schwer und kratzte sich am Kinn. »Gewiss, die Anzeichen häufen sich«, räumte er widerstrebend ein. »Trotzdem will mir einfach nicht einleuchten, dass Matteo Brancoletti, so skrupellos er als Geschäftsmann auch sein mag, hinter den Morden stecken soll. Er tötet einen Pater und eine Wachsbildnerin, um endlich seinen neuen Palazzo bauen zu können? Und dann denkt er sich auch noch diese hanebüchene Geschichte mit dem Todesengel aus?« Er schüttelte den Kopf. »Das Motiv erscheint mir zu schwach, Padre. Der Mann weiß, über welche finanzielle Macht er verfügt und wie groß sein Einfluss in den höchsten Kreisen ist. Ich glaube nicht, dass er auch nur die Möglichkeit in Erwägung zieht, der Sensale könnte es wagen, ihn zu hintergehen, und das Geschäft mit Forlani machen.« Als Pater Angelico einen Einwand vorbringen wollte, hob er rasch die Hand. »Ich weiß, mit dem Grobian ist bestimmt nicht gut Kirschen essen, und er hat ihm gedroht, das habt Ihr mir berichtet. Aber Landozzi wird in jedem Fall die Rache des Bankherrn mehr fürchten als die Möglichkeit, dass Forlani ihm etwas antut. Zumal dieser sich solch einen Übergriff gar nicht leisten kann, will er nicht noch mehr in Verruf geraten. Ihr wisst, wie sehr Landozzi danach dürstet, endlich von unseren Grandi und Nobili akzeptiert und in die eigenen Kreise aufgenommen zu werden. Nein, ein solches Risiko wird er nicht eingehen! Und damit ist Brancoletti aus dem Rennen. *Quod erat demonstrandum!*« Was zu beweisen war.

Es gefiel Pater Angelico gar nicht, dass er der Argumentation des Commissario nichts entgegenzusetzen hatte. So blieb ihm nichts anderes übrig, als zu spekulieren, ob Forlani nicht doch irgendwie an Dantes berühmtes Werk geraten sein und sich daraus bedient haben konnte. Die wirre Auswahl und Verwendung der Stellen mochten ein Hinweis darauf sein.

Sie redeten noch eine ganze Weile und zerbrachen sich den Kopf, wie sie dem Täter auf die Spur kommen und ihm das blutige Handwerk legen könnten, doch keinem fiel etwas ein, das auch nur vage Erfolg versprochen hätte. Und so trennten sie sich in dem bedrückenden Bewusstsein, dass dem selbsternannten Todesengel so einfach nicht beizukommen war.

34

Pater Angelico musste sich zwingen, den Rest des Tages nicht bei Gershom oder im *Giardino* zu verbringen, sondern in die Via Chiara und an die Arbeit in der Hauskapelle zurückzukehren. Fast fürchtete er sich davor, Lucrezia zu begegnen und wieder einmal seine Gefühle nicht verbergen zu können.

Zu seiner großen Erleichterung traf er im Palast weder auf Lucrezia noch auf die beiden Franzosen. Was allerdings dazu führte, dass er sogleich argwöhnte, sie könnte mit den beiden Hausgästen – oder womöglich nur dem Schönling Henri – in der Stadt sein und die ihnen die Sehenswürdigkeiten von Florenz zeigen. Das war natürlich nur hinnehmbar, wenn sie sich in der schicklichen Begleitung ihrer Zofe Piccarda befand.

Allein schon die Vorstellung, sie könnte mit diesem französischen Süßholzraspler zusammen sein, regte ihn auf. Wobei er der Frage, ob er womöglich eifersüchtig war, nach Kräften auswich.

Bruder Bartolo befreite gerade einen Pinsel gewissenhaft von Farbresten, als Pater Angelico die Tür zur Hauskapelle aufstieß. Augenblicklich nahm sein jungenhaftes Gesicht einen gespannt-aufgeregten Ausdruck an. Es war offensichtlich, dass er hin- und hergerissen war zwischen der Sorge, mit seinem Baumfresko versagt zu haben, und der Hoffnung, vor den Augen seines Meisters Gnade zu finden.

»Meister, da seid Ihr ja wieder!« Selbst in seiner Stimme kam der Wettstreit seiner Gefühle zum Ausdruck. »Ich habe versucht, nach Euren …«

Pater Angelico brachte ihn mit einer herrischen Handbewegung zum Schweigen, trat vor die Wand und betrachtete das Fresko mit zusammengekniffenen Augen.

Lange Sekunden – für den Novizen quälend lang – stand der Meister stumm und mit kritischem Blick vor der Arbeit. Und mit jeder weiteren Sekunde, die verstrich, ohne dass Pater Angelico auch nur ein Wort von sich gab, schwitzte der junge Mann mehr.

Schließlich ertrug er das Schweigen nicht länger. »Ich weiß, es ist nicht das, was Ihr erwartet habt, Meister«, brach es aus ihm heraus. »Aber besser …«

»Nein, das ist es tatsächlich nicht!«, schnitt Pater Angelico ihm wieder einmal das Wort ab – mürrisch im Ton und mürrisch dreinschauend. Und dann begann er, mit der peinlichen Beobachtungsgabe des erfahrenen Malers das *chiaroscuro* seines Novizen zu bemängeln, die Handhabung der Hell-Dunkel-Effekte. Ihre Erfindung und Anwendung hatte entscheidend dazu beigetragen, dass florentinische Maler und ihre Nachahmer in ihren Gemälden und Fresken jene faszinierend plastische Darstellung erreichten, die zuvor niemand für möglich gehalten hatte.

Bruder Bartolo fiel immer mehr in sich zusammen. Einmal mehr wünschte er sich an diesem Tag, die Erde möge sich unter ihm auftun und ihn verschlucken. »Bitte seht mir nach, dass ich Euch so enttäuscht habe«, murmelte er am Boden zerstört. »Das Übermalen …«

»Hier wird nichts übermalt«, beschied ihn Pater Angelico. »Der Baum bleibt, wie er ist!«

»Ja, aber die Mängel, die Ihr aufgezählt habt, Meister …«, hob Bruder Bartolo verständnislos an.

»Würde nicht einmal jeder Pinseler sehen, der in Florenz ein Atelier unterhält und sich Maler nennt«, winkte Pater Angelico ab. »Geschweige denn der Dicke! Selbst wenn man ihn mit der Nase drauf stieße, würde er nicht begreifen, was man von ihm will. Außerdem bekommt er mit deinem Baum mehr, als er verdient.«

Der Novize glaubte, seinen Ohren nicht zu trauen, und wagte ein vorsichtiges Lächeln. »Und Ihr meint wirklich, man kann den Baum so lassen, ohne dass er Eurem Ruf schadet?«, vergewisserte er sich.

»Der Baum ist prächtig!«, lobte Pater Angelico ihn endlich und seufzte schwer, als kosteten die folgenden Worte ihn Überwindung. »Eines Tages, und der dürfte gar nicht allzu fern sein, wirst du mich als Maler in den Schatten stellen.«

Fassungslos sah Bruder Bartolo ihn an.

»Aber glaube ja nicht, du könntest dir darauf jetzt etwas einbilden«, fügte Pater Angelico harsch hinzu, noch bevor der Novize auch nur ein Wort herausbrachte. »Wehe, deine Nase wird zum Regenfänger! Diese Flausen werde ich dir schnell austreiben!«

»Das glaube ich Euch unbesehen, Meister«, versicherte der Novize und strahlte wie einer von jenen köstlichen, ölglänzenden Brotfladen, die aus der Küche des *Giardino* kamen.

»So, und jetzt pack unsere Sachen zusammen!«

»Aber wir haben doch noch mindestens eine Stunde Tageslicht!«, wandte Bruder Bartolo verwundert ein.

»Die brauchen wir auch, aber nicht hier, sondern um dein erstes Fresko gebührend zu feiern«, verkündete Pater Angelico schmunzelnd. »Wir gehen auf ein Brot und einen Wein ins *Giardino.* Das hast du dir redlich verdient! Und morgen früh nehme ich dich mit in den Dom, damit auch du dir die Predigt des gelehrten Bruders aus Ravenna anhören kannst, der bei uns in der Stadt zu Besuch ist.«

Oft hieß es in Florenz, wenn eine Einladung ausgesprochen wurde: »Kommt auf ein Brot und einen Wein!« Aber die Florentiner wären nicht die gewesen, die sie waren, hätten sie diese Redewendung tatsächlich wörtlich genommen. Natürlich blieb es nicht bei einem Becher Wein und schon gar nicht bei Brot allein. Und so war es denn auch an jenem Abend im *Giardino.*

35

Am späten Nachmittag war das Wetter umgeschlagen. Vom Meer her waren tief hängende graue Wolken aufgezogen und hatten bei Anbruch der Dunkelheit Nieselregen gebracht, der zeitweilig in kurze, heftige Schauer überging. Die weitläufige Piazza vor dem Dom Santa Maria del Fiore, Brunelleschis atemberaubendem Wunderwerk der Architektur, das in der ganzen Christenheit, ja selbst bei den Heiden ob seiner Herrlichkeit und überragenden Baukunst gerühmt wurde, lag verwaist unter dem nasskalten Himmel.

Die Kirchenglocken hatten schon gut zehn Minuten zuvor zur letzten Gebetsstunde des Tages geläutet, so dass mittlerweile auch die Bettler, die sonst vor dem Portal saßen, sich verzogen und in ihren Löchern Schutz vor dem Regen gesucht hatten. Aber selbst wenn sie noch da gewesen wären, hätte wohl keiner den beiden Gestalten Beachtung geschenkt, die eben in der trüben Dunkelheit über den Vorplatz eilten.

Zwei Männer, die von Gestalt kaum unterschiedlicher hätten sein können. Der eine klein und schmächtig wie ein schlecht genährter Halbwüchsiger, der andere groß und kräftig. Letzterer trug einen kleinen Leinensack unter dem Arm. Sie hielten mit tief gesenkten Köpfen, über die sie sich die Kapuzen ihrer winterwarmen Umhänge gezogen hatten, auf Giottos schlanken Campanile zu, der sich rechts vom Domportal in die ungemütliche Nacht erhob. Wie ein riesiger Speer aus vierkantigem Marmor ragte der Glockenturm neben dem Prunkstück florentinischer Baukunst auf und reichte bis fast in die schwindelerregende Höhe der mächtigen Domkuppel.

Selbst das Wetter spielt mir in die Hand! Es weiß eben, was

es dem Todesengel schuldig ist, damit er wieder zur Tat schreiten kann, sagte sich mit höhnischem Wohlgefallen der größere der beiden Männer, den man seit dem frühen Mittag überall in der Stadt angstvoll den Todesengel von Florenz nannte. Er fand diese Tatsache äußerst amüsant und beglückwünschte sich einmal mehr zu dem Geistesblitz, dem seine Mitteilung an die florentinische Bevölkerung entsprungen war. Es war geradezu köstlich gewesen, mit anzusehen und zu hören, in welchem Maße sein Schreiben die Leute verschreckt hatte und wie viele es für bare Münze nahmen. Der Plebs wollte nun einmal betrogen und belogen werden und hatte auch nichts anderes verdient. Sterben musste jeder einmal, und für einige beschleunigte er diesen unausweichlichen Vorgang nur ein wenig.

Fressen oder gefressen werden, so ging es im Leben nun einmal zu. Da musste jeder für sich entscheiden, ob er Amboss oder Hammer sein wollte. Er für seinen Teil hatte diese Entscheidung bereits vor Monaten getroffen.

Niccolo Landozzi riss seinen Begleiter aus seinen höhnischen Gedanken. »Ich verstehe das alles nicht! Warum, in Gottes heiligem Namen, muss das Treffen an diesem seltsamen Ort stattfinden?«, fragte er missmutig.

»Weil er es nun einmal so bestimmt hat«, antwortete der selbsternannte Todesengel. »Fragt mich nicht, warum. Er wird schon seine Gründe haben.«

Der Sensale schnaubte. »Was kann es denn für Gründe geben, jemanden in den Glockenturm zu bestellen – und das zu dieser Stunde?«

»Lasst Euren verständlichen Unwillen nicht an mir aus, werter Sensale«, gab der Todesengel in pikiertem Ton zurück. »Ich bin in dieser Sache nur der Vermittler und Bote, der Euch ausgerichtet hat, wo die Zusammenkunft stattfinden soll.«

»Schon gut, schon gut«, murmelte Landozzi.

»Aber wenn es Euch nicht genehm ist, steht es Euch selbstverständlich frei, umzukehren und wieder nach Hause zu gehen«, sagte der Todesengel und hatte seine Freude daran, den Ahnungslosen zu provozieren. »Das wird allerdings nicht gerade auf Wohlgefallen stoßen, wenn Ihr mir diese Warnung gestattet. Nachsicht ist nicht seine Stärke, wie Ihr vermutlich wisst. Und Ihr wollt die leidige Angelegenheit doch endlich zu einem Abschluss bringen, bei dem es Euch nachher nicht an den Kragen geht – oder sehe ich das vielleicht nicht richtig?«

»Bei Gott, nichts wünsche ich mir mehr, als diese vertrackte Geschichte friedlich beizulegen!«, beteuerte Niccolo Landozzi hastig. »Aber hätte es nicht auch ein weniger ausgefallener Ort sein können?«

»Gewiss, ich verstehe Euch nur zu gut, Sensale«, gab der Todesengel sich mitfühlend. Immer schön abwechselnd Peitsche und Zuckerbrot verabreichen, das zog bei diesen Schmarotzern von Maklern immer noch am besten. »Mir wäre es auch lieber gewesen, ich hätte Euch bei diesem Sauwetter in die nächste Schenke führen können, das könnt Ihr mir glauben! Aber tröstet Euch damit, dass Ihr für die Unbill, die Ihr für einige Minuten ertragen müsst und schnell wieder vergessen haben werdet, reich entschädigt werdet, und zwar im Sinne des Wortes.«

»Gebe Gott, dass es so kommt«, sagte Niccolo Landozzi und seufzte schwer. »An der Zeit wäre es, endlich aus dieser unseligen Zwickmühle herauszukommen!«

Augenblicke später standen sie vor der Tür zum Glockenturm. Der Todesengel hielt den Schlüssel schon in der Hand, doch bevor er aufsperrte, schaute er sich rasch noch einmal verstohlen um. Weit und breit war nichts zu sehen, das ihn hätte alarmieren müssen.

»Wie kommt es, dass Ihr diesen Schlüssel habt?«

Der Todesengel lachte leise. »Das sollte Euch kaum in Erstaunen versetzen«, sagte er und schob Landozzi schnell durch die Tür und in den finsteren Vorraum. »Sich einen Nachschlüssel zum Glockenturm zu besorgen ist doch eine Lappalie, wenn man Beziehungen hat und weiß, wen man schmieren muss.« Was gelogen war, hatte er den Schlüssel doch bei einem unverfänglichen Besuch in der Dombauhütte heimlich an sich gebracht, in einer eigens mitgebrachten Wachsschachtel einen Abdruck gemacht und sich von einem Dorfschmied außerhalb der Stadt ein eigenes Exemplar machen lassen. Sorgfältige Planung war der Schlüssel zum Erfolg – wie dieser Schlüssel in seiner Hand, der dem Sensale das Tor zum Tod öffnete. Wie prächtig das doch alles zusammenpasste!

»Himmel, hier sieht man ja nicht die Hand vor Augen«, stöhnte Niccolo Landozzi ängstlich. »Und weiß Gott, was hier überall in dem Gebälk kreucht und fleucht!«

»Wartet, das haben wir gleich! Gleich wird Euch ein Licht aufgehen«, sagte der Todesengel und kicherte über den Hintersinn seiner Worte, während er eine Handlaterne aus dem Leinenbeutel holte und den Docht in Brand setzte. Er hätte nie geglaubt, dass die tödlichen Spiele, die er mit seinen ahnungslosen Opfern spielte, ihm solches Vergnügen bereiten würden, und er erwog ernsthaft, die Rolle des strafenden Erzengels noch um einiges länger auszukosten, als seine bisherige Planung es vorsah. Nun, darüber konnte er sich zu gegebener Zeit noch Gedanken machen.

Im schwachen Lichtschein zeichnete sich über ihnen die Treppenanlage ab, die sich an den Wänden entlang in rechten

Winkeln in die finstere Höhe schraubte. Wobei die Bezeichnung »Treppenanlage« dem, was da vor ihnen lag, nicht ganz gerecht wurde. Vielmehr waren es steile Stiegen, eigentlich bessere Leitern mit schmalen Trittbrettern, über die man den Aufstieg angehen musste.

»Bei den himmlischen Chören, da sollen wir hinauf?«, stieß der Sensale hervor und erinnerte sich plötzlich daran, wie viele dieser Trittbretter bis nach oben zu überwinden waren. Vierhundert! »Das ist ein Ding der Unmöglichkeit! Ich bin doch kein Kirchenbaumeister oder Glöckner, der an derlei Kletterei gewöhnt ist!«

»Macht, was Ihr wollt, mein Herr Landozzi«, erwiderte der Todesengel scheinbar gleichmütig und nahm die ersten Stufen in Angriff. »Ich für meinen Teil kann mich dem leider nicht entziehen. Immerhin muss ich oben Bescheid geben, dass es Euch doch nicht drängt, das Geschäft sauber unter Dach und Fach zu bringen. Ihr findet ja sicher allein hinaus. Habt einen guten Abend und passt auf, dass Ihr dem Todesengel nicht in die Arme lauft!«

Niccolo Landozzi zögerte kurz und rang sichtlich mit sich. Dann fluchte er leise. »Tod und Teufel, also gut, wenn es denn sein muss! Aber wartet um Gottes willen mit dem Licht! Mir ist es hier auch so schon unheimlich genug!«

Der Todesengel lächelte und gab ihm Gelegenheit, zu ihm aufzuschließen. Dann setzte er seinen Aufstieg fort, und der Sensale blieb ihm dicht auf den Fersen, um auch ja in den Genuss des Laternenlichts zu kommen.

Als sie etwa ein Viertel der Stiegen hinter sich gebracht hatten und der Sensale schon ordentlich schnaufte, gelangten sie auf eine kleine Plattform. Bis auf diese Höhe, besser gesagt: Tiefe reichte das Glockenseil herab, war es doch auch dem frommsten und diensteifrigsten Glöckner nicht zuzumuten, zu jeder Messe, jedem Angelusläuten und jedem Chorgebet bis unter das Dach des Campanile zu steigen. Der Arme wäre wohl schon nach wenigen Tagen solcher Tortur entkräftet zusammengebrochen.

So führte das Seil von dieser Plattform aus hinauf zu einer Hebelanlage unter dem Turmgiebel, wo der eiserne Klöppel lag, mit dem die Glocke angeschlagen wurde. Eine Konstruktion, die der Todesengel höchst praktisch fand – nicht nur für den Glöckner, sondern auch für sein Vorhaben.

Niccolo Landozzi war dankbar für die Atempause. Sie verweilten einen Augenblick auf der Plattform, und dann setzten sie ihren Aufstieg fort.

»Kain«, sagte der Todesengel unvermittelt, blieb stehen und leuchtete dem Sensale ins Gesicht. »Sagt, habt Ihr Euch schon einmal Gedanken über Kain und das Menschengeschlecht gemacht?«

»Wie bitte? Sprecht Ihr von Kain, dem Bruder Abels?«

»Genau den biblischen Gesellen meine ich.«

»Gedanken? Nein, wie sollte ich auch?«, fragte Niccolo Landozzi verwirrt zurück und blinzelte ins Licht. »Jedenfalls wüsste ich keinen triftigen Grund, warum ich mir darüber Gedanken machen sollte. Was es dazu zu sagen gibt, steht in der Bibel, jedes Kind kennt das.«

»Aber nicht jeder macht sich die Mühe, Betrachtungen anzustellen, die ein bisschen über das allgemein Bekannte hinausgehen. Dabei wäre das sehr lohnend.«

»Ich weiß wirklich nicht, wovon Ihr redet«, sagte der Sensale verwirrt, aber er war froh über die weitere Pause, die sich ihm durch die merkwürdige Anwandlung des Mannes über ihm bot.

»Nun, denkt doch mal nach, mein Bester. Wer war denn

noch übrig, als der arme Tropf Abel mit eingeschlagenem Kopf am Boden lag?«, insistierte der Todesengel.

»Kain natürlich. Wer denn auch sonst?«

»Richtig, der tüchtige Kain! Aber nun denkt einmal einige …« Er gab sich den Anschein, als zögere er und suche nach den richtigen Worten. »Nun, sagen wir es ruhig ein wenig grob: einige lustvolle Bocksprünge unseres Vorfahren Kain weiter. Dann gelangt Ihr doch gewiss wie ich zu der logischen Schlussfolgerung, dass alle seine Abkömmlinge von einem beherzten Mörder abstammen«, fuhr der Todesengel in beschwingtem Ton fort, als unterhielten sie sich über eine gelungene Volksbelustigung. »Und damit letztlich auch wir, werter Sensale, Ihr genauso wie ich. Ist es nicht erstaunlich, dass wir beide den Stammvater aller Mörder zu unseren Ahnen zählen müssen? Ich bin sicher, es gibt in der langen Reihe unserer Vorfahren noch einige andere dieser Art, die Euren wie meinen Stammbaum schmücken, aber dieser gehört uns beiden.«

Verstört blickte Niccolo Landozzi zu ihm auf. »Der *tüchtige* und *beherzte* Mörder Kain?«, wiederholte er indigniert. »Also entschuldigt, aber Euren merkwürdigen Scherzen weiß ich nicht das Geringste abzugewinnen!« Er schüttelte den Kopf, als könnte er nicht glauben, was er da gehört hatte. »Weiß der liebe Gott, wie Ihr gerade jetzt auf solche … abartigen Gedanken kommt!«

Der Todesengel machte eine Miene des Bedauerns. »Eine gute Frage, Sensale. Seht es mir nach, seid so gut! Ich nehme an, es hat mit dem Todesengel zu tun, der in unserer Stadt umgeht, dass mir so etwas in den Sinn kommt.«

»Vermutlich«, knurrte der Sensale. »Also dann, geht weiter voran, damit wir endlich nach oben kommen. An den Abstieg will ich lieber nicht denken.«

»Ach, der wird Euch wie im Fluge vorkommen«, versicherte der Todesengel.

Niccolo Landozzi schüttelte nur stumm den Kopf.

Der Todesengel ging die letzten beiden Stiegen schneller an, so dass er einige Augenblicke Vorsprung hatte, als er schließlich hoch über den Dächern der Stadt zu dem Ausstieg kam und auf die Plattform trat. Diese war bedeutend solider angelegt als die tief unten liegende, wo das Seil endete. Über ihm zeichneten sich die Hebelanlage mit dem seitlich angesetzten Klöppel und die darüberhängende Glocke als schwarze Umrisse ab. Die Tauben, die sich auf der Brüstung zwischen den sanft gerundeten Säulen und Trägern des Daches niedergelassen hatten, bekundeten laut gurrend ihren Unmut über die Störung in ihrem Revier, flatterten auf und flogen davon.

Er löschte eilig das Licht in der Laterne, stellte sie auf den Boden, ließ den Leinenbeutel danebenfallen und zog unter seinem Umhang eine Garrotte hervor.

Heftig nach Luft schnappend, kam Niccolo Landozzi die letzten Stufen herauf. »Warum habt Ihr das Licht gelöscht?«, schimpfte er unter lautem Keuchen. Dann blickte er sich um und rief, als er außer ihnen beiden niemanden sah: »Wo, zum Teufel, ist …?«

Die Worte, die noch hätten folgen sollen, blieben ihm buchstäblich im Hals stecken, als der Todesengel ihm von hinten die Garrotte um die Kehle legte und ihm die Luft abschnitt.

»Ehe ich es vergesse und du es nicht mehr mitbekommst: Der tüchtige Kain, dein Stammvater, lässt grüßen, Sensale!«, flüsterte er ihm ins Ohr.

Niccolo Landozzi quollen die Augen aus den Höhlen. Er würgte und röchelte und wehrte sich nach Leibeskräften, was allerdings nicht der Rede wert war. Der Mörder packte ihn mit der Linken am Kinn und hob ihn mit einer Leichtigkeit von dem Bohlenboden, als habe er es mit einem Daunensack zu tun. Dabei drehte er mit der anderen Hand die Garrotte in aller Ruhe immer enger zu. Er hatte Zeit und die Gewissheit, dass Landozzis wildes Zappeln gleich aufhören und der Erstickungstod in wenigen Minuten eintreten würde.

Als das Leben aus dem schmächtigen Körper des Maklers und Notars gewichen war, legte er die Leiche vor die nach Westen hinausgehende Brüstung. Dann trat er zwischen zwei Säulen, stützte die Hände rechts und links auf und blickte mit einem triumphierenden Lächeln hinunter auf das Dächermeer. Nie hatte er sich so mächtig und unangreifbar gefühlt wie in diesem Moment. Wenn Florenz am nächsten Morgen erwachte, würde ein neues Opfer des Todesengels auf seine Bewohner warten.

Davor galt es natürlich noch einiges vorzubereiten, diesmal sogar mehr, als es bei seinen vorherigen Opfern nötig gewesen war. Er fühlte sich in seinem Ehrgeiz herausgefordert und hatte sich deshalb vorgenommen, dass jeder neue Tote eine Steigerung bringen sollte, und zwar sowohl in der Art seines Sterbens als auch in der Präsentation seiner Leiche. Und wollte er diesem Anspruch gerecht werden, hatte er diese Nacht noch einiges zu tun.

Damit hatte es jedoch keine Eile. Hier oben brauchte er nicht zu befürchten, er könne überrascht werden. Vielmehr hatte er alle Zeit der Welt, den Sensale so herzurichten, wie er es sich ausgemalt hatte. Seine Werkzeuge konnten ruhig noch einen Augenblick warten, jetzt wollte er seine Tat erst einmal auskosten. Und sich mit hämischer Genugtuung daran ergötzen, dass diese stolze, hochmütige Stadt, die ihm bislang alles, wonach er sich schon so lange verzehrte, versagt hatte, vor ihm, dem Todesengel von Florenz, zitterte!

36

Es gab nur einen Zeugen, der am frühen Morgen mitbekam, wie der Sensale Niccolo Landozzi von der Turmspitze des Campanile stürzte, und in Einzelheiten davon berichten konnte. Es war der niedere Amtsdiener Flavio Dardone.

Der Mann verdankte seine Beobachtung und alles, was daraus für ihn noch folgen sollte, seiner Eile und dem Regen, der am Vortag bis gegen Mitternacht niedergegangen war. Er wollte früh im Dom sein, um dort noch vor dem allgemeinen Gedränge einen der vorderen Plätze zu ergattern. In seiner Eile bemerkte er den matschigen Unrat auf dem Weg nicht. Er trat hinein, rutschte aus, setzte sich mitten in der Pfütze hart auf den Hintern und blickte ganz ohne eigenes Zutun nach oben, zur Westbrüstung des Glockenturms.

»Da saß ich nun und dachte ärgerlich, dass ein dicker blauer Fleck am Hintern und die nassen Sachen nicht gerade der rechte Lohn dafür waren, dass ich mich so beeilt hatte, frühzeitig zur Predigt des gelehrten Mannes im Dom zu sein«, erzählte er später. »Und wie ich da so in der Pfütze saß und mich über mein Missgeschick ärgerte, schlug da oben die Glocke den ersten Ton an. Ihr wisst ja, wie kräftig unsere Domglocke gewöhnlich klingt. Aber da war nur ein schwacher Ton zu hören, so als wär unserer Glöckner noch halb im Schlaf und hätte nur müde am Seil gezogen. Das hat mich doch sehr gewundert, und dann hab ich das Tuch da oben über die Brüstung hängen sehen. Erst dachte ich, es hängt da, um eine schadhafte Stelle im Mauerwerk bis zur Ausbesserung vor Regenwasser zu schützen. Aber im selben Moment hat es sich auch schon gelöst, und darunter kam der Sensale zum Vorschein, der barmherzige Gott möge Erbarmen mit seiner Seele haben! Es sah aus, als würde sich der nackte Mann an die Brüstung klammern – ich habe meinen Augen nicht getraut. Aber dann ist er mit diesen Stricken um Hals und Beine vom Turm gestürzt, und das Tuch flatterte ihm hinterher. Ja, und dann ist er unten auf dem Domplatz aufgeschlagen. Das ist es, was ich gesehen habe, und der Herr möge mich strafen, wenn es nicht genau so gewesen ist, wie ich es erzählt habe.«

Der Amtsdiener musste seine Geschichte an diesem Tag noch viele Male erzählen – auf der Straße, in seiner Amtsstube und später in mehreren Schenken. Dabei gewann sein Bericht nicht nur an Länge, sondern auch an neuen schaurigen Einzelheiten, die ihm offenbar erst nach und nach wieder einfielen, insbesondere unter der anregenden Wirkung von so manchem Krug Wein, den man ihm spendierte.

So tauchte in seiner Geschichte irgendwann ein unheimlicher Schatten auf, den er hinter den Säulen der Turmgalerie gesehen zu haben glaubte. Bald wurden aus dem undeutlichen Schatten die klaren Umrisse einer Gestalt mit Flügeln, und am Ende erinnerte er sich auch noch an ein Schwert, das die Engelsgestalt einen winzigen Moment lang geschwungen hatte. Er meinte, es sei von Flammen umzüngelt gewesen.

Ja, er habe wohl wahrhaftig mit eigenen Augen den Todesengel gesehen, der Herr sei sein Zeuge! Nun aber müsse er – nach dem vielen Erzählen, zu dem man ihn andauernd dränge, obwohl er doch lieber nicht über seine furchteinflößende Begegnung mit dem Todesengel reden wolle –, also nun habe er eine so trockene Kehle, dass er unbedingt einen ordentlichen Schluck brauche, damit ihm die Stimme nicht wegbleibe. Wie? Noch ein Krug? Nun, wenn er ihm derart freundlich angetragen werde, dann wolle er doch schon um der Liebe Christi willen den Wein des guten Mannes nicht verschmähen. Obwohl er jetzt, weiß Gott, viel lieber in seiner Kammer sitzen und der seligen Jungfrau mit einem Gebet dafür danken würde, dass sie ihn davor bewahrt hatte, vom Flammenblitz des Schwertes geblendet zu werden. Nun, das lasse sich ja zu späterer Nachtstunde noch nachholen, wache die Gottesmutter doch allzeit über sie. Für den Moment gelte es wohl, den guten Wein nicht verkommen zu lassen …

37

Die erste, knappe und der Wirklichkeit entsprechende Version der Geschichte bekamen Pater Angelico und Bruder Bartolo schon kurz nach dem Sturz des Sensale zu hören. Sie traten gerade aus der Via de Martelli, die zwischen der achteckigen Taufkirche und einer weiteren Kirche auf den Domplatz mündete. Den Sturz selbst sahen sie nicht, doch sie hörten das entsetzte Geschrei der Leute, die sich sogleich um die Leiche drängten und einen dichten Ring um sie bildeten. Schrille Stimmen riefen nach einem Priester und nach Amtsbütteln.

»Da muss etwas Schreckliches passiert sein!«, stieß Bruder Bartolo hervor. »Die Leute rufen nach einem Priester, Meister! Da muss einer dem Tode nahe sein!«

»Komm!«

Energisch bahnte sich Pater Angelico mit seinem Novizen einen Weg durch die aufgeregte Menschenmenge. Er fühlte sich auf unheimliche Weise an den Morgen auf der Via Sant'Anna erinnert, als Scalvetti ihn zu Pater Nicodemos Leiche hatte rufen lassen. Und seine böse Ahnung bestätigte sich, als er den Ring aus zusammengelaufenen Leuten endlich durchbrochen hatte und sah, was das Geschrei hervorgerufen hatte.

»Teufel auch, der Hund hat wieder zugeschlagen«, presste er in ohnmächtigem Zorn hervor. Damit hatte die Bestie den dritten Menschen auf dem Gewissen.

»Allmächtiger!« Bruder Bartolo sog scharf die Luft ein und bekreuzigte sich.

Ohne einen Fetzen Stoff am Leib lag Niccolo Landozzi vor ihnen. Sein Hinterkopf war zertrümmert. Der Mörder hatte dem Sensale die Augen ausgestochen und kleine runde Holzstücke in die blutigen Höhlen gepresst; er hatte dem Mann die Zunge der Länge nach aufgeschnitten, die rechte Hand vom Arm getrennt und sie ihm um den Hals gebunden. Mit zwei weiteren Stricken waren Hals und Fußgelenke verbunden.

Wie auch bei den beiden anderen Opfern hatte der Täter blutverschmierte Schnittmarkierungen auf dem Leib des Toten hinterlassen. Auch die Tarotkarte fehlte nicht. Sie glänzte von Wachs und hing an einer dünnen Kordel, deren anderes Ende der Mörder dem Toten durch die Nasenwand gezogen und dort verknotet hatte.

»Was für ein Ungeheuer!«, rief Pater Angelico voller Abscheu und kniete sich neben den Toten.

Harsche, befehlsgewohnte Stimmen verrieten, dass die ersten bewaffneten Stadtbüttel eingetroffen waren. Sie drängten die Gaffer zurück.

»Einer muss Commissario Positano benachrichtigen!«, rief einer von ihnen. »Das hier ist sein Bezirk.«

»Nein, holt Commissario Scalvetti«, widersprach ein anderer. »Ihr seht doch, dass der Todesengel wieder zugeschlagen hat. Scalvetti hat den Fall und alles, was damit in Verbindung stehen könnte, an sich gezogen. Also macht schon! Gebt ihm Bescheid, dass es wieder einen mit Tarotkarte und Messerschnitten gibt!«

»Bin schon weg, Pietro!«

»Da drüben liegt ein Tuch, Pietro, mit dem man die Leiche abdecken kann. Diesem Anblick sollte man sich nicht lange aussetzen, oder?«

»Dann her damit!«

Jemand rief von hinten: »Ich habe gesehen, wie er gefallen ist! Ich bin Amtsdiener beim Gericht! Lasst mich zu den Bütteln durch! Sie werden wissen wollen, was ich gesehen habe.«

Man ließ den Amtsdiener durch, und Pater Angelico und der Novize hörten mit an, was dieser dem ranghöchsten der Büttel berichtete. Danach dauerte es nicht mehr lange, bis Tiberio Scalvetti zu ihnen stieß.

»Was steht ihr hier untätig herum?«, fuhr er die Stadtbüttel an, zornig und so laut, dass man ihn über den ganzen Domplatz hörte. »Sorgt dafür, dass die Leute von hier verschwinden! Die Messe fängt gleich an. Sollen sie vor unserem Herrn knien und sich besser ihre eigenen Sünden vor Augen halten, als hier zu gaffen und sich über den angeblichen Todesengel auszulassen! Hier hat kein strafender Erzengel zugeschlagen, verdammt noch mal! Das da ist das Opfer eines abscheulichen Mordes, der von Menschenhand begangen worden ist! Jeder, der etwas anderes erzählt, ist ein ausgemachter Schwachkopf!«

Die Leute zogen die Köpfe ein und stoben wie von Peitschenhieben getrieben auseinander, wobei die meisten sich zum Dom wandten. Es sah aus, als flüchteten sie sich in den Schutz des majestätischen Gotteshauses.

»Geh du besser auch, Bruder Bartolo«, sagte Pater Angelico, während Scalvetti sich anhörte, was der Amtsdiener gesehen hatte. »Für dich gibt es hier nichts zu tun, und es kann auch dir nicht schaden, dir anzuhören, was der angesehene Prediger aus Ravenna zu sagen hat. Davon wirst du mehr haben, als hier im Kalten herumzustehen und zu rätseln, welche Nachricht der Mörder diesmal hinterlassen hat.«

Bruder Bartolo hatte sich darauf gefreut, diesen gelehrten Mann im Dom predigen zu hören. Doch nun schien ihm das gar nicht mehr so wichtig. Nur zu gern wäre er jetzt an der Seite seines Meisters geblieben, trotz der grässlichen Umstände.

Pater Angelico sah es ihm an. »Keine Sorge, du wirst schon erfahren, was wir hier herausfinden. Und nun geh.«

Der Novize seufzte. »Wie Ihr meint, Meister«, sagte er und zog gehorsam, aber mit bekümmerter Miene ab.

Indessen hatte sich Tiberio Scalvetti den Glöckner kommen lassen, einen sehnigen, vertrauenerweckenden Mann mittleren Alters. Er beteuerte, bei seinem Eintreffen im Turm nichts Verdächtiges bemerkt zu haben; er habe niemanden kommen oder gehen sehen. Und die Tür habe er fest verriegelt, sowie das Geschrei draußen auf dem Platz losgegangen sei. Aber dann fiel ihm doch noch etwas ein, das an diesem Morgen anders gewesen war als sonst.

»Was? Sprich, Glöckner!«, drängte Scalvetti.

»Nun, als ich zum ersten Mal am Seil zog, da habe ich einen starken Widerstand gespürt, Herr! Ich verrichte meine Arbeit nun schon elf Jahre im Campanile, und da hat man ein Gespür dafür, wie das Seil und der Hebelarm normalerweise unter Zug ansprechen. Heute Morgen aber wollten sie meinem Zug nicht folgen. Und dabei ziehe ich mit ordentlicher Kraft am Strang, wenn Ihr mir diese Bemerkung erlaubt. Es hat sich einfach nichts bewegt«, sagte der Glöckner. »Erst als ich richtig hart am Seil geruckt habe, konnte ich den Widerstand überwinden. Und danach war es wie immer … jedenfalls bis ein Büttel zu mir hochrief, ich solle sofort das Läuten einstellen. Ich bin noch nicht hochgestiegen, um nachzusehen, was der Grund für diesen Widerstand war. Aber das werde ich gleich tun, Herr!«

»Das wirst du schön bleibenlassen, das übernehme ich selbst«, beschied ihn der Commissario, nahm den Schlüssel an sich und entließ den Glöckner mit der Versicherung, dass ihn keine Schuld treffe an dem, was da in seinem Turm passiert sei.

Erleichtert ging der Mann davon.

Als er hörte, was der Commissario vorhatte und was damit auch ihm bevorstand, warf Pater Angelico einen nicht eben begeisterten Blick zur Turmspitze hinauf. Aber wenn es der guten Sache diente, wollte er nicht kneifen.

»Was für ein gewissenloser Dreckskerl«, sagte Tiberio Scalvetti, nachdem er den Glöckner und den Amtsdiener weggeschickt, die Leiche des Sensale eingehend betrachtet, den Strick um den Hals angehoben und mit Kennerblick erkannt hatte, auf welche Weise der Mann gestorben war. »Der Strick war es nicht, was ihm den Tod gebracht hat. Der Mörder hat ihm eine Garrotte um den Hals gelegt. Seht Ihr die Druckspuren, da? Eindeutig Garrotte.«

»Wenn Ihr es sagt, wird es gewiss so sein.«

»Ich nehme an, Ihr habt Euch die Tarotkarte schon genauer angeschaut.«

Der Mönch nickte. Die Zeichnung auf der Karte war eindeutig, das sah gewiss auch Scalvetti: ein Mann, der auf einer Kröte ritt und einen Geldsack um den Hals hängen hatte. Dazu oben wieder der Erzengel mit dem Schwert und unten der Dämon Mammon. »Das Bildnis stellt *avaritia* dar, die Todsünde Geiz und Habgier.«

»Zweifellos«, pflichtete ihm der Commissario bei. »Und so ganz falsch liegt der Mörder mit dieser Bezichtigung *post mortem* ja auch nicht, wenn man bedenkt, wie sehr Niccolo Landozzi hinter dem Geld her war und auf welche Weise er versucht hat, Konkurrenten gegeneinander auszuspielen, um möglichst viel Profit herauszuschlagen. ›Verschlagenheit, Täuschung und Doppelzüngigkeit‹ hätten es sicher genauer getroffen, aber das kann man natürlich auch unter Habgier subsumieren.«

»Die gespaltene Zunge und die abgetrennte Rechte – die Schwurhand, die, mit der man Verträge aufsetzt und seine Unterschrift leistet – verweisen auf genau die Geschäftspraktiken des Toten, die Ihr gerade genannt habt.«

Nun richteten sie ihre Aufmerksamkeit auf die blutigen Markierungen auf der Leiche.

»Diesmal hat der selbsternannte Todesengel sich etwas mehr Mühe gegeben, damit wir sein Bibelzitat auch bestimmt erraten«, stellte Tiberio Scalvetti mit düsterer Miene fest. Klar erkennbar waren die Zeichen J VXVIII ins Fleisch des Toten geschnitten. »Die erste Fünf ist natürlich das Kapitel, der Rest meint Vers 18 der Bibelstelle.«

»Er hat es uns leichtgemacht?« Pater Angelico lachte grimmig. »Ganz im Gegenteil! Mit dem J hat er uns eine Menge Arbeit bereitet. Wisst Ihr, wie viele Bücher der Bibel mit J anfangen? Geschlagene dreizehn! Angefangen mit den Büchern Josua, Judith und Jesus Sirach, darauf folgen Jesaja, Jeremia, Joel und Jona, dann das Johannesevangelium, der Brief des Jakobus, der erste Brief des Johannes …«

Tiberio Scalvetti gebot der Aufzählung mit einer Handbewegung Einhalt. »Lasst es gut sein, Pater. Ich glaube Euch, dass es dreizehn sind. Aber so genau will ich gar nicht wissen, worauf sich das J und die Ziffern beziehen. Die Sache ist auch so klar.«

»Dennoch ist es gut, die Stelle zu finden«, wandte der Mönch ein. »Wir dürfen nichts unbeachtet lassen!«

»Da habt Ihr selbstverständlich recht. Wir werden uns der Sache später im Bargello annehmen. Vorher aber gilt es zu klären, wie der Mörder und der Sensale heute Morgen oder in der Nacht auf den Turm gekommen sind«, sagte Scalvetti. »Denn der Dreckshund von einem Mörder hat bestimmt keine Leiche die vierhundert Stufen hochgetragen. Wie zum Teufel hat er Landozzi dazu gebracht, mit ihm da hinaufzugehen?«

»Und wie sind die beiden *überhaupt* in den Glockenturm gelangt?«, ergänzte Pater Angelico. »Soviel ich weiß, hat allein der Glöckner einen Schlüssel.«

»Nicht allein. In den Räumen der Dombauhütte und der *opera* hängen ebenfalls Schlüssel für die Tür«, sagte Scalvetti. Opera wurde in Florenz die Baubehörde genannt, deren Kommissionen darüber wachten, dass alle Baumaßnahmen in der Stadt ihren Vorschriften entsprachen – und derer gab es viele.

»Aber auch an einen von diesen Schlüsseln muss man erst einmal herankommen. Weder in die Dombauhütte noch in die Opera kann einfach irgendwer hineinspazieren und sich einen der Schlüssel nehmen«, wandte Pater Angelico ein.

»Das stimmt, aber wir sind uns ja längst darüber einig, dass unser Täter aus einer Familie von Rang und Namen stammen muss, also aus einer reichen Familie, und solche Leute finden sich an diesen Orten oft ein, um Erkundigungen einzuholen, sich eine Baugenehmigung ausstellen zu lassen oder einfach nur einen Schwatz zu halten«, entgegnete der Commissario. »Da wird es schwer, um nicht zu sagen: unmöglich sein, herauszufinden, wer sich da in einem günstigen Moment bedient haben könnte. Zumal das schon eine Weile zurückliegen dürfte, denn diese Morde machen wahrhaftig nicht den Eindruck, als wären sie aus einer spontanen Eingebung heraus verübt worden. Hinter der Blutorgie steckt ausgefeilte Planung.«

»Ja, das steht leider außer Frage«, seufzte Pater Angelico. »Verhielte es sich anders, wären wir ihm wohl längst auf der Spur.«

»Auf die werden wir ihm aber kommen«, sagte Scalvetti grimmig. »Ich will nicht länger der Otto di Guardia angehören, wenn der Schweinehund ungestraft davonkommt!« Er starrte finster auf die Leiche – und zog plötzlich die Brauen zusammen. »Wartet! Das sollten wir uns doch näher ansehen!«

»Was, Commissario?«

»Diese kleinen Holzdinger, die er dem Opfer in die Augenhöhlen gedrückt hat«, sagte Scalvetti, griff zu seinem Dolch und pulte die Stücke mit der Spitze der Klinge heraus. Mit dem gräulichen Tuch, mit dem die Büttel zuvor die Leiche abgedeckt hatten, wischte er das Blut von den runden Holzteilen, und dann hielt er sie dem Mönch auf der flachen Hand hin. Das eine war von roter, das andere von blauer Farbe. »Schaut, was wir hier haben!«

»Quarteruoli!«, stieß Pater Angelico verblüfft hervor. Rechenmünzen. »Interessant!«

Rechenmünzen dieser Art füllten im Kontor eines jeden Kaufmanns eine ganze Reihe von Schalen oder Beuteln. Mit ihrer Hilfe wurden auf dem Rechenbrett, dem *abbaco,* Zinsen oder Wechselkurse berechnet oder andere Kalkulationen angestellt, die als Kopfrechenaufgabe zu verzwickt gewesen wären. Dabei entsprach jede der Farben dem Wert einer florentinischen Münze.

Tiberio Scalvetti nickte. »Es gibt im Haus unseres Mörders also Quarteruoli!«

»Wie bei einem Bankherrn wie Brancoletti«, ergänzte Pater Angelico sogleich.

»Aber auch bei Kaufleuten, wie Forlani einer ist«, konterte Scalvetti.

»Dort sind sie aber im täglichen Geschäft nicht ganz so selbstverständlich wie bei einem Bankherrn. Jemand, der ständig damit hantiert, greift vermutlich unbewusst auch dann dazu, wenn er etwas Geeignetes für ganz andere Zwecke sucht.«

»Möglich«, räumte der Commissario ein. »Wiederum andererseits kann der Mörder die Münzen auch bewusst verwendet haben, um genau den Verdacht zu erzeugen, den Ihr gerade ausgesprochen habt, Pater«, sagte Scalvetti. »Das halte ich bei der gewissenhaften Planung und Ausführung der Morde für wahrscheinlicher, und deshalb tippe ich weiterhin eher auf Forlani als auf Matteo Brancoletti.«

»Das hat etwas für sich«, brummte der Mönch, hielt insgeheim jedoch an seinem Verdacht fest.

Tiberio Scalvetti steckte die Rechenmünzen ein, säuberte seine Klinge an dem Tuch und deckte dieses wieder über die Leiche. Den Bütteln, die einen respektvollen Abstand zu ihnen eingehalten hatten, erteilte er den Auftrag, den Toten vom Domplatz weg und zunächst in die Leichenkammer des Bargello zu bringen. Dann wandte er sich an den Mönch und sagte munter: »So, und jetzt nehmen wir den Aufstieg in Angriff!«

»Was sich wohl nicht vermeiden lässt«, sagte Pater Angelico mit einem Seufzen.

»Seht es so, Pater: Die vierhundert Stufen rauf und runter werden die Verdauung kräftig anregen«, gab Scalvetti spöttisch zurück. »Das hat doch auch sein Gutes. Außerdem muss man nun einmal die Nuss erst knacken, wenn man den Kern essen will.«

Da musste der Dominikaner doch lächeln, und er murmelte gottergeben: »Also dann, *per aspera ad astra!*« Durch Mühsal zu den Sternen.

38

Der Dominikaner und der Mann der Acht waren beide gleichermaßen außer Atem und spürten, als sie die Treppenanlage erklommen hatten, die Muskeln in ihren Oberschenkeln ganz ordentlich. An dem weiten Ausblick über die Stadt und bis hinaus aufs Land zeigten sie wenig Interesse. Sie hatten noch immer das Bild des toten Sensale vor Augen und wollten herausfinden, wie der Mörder es angestellt hatte, dass die Leiche beim ersten Glockenschlag vom Turm gefallen war.

So fiel ihr Augenmerk denn auch gleich auf die Stelle, wo der Mörder sein Opfer entkleidet und zugerichtet hatte. Die Kleider bildeten einen kleinen Haufen in der Ecke rechts der westlichen Brüstung. Auf den Bohlen fanden sich Flecken getrockneten Bluts. Dort lagen auch die herausgeschnittenen Augäpfel, wobei die Pupillen glücklicherweise nicht nach oben gerichtet waren. Fast ebenso schnell entdeckten die Männer die Drahtkordel, die vom Hebelarm herabbaumelte. An ihrem Ende hing ein Eisenriegel, etwa so lang wie eine Hand und mit einem Loch für die Schnur versehen. Er war etwa zwei Finger breit und so dick wie ein Goldstück.

»Das kann nicht alles sein«, murmelte Tiberio Scalvetti, während er den Eisenriegel begutachtete.

»Strafft doch mal den Draht und kommt mit dem Riegel hierher!«, rief Pater Angelico, der auf der Mitte der Westbrüstung unter dem Balustradenbrett etwas entdeckt hatte. Dort war eine metallene Halterung mit einer flachen, rechtwinkligen Öffnung zwischen dem Mittelstück und dem Holz angeschraubt worden, wie man sie an einfachen Türrahmen zum

Vorschieben eines Riegels fand. »Ich gehe jede Wette ein, dass der Riegel in diese Klammer passt!«

Tiberio Scalvetti trat mit dem Eisenriegel zu ihm. Wie eine Klinge in die dazugehörige Scheide glitt er in die Halterung. Als er hinten auf Widerstand stieß, ragte er noch zu zwei Dritteln unter dem Holz hervor – und die Drahtkordel, die zum Hebelarm führte, war gestrafft, stand aber nicht unter Spannung.

»Teufel auch«, sagte der Commissario, gegen seinen Willen beeindruckt. »Einfallslosigkeit kann man diesem Schlächter wirklich nicht vorwerfen! Eine primitive und doch geniale Konstruktion!«

Pater Angelico nickte. Jetzt war offensichtlich, zu welchem Trick der Mörder gegriffen hatte. »Er hat Landozzi in das Tuch gewickelt, ihn nach außen gewuchtet, vor die Säulen der Balustrade, und dann die Schlaufen von Hals- und Fußstricken um den vorstehenden Teil des Riegels gelegt.«

»Und mehr brauchte er nicht zu tun. Er konnte sich davonmachen in dem beruhigenden Wissen, dass die mit dem Hebelarm verbundene Kordel den Riegel aus der Fassung reißen und die Stricke freigeben würde, sowie der Glöckner unten am Seil zog«, rekonstruierte Scalvetti den Ablauf des Geschehens. »Kein Wunder, dass der Mann einen starken Widerstand gespürt hat.«

»Und der Mörder hat sich für diese Konstruktion das passende Opfer gesucht, nämlich einen schmächtigen und verhältnismäßig leicht hochzuwuchtenden Burschen wie den Sensale«, bemerkte Pater Angelico.

»Er muss reichlich Zeit hier oben verbracht haben, um alles entsprechend vorzubereiten und die Leiche nach seinen Vorstellungen herzurichten.« Tiberio Scalvetti hieb mit der Faust auf die Brüstung. »Tod und Teufel, der Kerl muss sich verdammt sicher fühlen! Und vergesst nicht: Er hat es fertiggebracht, Landozzi hier heraufzulocken, was an sich schon ein Kunststück ist!«

»Woraus folgt, dass Landozzi seinen Mörder gekannt hat und einen *sehr* triftigen Grund gehabt haben muss, bei Nacht mit ihm hier heraufzusteigen«, fügte der Mönch hinzu. »Denn der Mann hat mir nicht den Eindruck gemacht, als fände er Gefallen an derart beschwerlichen Kletterpartien.«

»Forlani oder Brancoletti, einer von beiden muss es einfach sein«, knurrte Scalvetti voller Ingrimm, und dann machten sie sich an den Abstieg.

Unten auf dem Platz erteilte der Commissario einem herbeigerufenen Büttel Anweisungen, die unter anderem den Kleiderhaufen und die Augäpfel des Toten betrafen, vertraute ihm den Schlüssel für den Campanile an und machte sich mit dem Dominikaner auf den Weg ins Bargello.

Eine Bibel war dort schnell herbeigeschafft. Es dauerte, wie vorhergesehen, eine Weile, bis sie die richtige Stelle hatten. Erst im Buch Jesaja wurden sie fündig. Der 18. Vers des 5. Kapitels passte zu der Tarotkarte, der aufgeschnittenen Zunge und der abgetrennten Hand.

»Vae qui trahitis iniquitatem in funiculis vanitatis et quasi vinculum plaustri peccatum«, las Pater Angelico vor. »Was man wohl wie folgt übersetzen kann: ›Wehe denen, die am Unrecht ziehen mit Stricken der Lüge und an der Sünde mit Wagenseilen.‹« Er schnaubte. »Nun, man muss dem Mörder lassen, dass er immer wieder Stellen heraussucht, die zu seinem teuflisch blutigen Handwerk genau passen!«

Tiberio Scalvetti ballte die Faust und ließ sie mit genauso viel Wucht auf die Tischplatte krachen, wie er sie zuvor auf die Turmbrüstung geschlagen hatte. Um ein Haar wäre der Totenschädel vom Papierstapel gerutscht. »Bei den Leiden des Herrn! Selbst die verdammten Stricke finden sich nicht nur bei dem Toten, sondern auch in der Bibelstelle!« Innerlich kochend angesichts seiner Ohnmacht, saß der mächtigste Mann der Otto di Guardia hinter seinem schweren Faktoreitisch.

Eine ganze Weile herrschte finster brütendes Schweigen.

»Wir kriegen ihn, Commissario«, sagte Pater Angelico schließlich. »Wir kriegen den Todesengel bestimmt!« Doch seine Versicherung fand in ihm selbst keinen Widerhall in Gestalt einer Idee, wie sie das anstellen sollten.

39

Bruder Bartolo stand an einem der Beistelltische und presste in Leimwasser gelöstes Umbra aus einer Schweinsblase auf eine Palette. Indessen setzte sein Meister in das Gesicht des Adam noch einige Lichtpunkte, die den Ausdruck seiner Augen, sein kaum merkliches, rätselhaftes Lächeln und das Rot seiner Wangen noch lebendiger wirken ließen. Mit bewundernswert fließenden Bewegungen huschte sein Pinsel über die feuchte Farbe.

Der Meister hatte ihn aus dem Kloster geholt, kaum dass er von der Messe mit der Predigt des gelehrten Mannes aus Ravenna zurückgekehrt war. Auf dem Weg in die Via Chiara hatte er ihn, wie versprochen, über alles unterrichtet, was er und Tiberio Scalvetti über den Mord an Niccolo Landozzi herausgefunden hatten, was nicht viel und auch nichts Neues war. Ausgenommen die raffinierte Sache mit dem Eisenriegel und der Drahtkordel oben im Glockenturm.

Pater Angelico hatte das alles jedoch in äußerster Kürze und Verdrossenheit berichtet. Der Novize hatte deutlich gespürt, dass es ihm nur darum gegangen war, sein Wort zu halten. Und nachdem er ihn ins Bild gesetzt hatte, war er in ein missmutiges Schweigen verfallen, das er während der vergangenen Stunden auch nur unterbrochen hatte, um ein paar knappe Anweisungen zu erteilen. Sein Meister trug sichtlich schwer daran, dass sie in der Aufklärung der Morde noch immer keinen nennenswerten Fortschritt gemacht hatten.

Als Pater Angelico sich nun umdrehte, um den Pinsel zu wechseln, sah er, was der Novize gerade tat. »Lass das, das mache ich schon selber«, brummte er.

Bruder Bartolo machte ein betroffenes Gesicht. »Aber Ihr sagtet doch gerade, dass Ihr gleich das Umbra für die Landschaft im Hintergrund braucht!«

»Schon richtig«, erwiderte Pater Angelico, dem bewusst wurde, dass er seinen Missmut ganz zu Unrecht an Bruder Bartolo ausgelassen hatte. »Was ich meinte, war: Greif besser selbst wieder zum Pinsel und mal den Kram da hinter dem Baum.« Er deutete auf die schwache, rötliche Unterzeichnung.

Die Augen des Novizen blitzten auf. »Ich soll den Hintergrund malen?«

»Das bisschen vage Landschaft kriegst du schon hin«, sagte Pater Angelico vertrauensvoll. »Achte bloß darauf, dass du die Konturen nicht zu deutlich ausarbeitest. Das menschliche Auge ist ein Wunderwerk unseres Schöpfers, es ergänzt ganz von selbst, was eigentlich noch da sein sollte, aber nicht da ist. Und so soll ein Hintergrund auch sein, sonst lenkt er zu sehr von der zentralen Aussage des Freskos ab, und die beschreibt hier nun einmal nicht eine geistige Wanderung durch die Toskana, sondern den Sündenfall.«

Bei der Erwähnung der Wanderung durch die toskanische Landschaft verzog er geringschätzig das Gesicht. Als hätte das Paradies vor den Toren von Florenz gelegen und nicht irgendwo im Heiligen Land. Aber so waren die Signori, die sich all die Tafelbilder und religiösen Fresken malen ließen, nun einmal: In den Gesichtern der wichtigsten Figuren wollten sie sich selbst und ihre Liebsten erkennen, und das biblische Geschehen musste in der Toskana angesiedelt sein. Die Medici hatten in der Hauskapelle ihres Palastes nicht nur sich selbst als die Heiligen Drei Könige aus dem Morgenland malen lassen, sondern den Zug der Weisen auch noch glattweg in ihre toskanische Heimat verlegt! Und sie waren weder diejenigen gewesen, die diesen Unsinn eingeführt hatten, noch würden sie die Letzten sein, die auf derartigen Darstellungen bestanden. Ihr Geld ermöglichte es ihnen, die geographischen Gegebenheiten und noch manches mehr in der Bibel fröhlich umzudichten. Ihrem Selbstverständnis mochte das natürlich entsprechen, hielten sie doch Florenz und das von ihm beherrschte Gebiet für das neue Gelobte Land.

Freudig machte Bruder Bartolo sich an seine Aufgabe, griff zu einer Palette und bereitete vor, was er brauchte. Und durch die Worte seines Meisters ermutigt, fragte er dabei: »Ihr habt Euch noch gar nicht erkundigt, wie es im Dom war, Meister. Interessiert es Euch denn nicht, worüber der Gelehrte gepredigt hat?«

»Nur zu, lass hören, was du davon behalten hast«, erwiderte Pater Angelico, aber nur, weil er merkte, dass der Novize gern darüber reden wollte. In Wahrheit war ihm das nach all dem Schrecklichen, was er auf dem Domplatz hatte sehen müssen, herzlich egal. Seine Gedanken kreisten um ganz anderes, und er nahm an, dass auch die meisten Leute im Dom anderes im Kopf gehabt hatten, als sich auf die Messe und die Predigt zu konzentrieren.

Umso mehr erstaunte es ihn, wie genau Bruder Bartolo wiedergab, was der Ordensbruder aus Ravenna gepredigt hatte. Aber schon bald flachte seine Aufmerksamkeit wieder ab, und er hörte, während er die Schlange malte, nur noch mit halbem Ohr zu.

»Oh, das wird Euch bestimmt besonders gefallen, wo Ihr doch so ein großer Verehrer des heiligen Kirchenlehrers Tommaso von Aquin seid«, sagte Bruder Bartolo, als er zum Ende seiner Erzählung kam, und es schwang in seiner Stimme tatsächlich ein spöttischer Ton mit.

Nun horchte Pater Angelico doch auf und hielt in der Arbeit inne. »So, was hat er denn von ihm zum Besten gegeben?«, erkundigte er sich und wandte sich zu seinem Novizen um.

»Nun ja, es ging auch um die von Gott gegebene Rolle der Frau in seiner Schöpfung«, sagte Bruder Bartolo, und in seinen Mundwinkeln nistete sich ein verschmitztes Lächeln ein. »Er sagte, und das habe ich mir wörtlich eingeprägt: ›Der wesentliche Wert der Frau liegt in ihrer Gebärfähigkeit und in ihrem hauswirtschaftlichen Nutzen.‹«

»So, hat er das gesagt?«, knurrte Pater Angelico.

Der Novize nickte. »Und auch noch: ›Ein männlicher Fötus wird nach vierzig Tagen, ein weiblicher nach achtzig Tagen ein Mensch. Mädchen entstehen durch schadhaften Samen oder feuchte Winde.‹«

»Feuchte Winde! Nun, das trifft es vermutlich auf den Punkt«, sagte Pater Angelico sarkastisch. »Nur dass dem guten Tommaso von Aquin wohl recht üble, feuchte Winde den Geist vernebelt haben, als er das niederschrieb!«

»Ihr stimmt also nicht mit Eurem hochverehrten Kirchenlehrer überein?« Bruder Bartolo lächelte immer noch. »Dabei habt Ihr mir immer deutlich gemacht, dass Ihr auf ihn nichts kommen lasst. Übrigens hat ja auch Augustinus nicht viel anderes gesagt, nämlich: ›Das Weib ist ein minderwertiges Wesen, das von Gott nicht nach seinem Ebenbild geschaffen wurde. Es entspricht der natürlichen Ordnung, dass die Frauen den Männern dienen.‹ Da stimmen die beiden doch prächtig überein, nicht wahr?«

»Ja, beim Verzapfen von hanebüchenem Unfug«, erwiderte Pater Angelico und legte den Pinsel aus der Hand. Es war wohl wieder einmal an der Zeit, seinem Novizen eine theologische Lektion zu erteilen.

»Aber die beiden sind doch …«

»… große Theologen, die dennoch nicht gegen gelegentliche Irrtümer und einfältige Borniertheit gefeit sind«, fiel Pater Angelico ihm ins Wort.

Es erschreckte Bruder Bartolo offensichtlich, dass sein Meister so über zwei heilige Kirchenlehrer sprach. »Da fällt Ihr aber ein hartes Urteil!« Und in Gedanken fügte er hinzu: Das Ihr besser keinem Oberen zu Ohren kommen lasst!

»Das diese törichten Stellen in den Schriften der beiden auch verdient haben!«

»Aber so wird es doch in der Kirche von allen gelehrt«, wandte Bruder Bartolo ein.

Pater Angelico schnaubte. »Dumme Überzeugungen besitzen leider die Härte von Granit. Dass sie die Zeiten beharrlich überdauern, macht sie aber nicht weniger töricht. Ganz abgesehen davon, dass wenige für sich einen Nutzen darin sehen, ihnen zu widersprechen.«

»Und warum sprecht Ihr dagegen?«

»Weil wir mit solchem geistlosen Unsinn Gottes Schöpfung aufs ärgste beleidigen. Oder hältst du vielleicht deine Mutter für ein minderwertiges Wesen, das seine Existenz feuchten Winden verdankt und dessen Nutzen sich in ihrer Gebärfähigkeit und ihrer hauswirtschaftlichen Arbeit erschöpft?«

Bruder Bartolo sah beschämt drein, liebte er seine Mutter doch über alles. »Nein, gewiss nicht«, murmelte er. »Aber …«

»Kein Aber, Bruder Bartolo. Hör nicht auf solch wirres Gefasel, für das es in der Bibel keine Begründung gibt! Du hast sie doch sorgfältig studiert. Also, was steht da über die Schöpfung des Menschen?«

Der Novize räusperte sich. »Nun ja, dass Gott zuerst Adam nach seinem Ebenbild erschaffen hat.«

»Und woraus?«

»Aus einem Klumpen Ackerboden.«

»Richtig, aus einer Handvoll Dreck«, sagte Pater Angelico. »Nicht gerade etwas, worauf man sich etwas einbilden könnte. Aber nun weiter. Kommen wir zu Eva. Woraus hat er die erste Frau erschaffen?«

»Natürlich aus einer von Adams Rippen.«

»Ha, das gefällt mir schon besser. Eine Rippe, an der Fleisch und Blut hängen, ist meines Erachtens doch um einiges würdevoller als ein Klumpen Ackerboden«, erklärte Pater Angelico. »Und das sollte uns zu denken geben. Denn Gott hätte ja ebenso gut noch ein zweites Mal in die Erde greifen können.«

»Aber da Gott dem Adam einen Teil seines Körpers genommen hat, scheint es doch so, dass sie … nun ja, sozusagen ihm gehört«, wandte er ein.

»Davon steht nichts in der Heiligen Schrift! Und ich kann mich auch nicht erinnern, dass in der Schöpfungsgeschichte etwas von feuchten Winden berichtet würde, die Gott dummerweise das gute Stück Eva haben missraten lassen!«, wies Pater Angelico den Einwand kategorisch zurück. »Man kann aus Evas Erschaffung dagegen sehr wohl den logischen Schluss ziehen, dass nach der Entnahme der Rippe dem guten Adam etwas fehlt; dass er nicht mehr ganz das göttliche Ebenbild ist und deshalb das braucht, was aus dem ihm fehlenden Teil erschaffen wurde – die Frau –, um wieder zu diesem Ebenbild zu werden. Somit fehlt dem Mann zur menschlichen Vollkommenheit die Frau und umgekehrt.«

»Fürwahr, so könnte man es sehen«, sagte Bruder Bartolo verwirrt – und zugleich beeindruckt von der Argumentation seines Meisters.

»Und so sollten wir es auch sehen!«, bekräftigte dieser.

Dennoch, so schnell gab Bruder Bartolo nicht auf. »Andererseits steht in der Bibel aber auch geschrieben, dass Gott ihm Eva zur *Hilfe* gemacht hat!«

»Und was kommt direkt danach? ›Die ihm *entspricht*‹! Und dieses Entsprechen ist ja wohl etwas anderes als Gebärenkönnen und ihm im *Paradies* den Haushalt führen, was ja wohl ein Paradox ist«, gab Pater Angelico prompt zurück. »Wären dort irgendwelche Arbeiten zu verrichten gewesen, hätte es sich ja wohl kaum um das Paradies gehandelt. Es sei denn, man versteht unter Paradies einen Ort, an dem allein die Frau sich abmüht. Mag sein, dass viele sich das wünschen, aber mit Gottes Paradies hat es nichts zu tun.«

»Bei Gott, Ihr wisst die Bibel auf eine Art auszulegen, dass einem der Kopf schwirrt«, sagte der Novize kleinlaut und hielt nicht länger dagegen.

Pater Angelico aber war nun richtig in Fahrt geraten. Der Groll, der in ihm saß, stachelte ihn geradezu an, noch eins draufzusetzen. »Aber wenn man die Sache auf die Spitze treiben will, dann lese man die nachfolgende Stelle, wo es heißt: ›Das endlich ist Bein von meinem Bein und Fleisch von meinem Fleisch.‹«, fuhr er fort. »Und dieses *endlich* sollte sehr zu denken geben, Bruder Bartolo! Drückt Gott damit doch aus, dass ihm bei Adam, unserem Stammvater aus dem Ackerboden, die Sache wohl nicht ganz so gelungen war und diesem aus Erde geformten Geschöpf etwas Wesentliches fehlte, nämlich *Sein* Bein und *Sein* Fleisch!«

Er machte eine kurze Pause, um dann bissig hinzuzufügen: »Wenn man sich so in der Welt der Nachkommen aus Dreck und Erde umsieht, dann kann man auch nicht umhin festzustellen, dass vielen noch immer so einiges Wesentliche dazu fehlt, vor Gottes Antlitz Gefallen zu finden. Aber selbst das wundert einen nicht, wenn man die Bibel aufmerksam gelesen hat. Denn während Adam es sich wohl ohne großen Antrieb, den Dingen auf den Grund zu gehen und zu neuer Erkenntnis zu gelangen, im Paradies gutgehen ließ, legte Eva waches Interesse für alles an den Tag und ›wollte klug werden‹, wie es geschrieben steht. Und wenn das dann auch etwas schiefgegangen ist, gefällt mir eine Eva, die nicht nur auf der faulen Haut liegen, sondern klug werden wollte, trotzdem besser als der langweilige Mitläufer Adam!«

Scharf sog Bruder Bartolo die Luft ein. Wenn das mal nicht an Blasphemie heranreichte! Doch diesen Gedanken behielt er klugerweise für sich.

»Und jetzt zurück an die Arbeit, du spät geborener Adam«, sagte Pater Angelico mit freundlichem Spott. »Jetzt hast du etwas, worüber es sich nachzudenken lohnt – im Gegensatz zu dem dümmlichen Geschwätz, das dieser *Gelehrte,* wohl unter faulen Winden, heute Morgen von sich gegeben hat!« Und dann machte er sich daran, der Schlange einen gar nicht verschlagenen Blick zu geben, sondern ihr vielmehr in das eine Auge ein verschmitztes Zwinkern zu setzen.

40

Am frühen Nachmittag kam der junge Laienbruder Federico aus San Marco zu ihnen in den Palazzo des Marsilio Petrucci. »Der ehrwürdige Vater schickt mich«, teilte er Pater Angelico mit sorgenvoller Miene mit. »Ihr müsst sofort ins Kloster kommen! Leider auf der Stelle, wie mir aufgetragen wurde.«

»Was gibt es denn so Eiliges, das nicht warten kann?« Pater Angelico arbeitete gerade an der Vorzeichnung des zweiten Freskenfeldes. Sein Novize deutete derweil im Hintergrund prächtige Schirmpinien und Olivenhaine an, wie man sie überall in der Toskana fand.

»Unsere Priester werden der vielen Leute nicht Herr, die zu uns kommen und unbedingt die Beichte ablegen wollen! Die Gläubigen drängen sich in Scharen, und nicht nur in San Marco, wie man hört«, berichtete der Laienbruder. »Und wir haben nur drei unserer sechs Beichtstühle besetzen können, wo doch Pater Donato noch in Rom weilt, Pater Ludovico mit Nierenkoliken im *infirmarium*[4] liegt, Pater Stefano zu einem Sterbenden gerufen worden ist und unser ehrwürdiger Vater von dringlichen Geschäften daran gehindert wird, Beichten abzunehmen.«

Ungnädig zog Pater Angelico die Brauen zusammen. »Was kann dringlicher sein, als das heilige Sakrament der Beichte und die Lossprechung zu spenden?«

»Wohl ein wichtiges Gespräch mit Signore Lorenzo. Ich habe dem Prior nämlich vorhin ein Schreiben gebracht, das mit

4 Klosterhospital

einem Kurier bei uns eingetroffen ist. Ein Schreiben aus Bologna, von unserem Ordensgeneral, wie ich dem Siegel entnehmen konnte. Es war ja wirklich nicht zu übersehen«, betonte Bruder Federico, als fürchtete er, man könnte ihn unstatthafter Neugier bezichtigen. »Der ehrwürdige Vater hat das Schreiben gelesen und gesagt, er müsse auf der Stelle zum Medici. Eine schlimme Nachricht kann es jedoch nicht gewesen sein, denn er machte einen sehr freudig erregten Eindruck. Aber bevor er davoneilte, hat er mir noch aufgetragen, Euch zu holen.«

Ein Schreiben von ihrem Ordensgeneral in Bologna! Das gefiel Pater Angelico ganz und gar nicht. Erst recht nicht, wenn dieses Schreiben Vincenzo Bandelli in freudige Erregung versetzte. Das ließ Böses ahnen, und er musste sofort an Girolamo Savonarola denken. Aber dieser Angelegenheit würde er später nachgehen.

»Gut, ich komme, Bruder Federico!«

Zusammen eilten sie zurück nach San Marco. Dort fand Pater Angelico genau das vor, was der Laienbruder beschrieben hatte. Vor den Beichtstühlen hatten sich lange Schlangen von Menschen gebildet, die es drängte, ihre Sünden zu bekennen und sich der priesterlichen Lossprechung zu versichern. Keine Frage, der dritte Mord des Todesengels und sein perfides Schreiben hatten die Leute dermaßen in Schrecken versetzt, dass sie nun um ihr eigenes Leben und Seelenheil fürchteten!

Rasch legte er sich in der Sakristei die violette Stola um und setzte sich in einen der freien Beichtstühle. Eine gute Stunde lang nahm er eine Beichte nach der anderen ab und bekam dabei eine Unzahl von geringfügigen wie auch schwerwiegenden Sünden zu hören. Da war neben den vielen kleinen Charakterschwächen alles vertreten, was ein Florentiner sich an Lügen, üblen Nachreden, Falschaussagen vor Gericht, Schlägen im

Jähzorn, Diebereien, Wuchergeschäften, Verwendung von falschen Gewichten, Unterschlagungen und insbesondere fleischlichen Sünden nur auf das Gewissen laden konnte. Bald schwirrte Pater Angelico der Kopf von all den hastig vorgebrachten Litaneien menschlicher Verfehlungen.

Obwohl er nichts hörte, was ihm nicht auch früher schon an diesem dämmrigen Ort offenbart worden wäre, bestürzte ihn diese geballte Fülle menschlicher Niedertracht doch. Wo nur war das halbwegs gesunde Verständnis für die Würde der Mitmenschen geblieben?

Unwillkürlich fragte er sich, ob nicht längst die Zeit für eine zweite Parusie, eine erneute Erscheinung Christi in der Welt, gekommen sei. Andererseits würde die Rückkehr Christi vermutlich vielen in der Kirche äußerst ungelegen kommen, vor allem den Prälaten und anderen Würdenträgern, die dann wohl Wichtigeres zu tun hätten, als sich mit dem Ereignis zu beschäftigen.

Wieder hatte ein Sünder – erlöst und mit der Buße von einigen Rosenkranzgebeten und einem Dutzend Vaterunser – den Beichtstuhl verlassen und dem nächsten Platz gemacht, und Pater Angelico bereitete sich mit halb geschlossenen Augen auf das nächste gemurmelte Sündenbekenntnis vor.

Dass es sich um eine Frau aus gutem Haus handelte, wusste er schon, bevor er ihre Stimme hörte. Der feine Duft, den sie dankenswerterweise mitbrachte und der den herben Schweißgeruch ihres Vorgängers überlagerte, hätte ihm eigentlich sagen müssen, wer da auf der anderen Seite vor dem Gitter kniete und das Kreuz schlug. Doch er war mit seinen Gedanken noch bei der Parusie, auf die er wohl vergeblich hoffte.

Kaum hatte die Frau die ersten Worte gesprochen, fuhr er wie vom Blitz getroffen zusammen und schaute entgeistert auf das Sprechgitter.

»Donzella Lucrezia?«, stieß er ungläubig hervor.

»Padre, ich habe gesündigt und bitte Euch, mir die Beichte abzunehmen«, raunte sie im Tonfall der reuigen Sünderin, hielt den Kopf aber nicht schamvoll gesenkt, wie sie es eigentlich hätte tun sollen.

Pater Angelico vergaß, was er eigentlich hätte sagen sollen. Stattdessen fragte er beunruhigt und in abweisendem Ton: »Was macht Ihr hier?«

»Was alle vor mir wollten und die nach mir auch noch wollen: die Beichte ablegen, Padre. Warum kniet man sich denn sonst in einen engen Beichtstuhl?«

Ihr aufmüpfiger Ton sagte ihm, dass er allen Grund hatte, beunruhigt zu sein. Unmöglich, dass Lucrezia zufällig zur Beichte nach San Marco gekommen war und dann auch noch ihn als Beichtvater erwischt hatte. »Was Ihr tut, ist nicht recht, Donzella Lucrezia! Geht und sucht Euch einen anderen Priester«, forderte er sie auf. »Damit ist uns beiden besser gedient!«

»Ihr verweigert mir die Abnahme und die Lossprechung, Padre? Wie kann das angehen? Ich habe noch nie gehört, dass ein Priester sich zur Beichtstunde weigern kann, seine Pflicht zu tun und einem die Beichte abzunehmen – sofern nicht gravierende Gründe dagegensprechen«, erwiderte sie störrisch. »Ich glaube, in Eurer geistlichen Sprache nennt man *delicta graviora,* was in solch einem Fall vorliegen müsste. Oder bin ich da falsch unterrichtet? Man sagt uns Frauen ja nach, wir hätten eigentlich nichts Rechtes im Kopf.«

Pater Angelico zerbiss einen Fluch auf den Lippen. Lucrezia wusste genau, dass er sich ihr nicht verweigern konnte, wenn sie darauf bestand, bei ihm zu beichten. Und sie dachte nicht im Traum daran, ihn davon zu entbinden.

»Also gut, dann beichte, meine Tochter«, gab er sich geschlagen und hoffte, dass die Ansprache ›Tochter‹ sie daran erinnerte, dass er hier nicht als Angelico Crivelli saß, sondern als Mittler zwischen einem sündigen Menschen und Gott.

»Padre, ich kann mich nicht damit abfinden, dass ich in ein Kloster abgeschoben werden soll, nur um das Leben meines Vaters mit meiner garstigen Stiefmutter und meinen eingebildeten Halbschwestern leichter zu machen«, begann sie.

Er seufzte leise. »Es mag Euch nicht gefallen, aber Ihr seid Eurem Vater Gehorsam schuldig und werdet Euch in Euer Schicksal finden müssen, sosehr es Euch auch widerstrebt«, sagte er und fühlte sich gar nicht wohl dabei. Denn bei all dem geschuldeten Gehorsam war es doch ein skandalöses Unrecht, überzählige Töchter zum Ordensleben zu zwingen und hinter Klostermauern zu verbannen. »Mit der Zeit werdet Ihr dort schon Euren Seelenfrieden finden.« Und für diesen Satz schämte er sich beinahe.

»Niemals! Gefangenschaft kann nie Seelenfrieden bringen, und genau die ist mir zugedacht!«

»Bitte kehrt zu Euren Sünden zurück, meine Tochter!«, ermahnte er sie. »Dies ist nicht der Ort, um Dinge zu besprechen, die nach Sitte und Gesetz allein in der Entscheidungsgewalt Eures Vaters liegen!«

»Über mein Herz hatte er aber keine Gewalt! Und ich bekenne Euch, dass ich es an einen Mann verloren habe, den ich über alles liebe, Padre«, flüsterte sie.

Er versteifte sich, und sein Mund fühlte sich mit einem Mal ganz trocken an. »Zu lieben ist keine Sünde, meine Tochter. Es ist das Menschlichste und das höchste Gut, das uns gegeben ist, besonders dann, wenn diese Liebe sich auf unseren Gott und Erlöser richtet«, sagte er in dem Versuch, das glatte Eis, auf das Lucrezia ihn geführt hatte, so schnell wie möglich zu verlassen. »Und nun kommt endlich zu Euren Sünden. Ihr wisst, wie viele Gläubige da draußen noch warten.«

»Ich liebe einen Mann, der das Ordenskleid trägt, Padre«, fuhr sie unbeirrt fort, und ihr sehnsuchtsvoller Ton schnitt ihm ins Herz. »Ich weiß nicht, was die Kirche dazu sagt. Vermutlich, dass es Sünde ist. Aber wie kann es Sünde sein, jemanden zu lieben? Helft mir, Padre! Sagt mir endlich ein erlösendes Wort!«

Das Blut rauschte in seinen Ohren, die Kehle wurde ihm eng, und ihm wurde heiß unter seinem Habit. »Donzella Lucrezia, redet nicht weiter!«

»Aber das muss ich, wenn es denn Sünde ist«, beharrte sie. »Sagt mir, ist es das? Kann Liebe etwas Verwerfliches sein? Vor allem, wenn dieser Mann, dessen Namen ich Euch nicht sagen möchte, obwohl er für mich wahren Engelsklang besitzt, meine Liebe erwidert?«

Diese letzten Worte waren ein Schock. Also stimmte, was er insgeheim befürchtet hatte, nämlich dass er ihr seine Gefühle für sie längst offenbart hatte. Spätestens am Morgen des Vortages im Palazzo auf der Treppe, als sie ihn so federleicht berührt und dabei doch seine tiefsten Seelengründe aufgewühlt hatte. Was, in Gottes heiligem Namen, sollte er nun darauf bloß antworten? Er durfte nicht lügen, schon gar nicht, wenn er die Stola trug. Abgesehen davon würde sie ihm ohnehin kein Wort glauben und ihn dafür verachten, dass er zur Lüge Zuflucht nahm und abstritt, was doch, wie sie beide wussten, die Wahrheit war. Obwohl das ein Ausweg … Nein, ausgeschlossen! Feigheit hatte er im Angesicht von Gefahr für Leib und Seele noch nie gezeigt, und damit würde er auch jetzt nicht beginnen.

Mühsam gewann er die Fassung zurück und suchte nach einer Möglichkeit, den Spieß ihrer unverblümten Liebeserklärung abzubiegen. »Einen Mann im Gewand Gottes zu lieben ist in sich gewiss keine Sünde, solange man sich bewusst macht, dass dies nur eine platonische Liebe sein kann, die unerfüllt bleiben muss«, gab er hölzern zur Antwort. »In Eurem Fall ist zudem anzunehmen, dass es sich um eine vorübergehende Gefühlsaufwallung handelt, die mit Eurem derzeitigen, trotzigen Widerstand gegen das Leben mit Schleier zusammenhängt.«

»Unsinn!«, kam es scharf von jenseits des Gitters. »Verzeiht, Padre, aber ich *weiß,* was ich für diesen wunderbaren Mann empfinde. Ich bin kein schwärmerisches Dummchen von zwölf, dreizehn Jahren, das nicht zwischen romantischen Anwandlungen und wahrer Liebe unterscheiden kann. Ich bin eine erwachsene Frau.«

»Mag sein, Donzella Lucrezia«, erwiderte Pater Angelico mit rauer Stimme. »Aber das ändert nichts daran, dass dieser … Ordensmann ein *ewiges* Gelübde abgelegt hat und daher Eure Liebe keine Zukunft haben kann!«

»Das stimmt nicht!«, erwiderte sie, Verzweiflung in der Stimme. »Solche Gelübde können von der Kirche durch einen besonderen Dispens aufgehoben werden! Und sagt nicht, das sei nicht schon oft geschehen. Ich kann Euch genügend Beispiele von Ordensleuten nennen, die …«

»Genug davon!« Es war mehr ein Flehen als ein Befehl. »Wenn Ihr keine weiteren Sünden zu beichten habt, dann betet als Buße für Euren Ungehorsam und Eure Uneinsichtigkeit zehn Rosenkränze und zehn Vaterunser.« Und bevor sie ihm noch ins Wort fallen konnte, schlug er vor dem Gitter das Kreuz und ratterte in geradezu panischer Hast die Lossprechung herunter: *»Ego te absolvo a peccatis tuis in nomine Patris, et Filii, et Spiritus Sancti!«* Ich spreche dich von deinen

Sünden frei im Namen des Vaters und des Sohnes und des Heiligen Geistes.

Der ›Heilige Geist‹ war ihm noch nicht ganz über die Lippen gekommen, da zog er sich auch schon die Stola vom Hals, warf sie hinter sich auf den Sitz, stieß die Tür auf und stürzte zur Verwunderung der noch Wartenden aus dem Beichtstuhl.

Weg! Weg! Nichts als weg!

Ohne auf die befremdeten Blicke zu achten, die ihm folgten, stürmte er auf das Kirchenportal zu und rannte hinaus auf die Piazza.

41

Als er begriff, was er getan hatte, war er entsetzt. Er hatte genau zu der Feigheit Zuflucht genommen, die er sich wenige Augenblicke zuvor noch untersagt hatte, und war kopflos aus Beichtstuhl und Kirche geflohen. Wie groß mussten seine Gefühle für Lucrezia sein, wie groß die Versuchung, ihnen zu erliegen, dass er sich dazu hatte hinreißen lassen!

Allmächtiger Gott, welch grausame Prüfung hast Du mir auferlegt, um die Wahrhaftigkeit meiner Berufung auf die Probe zu stellen?

Fassungslos stürmte Pater Angelico ziellos durch die Straßen und Gassen. Nichts von dem, was um ihn her geschah, nahm er wirklich zur Kenntnis. Vermutlich hätte die Stadt in Brand oder unter dem Beschuss feindlicher Truppen stehen können, ohne dass dies den Mahlstrom seiner quälenden Gedanken durchdrungen hätte.

Wochenlang hatte er die Augen davor verschlossen, welche Gefühle Lucrezia in ihm geweckt hatte und wie unaufhaltsam sie gewachsen waren. Und in jenen kurzen Momenten, in denen er gewagt hatte, ihre Existenz zumindest am Rande seines Bewusstseins wahrzunehmen, hatte er sich unverzüglich mit der verlogenen Behauptung beruhigt, dass er diese Zuneigung unter Kontrolle habe und dass sie bald wieder abebben werde. Ein kurzes Aufflackern normaler Regungen in der Nähe einer bezaubernden Frau, nichts weiter. Nichts, was sonderliche Beachtung verdient hätte, nur eine dieser natürlichen Versuchungen und Beschwernisse, die ein Ordensmann zu ertragen und zu ignorieren hatte wie die winterliche Kälte seiner Zelle und die Ungerechtigkeit seines Oberen. Nichts, was geduldiges, inniges Gebet und der Hobel der Zeit nicht Lage um Lage abzutragen und schließlich ganz zum Schweigen zu bringen vermocht hätten.

Welch ein Irrtum!

Ihm stand ein fürchterlicher innerer Kampf bevor, von dem er nicht wusste, ob er ihn gewinnen konnte … ja, ob er ihn überhaupt gewinnen wollte. Nur, selbst wenn er den Willen dazu aufbrachte, sich gegen seine Liebe zu Lucrezia zu entscheiden, und den Kampf gegen diese ungestüme Kraft in sich aufnahm – mit welchen Waffen sollte er ihn führen? Er fühlte sich dem inneren Feind so wehrlos ausgeliefert wie ein Landsknecht, der mitten in einer fürchterlichen Schlacht dem Gegner plötzlich mit bloßen Händen gegenüberstand.

Im Westen senkte sich bereits die müde Wintersonne dem hügeligen Gelände von Santo Spirito und seinem Mauerring entgegen, als er allmählich seine Fassung wiederfand und sich an die Hoffnung klammerte, dass Gott ihm den fraglos dornigen Weg, den er gehen musste, aufzeigen würde.

Schon wollte er sich auf den Weg zurück ins Kloster machen, als er verblüfft feststellte, dass ihn sein Irrgang durch die Stadt in die Nähe von Matteo Brancolettis Palazzo geführt hatte. Er nahm es als Fingerzeig, dass er die Rückkehr nach San Marco noch für eine Weile aufschieben konnte. Es war ohnehin seine Absicht gewesen, dem Bankherrn noch einen zweiten Besuch abzustatten. Was er sich davon erhoffte, wusste er allerdings selbst nicht.

Im Hof traf er auf eine Gruppe von Männern, die sich mit schweren Eisenfüßen in Gestalt vierfacher Löwenklauen, dunklen Eichenstangen, Querstreben und blütenweißen Zeltplanen abmühten, um den einen Pavillon zu errichten, der offenbar den gesamten Hof von den Stallungen bis zum Portal des Palastes überdachen sollte.

Im Palazzo selbst ging es nicht weniger hektisch zu. Ein ganzes Heer von Hausdienern war damit beschäftigt, unter der mürrischen Aufsicht von Alessio Brancoletti den Innenhof auszuräumen und für das bevorstehende Fest vorzubereiten. Da wurden entlang des Säulengangs gedrechselte Stangen aufgehängt, von denen breite Bahnen aus kostbarem Samt in sattem Gelb, tiefem Rot und kräftigem Blau herabfielen und die nackten Steinwände verdeckten. Andere Diener schleppten mannshohe, vielarmige Standleuchter heran und bestückten sie mit armdicken Kerzen aus teurem Bienenwachs. Zwei Mägde bearbeiteten die Becken des Springbrunnens mit Bürsten, um sie von jeglichem grünen Algenbelag zu säubern. Und wieder andere Helfer trugen weich gepolsterte Scherensessel und Sitzbänke durchs Haus. Auch aus dem oberen Stockwerk drangen Stimmengewirr und allerlei Lärm, ging es in den Sälen doch nicht weniger geschäftig zu als unten im Palazzo und draußen im Vorhof.

Pater Angelico fürchtete schon, Matteo Brancoletti könnte dem Lärm und Durcheinander in seinem Haus entflohen sein, doch dem war nicht so. Ein Bediensteter erklärte, sein Herr sei sehr wohl zugegen, er halte sich hinten im Kontor auf und werde unverzüglich vom Besuch des Padre unterrichtet.

Tatsächlich erschien Matteo Brancoletti umgehend.

Pater Angelico entschuldigte sich vielmals dafür, dass er ohne jede Voranmeldung mitten in die Vorbereitungen für ein Fest platze und den Bankherrn nun auch noch von seinen Geschäften abhalte. »Aber da ich zufällig in der Nähe war …«

Matteo Brancoletti gab ihm keine Gelegenheit, seine Entschuldigung in ganzer Länge vorzubringen. »Ich bitte Euch, das ist doch nicht der Rede wert, Pater Angelico. Nur zu gern lasse ich mich von Euch von der Arbeit abhalten«, versicherte er. »Es ist mir sogar ein großes Vergnügen, Euch wieder bei mir zu begrüßen. Insbesondere da ich bei unserer letzten Begegnung den betrüblichen Eindruck hatte, dass Ihr nicht übermäßig geneigt schient, meinen Auftrag ernsthaft in Erwägung zu ziehen. Darf ich hoffen, dass Ihr inzwischen anderen Sinnes seid und mich in den Genuss Eurer Kunst kommen lassen wollt?«

»Aus ebendiesem Grund bin ich hier«, log Pater Angelico. »Bei unserer letzten Unterredung war ich leider von anderen Angelegenheiten abgelenkt und nicht recht bei der Sache. Das mag Euch besagten Eindruck vermittelt haben, was ich sehr bedaure, Signore Brancoletti.«

Mit einem gewinnenden Lächeln winkte der Bankherr großmütig ab. »Lasst uns nicht zu viele Worte darum machen! Ich kenne das nur zu gut. Auch mir schwirrt manchmal der Kopf von all den Fragen, die mein Geschäft mit sich bringt.«

»Wenn es Euch recht wäre, würde ich mir gern Eure Fresken noch einmal genauer anschauen und mir erzählen lassen, wie Ihr Euch die in Eurem neuen Palazzo denkt. Aber ich bin jetzt schon sicher, dass es eine Aufgabe sein wird, die ich gern übernehmen würde.«

Was der Wahrheit nicht ferner hätte liegen können. Pater Angelico dachte nicht im Traum daran, sich diese Arbeit aufzuhalsen. Aber es würde auch nicht nötig werden, dass er zu seinem Wort stand. Wenn Matteo Brancoletti der Todesengel war, würde es für ihn keinen neuen Palazzo geben, sondern das Richtschwert. Und selbst wenn Pater Angelico mit seiner Vermutung falschlag – was er sich beim besten Willen nicht vorstellen konnte –, würde noch viel Zeit ins Land gehen, bis der Palazzo stand. Und dann würde er schon Gründe finden, die Arbeiten nicht ausführen zu müssen. Wenngleich er dem Mann in diesem unwahrscheinlichen Fall eine Abbitte schuldete und sich das Joch dann wohl doch auf die Schultern legen musste. Nun, zu gegebener Zeit würde sich zeigen, was richtig war. Kein Grund, sich schon jetzt den Kopf zu zerbrechen!

Matteo Brancoletti dagegen hielt seinen Auftrag schon für so gut wie angenommen, und mit dementsprechender Begeisterung führte er den Mönch ein zweites Mal durch seinen Palazzo und machte ihn mit seinen Wünschen vertraut. Als er sich, während er umständlich versuchte, dem Dominikaner ein neues Wandgemälde zu erklären, am Kinn kratzte, hatte dieser endlich Gelegenheit, den Siegelring des Bankherrn zu betrachten.

Da war sie, die halbe florentinische Lilie! Sie nahm das linke Wappenfeld ein. Im rechten zeichnete sich die Hälfte eines Stierkopfes mit elegant geschwungenem Horn ab. Der Ansatz dieses rechten Feldes deckte sich mit der Linie, die auf dem Abdruck im Wachs noch zu sehen gewesen war.

Jetzt passte alles zusammen!

Trotz seiner Erregung darüber, dass er seinen Verdacht bestätigt sah, gab Pater Angelico sich den Anschein, gut zuzuhören, und heuchelte reges Interesse. Nur jetzt keinen Fehler machen und den Vorteil verspielen! Er unterbreitete dem Bankherrn sogar Vorschläge, wie die Aufteilung und die Gestaltung der Fresken besser gelingen könnten. Dabei prägte er sich einmal mehr die Räumlichkeiten genau ein, war ihm doch plötzlich ein Gedanke gekommen, wie er den Mörder womöglich überführen oder sich zumindest noch in den Besitz eines zweiten Hinweises bringen könnte. Dann hätte Scalvetti genug in der Hand, um es wagen zu können, Matteo Brancoletti zum Verhör ins Bargello bringen zu lassen.

Er wartete eine günstige Gelegenheit ab, um seinen Köder

auszuwerfen. Sie ergab sich, als sie aus Matteo Brancolettis privatem Gemach kamen, in das der Mann sich ein Fresko hatte malen lassen. Gegenüber von seinem wuchtigen Bett mit Damastbaldachin und seitlichen Seidenvorhängen prangte das Bild der drei Grazien aus der griechischen Mythologie. Er hatte sich die Göttinnen in vollkommener Nacktheit und ausgesprochen verführerischen, um nicht zu sagen: lüsternen Posen malen lassen. Zweifellos als sexuelle Anregung.

»Was für einen Aufwand Ihr für Euer Fest treibt«, sagte Pater Angelico, während er an die Brüstung trat und hinunter auf das Treiben der vielen Bediensteten schaute. »Mir scheint, Ihr wollt sogar unseren Stadtherrn ausstechen, und dessen Feste lassen nun wahrlich keinen Prunk vermissen! Wunderschön, diese Wandbehänge. Und all die Kerzenleuchter! Das wird ein Fest für das Auge! Ach was, für alle Sinne, die Gott uns geschenkt hat! Ich bin sicher, von Eurem Kostümfest wird man in der Stadt noch lange sprechen!«

In seiner aufgekratzten Stimmung biss Matteo Brancoletti, wie erhofft, auf Anhieb an. »Kommt doch auch, Pater Angelico!«, rief er spontan. »Macht mir das Vergnügen!«

Scheinbar verblüfft angesichts dieser großzügigen Geste wandte Pater Angelico sich zu ihm um. »Ich, ein Mönch, soll Gast bei Eurem vornehmen Fest sein?« Er gab sich belustigt. »Ihr beliebt zu scherzen, Signore.«

»Ganz und gar nicht!«, versicherte der Bankherr.

Pater Angelico setzte eine verlegene Miene auf und schüttelte den Kopf. »Ich weiß Euren Großmut zu schätzen und muss gestehen, dass Ihr mich mit Eurer Einladung stark in Versuchung führt. Aber ich kann sie unmöglich annehmen. Wie sähe es denn aus, wenn sich ein einfacher Ordensmann wie ich unter Eure vornehmen Gäste mischt?«

»Nun stellt mal Euer Licht nicht derart unter den Scheffel«, rügte Matteo Brancoletti ihn mit einem Augenzwinkern. »Ihr seid alles andere als ein *einfacher* Ordensmann, auch wenn Ihr Euch so gebt, was Euch ehrt. Jeder in Florenz – und wohl auch über unsere Stadt hinaus –, der etwas von Malerei versteht und sie zu würdigen weiß, kennt Euren Namen.«

»Ich diene unserem Schöpfer dort, wo er mich zu haben wünscht, nicht mehr«, wehrte Pater Angelico ab.

Matteo Brancoletti hörte gar nicht richtig hin, sondern fuhr sogleich fort: »Und erzählt mir nicht, Ihr würdet nicht auch ohne Pinsel in der Hand in vornehmen Häusern verkehren. Ich weiß sehr wohl, dass Ihr auch schon bei einer der Gesellschaften unseres Magnifico zu Gast gewesen seid!«

»Eine Ausnahme …«

»… auf die jemand wie Ihr auch Anspruch hat«, führte Matte Brancoletti den Satz für ihn zu Ende. »Nein, ich lasse Eure Ausreden nicht gelten, Pater Angelico. Und kommt mir nicht mit Eurem Prior! Ich kenne Vincenzo Bandelli und weiß, dass er keine Einwände erheben wird. Und damit genug. Ich bestehe darauf, dass Ihr mir das Vergnügen macht, morgen mein Gast zu sein. Das wird auch meinen anderen Gästen gefallen. Wie gesagt, man kennt und schätzt Euch.«

Pater Angelico bemühte sich um einen geschmeichelten Ausdruck. »Ihr versteht es, einem zur Demut berufenen Mann jeden Ausweg zu verbauen und es so einzurichten, dass eine Absage den Charakter einer ungehörigen Zurückweisung trüge. Nur wird es dennoch darauf hinauslaufen. Immerhin handelt es sich um ein Kostümfest, und dem Anspruch, der damit einhergeht, kann ich nun wirklich nicht entsprechen. Wie sollte ich mich denn auch verkleiden, Signore?«

»Als Mönch«, schlug der Bankherr spaßeshalber vor, schüttelte dann aber lachend den Kopf. »Aber nein, das wäre natürlich weder passend noch originell. Ich kümmere mich um Euer Kostüm. Lasst Euch überraschen. Ich werde es Euch morgen im Laufe des Tages ins Kloster bringen lassen. – Und, habe ich nun Euer Einverständnis?«

Pater Angelico rang sich so etwas wie ein resigniertes Seufzen ab. »Ich fürchte, Ihr lasst mir keine Wahl. Ich werde Eure Einladung annehmen und mich hinsichtlich meiner Verkleidung ganz in Eure Hand begeben müssen, Signore.«

Vergnügt und mit sichtlicher Genugtuung klatschte der Bankherr in die Hände. »Und Ihr tut gut daran! Es freut mich, dass Ihr kommt. Jetzt muss ich mich aber entschuldigen, sonst komme ich zu spät zur Vesper. Und in diesen Tagen scheint es wohl noch mehr als zu gewöhnlichen Zeiten angebracht, auf geweihtem Boden zu knien und sich des kirchlichen Segens zu versichern.«

Pater Angelico meinte, in den Augen des Bankherrn so etwas wie Spott aufblitzen zu sehen, und dachte grimmig: Wenn Ihr der Todesengel seid, dann wird Euch der Spott wie auch manches andere bald vergehen!

Nachdem er sich noch einmal gebührend bedankt hatte, schlenderte er ohne jede Hast aus dem Palast. Er verweilte sogar noch ein paar Minuten im Vorhof und tat so, als bewundere er die Geschicklichkeit der Männer, die beim Errichten des mächtigen Pavillons mit Unmengen von Zeltplanen und Stützstreben zu kämpfen hatten. In Wahrheit galt sein Augenmerk der Mauer hinter dem Stall und der kleinen Seitenpforte, die nicht über ein Schloss, sondern nur über einen Riegel verfügte. Es konnte nicht falsch sein, sich von diesen örtlichen Gegebenheiten ein Bild zu machen. Wer wusste denn, wozu das einmal nützlich sein konnte?

Schließlich trat er hinaus auf die Straße und wandte sich schon in Richtung Kloster, als er hinter sich Matteo Brancolettis Stimme vernahm. Rasch blickte er sich um und sah, wie der Bankherr einen Nachbarn grüßte, der zur selben Zeit aus einem gegenüberliegenden Haus getreten war. Brancoletti blieb allerdings nicht stehen, sondern winkte dem anderen nur jovial zu und entfernte sich eiligen Schrittes.

Aber nicht auf der Via della Stufa hinunter zur Mündung der Straße in die Piazza San Lorenzo. Stattdessen schlug er die entgegengesetzte Richtung ein!

Das kam Pater Angelico seltsam vor, hatte Brancoletti doch gesagt, dass er zur Vesper wollte. Und zweifellos war San Lorenzo, kaum mehr als einen Steinwurf von seinem Palazzo entfernt, die Kirche, die er und seine Familie gewöhnlich besuchten. Eine andere zu wählen hätte keinen Sinn ergeben, zumal der Bankherr in San Lorenzo regelmäßig der Gegenwart des Medici und seiner *brigata,* diesem von Leibwächtern begleiteten Gefolge aus reichen und einflussreichen Signori, sicher sein konnte. Und ein Mann wie Matteo Brancoletti war viel zu schlau, um nicht zu wissen, wie wichtig es für seine Geschäfte und seinen Einfluss war, immer wieder mit Il Magnifico und seinen engsten Vertrauten zusammenzutreffen, auch wenn bei diesen Begegnungen nicht mehr stattfand als ein kurzer Plausch nach einer Messe oder Vesper.

»Wollen wir doch mal sehen, was dieser undurchsichtige Bursche tatsächlich vorhat«, murmelte Pater Angelico vor sich hin. Er wäre jede Wette eingegangen, dass dieser Mann nicht auf dem Weg in eine Kirche war. Er heftete sich an Brancolettis Fersen, achtete aber darauf, ihm nicht zu nahe zu kommen.

So hielt er einen Abstand von gut anderthalb Dutzend Schritten und zog sich vorsichtshalber auch die Kapuze über den

Kopf. Es war nie auszuschließen, dass ihn jemand erkannte und ihm womöglich quer über die Straße einen Gruß zurief.

Seine Überzeugung, dass Matteo Brancoletti mit Sicherheit keine Vesper besuchen wollte, geriet schwer ins Wanken, als der Bankherr an der nächsten Kreuzung links in die Via Porciaia einbog und dann geradewegs auf die Piazza Vecchia zuhielt – und damit auf die Kathedrale Santa Maria Novella, deren mächtiges Kirchenschiff sich jenseits des Platzes in den Himmel erhob. Sollte er sich doch getäuscht haben? Aber wer ging dort in die Vesper, wenn er das ebenso gut bei sich um die Ecke haben konnte?

Tatsächlich schien Brancoletti auf Santa Maria Novella zuzusteuern. Und als er die Straße vor der Kirche überquerte und auf die gleichnamige Piazza zuging, überlegte Pater Angelico, ob er es dabei belassen und umkehren sollte.

Doch der Bankherr ging am Portal des Gotteshauses vorbei!

Also doch nicht zur Vesper!

Wenig später gelangte er auf die breite Durchgangsstraße Via della Scala, von der aus man in wenigen Minuten bei der Porta al Prato war, und bog kurz danach in eine Seitengasse ein.

Nun wird es interessant, dachte der Mönch und verringerte den Abstand, um Brancoletti nicht aus den Augen zu verlieren. Das erwies sich als kluge Entscheidung, denn sonst hätte er wohl nicht mehr mitbekommen, in welche der Brandgassen und Torwege Brancoletti plötzlich verschwand.

Es war eine breite Tordurchfahrt auf der linken Seite, in deren Dunkelheit der Bankherr eintauchte. Pater Angelico beschleunigte seine Schritte erneut, schlich ihm nach und spähte am Ende des Torgangs um die Ecke. Vor ihm lag ein geräumiger Hof, der ausreichend Platz bot, dass vor den dazugehörigen

Stallungen ohne allzu große Umstände ein Fuhrwerk gewendet werden konnte. Er sah, wie Brancoletti einen Schlüssel hervorzog, die Hoftür eines großen Backsteingebäudes aufschloss und dahinter verschwand. Es war jedoch nicht zu hören, dass er die Tür hinter sich wieder verschlossen hätte.

Pater Angelico fand das Gebaren von Matteo Brancoletti mehr als verwunderlich, denn er brauchte nicht lange zu raten, um zu wissen, in welches Haus der Mann verschwunden war. Die Hintertür gehörte zu dem Gasthaus *La Fiorentina,* das dafür bekannt war, dass dort fast ausnahmslos Fernreisende abstiegen. Die Nähe zum Stadttor, die breite Via della Scala und natürlich der große Hinterhof mit dem Raum zum Einstellen von Reit- und Zugtieren, all das hatte, zusammen mit der guten Küche des Hauses, *La Fiorentina* bei auswärtigen Kaufleuten den Ruf eingetragen, für einen Aufenthalt in Florenz eine der besten Adressen zu sein. Und dementsprechend gut frequentiert war das Gasthaus gewöhnlich auch.

Aber was hatte Matteo Brancoletti hier zu schaffen? Und warum besaß er einen Schlüssel zur Hoftür?

Pater Angelico überlegte, ob er sich nun auch durch die offene Hintertür ins Gasthaus schleichen und versuchen sollte herauszufinden, was hinter der Geheimnistuerei des Bankherrn steckte, doch er entschied sich dagegen. Es wäre zu riskant gewesen. Ein dummer Zufall, und Brancoletti wäre gewarnt. Dann wäre guter Rat teuer.

Schweren Herzens gab Pater Angelico die weitere Verfolgung auf und kehrte um. Darüber grübelnd, was es mit Brancolettis heimlichem Besuch in der Herberge auf sich haben mochte, überquerte er die Via della Scala und hielt auf die Piazza Santa Maria Novella zu.

Um ein Haar hätte er in seinen Grübeleien übersehen, was

sich kurz darauf als die Lösung des Rätsels herausstellen sollte. Er verdankte es einer Schar vor ihm aufflatternder Tauben, dass er den Kopf hob.

Und da fiel sein Blick auf zwei Frauen, die vor dem Kirchenportal standen. Eine war an ihrer schlichten Kleidung und Haube unschwer als Bedienstete zu erkennen. Bei der anderen handelte es sich um Antonetta Brancoletti.

Ungläubig starrte er zu den beiden hinüber. Was sie redeten, konnte er nicht hören, dafür standen sie zu weit von ihm entfernt, aber dass Antonetta äußerst ungehalten auf etwas reagierte, das ihre Begleiterin, vermutlich ihre Zofe, soeben gesagt hatte, war ihrer Gestik zweifelsfrei zu entnehmen. Herrisch deutete sie zum Portal hin, erteilte der Zofe offenbar einen knappen Befehl und ließ sie stehen. Diese schüttelte nur den Kopf, zuckte dann die Achseln und schritt die Stufen zur Kirche hinauf.

Rasch wandte Pater Angelico sich ab, bückte sich und machte sich an seinen Sandalen zu schaffen.

Achtlos rauschte Antonetta an ihm vorbei.

Er folgte ihr, obwohl er sich das hätte sparen können, wusste er doch, wohin sie ihn führen würde – nämlich in den Hinterhof der *Fiorentina.*

Und genau so war es.

»Hol mich doch der Gottseibeiuns!«, entfuhr es ihm, als auch sie sich durch die Hoftür in die Herberge schlich. »Der Lump von Bankherr trifft sich mit der Frau seines jüngsten Bruders zu einem Schäferstündchen! Und das bestimmt nicht zum ersten Mal!«

Aber passte das nicht ins Bild? Wer seinem eigenen Bruder Hörner aufsetzte, musste doch einen verdorbenen Charakter haben. Was Matteo Brancoletti besitzen wollte, das nahm er sich offenbar ohne Skrupel. Da war es vielleicht kein allzu großer Schritt, sich auch durch Morde das zu verschaffen, was ihm auf andere Art verwehrt blieb.

Das musste er auf der Stelle Scalvetti berichten!

Zu seiner Verwunderung reagierte der Commissario, den er noch in seinem Amtszimmer antraf, nicht so auf seinen Bericht, wie er erwartet hatte. Er zeigte sich weder überrascht noch empört.

»Schau an, schau an«, sagte er nur trocken. »Der feine Herr steckt seinen Pinsel also in verlockende Töpfchen, die ihm nicht gehören. Ganz der Vater! Aber nun ja, was sollte man auch anderes von ihm erwarten? Der Apfel fällt nun mal nicht weit vom Stamm. Armer Alessio.« Er zuckte die Achseln, und wieder einmal brach der Sarkasmus in ihm durch, als er hinzufügte: »Die Schutzengel vieler Leute müssen gefallene Engel sein. Aber so ist die Welt: Nur wenige werden am Ende nicht am Halfter in den Stall geführt.«

»Das ist alles, was Ihr dazu zu sagen habt?«, fragte der Mönch leicht befremdet von Scalvettis mangelnder Entrüstung und seinem Spott über den Gehörnten.

»Euch mag es ja überrascht haben, aber dass Matteo Brancoletti ein Schweinehund ist, weiß ich nicht erst seit heute«, erwiderte der Commissario gelassen. »Wie gesagt, sein Vater war ihm ein prächtiges Vorbild an verkommener Sittenlosigkeit.«

»So«, brummte Pater Angelico.

Tiberio Scalvetti nickte. »Der Alte war bekannt dafür, dass er in fremden Revieren dreist gewildert hat. Dass er sich nicht auch noch an der Frau seines Ältesten vergriffen hat, verdankt dieser wohl nur der Tatsache, dass er schon zu krank dafür war, als Matteo geheiratet hat. Obwohl, er hätte es vermutlich auch dann gelassen, wenn er noch in Saft und Kraft gestanden hätte.

Aber nur, weil Clarissa, Matteos Frau, seinen Ansprüchen an eine Bettgespielin nicht gerecht geworden wäre. Denn eine Schönheit war sie schon als junge Braut nicht, und nachdem sie die Kinder zur Welt gebracht hat, hat sie zwar um einiges zugelegt, aber nicht gerade an Schönheit. Dafür war sie ein einträgliches Geschäft für das Haus Brancoletti. Ihr wisst, wie es bei uns im Land zugeht: Je unansehnlicher die älteste Tochter aus vornehmem Haus, desto tiefer muss der Vater für die Mitgift in die Geldtruhe greifen. Da ist ein schöner Batzen zusammengekommen, und schöne, willige Frauen gibt es ja auch außer Haus zur Genüge.« Und dann lächelte Scalvetti das hintergründige Lächeln eines Mannes, der längst alle Illusionen verloren hatte und von seinen Mitmenschen grundsätzlich das Schlechte, Verdorbene und Bösartige erwartete.

»Jedenfalls wirft die Sache ein bezeichnendes Licht auf Matteo Brancoletti und das, wozu er sonst noch fähig sein dürfte«, brummte Pater Angelico und beließ es dabei. Stattdessen kam er auf den Ring zu sprechen.

Aber da war ihm der Commissario auch wieder voraus. »Ich weiß, er trägt eine halbe Lilie im linken und einen hübschen halben Stierkopf im rechten Wappenfeld. Habe ich hier schon herausgefunden«, sagte er und klopfte auf ein dick gebundenes Buch, das vor ihm auf dem Tisch lag. »Aber zu sagen hat das leider nicht viel. Denn der Ansatz vom rechten Feld, den wir im Wachs an der Tischkante gefunden haben, könnte ebenso gut zu einem Turm oder einem anderen Wappenelement passen. Daraus lässt sich wahrlich kein Strick knüpfen, Pater.«

»Aber es sind doch sich verdichtende Hinweise«, beharrte Pater Angelico und berichtete abschließend von der Einladung, die er dem Bankherrn abgeluchst hatte und die dieser für seine ureigenste Idee hielt.

Endlich zeigte Scalvetti die Überraschung, die der Mönch lange zuvor schon erwartet hatte. »Ihr habt ihn dazu gebracht, Euch zu seinem Kostümball einzuladen? Heilige Zunderbüchse, das lasse ich mir gefallen! Denn Brancolettis Feste sind so amüsant und prächtig, wie sein Charakter missraten und abstoßend ist. Aber was erhofft Ihr Euch davon?«

Pater Angelico zuckte die Achseln. »Ich weiß, wo sich sein Ankleidezimmer befindet. Vielleicht gelingt es mir zu später Stunde, wenn genügend Wein geflossen ist, dort einen Blick auf seine Stiefel zu werden«, erklärte er. »Ich werde den Abdruck im Gips auf Papier übertragen. Vielleicht stoße ich ja auf den passenden Stiefel, dann wären wir schon ein Stück weiter.« Doch unter Scalvettis skeptischem Blick erschien ihm seine Idee plötzlich nicht mehr ganz so überzeugend.

Immerhin versuchte der Commissario nicht, sie ihm auszureden. »Na gut, einen Versuch ist es wohl wert«, sagte er, klang aber so, als erhoffe er sich nicht viel davon. »Gebt bloß acht, dass Ihr nichts riskiert und Euch in Teufels Küche bringt!«

Eher niedergeschlagen begab Pater Angelico sich bald darauf ins Kloster, wo der Sturm seiner Gefühle sofort wieder mit aller Macht über ihn hereinbrach. Er warf sich in seiner kargen Zelle vor dem hölzernen Wandkruzifix auf den Boden und presste die Stirn auf den kalten Stein. Doch er spürte die Kälte nicht, brannte in ihm doch verzweifelte, hoffnungslose Sehnsucht wie ein Feuer. Obwohl er zu wissen glaubte, dass sie ihm nicht gewährt werden würde, betete er um Erlösung.

42

Am nächsten Morgen hatte Pater Angelico nach einer langen Nacht im Gebet zu einem gewissen Maß an innerer Ruhe zurückgefunden. Er wusste jedoch, dass diese Gefasstheit trügerisch war und es unter der Oberfläche weiterhin brodelte. Deshalb hätte er viel darum gegeben, den Palazzo der Petrucci niemals wieder betreten zu müssen.

Aber die Arbeit in der Hauskapelle musste weitergehen. Und es brachte nichts, sie unter irgendeinem Vorwand hinauszuzögern. Er hätte Wochen gebraucht, um sich innerlich zu festigen und sich für die nächste Begegnung mit Lucrezia zu wappnen. Nur war das ein Ding der Unmöglichkeit. Was hätte er auch Bruder Bartolo sagen sollen, der darauf brannte, Hand an das nächste Fresko zu legen, ganz zu schweigen von seinem Prior?

Und so blieb ihm gar nichts anderes übrig, als sich in das Unausweichliche zu schicken und zu hoffen, dass er ihm gewachsen war – zumindest nach außen hin.

Was er befürchtet hatte, nämlich dass er Lucrezia schon bei ihrem Eintreffen im Haus begegnete, trat denn auch ein. Ihm wurde abwechselnd heiß und kalt, als er sie mit einem kleinen Büchlein in der Hand durch den Innenhof auf sich zukommen sah.

»Donzella Lucrezia«, rang er sich mit belegter Stimme einen Gruß ab und neigte respektvoll den Kopf, was den Vorteil mit sich brachte, ihr nicht in die Augen schauen zu müssen.

Sie jedoch erwiderte seinen Gruß nicht, auch nicht den seines Novizen, sondern ging mit eisiger Miene wortlos an ihnen vorbei, als seien sie Luft.

Pater Angelico fühlte sich einerseits verletzt, war andererseits aber auch erleichtert. Wenn sie nach seiner gestrigen Reaktion im Beichtstuhl Verachtung für ihn empfand, würde es ihm um einiges leichter fallen, das Feuer, das in ihm loderte, zum Erlöschen zu bringen.

»Welche Laus ist ihr denn über die Leber gelaufen?«, wunderte sich Bruder Bartolo leise, während sie die Treppe ins Obergeschoss hinaufstiegen. »Sie ist doch sonst die Freundlichkeit in Person.«

»Wir haben alle unsere schlechten Tage«, murmelte Pater Angelico. »Also zerbrich dir nicht den Kopf über die Grillen und Launen anderer Leute!«

»Na, Ihr scheint mir heute aber auch mit dem falschen Bein aus dem Bettkasten gestiegen zu sein, Meister«, bemerkte der Novize keck.

»Pass nur auf, dass dich das Ende dieses Beins nicht so trifft, dass es dir noch lange schmerzlich in Erinnerung bleibt«, knurrte Pater Angelico.

Bruder Bartolo errötete. »Verzeiht, Meister. Ich wollte nicht respektlos sein. Es ist mir so herausgerutscht.«

Pater Angelico gab nur ein kurzes Brummen von sich.

Zu Bruder Bartolos Erleichterung hellte sich die Stimmung seines Meisters jedoch allmählich auf, als sie ihre Arbeit in der Hauskapelle aufnahmen. Auch durfte er wieder selbst zum Pinsel greifen und zeigen, was er gelernt hatte.

Konzentriert widmeten sie sich dem neuen Fresko, das die Verkündigung des Engels darstellen würde, natürlich in einem toskanischen Garten, und so vergingen die Stunden des Vormittags wie im Flug. Zumindest erschien es dem Novizen so, dem Pater Angelico die Aufgabe übertragen hatte, den Olivenbaum und die symbolträchtigen Vögel zu malen.

Es war gegen Mittag, aber noch einiges vor dem Angelusläuten, als ein Hausdiener in der Hauskapelle erschien. »Entschuldigt die Störung, Padre«, sagte er höflich. »Aber das ist gerade für Euch abgegeben worden. Ich soll Euch ausrichten, dass die Sache eilt.« Damit reichte er ihm ein gefaltetes, gerade mal handtellergroßes Schreiben, das mit einem dicken Klecks Siegelwachs verschlossen war.

Pater Angelico runzelte die Stirn. Das Papier zeigte Spuren von Schmutz, und im Wachs fand sich kein Abdruck eines Siegelrings, der einen Hinweis auf den Absender hätte geben können. »Und wer hat das für mich abgegeben?«

Der Hausdiener zuckte bedauernd die Achseln. »Ein mir nicht bekannter Bote, Padre. Ein junger Bursche. Seinen Namen hat er nicht genannt.«

»Schon gut, danke.«

Der Bedienstete entfernte sich, und Pater Angelico erbrach das Siegel. Er faltete den beschmutzten Brief auseinander und sah, dass der Schreiber das Stück Papier einfach von irgendeinem Bogen abgerissen hatte, statt es mit Hilfe eines Messers sauber vom Rest zu trennen. Mehrere dreckige Fingerabdrücke fanden sich auf dem Zettel. Und die ungelenk auf den Fetzen gekritzelten Zeilen, die von Rechtschreibfehlern nur so wimmelten, passten denn auch zum Äußeren. Dafür hatte es der Inhalt in sich. Der Unbekannte hielt sich nicht mit einer Anrede auf, sondern kam sofort zur Sache:

Venn ier wizzen volt, vem der krüne Knopp mittem Löven jehöhrt, komt zu Florio Gambinis auvgegebener Wazzermüle! Die ligt oben am Fluzz n Stük vor Cassaceia. Ich vill Gelt vür waz ich weiz! Minesdens ein halben Goltflorien! Komt abba allein! Keinä vaulen Sachen! Ich bin nich blöt und seh venn ier mich reihnlegen vollt! Komt Pungt Angelusleuten! *Sonzt bin ich veck! Unt ier get zuärst reihn! Ich kom venn ich veiz, dass ier mich nich reihnlegen vollt. Abba one Gelt sak ich nixs!*

Pater Angelicos Aufregung wuchs mit jeder Zeile. Ein Informant! Jemand, der mitbekommen hatte, wie er Jacopo Forlani und den beiden Brancoletti-Brüdern den grünen Knopf mit dem Löwenkopf gezeigt hatte. Es musste sich um einen Arbeiter oder Bediensteten handeln, der zumindest grobe Kenntnisse im Lesen und Schreiben hatte.

»Wer will denn etwas von Euch, dass er Euch einen Brief mit einem Boten schickt?«, fragte Bruder Bartolo und äugte neugierig zu seinem Meister herüber.

Schnell faltete Pater Angelico den Zettel zusammen und steckte ihn weg. »Das braucht dich jetzt nicht zu interessieren. Ich sage es dir später. Mal du hier weiter. Ich muss weg!« Damit griff er auch schon zu seinem Umhang und stürmte zur Tür hinaus.

Verwundert blickte der Novize ihm nach.

Pater Angelico wusste in etwa, wo diese Wassermühle lag. Ungefähr eine halbe Meile hinter der Porta alla Croce führte ein Sandweg von der Landstraße zum Fluss und zur Mühle hinunter. Sie war schon seit einigen Jahren nicht mehr in Betrieb. Ein Frachtkahn mit schwerer Ladung hatte bei einer Kollision das Mühlrad zertrümmert. Ob ihr einstiger Besitzer dadurch ruiniert worden war, weil der Flussschiffer ihm den Schaden nicht ersetzt hatte, oder ob dieser Gambini es vorgezogen hatte, mit der Entschädigung etwas anderes zu machen, als die Mühle wieder instand zu setzen, entzog sich seinem Wissen.

Es war auch nicht weiter wichtig. Wichtig war jetzt allein, dass er schnellstens nach San Marco kam, aus seiner Geldschatulle in der Klosterwerkstatt den halben Florin holte und sich dann beeilte, zu der verlassenen Wassermühle zu kommen. Viel

Zeit blieb ihm nicht, wenn er noch rechtzeitig zum Angelusläuten dort eintreffen wollte.

Aus diesem Grund verwarf er auch den Gedanken, einen Umweg über das Bargello zu machen und Scalvetti Bescheid zu geben. Das hätte zu viel Zeit gekostet. Außerdem konnte er sehr gut auf sich selbst aufpassen. Seinen Dolch trug er ja immer unter der Kutte. Und der Mann war nicht an ihm, sondern an dem halben Florin interessiert. Er lachte spöttisch, als er an die Formulierung ›Mindestens einen halben Florin!‹ dachte. Als würde er aus freien Stücken noch ein paar Soldi oder gar noch einen weiteren halben Florin drauflegen! Viel Erfahrung mit solchen Geschäften schien der Mann nicht zu haben, was wiederum recht beruhigend war. Vermutlich hatte der Bursche mehr Angst vor seiner eigenen Courage, als er sich in Acht nehmen musste!

Pater Angelico gab nichts darauf, dass ihm mancher ob seiner fliegenden Eile und so einiger Rempeleien böse Blicke und auch Verwünschungen nachschickte. Als er endlich die flussnahe Porta alla Croce hinter sich gelassen hatte und die Landstraße nach Pontassieve vor ihm lag, gab er auch die letzte Zurückhaltung auf und rannte los.

Herr, lass die Glocken noch nicht zum Angelus läuten! Gib mir noch ein paar Minuten, damit wir endlich erfahren, wer der Todesengel ist! So schickte er im Rhythmus seines Laufes ein Stoßgebet nach dem anderen gen Himmel.

Noch schwiegen die Glocken der Stadt, als er die Abzweigung von der Landstraße erreichte und dem Sandweg hinunter zum Arno folgte. Die Räder schwerer Fuhrwerke hatten tiefe Spurrillen in die Erde gegraben.

Er rannte über eine kleine Anhöhe, auf der sich einige Schirmpinien dem Himmel entgegenstreckten. Dann lag die alte Wassermühle vor ihm. Jetzt waren es nur noch etwa hundert Braccii, die er schaffen musste. Er sah sofort, dass das umliegende Gelände mit seinen Bäumen, Sträuchern und verfilzten Dickichten aus Buschwerk genügend Möglichkeiten bot, sich zu verstecken und zu beobachten, ob er auch wirklich allein kam.

Er sah aber auch, dass jemand vorhatte, die Wassermühle wieder instand zu setzen und in Betrieb zu nehmen. Links vom Eingang stapelten sich Bretter verschiedener Länge und Breite. Davor standen zwei Sägeböcke, zu deren Füßen sich schon Sägemehl gesammelt hatte. Auf der anderen Seite, wo Gestänge und frisch gezimmerte Schaufelkästen für ein neues Wasserrad lagen, waren auch zwei hüfthohe Fässer aufgereiht, die Pech zum Abdichten enthalten mussten. Der intensive Geruch drang ihm schon entgegen, als er noch gut zwei Dutzend Schritte entfernt war. Alles deutete darauf hin, dass hier vor kurzem noch gearbeitet worden war, doch von den Arbeitern fehlte weit und breit jede Spur. Auch aus dem Innern der Mühle kamen weder Stimmen noch das Geräusch von Hämmern oder Sägen.

Pater Angelico machte sich weiter keine Gedanken darüber, denn in dem Moment begannen die Kirchenglocken von Florenz ihren vielstimmigen Angeluschor.

»Bei Gott, das war knapp!«, stieß er hervor und rannte durch die offen stehende Tür in die Mühle. Nach dem hellen Tageslicht erschien ihm das Halbdunkel, das ihn umfing, wie der plötzliche Einbruch der Nacht. Auch hier, im Innern der Mühle, roch es stark nach Pech. »Gerade noch …«

Das letzte Wort brachte er nicht mehr heraus, denn in diesem Moment hörte er über sich ein Geräusch. Alarmiert blickte er hoch und sah einen pechschwarzen Schatten auf sich herabstürzen, der etwas schwang.

Er konnte gerade noch die Arme schützend hochreißen, aber das bewahrte ihn nicht davor, von der Gestalt, die oben im Gebälk gelauert hatte, zu Boden gerissen und von einem Prügel hart am Kopf getroffen zu werden. Es folgte unverzüglich ein zweiter, wuchtiger Schlag, und das Halbdunkel in der Mühle ging über in die Finsternis der Bewusstlosigkeit.

43

Stöhnend erwachte Pater Angelico. Zäh setzte sich sein bewusstes Denken in Gang. Ihm war, als blieben die Gedanken, die sich in ihm formen wollten, auf halbem Weg in einer dickflüssigen Pechmasse stecken. Was er jedoch wahrnahm, war das scharfe Stechen in seinem Hinterkopf. Und als wäre das nicht schon Pein genug, stachen ihm auch noch glühende Nadeln ins Gesicht.

»Folter«, war sein erster wirklich klarer Gedanke.

Mühsam zwang er die Augenlider auf. Er schien auf Wolken zu treiben. Er blinzelte, um das Trugbild loszuwerden, doch die wabernden Wolken verschwanden nicht. Vielmehr drangen sie ihm in Mund und Nase und reizten seine Augen. Und dann hörte er das Lodern von Flammen.

Zu Tode erschrocken riss er die Augen auf und begriff, dass die Mühle in Flammen stand. Er wollte aufspringen und weg vom Feuer, das nach ihm griff. Aber weder seine Arme noch seine Beine gehorchten ihm. Und da spürte er die Fesseln, mit denen man sie ihm zusammengebunden hatte, die Hände auf dem Rücken.

»Hölle und Verdammnis!«, keuchte er und rettete sich vor den Flammenzungen, die schon über den Boden auf ihn zukrochen, indem er sich mehrmals um seine Achse drehte und von ihnen wegrollte. Gehetzt sah er sich um.

Wer immer ihn hier in die Falle gelockt hatte, er hatte nichts dem Zufall überlassen. Der Mann, der ihm in der Mühle aufgelauert hatte, musste die Tür und einen Großteil der Wände zu beiden Seiten mit Pech bestrichen haben. Nur so ließ sich erklären, dass sich das Feuer in so kurzer Zeit über so weite Flächen ausgebreitet hatte. Denn er meinte sich zu erinnern, dass er noch die letzten Glockenschläge des Angelusläutens gehört hatte, als er wieder zu sich gekommen war. Aber sicher war er sich dessen nicht.

Er verfluchte, dass er sich von der ungelenk gekritzelten Nachricht dermaßen hatte täuschen lassen und geglaubt hatte, es mit einem einfach gestrickten Arbeiter zu tun zu haben, der aus seinem Wissen Geld schlagen wollte. Das dreckige Stück Papier, das Gekrakel, die vielen Fehler und die plumpen Formulierungen – all das war fingiert worden, um ihn in Sicherheit zu wiegen. Und kein anderer als der Mörder konnte dahinterstecken. Warum er ihn nicht abgestochen hatte, als er bewusstlos am Boden lag, verstand Pater Angelico nicht. Vielleicht, weil es nicht in seinen Plan und nicht zu seinen anderen Untaten gepasst hätte.

Doch jetzt hielt er sich nicht länger mit derart nutzlosen Spekulationen auf. Es ging um sein Leben! Wenn es ihm nicht gelang, sich schnell von den Fesseln zu befreien und dieser Feuerfalle zu entkommen, dann würde von ihm wohl nichts mehr übrig bleiben, das zu beerdigen sich lohnte. Wenn man denn überhaupt noch Reste von ihm fand. Vermutlich würden sich selbst seine Knochen in der höllischen Glut einer lichterloh brennenden Mühle in Asche verwandeln!

Mein Dolch, fuhr es ihm durch den Kopf, und er schöpfte Hoffnung. Wie gut, dass er die Waffe unter der Kutte trug und sie dem Todesengel verborgen geblieben war. *Ich muss irgendwie an meinen Dolch kommen!*

Was in seiner Lage leichter gesagt war als getan. Denn wie, in Gottes heiligem Namen, sollte er mit gefesselten Händen unter seinen Habit und an die Waffe kommen?

Er rollte sich hektisch hin und her, strampelte, warf sich auf den Rücken, versuchte, seinen Körper in eine möglichst steile Kerze zu zwingen, und schaffte es endlich, die Beine so gerade in die Höhe zu strecken, dass ihm der Habit bis zur Hüfte herunterrutschte.

»Gelobt sei Gott!«, keuchte er, als sein Dolch einigermaßen freilag. Jetzt musste er sich nur noch schmerzhaft verrenken, um seine gefesselten Hände an den Griff der Waffe zu bringen.

Der Dolch kam aus der Scheide und fiel neben ihm auf den Boden, während das Feuer immer lauter prasselte, die Flammenzungen an den Wänden immer höher stiegen und der Rauch immer dichter wurde.

Hitze und Angst trieben ihm den Schweiß in Strömen aus den Poren. Die einzige Möglichkeit, sich mit der Klinge die Handfessel zu durchtrennen, bestand darin, sich den Dolch mit dem Griffstück zwischen die Fußgelenke zu klemmen, sich so weit wie möglich zu krümmen und dann zu hoffen, dass er sich beim blinden Versuch, sich von der Handfessel zu befreien, nicht an der scharfen Klinge die Pulsadern aufschnitt.

»Herr, gib mir eine glückliche Hand!«, flehte er und führte seine gebundenen Hände zur Klinge. Er schnitt sich, und das nicht nur einmal, aber die Wunden waren oberflächlich. Er konzentrierte sich, presste die Füße zusammen, so fest er konnte, damit der Dolch nicht wieder verrutschte und ihn in den Unterarm stach. Und dann spürte er mit unsäglicher Erleichterung, wie der Druck des Strickes um seine Handgelenke nachließ.

Ein letzter kräftiger Ruck, und seine Hände waren frei. Im nächsten Moment hatte er sich auch von der Fußfessel befreit und sprang auf.

Doch wohin?

Der Teil der Mühle, wo die breite Tür zum Sandweg hinausging, stand in Flammen. Und das galt auch für die Wände rechts und links davon. Dort musste der Verbrecher das meiste Pech ans Holz gestrichen haben. Aber mittlerweile griff das Feuer immer weiter um sich, züngelte hoch ins Dachgebälk und würde ihn in wenigen Minuten von allen Seiten umschlossen haben. Dann war sein Schicksal besiegelt. Der einzige glückliche Umstand war die Tatsache, dass das Dach im Laufe der Jahre, in denen hier niemand mehr Reparaturen vorgenommen hatte, schadhaft geworden war. Den breiten Lücken, die sich dort oben gebildet hatten und nun wie ein Kaminabzug wirkten, verdankte er, dass er nicht schon längst vom Rauch die Besinnung verloren hatte.

Er wich zu der Wand zurück, die auf den Fluss hinausging und noch nicht vom Feuer erfasst worden war. Dabei kam er zu einem Stapel Vierkanthölzer. Schon wollte er einen der Balken packen und versuchen, Wandbretter loszuschlagen, als er den länglichen Holzkasten mit der gleichlangen Tragestange bemerkte, den ein Arbeiter dahinter abgestellt hatte. Er glaubte seinen Augen nicht zu trauen.

Der allmächtige, gnädige Gott hatte ihm einen randvollen Werkzeugkasten geschickt!

Er kippte den Kasten aus, wühlte in dem Werkzeug – und stieß auf ein Stemmeisen. Fast kamen ihm die Tränen vor Erleichterung. Er packte das Werkzeug, presste einen Kuss auf das Eisen und rammte es in einen schmalen Spalt zwischen den Dielen. Aber er merkte schnell, dass er noch längst nicht gerettet war. Die dicken Bretter waren alt, hart wie Eisen und wollten dem Druck der Klaue am Ende der Brechstange einfach nicht nachgeben. Der Zimmermann, der den Mühlenboden verlegt hatte, hatte gute Arbeit geleistet. Zu gut für seinen Geschmack.

Doch Aufgeben hätte den sicheren Tod bedeutet. Und so rammte er, hustend, unter Tränen und von Schweiß überströmt, die Klaue immer wieder in den Spalt, bis dieser groß genug war, dass er sie richtig ansetzen und das Dielenbrett lockern konnte.

»Gelobt sei Gott!«, krächzte er, als es ihm endlich gelang, das Brett aus dem Verbund zu hebeln. Unter ihm rauschte das Wasser vorbei. Dort im Fluss lag die Rettung, und sie lag buchstäblich zum Greifen nah, nur war die Öffnung noch nicht breit genug zum Hindurchzwängen!

Im Angesicht des drohenden Todes mobilisierte er eine Kraft, die er längst nicht mehr in sich vermutet hätte. Wie ein Berserker rammte, wuchtete und hebelte er, von Rauch und brennender Hitze umwabert, mit dem Stemmeisen ein Brett nach dem anderen aus dem Verbund. Als sich endlich das vierte Brett löste, schien die Öffnung im Boden groß genug. Er ließ das Eisen fallen, raffte seine Kutte so eng um den Leib, wie es eben möglich war, und rutschte mit den Füßen zuerst durch den Ausstieg.

Mit der Körpermitte aber blieb er zwischen den Brettern stecken. Er strampelte, versuchte sich dünn zu machen, indem er den Bauch einzog, ruckte seitlich hin und her, packte dann mit den Händen unter die Bretter und presste sich mit letzter Kraft durch die Öffnung.

Die eisigen Fluten des Arno empfingen ihn. Es war seichtes Ufergewässer, was ihn aber nicht davor bewahrte, der Länge nach unterzutauchen. Sein erhitzter Körper reagierte auf den eisigen Schock, indem er erneut fast die Besinnung verlor.

Wankend und am ganzen Leib zitternd, kam er auf die Beine und taumelte durch den knöcheltiefen Schlamm ans Ufer. In der Ferne hörte er das Läuten der Feuerglocken. Hinter ihm schlugen die Flammen aus dem Dach. Die Wassermühle war zu einer einzigen, riesenhaften Fackel geworden, die in den Himmel loderte wie ein Feuer vor den Toren der Hölle.

»Herr, strafe einen alten Sünder, aber nicht so, dass ich mir jetzt doch noch den Tod hole«, stieß er bibbernd hervor, während er triefend nass durch das Gestrüpp brach. Er musste laufen, nicht nur, um den aus dem nahen Dorf schon Herbeieilenden nicht Rede und Antwort stehen zu müssen, sondern auch, um mit Körperwärme gegen die Kälte anzugehen, die ihm bis ins Mark drang.

Aber er lebte!

44

Mit welchen Köstlichkeiten das menschliche Dasein bei all seinen zahllosen Widerwärtigkeiten doch gesegnet war! Ihm war, als sei ihm noch nie zuvor etwas Herrlicheres von all dem widerfahren, was die Welt an zeitlichen Gütern zu bieten hatte. Bis über den Kopf tauchte er ein und hielt die Luft an, so lange er konnte. Dann kam er prustend wieder hoch, streckte sich und gab sich ganz dem Kribbeln seiner Haut hin.

Pater Angelico saß in der *sala del lavabo,* dem kleinen Waschsaal des Klosters, in einem schweren Holzbottich und genoss die Wärme, die ihn endlich von Kopf bis Fuß erfüllte. Zwei tüchtige Konversen hatten bei seiner Rückkehr, die einiges Aufsehen erregt hatte – war er zuvor doch auch schon auf den Straßen vielen aufgefallen –, rasch heißes Wasser aus der Küche herangeschleppt und ihm im Zuber ein Bad gerichtet.

Das Feuer, dem er mit knapper Mühe entronnen war, erschien ihm in der wohligen, dampfenden Hitze, die ihn umhüllte und seine Haut rötete, nun fast wie ein böser Traum. Ein Wunder, dass er dort nicht bei lebendigem Leib verbrannt war! Vielleicht gar ein Fingerzeig Gottes, dass er trotz seiner tiefen Gefühlsverwirrung mit ihm doch noch nicht ganz über Kreuz lag und noch einiges mit ihm vorhatte – und wenn es nach ihm ginge, wäre das vorzugsweise die Entlarvung und Festnahme des dreifachen Mörders, der um ein Haar auch ihn auf dem Gewissen gehabt hätte. Viel hatte dazu bei Gott nicht gefehlt.

Am liebsten wäre Pater Angelico dem Zuber gar nicht mehr entstiegen. Aber der natürliche Lauf der Dinge, in diesem Fall das viel zu schnellc Abkühlen des Wassers, sorgte dafür, dass er nicht allzu lange faul dasaß und dem Herrgott den Tag stahl.

Er zog die frische Leibwäsche an und den sauberen Habit, den die Konversen auf eine Bank gelegt hatten, vergaß dabei jedoch nicht, sich den Stoffgurt mit seinem Dolch um den Leib zu binden. Offenbar war er dem Mörder zu nahe gekommen. Nicht auszuschließen, dass der Todesengel noch einen zweiten Versuch unternahm, ihn aus dem Weg zu schaffen. Deshalb musste er von jetzt an auf Schritt und Tritt wachsam sein und jederzeit einen hinterhältigen Anschlag gewärtigen. Nun würde der Todesengel nicht mehr so leichtes Spiel mit ihm haben wie in der Wassermühle!

Als er sich seinen breiten Ledergurt mit seinem Rosenkranz umschnallte, steckte der Laienbruder Federico den Kopf zur Tür herein. »Seid Ihr so weit, Pater?«

»Wie weit?«, fragte er verwundert zurück.

Nun runzelte Bruder Federico die Stirn. »Hat man Euch denn nicht ausgerichtet, dass der ehrwürdige Vater Euch auf der Stelle zu sprechen wünscht, sowie Ihr gebadet und Euch angekleidet habt?«

»Das hat man mir nachsichtigerweise vorenthalten, wohl um mir nicht den Genuss am Bad zu verderben«, erwiderte Pater Angelico, erweckte durch ein Augenzwinkern jedoch den Anschein, als wolle er seine Bemerkung als harmlosen Scherz verstanden wissen. Wobei Federico wohl manchmal ähnlich unbotmäßige Gedanken hegte, hatten die Laienbrüder bei ihrem Prior doch auch keinen leichten Stand. »Habt Ihr denn eine Ahnung, warum er so ungeduldig auf mich wartet?«

Nur der Anflug eines Grinsens zeigte, dass Bruder Federico auch seine stillen Vorbehalte gegen Vincenzo Bandelli hatte. »Nein, aber ich nehme an, dass es mit dem Zustand zu tun hat, in dem Ihr zurückgekehrt seid.«

Pater Angelico seufzte. »Ja, da werde ich mir vermutlich

einiges anhören müssen, weil mir der Umhang davongeschwommen ist und ich ihn trotz aller Suche nicht wiedergefunden habe«, sagte er. Er hatte nämlich bei seinem Eintreffen im Kloster auf die erschrockenen Fragen seiner Mitbrüder erzählt, er habe vor der Stadt eine Abkürzung genommen und sei auf einem schmalen Brückensteg unglücklich ausgerutscht und in das kleine Flüsschen Magnone gefallen, das im Nordwesten an Florenz vorbeifloss.

Natürlich ließ es sich der Prior nicht nehmen, Pater Angelico bei dessen Erscheinen in seinem prächtigen Studiolo erst einmal wissen zu lassen, dass der Verlust einer Cappa – und dann auch noch durch törichte Unachtsamkeit! – wahrlich keine Lappalie sei.

Pater Angelico nahm die Rüge wortlos hin. Er versagte es sich, Vincenzo Bandelli einmal mehr daran zu erinnern, dass er dem Kloster durch seine Arbeit eine Menge Geld einbrachte und die Anschaffung eines neuen Umhangs für ihn daher wohl leicht zu verschmerzen sei.

»Was, in Gottes Namen, habt Ihr überhaupt vor der Stadt zu schaffen gehabt?«, fragte der Prior dann mit einer Mischung aus Misstrauen und Übellaunigkeit.

»Ich bin einem Hinweis nachgegangen, von dem ich hoffte, er könnte dazu führen, unseren seligen Pater Nicodemo und den Namen unseres Klosters von der bösartigen Verleumdung des Mörders reinzuwaschen«, gab Pater Angelico vage zur Antwort. »Denn das war es doch, was Ihr mir aufgetragen habt, nicht wahr?«

»Aber viel scheint Ihr bislang nicht erreicht zu haben«, knurrte der Obere. »Abgesehen davon, dass Ihr eine gute Cappa habt davonschwimmen lassen und es nötig hattet, Euch von unseren Konversen ein heißes Bad richten zu lassen!«

Nun vermochte sich Pater Angelico eine spitzzüngige Erwiderung doch nicht zu verkneifen. »Einen Rosenkranz zu beten und hier im Kloster darauf zu warten, dass die Angelegenheit sich in Wohlgefallen auflöst, ist natürlich einfacher, als üble Gerüchte aus der Welt zu schaffen!«

Vincenzo Bandelli schoss ihm einen bösen Blick zu, zog es aber vor, das Thema zu wechseln. »Da Ihr gerade von der Welt sprecht. Da ist noch eine Sache, von der ich doch sehr hoffe, dass Ihr sie mir erklären und beheben könnt«, sagte er mit einem Ausdruck äußerster Verstimmung.

»Und das wäre, ehrwürdiger Vater?« Pater Angelico hatte nicht die geringste Ahnung, welcher weiteren Verfehlung er sich noch schuldig gemacht haben sollte. Was jedoch nicht viel zu sagen hatte. Denn wenn es um ihn ging und das, was an ihm auszusetzen sein könnte, bewies der Prior eine erstaunliche Erfindungsgabe.

»Dieser … dieser …« Vincenzo Bandelli schienen die Worte zu fehlen. »Dieser empörende Unfug da!« Er deutete mit seinem beringten Zeigefinger an die Wand hinter Pater Angelico.

Ahnungslos drehte der sich um – und starrte sprachlos vor Verblüffung auf das, was wohl sein Kostüm für den Maskenball im Palazzo der Brancoletti sein sollte.

An einem Wandhaken hingen mehrere Kleidungsstücke aus erkennbar edlen Stoffen, darunter eine bauschige, faltenreiche Kniebundhose mit buntem Rautenmuster, ein feuerrotes Seidenwams mit einem Fantasiewappen aus zwei Schwertern, die sich über einem Banner kreuzten, dazu schwarze Beinkleider, ein Umhang mit demselben Rautenmuster wie die Bundhose, ein schwarzer Filzhut mit breiter Krempe und einem Büschel bunter Federn im Hutband, eine rot-schwarze Augenmaske mit dem Gesicht eines fröhlichen Teufelchens und ein Schwertgehänge, bei dessen Scheide und Klinge es sich jedoch vermutlich nur um gut gemachte Attrappen handelte. Und darunter standen glänzende, hohe schwarze Stiefel, deren Schaft oben umgeschlagen war.

Es war das Kostüm eines Landsknechts!

Im ersten Augenblick wusste Pater Angelico nicht, ob er über die Wahl, die der Bankherr getroffen hatte, lachen oder verärgert sein sollte. Dass er zu dem Fest in der Verkleidung eines Söldners erscheinen sollte, konnte kein Zufall sein. Es war eine deutliche Anspielung auf sein Leben vor seinem Eintritt ins Kloster. Matteo Brancoletti wusste gut über ihn und seine Vergangenheit Bescheid, vielleicht sogar zu gut!

»Eine Bote aus dem Haus von Signore Brancoletti hat diese Sachen vorhin hier abgegeben«, erklärte Vincenzo Bandelli indessen grimmig. »Angeblich ist diese Aufmachung für Euch bestimmt! Ich habe dem Mann gesagt, dass es sich dabei nur um einen Irrtum handeln könne, was er jedoch verneint hat.« In seine Stimme schlichen sich beißender Hohn sowie die längst vertraute Geringschätzung. »Andererseits wundert es mich nicht. Vermutlich sehnt Ihr Euch schon lange nach einem solchen Leben zurück, zumal es das ist, worauf Ihr Euch am besten versteht. Neu ist mir nur, dass der Signore Brancoletti ein Söldnerheer aufzustellen und Euch in seinen Sold aufzunehmen gedenkt. Vielleicht macht er Euch ja sogar zu seinem Condottiere!«

Pater Angelico bezwang die Wut, die in ihm aufstieg. »Es ist ein Kostüm, nichts weiter. Und ich habe es mir wahrlich nicht ausgesucht!«

»So, ein Kostüm!«, bellte Vincenzo Bandelli. »Und wozu soll ein *Kostüm* für einen Ordensmann gut sein? Seid Ihr unseres schlichten Habits überdrüssig, dass Ihr meint, Euch mal wieder in die Farben eines Waffenknechts kleiden zu müssen? Nun, überraschen würde es mich bei Gott nicht.«

Pater Angelico schluckte auch diese giftige Kröte. Dabei hätte er Bandelli seine Unverschämtheiten nur zu gern mit gleicher Münze heimgezahlt. »Matteo Brancoletti hat darauf bestanden, dass ich heute Abend zu seinem Kostümball erscheine«, erwiderte er mit mühsam bewahrter Ruhe. »Und ich habe angenommen, weil es im Interesse des Klosters ist, diesen Signore nicht zu verstimmen.«

Vincenzo Bandelli schnaubte abfällig. »So, im Interesse des Klosters soll es sein, dass Ihr als Landsknecht auf einem Kostümfest herumspaziert wie ein eitler Pfau! Ihr wisst wirklich absonderliche Geschichten zu erzählen! Aber das schlagt Euch aus dem Kopf. Das affige Kostüm geht zurück, und Ihr bleibt hier.«

Pater Angelico zuckte scheinbar gleichmütig die Achseln. »Gut, dann lasse ich es eben bleiben – wenn Ihr etwas daran auszusetzen habt, dass Signore Brancoletti seinen neuen Palazzo von mir mit Fresken schmücken lassen will. Ich reiße mich wahrlich nicht um diesen Auftrag!«

Nun zog Vincenzo Bandelli ein dümmliches Gesicht, wusste er doch nicht, worüber er sich mehr ärgern sollte: seine eigene Häme, die prompt auf ihn zurückfiel, da er sein Verbot würde zurücknehmen müssen, oder Pater Angelico, der es versäumt hatte, ihn über den möglichen Auftrag in Kenntnis zu setzen, und ihn dumm dastehen ließ. Natürlich entschied er sich für Letzteres.

»Herrgott, warum habt Ihr das denn nicht gleich gesagt!«, polterte er los. »Darüber hättet Ihr umgehend mit mir reden müssen! Aber nein, Ihr behaltet solche wichtigen Angelegenheiten für Euch, als führtet Ihr hier ein Eigenleben, das nicht unseren Ordensregeln unterliegt! Eure Nachlässigkeiten und Pflichtverletzungen mir gegenüber gehen wirklich auf keine Kuhhaut!«

»Darf ich Eure Worte so deuten, dass Ihr es mir im Licht dieser Umstände nun doch erlaubt, an dem Fest teilzunehmen?«, erkundigte sich Pater Angelico süffisant.

»Es wird sich wohl nicht vermeiden lassen«, knurrte der Prior. »Die Interessen des Klosters gehen immer vor! Die Verhandlungen über den Lohn aber überlasst Ihr mir!«

Scheinbar demütig neigte Pater Angelico den Kopf. »Mir wäre es auch nie in den Sinn gekommen, Eure Geschäftstüchtigkeit, die wohl jedem Bankherrn Ehre machen würde, in den Schatten stellen zu wollen«, sagte er. »Aber da Ihr gerade von Nachlässigkeiten gesprochen habt, ehrwürdiger Vater. Wäre es nicht allmählich an der Zeit, dass Ihr uns Mitbrüdern reinen Wein einschenkt über das, was Ihr wohl schon seit geraumer Zeit hinter unserem Rücken mit dem Grafen Mirandola und vermutlich auch mit dem Medici besprecht?«

Der Prior kniff die Augen zusammen. »Wovon redet Ihr?«

»Von Girolamo Savonarola!«

Vincenzo Bandelli zuckte kaum merklich zusammen und sah ihn verblüfft an. »Was soll mit ihm sein?«

»Vieles deutet darauf hin, dass Ihr ihn nach San Marco zurückholen wollt.«

»Und wenn es so wäre, was sollte Euch das kümmern? Derartige Entscheidungen liegen in der Hand der Oberen und des Ordenskapitels«, beschied Bandelli ihn schroff. »Bruder Savonarola hat sich zu einem exzellenten Prediger entwickelt und ist für höhere Aufgaben bestimmt.«

»Dann stimmt es also«, stellte Pater Angelico erbost fest. »Und es kümmert mich eben doch, ehrwürdiger Vater! Denn dieser Mann passt weder zu San Marco noch zu Florenz, und wenn er sich noch so sehr zu einem guten Redner entwickelt hat!«

»Was Ihr nicht sagt!«

»Savonarola ist ein Eiferer der übelsten Art, fast kann man bei ihm von der Besessenheit eines Fanatikers sprechen! Das wird in einer Stadt wie Florenz nicht gutgehen, wie es auch damals nicht gutgegangen ist, falls Ihr das vergessen haben solltet!«, sagte er beschwörend und wusste doch, dass er bei seinem Oberen kein Gehör finden würde.

Vincenzo Bandelli bedachte ihn denn auch mit einem abfälligen Blick. »Aus Eurem Mund könnte man diese Wertung glatt als ein Ehrenzeugnis für unseren Mitbruder Girolamo nehmen! Denn im Gegensatz zu manch anderem in unserem Konvent ist er mit einer tiefen und wahrhaftigen Gottesberufung gesegnet und versteht sich auf die reine Lehre und Verkündigung des heiligen Evangeliums! Er hat in den vergangenen Jahren zu einer überragenden Rednergabe gefunden und wird den Konvent von San Marco zu einer neuen Blüte geistlichen Lebens führen. Mehr ist dazu nicht zu sagen.«

Die Bestätigung seiner dunklen Ahnung, dass er es wohl bald mit diesem geistigen Finsterling als Prior zu tun haben würde, war ein schwerer Schlag für Pater Angelico. »Nun, wenn das von den ehrwürdigen Oberen schon alles so entschieden und mit dem Medici abgesprochen worden ist, dann darf ich Euch ja wohl zu Eurer baldigen Ernennung zum Ordensgeneral beglückwünschen«, sagte er bissig. »Dann wird der feine Purpur eines Kardinals gewiss auch nicht mehr lange auf sich warten lassen.«

Zornesröte stieg dem Prior ins Gesicht, als habe Pater Angelico seine geheimsten Wünsche und Pläne durchschaut. Wütend funkelte er ihn an. »Das ist alles! Ihr könnt gehen! Aber vergesst Eure zweite Haut nicht!« Mit verkniffener Miene wies er auf das Kostüm und wandte sich dann demonstrativ ab.

Pater Angelico raffte die Sachen zusammen, ging zur Tür und murmelte – gerade noch laut genug, dass Vincenzo Bandelli es hören konnte: »Es sind doch immer die hohlen Ähren, die den Kopf hochhalten.«

Der Prior zog es vor, so zu tun, als habe er es nicht gehört.

Bedrückt ging Pater Angelico, sein Kostüm schwer über dem Arm, den kalten Gang hinunter, und je länger er darüber nachdachte, dass er bald einen neuen Prior haben würde, desto düsterer wurden seine Ahnungen. Nicht auszuschließen, dass er Vincenzo Bandelli eines Tages noch nachtrauerte, wenn Girolamo Savonarola hier erst das Zepter übernommen hatte und sich daranmachte, mit seinem übersteigerten Hass auf jegliche Art von Sünde und seinem Abscheu gegenüber der Welt San Marco seinen Stempel aufzudrücken.

45

Pater Angelico brachte die Kleidung für den Abend in seine Zelle und suchte dann Scalvetti im Bargello auf. Es wurde Zeit, ihm zu berichten, wie man ihn in die verlassene Wassermühle gelockt und dann versucht hatte, ihn zu ermorden.

Der Commissario hörte es mit Bestürzung. »Teufel auch, da könnt Ihr dem Allmächtigen und der seligen Gottesmutter danken, dass Ihr dieser Todesfalle mit heiler Haut entkommen seid!«

»Das habe ich auch reichlich getan, bei meiner Seele«, versicherte der Mönch, und tatsächlich hatte er auf seinem Weg zurück in die Stadt ein Dankgebet nach dem anderen gesprochen.

»Ich habe schon von dem Feuer gehört«, sagte Scalvetti dann. »Mir wurde berichtet, dass Gambinis Wassermühle vollständig abgebrannt ist. Dass nichts mehr zu retten war. Ein herber Verlust für unseren zwielichtigen Jacopo Forlani.«

»Die Mühle hat Forlani gehört?«, stieß Pater Angelico hervor.

Tiberio Scalvetti nickte. »Er hat sie vor kurzem aus dem Nachlass erstanden. Offenbar wollte er den Rahmen seiner Geschäfte auf diesen Zweig ausdehnen, aber daraus wird ja nun erst einmal nichts. Dass Ihr ausgerechnet an diesen Ort gelockt worden seid, spricht für mich allerdings eine deutliche Sprache, Pater. Es sagt mir, dass der Kerl unser Todesengel ist und dass er es auch war, der versucht hat, Euch zu ermorden. Und er hatte seine Gründe, habt Ihr ihm doch nicht nur den Knopf gezeigt, sondern ihn auch wissen lassen, wo Ihr ihn gefunden habt, richtig?«

Pater Angelico nickte, schaute aber dennoch skeptisch drein.

»Angenommen, Jacopo Forlani ist es. Würdet Ihr an seiner Stelle einen solchen Besitz, der trotz der Vernachlässigungen bestimmt einiges gekostet hat, zu diesem Zweck kurzerhand niederbrennen?«

Scalvetti hob die Brauen. »Warum nicht? Wenn es einem an den Kragen geht, lässt man sicher eher die alte Wassermühle fahren, als dass man den Kopf unter das Richtschwert legt.«

»Gewiss, das mag so sein«, sagte Pater Angelico mit einem flüchtigen Lächeln, »aber vergesst nicht, dass er schon eine Menge Material hat dorthin schaffen lassen. Heute hatte er sogar Leute zum Arbeiten hingeschickt. Die hat er schnell abziehen müssen, und zwar unter irgendeinem Vorwand.«

Der Commissario zuckte die Achseln. »Er musste improvisieren. Da ist ihm auf die Schnelle vermutlich nichts Besseres eingefallen.«

»Und seine Leute, was werden die denken, wenn sie von dem Brand hören?«, wandte der Mönch ein. »Das wird doch einigen reichlich merkwürdig vorkommen.«

»Und wenn schon, er hat von den Leuten nichts zu befürchten«, beharrte Tiberio Scalvetti. »Die sind froh, dass sie Arbeit haben. Sie werden den Teufel tun und es sich mit Forlani verscherzen, indem sie dumme Fragen stellen oder gar Gerüchte in die Welt setzen. Ganz abgesehen davon: Wer wird denn eine Verbindung zwischen dem Brand in der Mühle und den Morden des Todesengels herstellen? Gerade die einfachen Leute glauben doch den Unsinn, den der Verbrecher mit seinem Schreiben in Umlauf gebracht hat.«

Pater Angelico nagte eine Weile an der Unterlippe. »Ich muss gestehen, der Punkt geht an Euch, Commissario. So *könnte* es gewesen sein, es spricht einiges dafür«, sagte er schließlich. »Aber damit ist Brancoletti noch lange nicht aus dem Rennen. Jedenfalls bedeutet der Anschlag auf mich nicht, dass er *nicht* unser Mann ist.«

Tiberio Scalvetti runzelte die Stirn. »Wie kommt Ihr jetzt darauf? Welchen Anlass sollte der Mann haben, Euch nach dem Leben zu trachten? Er kann doch überhaupt nicht wissen, dass ein Verdacht gegen ihn besteht. Und selbst wenn er wüsste, dass *irgendjemand* Misstrauen gegen ihn hegt, wie sollte er auf die verrückte Idee kommen, dass ausgerechnet Ihr derjenige seid? Habt Ihr mir nicht selbst erzählt, wie versessen er darauf ist, die Fresken in seinem neuen Palazzo bei Euch in Auftrag zu geben? Sogar zu seinem Fest hat er Euch geladen. Das würde jemand, der Euch für gefährlich hält und Mordpläne gegen Euch schmiedet, doch nicht tun! Zumindest scheint mir das sehr weit hergeholt.«

»Möglich, aber was Ihr vorbringt, hieße, den Todesengel zu unterschätzen. Dieser Mörder ist um ein Vielfaches durchtriebener als gewöhnliche Verbrecher, darüber sind wir uns doch schon lange einig.«

»Und?«

»Ihr habt den Knopf vergessen, Commissario.«

»Den Matteo Brancoletti doch gar nicht zu Gesicht bekommen hat, wie Ihr mir erzählt habt. Galeotto hat ihn eingesteckt, oder nicht?«

»Genau!«, erwiderte der Mönch. »Wer sagt uns, dass Galeotto seinem Bruder nicht davon berichtet und ihm den Knopf gezeigt hat? Wart Ihr es nicht, der mir erzählt hat, wie hündisch ergeben Galeotto dem Älteren ist?«

»Da habt wieder Ihr einen Treffer gesetzt«, knurrte Scalvetti. »In dem Fall hätte Matteo Brancoletti natürlich gewusst, dass Ihr seine Brüder angelogen hattet; dass Ihr den Knopf nicht auf der Straße vor dem Hoftor gefunden habt, sondern bei

Eurem toten Klosterbruder. Allerdings hätte er dann – wenn er denn der Mörder ist – nach der Tat auch bemerkt haben müssen, dass ihm ein solcher Knopf an Wams oder Umhang fehlt. Und das sind dann doch eine Menge Wenns und Abers, Padre.«

»Das bringen solche Spekulationen nun einmal mit sich«, erwiderte Pater Angelico. »Außerdem kam dem jüngeren Bruder, diesem Alessio, der Knopf durchaus bekannt vor. Aber Galeotto hat das nicht nur sofort in Abrede gestellt, sondern den Knopf auch noch schnell eingesteckt.«

»Wenn auch noch Il Brutto mit den Morden zu tun hätte und der Komplize seines älteren Bruders wäre, hätten wir es mit einer ganz neuen, dritten Konstellation zu tun«, sagte Scalvetti mit grüblerischer Miene. »Und dass die Geschichte noch komplizierter sein soll als bisher gedacht, schmeckt mir gar nicht. Wir stochern ohnehin nur im Nebel.« Und dann rief er: »Wenn wir doch nur endlich etwas Handfestes hätten, einen *Beweis* gegen einen dieser Männer! Aber nein, der verfluchte Todesengel entzieht sich geisterhaft, und wir stehen da wie einfältige Trottel! Es ist zum Davonlaufen!«

46

Was habe ich mir bloß gedacht, als ich Brancoletti dazu gebracht habe, mich zu seinem Kostümball einzuladen?, fragte sich Pater Angelico verdrossen, während er zum Palazzo des Bankherrn stiefelte. In sämtlichen Gassen und auf allen Plätzen trieb sich Volk herum, das sich von den Schaustellern unterhalten lassen wollte. Die Schenken von Florenz machten ein glänzendes Geschäft.

Und was, wie Scalvetti ganz zu Recht fragt, erhoffe ich mir davon? Den Stiefel zu finden, der zum Abdruck passt! Heilige Dreifaltigkeit, konnte mir denn nichts Besseres einfallen, wie wir des Todesengels habhaft werden können?

Ganz offensichtlich nicht!

Hinzu kam, dass er sich in seinem bunten Landsknechtskostüm mit dem Spielzeugschwert ausgesprochen lächerlich vorkam, wie eine Karikatur seiner früheren Existenz. Und auf seine Zeit im Sold von Condottieri war er alles andere als stolz. Aber umkehren und den Fummel am nächsten Tag ungenutzt zurückschicken, das mochte er auch nicht. Wenigstens hatte er sich die Maske mit dem spöttisch feixenden Teufelchen noch nicht umgebunden. Es war schlimm genug, dass er sie im Palazzo würde tragen müssen, bis alle sich um Mitternacht zu erkennen gaben.

Schon als er sich der Abbiegung in die Via della Stufa näherte, begegneten ihm zahlreiche Frauen und Männer in aufwendiger Kostümierung. Die ganz Vornehmen ließen sich gar in reich verzierten, mit Familienwappen geschmückten Sänften zum Palazzo tragen. Und er hätte sich nicht gewundert, wenn auch ein Medici dem Bankherrn die Ehre seiner Anwesenheit gegeben hätte. In einem dunklen Torweg band er sich hastig die Maske um. Keinesfalls wollte er erkannt werden, das wäre ihm peinlich gewesen. Dass andere sich noch viel närrischer verkleidet hatten, war ihm kein Trost.

Der Palast der Brancoletti leuchtete im Glanz unzähliger Laternen mit kostbarer Kristallverglasung. Zudem waren zu beiden Seiten des Tores hoch zu Ross sitzende Wächter postiert. Sie trugen das Gewand römischer Prätorianer, regten sich kaum, als wären sie Statuen, und hielten brennende Fackeln in den Händen.

Nicht weniger Lichterglanz empfing die Gäste unter dem weiten Zeltdach des Pavillons. Von den Querstangen hingen Dutzende Lampions, deren Kerzen warmes Licht verströmten. Ein Heer von livrierten Bediensteten nahm die Gäste in Empfang, half aus Sänften, nahm Umhänge entgegen und reichte denen, die es schon jetzt nach einem ersten Schluck dürstete, mit Wein gefüllte Pokale. Hinten bei den Ställen, die verhängt waren, spielten drei Musikanten. Ihre schmissigen Posaunenklänge ließen an den Einzug von Gladiatoren in die Arena denken.

Im Innern des Palastes fand Pater Angelico schon mehrere Dutzend Gäste vor. Der Innenhof mit seinen samtenen Wandbehängen, den herabwehenden Bannern mit dem Wappen der Brancoletti und den vielen Standleuchtern glich dem Empfangssaal eines Fürsten. Auch hier sorgte eine Gruppe von Musikern für fröhliche Klänge, ohne jedoch wie die Posaunenspieler draußen im Vorhof durch schiere Lautstärke jede Unterhaltung unmöglich zu machen. Hier wurden Flöte, Geige, Klavizimbel, Harfe und Laute gespielt, und dabei sollte es später zum Tanz auch bleiben. Aus den Sälen im Obergeschoss drangen leise die Klänge einer dritten Musikantentruppe.

Der Bankherr hatte es an nichts fehlen lassen, und die herrlichen Gerüche, die schon durchs Haus zogen, ließen erahnen, dass auch das Essen höchsten Ansprüchen genügen würde.

Pater Angelico nahm von einem der Livrierten einen Weinpokal entgegen und mischte sich unter die wachsende Gästeschar. Für kurze Zeit vergaß er, weshalb er hier war, und bestaunte einfach die Vielfalt der Kostümierungen. Alle waren aus den kostbarsten Stoffen gearbeitet, manche überaus fantasievoll, andere eher exzentrisch.

Die Frauen, denen das aufgrund ihrer schlanken Figur möglich war, hatten sich als Tempeldienerin, Nymphe, Göttin und Prinzessin verkleidet. Andere waren als Wahrsagerin oder Magierin erschienen, allerdings so mit Juwelen behängt, dass sie fürstlichen Seherinnen glichen. Besondere Aufmerksamkeit erregte deshalb eine junge Schöne, die mit einem Blütenkranz im Haar als wandelnde Rose erschien, an der Seite eines Mannes, der einem korsischen Piraten glich. Dass seine Geschäfte, zu welcher Art von kaufmännischer Piraterie sie auch immer gehören mochten, einen reichen Mann aus ihm gemacht hatten, war seinem Schmuck aus Rubinen und Smaragden deutlich anzusehen.

Die Männer zeigten bei der Wahl ihrer Kostüme mehrheitlich einen Hang zu Heldenfiguren. Da gab es Göttergestalten wie Zeus, Neptun und Mars, etliche römische Imperatoren mit goldenem Lorbeerkranz in oft schütterem Haar, Turnierritter mit täuschend echt aufgesticktem Harnisch, Astronomen mit Sternbild auf dem Gewand sowie aufwendig ausstaffierte Sultane und morgenländische Würdenträger. Unter den Jüngeren fanden sich zudem verschiedene Versionen von Zauberern und Troubadours mit Papplaute oder -harfe auf dem Rücken. Auch ein zweiter Landsknecht stand hinten in der Menge, allerdings in viel dezenterer Kostümierung. Er trug nur die Farben Schwarz und Weiß. Schwarz waren die Beinkleider, während Bundhose, Wams und der leichte Seidenumhang ein schwarzweißes Rautenmuster zeigten.

Einige Selbstbewusste hatten sich dagegen nicht gescheut, als bukolische Schäfer mit Schafsmaske und Wollflocken am Gewand zu erscheinen, als Satyrn oder als Hofnarren mit Glöckchen an der bunten Kappe. Doch wer dem Mönch am besten gefiel, war der dicke kleine Glatzkopf, der sich mit köstlicher Selbstironie als Weinfass verkleidet hatte, auf dem Kopf einen Papphumpen trug und vorn am Gürtel sogar einen Zapfhahn hängen hatte.

Während sich der Palast immer mehr füllte und sich im Innenhof und oben in den Sälen bald einige hundert Gäste verlustierten, vertrieb Pater Angelico sich die Zeit damit, zu rätseln, wer von den stadtbekannten Leuten sich wohl unter welchem Kostüm und hinter welcher Maske verbarg. Einige waren verhältnismäßig leicht zu erkennen, etwa die Tempeldienerin Antonetta Brancoletti an ihrem herrlich rotblonden Haar; der alte, ergraute Buchdrucker Vespasiano Bisticci, dessen Gewand einem aufgeblätterten Buch glich; zwei Prioren der Signoria, von denen der eine sich durch seine dicke Warze auf der Oberlippe verriet und der andere dadurch, dass ihm an der linken Hand zwei Finger fehlten; der Graf Mirandola fiel durch sein schmales Gesicht und die schulterlange Lockenmähne auf, wie auch einige andere unverwechselbare Körpermerkmale hatten.

Nach geraumer Zeit trat eine kräftige Gestalt zu ihm, ein Pharao mit einem glitzernden blauen Skarabäus als Augenmaske. Matteo Brancoletti, wie sich sogleich herausstellte, als der Mann ihn ansprach: »Ich hoffe, Ihr amüsiert Euch gut bei mir, Padre!«

»Wenn denn die Zeit reicht, mich von dem blendenden Glanz zu erholen, für den Ihr in Eurem Palazzo gesorgt habt«, schmeichelte Pater Angelico ihm.

Der Bankherr lachte wohlgefällig. »Ich weiß, was ich meinen Gästen schuldig bin«, antwortete er geschmeidig. »Seid Ihr denn auch zufrieden mit dem Kostüm, das ich für Euch ausgewählt habe? Ich finde, Ihr wirkt darin recht überzeugend.«

»Das muss daran liegen, dass mir solch ein Aufzug nicht ganz fremd ist, was Euch natürlich nicht verborgen geblieben ist, Signore«, erwiderte Pater Angelico.

»Mir entgeht in der Tat wenig von dem, was ein Mann in meiner Position wissen sollte.«

»Das glaube ich Euch unbesehen. Und das Kostüm erfüllt ja seinen Zweck, auch wenn ich es vorgezogen hätte, nicht mit diesem feixenden Teufelchen vor dem Gesicht herumzulaufen. Es gibt genug echte Teufel in der Welt, wie ich finde«, sagte er und achtete auf das Mienenspiel des Bankherrn.

Der lächelte fein. »Da habt Ihr wohl recht, Padre. Deshalb ist eine solche Mahnung, wenn auch dem fröhlichen Charakter eines Karnevalsfestes angepasst, jederzeit angebracht. Steht der Teufel nicht immer vor unserer Tür und verlangt Einlass – bei dem einen mehr, bei dem anderen weniger?«

Die Bemerkung erschien Pater Angelico höchst verdächtig. Machte Matteo Brancoletti sich über ihn lustig? Es fiel ihm schwer, dem Mann nicht eine angemessen scharfe Antwort zu geben.

Stattdessen tauschten sie noch einige Artigkeiten aus. Und dann erschien ein römischer Konsul an ihrer Seite, in eine elegante weiße Toga mit goldener Mäanderborte gehüllt. Dazu trug er Sandalen mit feinen, goldfarbenen Riemchen, die im

Rautenmuster bis zu den Knien hinauf gebunden waren. Eine mit Glitzersteinen besetzte und mit Lorbeerblättern bemalte Maske verbarg die obere Hälfte seines Gesichts, aber die Kinnpartie, die prägnante Nase und die schmalen Lippen ließen unschwer erkennen, dass er ein Brancoletti war.

»Entschuldige, Bruder.«

»Was gibt es, Alessio?«, fragte Matteo Brancoletti ein wenig ungehalten wegen der Unterbrechung.

Alessio flüsterte ihm etwas ins Ohr.

Was Matteo Brancoletti zu hören bekam, war offenbar sehr zu seinem Gefallen, denn die unwillige Miene wich augenblicklich einem breiten Grinsen. »Bei den Seelen der Heiligen, wie hast du denn das fertiggebracht?«, stieß er aufgeregt hervor.

»Nicht hier, Bruder«, sagte Alessio.

»Natürlich«, pflichtete der Bruder ihm bei, entschuldigte sich bei Pater Angelico und ging, einen Arm huldvoll über dessen Schulter gelegt, mit Alessio davon.

Der Mönch blickte ihnen nach, bis sie rechts der Treppe hinter einem schweren Vorhang verschwanden, der gewöhnlich dort nicht hing. Von seinen beiden vorherigen Besuchen wusste Pater Angelico, dass dahinter der Gang lag, der in den Anbau und zu den Kontoren und dem Lagerraum der Bank führte.

Etwas lustlos wandte er sich wieder dem Zeitvertreib zu, dem er sich zuvor hingegeben hatte, ließ sich seinen Pokal wieder füllen und überlegte, ob er nicht schon mal nach oben gehen und sich in der Nähe von Matteo Brancolettis Privatgemächern herumtreiben sollte.

Den anderen Landsknecht hatte er im Gedränge aus den Augen verloren – dieser aber nicht ihn, wie sich herausstellen sollte.

Er befand sich schon auf dem Weg zur Treppe, als er Matteo

Brancoletti wieder hinter dem Vorhang hervorkommen sah. Der Bankherr ging auf Antonetta zu, die in der Nähe mit einer Bediensteten sprach und ihr wohl irgendwelche Anweisungen erteilte. Antonetta folgte dem Wink ihres Schwagers, und er flüsterte ihr etwas ins Ohr, das sie auflachen ließ. Dann folgte sie ihm, wenn auch nach kurzem Zögern, hinter den Vorhang.

Pater Angelico war irritiert. Nicht, weil der Bankherr seine Schwägerin geholt hatte, um ihr abseits der Gäste die freudige Nachricht zu übermitteln, die er soeben von Alessio erhalten hatte. Vielmehr war ihm beim Anblick des Bankherrn etwas aufgefallen und hatte ihn stutzen lassen, ohne dass er hätte sagen können, was es war.

Doch dann wusste er es.

Die goldenen Riemchen an den Beinen des Pharaos! Das war nicht Matteo Brancoletti gewesen, sondern Alessio – im Kostüm seines Bruders!

47

Einen winzigen Moment lang stand Pater Angelico wie vom Donner gerührt. Er verstand nicht, was das zu bedeuten hatte. Dann schlug sein Instinkt Alarm. Er drückte dem nächstbesten Livrierten seinen Pokal in die Hand und beeilte sich, den beiden hinter den Vorhang zu folgen.

Hinter den ersten beiden Türen, die er im Gang des Banktraktes hastig öffnete, lagen verlassene, dunkle Schreibstuben. Hinter der dritten, die in den Vorraum eines Lagergewölbes führte, brannte Licht.

Und dort saß, im Untergewand, Matteo Brancoletti an einem langen Faktoreitisch. Sein Oberkörper war über der dicken Tischplatte zusammengesunken, die Arme baumelten leblos herab. Vor ihm stand ein Krug. Daneben lagen ein umgekippter Weinpokal, ein beschriebenes Blatt Papier sowie ein kleiner Glasbehälter und ein Korken. Alessios Kostüm hing, sorgfältig gefaltet, über der Rückenlehne eines zweiten Stuhls, der auf der anderen Seite des Tisches stand.

Noch bevor Pater Angelico das Bild ganz in sich aufgenommen, seine Verstörung überwunden und begriffen hatte, was seine Augen sahen und welche Schlüsse das nahelegte, hörte er ein ersticktes Röcheln und gleich darauf Alessios höhnische Stimme. Er fuhr herum und starrte zu dem breiten, rundgemauerten Durchgang, der in das angrenzende Lagergewölbe führte.

Viele Bankherren in Florenz unterhielten solch ein Lager, wickelten sie doch nicht nur Geldgeschäfte ab, sondern besorgten ihren vermögenden Kunden auch seltene Waren aus fernen Ländern, die gewöhnliche Händler nicht anboten. Und sofern die Bezahlung stimmte, schreckten sie selbst vor der

Beschaffung von jungen Chorknaben mit besonders hellen, glockenreinen Stimmen nicht zurück, wenn ihr Kunde Patron einer Kirche war, wo es an solchen Knaben fehlte. Das hatten die Medici vor gar nicht langer Zeit bewiesen.

»Du elende, dreckige Hure«, stieß Alessio hasserfüllt hervor, während er seine Frau von hinten mit beiden Händen würgte. »Unfruchtbar wie ein Stein! Kannst keine Kinder kriegen und denkst, deshalb könntest du es nach Herzenslust mit meinem feinen Bruder, dem Dreckstück, treiben, du Schlampe! Jetzt bekommst du deinen Lohn, Antonetta!«

Pater Angelico riss sich die Maske vom Gesicht und stürzte zu den beiden in das Gewölbe. Matteo Brancoletti musste warten – so er denn überhaupt noch lebte. »Lass sie los, du Bestie!«, brüllte er und wusste nun, wer der Todesengel von Florenz war, wenn er auch nicht begriff, was im Einzelnen hinter Alessios grausamen Taten steckte. »Das Spiel ist aus!«

Wie vom Blitz getroffen fuhr Alessio zusammen, schleuderte seine Frau gegen die Wand, wo sie zu Boden ging und reglos liegen blieb, griff nach dem Dolch, der neben einer Tarotkarte auf einer Kiste lag, und wirbelte herum.

»Verdammter Narr!«, schrie er, riss den Dolch aus der Scheide und ließ sie achtlos fallen. »Du wirst dir noch wünschen, du wärest nie hier aufgetaucht!«

Instinktiv griff Pater Angelico zum Schwert und zog es aus der Scheide. Ein Fehler, der ihn um ein Haar das Leben gekostet hätte.

»Damit jagst du doch nicht einmal einem Hasen Angst ein!«, rief Alessio voller Häme, während er auf ihn zusprang, um ihm seine Klinge in den Unterleib zu rammen.

Geistesgegenwärtig warf Pater Angelico ihm das Spielzeugschwert entgegen, rettete sich mit einer hastigen Drehung zur

Seite und wehrte den Stich gerade noch rechtzeitig mit dem linken Unterarm ab. Ein scharfer Schmerz schoss ihm bis in die Schulter hinauf; die Klinge hatte ihm den Ärmel aufgeschlitzt und in sein Fleisch geschnitten.

Bevor Alessio einen zweiten Stich setzen konnte, hatte der Mönch bereits zu seinem Dolch gegriffen und parierte den nächsten Angriff. »Jetzt sieht die Sache schon anders aus, würde ich sagen«, stieß er hervor, als Klinge auf Klinge traf. »Nun zeig, dass du nicht nur hinterhältig morden, sondern auch von Mann zu Mann kämpfen kannst!«

»Mich sticht kein dahergelaufener Kuttenträger ab! Du wirst hier auch gleich in deinem Blut liegen!«, schrie Alessio zu der heiteren Musik, die aus der Säulenhalle des Innenhofs zu ihnen hereindrang, doch die Angst, die in seinen Augen flackerte, strafte seine Großmäuligkeit Lügen.

Pater Angelico ließ ihn kommen. Mit einer geschmeidigen Parade wehrte er einen dritten, völlig überhasteten Angriff ab, und bevor Alessio wusste, wie ihm geschah, rammte der Mönch ihm seinen Dolch in die rechte Schulter. Er hätte ihm den Stahl auch mitten ins Herz oder in die Kehle jagen können, aber einen so schnellen und gnädigen Tod durfte der Mörder nicht finden! Öffentlich entehrt sollte er werden und hängen für seine bestialischen Morde!

Alessio schrie auf vor Schmerz. Seine Hand verlor alle Kraft und ließ den Dolch fallen. Er taumelte zurück, presste die Linke auf die Wunde und starrte Pater Angelico aus weit aufgerissenen Augen an. Es war der Moment blanker Todesangst, in dem er erkannte, dass alles verloren war, dass es für ihn kein Entkommen gab.

Aus dem Vorraum drang ein Geräusch an Pater Angelicos Ohr. Kurz entschlossen setzte er Alessio nach, hieb ihm die linke Faust in den Unterleib und drosch ihm, als er sich krümmte, das Griffende seines Dolches auf den Schädel. Er fällte ihn mit dem Hieb wie einen morschen Baum.

Doch noch bevor er herumfahren und sehen konnte, was oder wer hinter ihm das Geräusch verursacht hatte, vernahm er auch schon Tiberio Scalvettis Stimme.

»Teufel auch, Ihr scheint weder Waffenhandwerk noch Faustkampf verlernt zu haben!« Der Commissario stand in dem Durchgang. Er trug das schwarz-weiße Landsknechtskostüm.

Verblüfft starrte der Mönch ihn an.

»Nun ja, ich dachte, es könnte nicht schaden, wenn ich mich ebenfalls unter die Gäste mische«, sagte Scalvetti und fand selbst jetzt noch die Zeit für eine spöttische Bemerkung. »Einfach für den Fall, dass Euch jemand den Rücken freihalten oder aus einer Klemme helfen muss. Aber wie ich sehe, braucht Ihr mich gar nicht.«

Pater Angelico überwand seine Sprachlosigkeit. »Alessio steckt hinter den Morden! Ich habe ihn gerade noch daran hindern können, seine Frau zu erdrosseln! Seht nach, ob Matteo noch zu helfen ist!«, rief er. »Es sieht aus, als hätte Alessio ihn mit irgendeiner Substanz betäubt oder vergiftet. Ich kümmere mich um Alessio und seine Frau!«

Tiberio Scalvetti nickte knapp und eilte zu dem Bankherrn, rüttelte ihn und schlug ihm mit der flachen Hand ins Gesicht. »Er lebt!«, rief er Pater Angelico zu. »Aber ob er auch *überlebt,* ist ungewiss. Er muss das verdammte Zeug, das ihm da eingeflößt worden ist, schnellstens wieder herausbringen!«

Und er war nicht zimperlich in seiner Methode, Matteo Brancoletti, den die Schläge nur halbwegs aus seiner Betäubung gerissen hatten, zum Erbrechen zu bringen. Er zerrte ihn hoch, schmiss ihn wie ein Kleiderbündel bäuchlings über die Sitzfläche des Stuhls, auf dem er eben noch gesessen hatte, zwang ihm den Mund auf und steckte ihm dann einen Finger tief in die Kehle.

Die Reflexe des Bankherrn funktionierten. Der Reiz bewirkte, dass sich sein Magen umstülpte und er den vergifteten Wein in einem hohen Schwall ausspuckte. Was den Commissario aber nicht daran hinderte, ihm ein zweites Mal den Finger in den Hals zu stecken, damit auch ja alles herauskam.

Indessen hatte sich Pater Angelico über Antonetta gebeugt und zu seiner großen Erleichterung festgestellt, dass sie regelmäßig atmete. Sie hatte das Bewusstsein verloren und sich beim Aufprall gegen die Wand eine Platzwunde am Kopf zugezogen, doch die gab keinen Anlass zu übermäßiger Besorgnis. Und bei dieser Feststellung beließ er es vorerst. Eine Frau, die zu sich kam, nachdem ihr eigener Ehemann sie beinahe ermordet hatte, und daraufhin einen hysterischen Anfall erlitt, war das Letzte, was sie jetzt gebrauchen konnten.

Rasch wandte er sich Alessio zu, schnitt ihm das Pharaonengewand vom Körper und riss den Stoff in lange Streifen, mit denen er ihn an Händen und Füßen fesselte.

»Verpasst ihm auch gleich einen Knebel, Pater!«, trug Tiberio Scalvetti ihm auf, schloss die Tür ab und nahm den Schlüssel an sich, während Matteo Brancoletti noch immer über der Sitzfläche des Stuhls hing und würgte, wobei er nur noch bittere Galle von sich gab.

»Jetzt gibt es einiges zu bedenken«, sagte er dann und kam zu Pater Angelico herüber, in der Hand den Bogen Papier, der auf dem Tisch gelegen hatte.

»Was soll es noch groß zu bedenken geben?«, fragte der Mönch. »Wir haben ihn, den Todesengel!«

»Ohne jede Frage, und hier ist der Beweis, den wir gar nicht mehr brauchen«, sagte der Commissario und wedelte mit dem beschriebenen Blatt. »Aber es liegt weder in meinem Interesse noch vermutlich in dem von Matteo Brancoletti, seinen Bruder verwundet und gefesselt unter den Augen seiner illustren Gäste abzuführen und damit einen Skandal heraufzubeschwören, von dem sich das Haus Brancoletti kaum je erholen dürfte. Jetzt sollten wir unser Blatt geschickt spielen und uns ein paar Trümpfe für spätere Gelegenheiten aufsparen. Wer weiß, ob man selbst nicht auch einmal in eine unglückselige Situation gerät. Dann wird man froh sein, diese Trümpfe aufgespart zu haben und mit ihnen wichtige Gefälligkeiten einfordern zu können.«

Es wunderte Pater Angelico nicht, dass Tiberio Scalvetti als Mann der Acht derartige Überlegungen anstellte. Für ihn hatten sie den Geruch von Erpressung, aber darüber wollte er sich jetzt nicht den Kopf zerbrechen. Deshalb fragte er ohne weitere Widerworte schlicht: »Und wie wollt Ihr dieses Blatt spielen, Commissario?«

Tiberio Scalvetti lächelte hintergründig. »Das werde ich Euch sagen, aber gefallen wird es Euch nicht, wie ich Euch kenne.«

48

Die Öllampen in Scalvettis Amtszimmer brannten mit ruhiger Flamme und warfen ihr Licht über den wuchtigen Schreibtisch des Commissario.

Pater Angelico saß hinter dem Tisch im Lehnstuhl. Scalvetti hatte darauf bestanden, dass er dort wartete und nicht auf dem unbequemen Besucherstuhl. Die Wunde in seinem linken Unterarm war gereinigt, mit Salbe bestrichen und verbunden, und der pochende Schmerz ließ sich aushalten. Er hatte schon ganz andere Verletzungen ertragen müssen, nicht nur die quer über sein Gesicht.

Vor ihm lag das Bekennerschreiben des Mörders. Alessio hatte es verfasst, aber natürlich nicht in seinem Namen, sondern in dem seines ältesten Bruders. Dessen Siegel trug es auch. Alessio musste es schon vor diesem Abend aufgesetzt und mit dem Siegel versehen haben. Der Mönch kannte das Geschreibsel schon fast auswendig.

Der Herr sei meiner Seele gnädig! Ich bin seit Tagen vom Teufel besessen! Mit aller Macht und verzweifelten Gebeten habe ich gegen ihn gekämpft, aber ich war seiner teuflischen Gewalt nicht gewachsen. Und so habe ich als sein Todesengel die ungeheuerlichen Morde begangen. Jetzt ist auch noch die Frau meines Bruders unter meinen Händen gestorben, die der Satan geführt hat. Dabei habe ich sie geliebt wie mein eigen Fleisch und Blut! Hinterher ist mir jedes Mal, als erwachte ich aus einem schrecklichen Alptraum. Ich bin verloren, hoffnungslos verloren! Es muss ein Ende haben mit diesem entsetzlichen Teufelswerk, das der Leibhaftige mir abzwingt! Ich weiß keinen anderen Ausweg, um den blutrünstigen Satan in mir zu besiegen, als meinem Leben selbst ein Ende zu setzen. Betet für meine Seele und wisst, dass nicht wirklich ich es war, der die Untaten begangen hat. Versagt mir nicht ein Begräbnis in geweihter Erde! Ich war dem Teufel hilflos ausgeliefert. Barmherziger Gott, sei meiner armen Seele gnädig! Du, der Allmächtige, weißt, dass der Teufel in mir saß, als ich von der Höllenmacht getrieben wurde, all das Unaussprechliche zu tun, gegen meinen Willen, der mir genommen war wie einem hilflosen Kind das Spielzeug! Erlöse mich von meiner Qual, mein Gott und mein Heiland, und schenke mir Dein göttliches Erbarmen!

Pater Angelico atmete tief durch und trank einen Schluck von dem Wein, den Scalvetti aus der nächsten Schenke hatte kommen lassen. Er konnte noch immer nicht recht glauben, dass Alessio all diese Verbrechen begangen hatte. Warum? Weil er Matteo und seiner Frau auf die Schliche gekommen war? Das erschien als Motiv für die vielen Morde allzu dürftig.

Er hätte jetzt unten im Folterkeller sein und die peinliche Befragung mit anhören können, aber noch einmal an diesen grässlichen Ort hinabzusteigen und Sodino bei der Arbeit zuzusehen, das hatte er nicht über sich gebracht. Alessio mochte die Folter zehnmal verdient haben – dabei sein wollte er nicht.

Er hatte schnell begriffen, wie Scalvetti sein Blatt zu spielen gedachte, und es war schnell und ohne jedes Aufsehen geschehen. Zunächst hatte es ein wenig Zeit gekostet, Antonetta zu beruhigen und ihr vor Augen zu führen, dass sie sich und ihrer Familie keinen Gefallen tat, wenn sie ihren Mann öffentlich als den Todesengel brandmarkte. Matteo Brancoletti dagegen hatte das trotz seines angegriffenen Zustands sehr schnell erkannt und das Seinige getan, um Antonetta davon zu überzeugen, dass Scalvetti das Richtige vorhatte.

Als sie endlich halbwegs beruhigt war, hatte der Commissario sie über die verschwiegene Dienstbotenstiege nach oben in ihre Privatgemächer gebracht und war mit einer festlichen Robe für Matteo Brancoletti zurückgekehrt. Dieser hatte den Schock und das Entsetzen über das, was sein jüngerer Bruder getan und für ihn und Antonetta im Sinn gehabt hatte, erstaunlich schnell überwunden. Er war ein wenig wackelig auf den Beinen gewesen, hatte aber eisern darauf bestanden, zu seinen Gästen zurückzukehren und so zu tun, als sei nichts weiter geschehen – als sei lediglich an seinem Kostüm eine Naht geplatzt und als habe Antonetta bedauerlicherweise einen Migräneanfall erlitten und sich in das Dunkel ihres Gemaches zurückgezogen.

Anschließend hatte sich Scalvetti ins Bargello begeben und alles Nötige für den Abtransport des Mörders veranlasst. Wenig später war ein gewöhnliches Fuhrwerk im kleinen Hof des Bankanbaues eingetroffen. Zwei lange, leere Kisten waren abgeladen und vor die Tür zum Lagerraum gestellt worden. Und dann hatten Scalvetti und er eine der Kisten zurück in den Hof und auf das Fuhrwerk geladen. In der Kiste hatte Alessio gelegen, derart verschnürt, dass er sich nicht hatte rühren können. So hatten sie ihn ins Bargello gebracht. Niemand hatte ihn den Palazzo verlassen sehen, und auch im Hof des Bargello hatte ihn niemand zu Gesicht bekommen, denn erst im Kerkergewölbe hatten sie ihn aus der Kiste geholt.

Und jetzt wurde er dort unten gefoltert!

Pater Angelico hatte sich auf eine lange Wartezeit eingerichtet und war überrascht, als Tiberio Scalvetti schon nach kaum mehr als einer Viertelstunde zurückkehrte. Fast fürchtete er, Sodino könnte zu hart vorgegangen sein und unbeabsichtigt den verfrühten Tod von Alessio herbeigeführt haben.

»So, das haben wir«, sagte der Commissario mit grimmiger Genugtuung und zerstreute damit Pater Angelicos Befürchtungen. Dann ließ er sich auf den freien Stuhl fallen und schenkte sich einen Becher Wein ein.

»Hat er geredet?«, fragte der Mönch unnötigerweise.

Tiberio Scalvetti kippte den Wein hinunter. »Und wie! Ein Wasserfall hätte sich gegen seinen Redeschwall wie ein müde plätschernder Bach ausgenommen! Sodino hat es gar nicht gefallen, dass der Kerl schon beim bloßen Klappern der Zangen lossprudelte! Da war von dem eiskalten Todesengel plötzlich nicht mehr übrig als ein heulender Jammerlappen«, sagte er verächtlich und schenkte sich nach.

»Erzählt, Commissario! Warum, in Gottes Namen, hat er die Morde begangen?« Pater Angelico konnte es nicht erwarten, endlich zu erfahren, was den Mörder getrieben hatte. »Und wieso hat er meinen Klosterbruder, die Wachsbildnerin und den Sensale als Opfer gewählt?«

»Bei Niccolo Landozzi liegt das Motiv auf der Hand – den Mord hat er begangen, um leichter an die Grundstücke auf der Via Sant'Anna zu kommen. Zudem hat der Sensale bestens in sein Todsünden-Muster gepasst.«

»Aber was hätte Alessio davon gehabt?«

»Wartet, das werdet Ihr sehen, wenn wir zu seinen Hauptmotiven kommen«, sagte Scalvetti streng. »Lasst uns erst einmal die äußeren Dinge abhaken.«

Pater Angelico nickte.

»Dass Pater Nicodemo der Beichtvater von Ser Aurelio war, hat er von seinem Kammerdiener gehört, dessen Bruder im Haus des Gelehrten in Anstellung ist«, fuhr Scalvetti fort. »Und die Wachsbildnerin kannte er persönlich, weil die Brancoletti sich bei den Calvanos schon mehrfach solche Bildnisse haben anfertigen lassen. Dass der Geselle Gismondo an jenem Abend in die Gilde aufgenommen werden sollte, hat er erfahren, als er in der Woche davor seine letzte Bestellung aufgab. So passte denn auch die fette Bartolomea hervorragend in sein Konzept. Die Abdrücke von Stiefel und Ring hat er übrigens unwissentlich hinterlassen. Er hat nicht gemerkt, dass er in das Wachs getreten und mit dem Ring an die Tischkante gekommen ist – was nicht weiter verwunderlich ist, wenn man bedenkt, dass er gerade einen Menschen abgestochen hatte.«

»Gut, das wäre also geklärt. Aber was wollte er mit den Morden erreichen? Dass er einen mörderischen Hass auf seinen älteren Bruder und seine Frau hatte, leuchtet mir ja noch ein, aber um sich an den beiden zu rächen, hätte er die drei anderen Morde doch nicht begehen müssen – oder doch zumindest die ersten beiden nicht. Warum diese *Serie* von Morden?«

Tiberio Scalvetti verzog die Mundwinkel zu einem freudlosen Lächeln. »Zuallererst wollte er seine Frau loswerden, weil sie offenbar keine Kinder kriegt. Ihr wisst, dass es für einen Mann aus vornehmem Haus eine Katastrophe ist, keinen Stammhalter zu haben.«

Pater Angelico nickte. »Er wird bemitleidet und ist obendrein von den Wahlen in hohe Staatsämter ausgeschlossen.«

»Was für diese Signori einen bitteren Angriff auf ihr Ehr- und Selbstwertgefühl darstellt«, ergänzte der Commissario. »Bei Alessio kam aber noch etwas hinzu, das die Schmach vergrößert und ihm diesen Plan eingegeben hat.«

»Natürlich, dass Antonetta ihn mit seinem eigenen Bruder betrogen hat!«

»Nein. Sicher wollte er sich für diesen schändlichen Betrug rächen, aber das war nicht sein *Haupt*motiv«, entgegnete Scalvetti zur Überraschung des Dominikaners. »Den Entschluss, seinen Bruder zu töten, hatte er schon gefasst, bevor er den beiden auf die Schliche kam.«

»Himmel, was war es dann?«

»Ganz einfach: Alessio wollte nicht länger der unbedeutende kleine Bruder sein, den man wie einen Angestellten maßregeln, mit lästigen Aufgaben plagen und beliebig herumstoßen kann«, erklärte Scalvetti. »Kurzum, er wollte an Matteos Stelle treten und der reiche, allseits hofierte Bankherr sein!«

»Aber das ginge doch gar nicht«, wandte Pater Angelico irritiert ein. »Dazu hätte er doch auch noch Galeotto aus dem Weg räumen müssen, der steht doch in der Nachfolge vor ihm!«

»Ganz und gar nicht«, widersprach der Commissario und war seinerseits überrascht, als er das verständnislose Gesicht des Mönchs sah. »Ja, wisst Ihr denn nicht, dass Galeotto ein Bastard seines Vaters ist?«

»Nein, das ist mir neu!«

»Nun, Ihr wart lange aus Florenz weg, bevor Ihr in San Marco Mönch wurdet, und wenn auch jeder Bescheid weiß, so redet doch keiner über Verfehlungen dieser Art, und schon gar nicht, wenn ein vornehmer Name im Spiel ist. Jedenfalls hat der Vater Galeotto in sein Haus geholt, als er vier Jahre alt war, hat ihn mit seinen beiden legitimen Söhnen aufwachsen und ihm dieselbe Erziehung angedeihen lassen«, erzählte Scalvetti und fügte hinzu: »Es ist in diesen Kreisen ja nichts Ungewöhnliches, einer Ehefrau zuzumuten, dass sie den Sohn der Geliebten ihres Mannes im eigenen Haus mit aufzieht. Niemand findet das verwerflich, schließlich hat sogar unser Magnifico es getan. Geschieht so etwas, kauft man sich eben mit Wohltaten und Stiftungen von seinen kleinen sündigen Ausrutschern frei.«

Und so verhielt es sich in der Tat. Die ach so dünkelhaften Grandi und Nobili der Stadt gaben, wenn es um männliche Nachkommen ging, nichts auf Sitte und Anstand und noch viel weniger auf die Gefühle ihrer Ehefrau. Eingedenk der hohen Kindersterblichkeit galt selbst ein Bastard als ein Sohn, den man trotz seines Makels zu hegen und zu pflegen hatte. Sozusagen als die beste aller Notlösungen für die eigene Nachfolge und den Fortbestand des Familiennamens, falls legitime Söhne ausblieben oder von der Pest oder anderen Unwägbarkeiten dahingerafft wurden. Lorenzo hatte da keine Ausnahme gemacht und es genauso gehalten wie so viele vor und nach ihm. Er hatte seinen Bastard Giulio schon als Kleinkind zu sich in den Palazzo geholt, hatte ihn mit seinen anderen Kindern von den besten Privatlehrern unterrichten lassen und auf diese Weise schon früh dafür gesorgt, dass er in der Kirche Karriere machen und als hoher geistlicher Würdenträger Ruhm und Ehre des Hauses Medici mehren konnte.

»In diesem Licht betrachtet stellt sich die Mordserie natürlich ganz anders dar«, räumte Pater Angelico ein. »Hätte man Matteo tot neben diesem schriftlichen Schuldeingeständnis aufgefunden, wäre der Weg für Alessio frei gewesen, und abgesehen von einigem unangenehmen Gerede, das sicher schnell abgeklungen wäre, hätte er nichts zu befürchten gehabt, nicht einmal, dass die Kommune das Familienvermögen einzieht.«

»Richtig. Gegen einen entsprechend üppigen Geldbetrag hätten sich genug hohe Geistliche bereitgefunden, standhaft zu erklären, dass Matteo Brancoletti in der Tat vom Teufel besessen gewesen sei, deshalb für die Morde auch nicht post mortem verantwortlich gemacht werden könne und sehr wohl Anspruch auf ein Begräbnis in geweihter Erde habe«, führte Scalvetti den Gedanken zu Ende. Anschließend berichtete er noch von einigen Details, zum Beispiel, wie Alessio sich in den Besitz des Schlüssels zum Glockenturm gebracht hatte.

»Ich nehme an, er hat auch den Anschlag auf mich gestanden«, kam Pater Angelico schließlich auf einen Punkt zu sprechen, den der Commissario bislang unerwähnt gelassen hatte.

»Nein, hinter dem Mordanschlag auf Euch hat er nicht gesteckt, und das ist die einzige ungeklärte Frage«, erwiderte Scalvetti. »Jedenfalls kann Alessio sie nicht mit Gewissheit beantworten. Und ich glaube ihm, weshalb ich mich dessen auch nicht unter der Folter vergewissert habe. Nach allem, was er zugegeben hat, hätte er wahrlich keinen Grund gehabt, diese eine Tat nicht auch noch zu gestehen.«

»Aber wer war es dann?«

»Alessio hat eine Vermutung, mehr aber auch nicht«, berichtete Scalvetti. »Er tippt auf seinen Bruder Galeotto.«

Pater Angelico starrte ihn ungläubig an. »Galeotto? Er kann ihn doch unmöglich zu seinem Komplizen gemacht haben!«

»Hat er auch nicht. Vielmehr nimmt er an, dass Galeotto irgendwie misstrauisch geworden ist, als Ihr ihnen den Knopf gezeigt habt. Natürlich war es Alessio, der ihn dem Toten in die Hand gedrückt hat, um eine Spur zu Matteo zu legen. Jedenfalls glaubt Alessio, dass Galeotto der Verdacht gekommen sein muss, dass Matteo etwas mit den Morden zu tun haben könnte, insbesondere nach dem Tod von Niccolo Landozzi. Er wusste ja nur zu gut, wie sehr Matteo darauf brannte, in den Besitz der Grundstücke zu kommen. Und in seiner hündischen Ergebenheit hat er wohl gemeint, er müsse Euch, die Ihr eine Gefahr für seinen Bruder darstelltet, aus dem Weg räumen. Aber das ist, wie gesagt, nicht mehr als eine Vermutung. Wenn auch eine, die Sinn ergibt und gut in das Bild passt, das ich von Il Brutto habe.«

»Dann wird das wohl nie wirklich geklärt werden«, mutmaßte Pater Angelico.

Tiberio Scalvetti nickte mit verdrossener Miene. »Es ist absolut ausgeschlossen, dass ich Galeotto auf diesen vagen Verdacht hin auf die Folter binden lassen und ihm ein Geständnis abringen kann«, sagte er. »Dieses Verbrechen wird leider ungesühnt bleiben.«

Einen Punkt galt es noch zu klären, und Pater Angelico meinte, in etwa zu wissen, wie Scalvettis Antwort ausfallen würde. »Und was geschieht nun mit Alessio, Commissario?«

Ein zynisches Lächeln trat auf Scalvettis ausgezehrtes Gesicht. »Nichts geschieht mit ihm, werter Pater. Er weilt ja nicht einmal mehr in Florenz, zumindest wird das morgen zu hören sein. Alessio musste die Stadt heute Nacht überstürzt verlassen und befindet sich auf einer Reise nach England, um sich dort wichtiger Geschäfte des Hauses Brancoletti anzunehmen, die schnellster Klärung und Erledigung bedürfen«, verkündete er und fügte mit geradezu ätzendem Zynismus hinzu: »Tragischerweise wird er während dieser Reise auf hoher See einen tödlichen Unfall erleiden. Man wird hier gebührend um ihn trauern, eine prächtige Totenmesse in San Lorenzo abhalten, einen leeren Sarg in der Familiengruft beisetzen, die vielen Trauergäste zu einem köstlichen Leichenschmaus in den Palazzo bitten und sich nur Gutes über den edlen Spross des Hauses Brancoletti erzählen. Und seine schöne Witwe, die in der Kirche und bei der Bestattung natürlich bitterlich um ihren geliebten Mann weinen wird – sie wird wohl noch in derselben Nacht das Bett wieder mit ihrem Schwager teilen. Nichts anderes wird geschehen. Oder was habt Ihr erwartet? Ein hartes Geschoss ist dic Notwendigkeit.«

Pater Angelico schüttelte den Kopf und zog eine säuerliche

Miene. »*Finis coronat opus,* nicht wahr?«, erwiderte er. Das Ende krönt das Werk. »Nun, darauf versteht Ihr Euch ganz ausgezeichnet, Commissario. Aber wie wollt Ihr dann dem Volk die Morde erklären und es davon überzeugen, dass der Todesengel die Erfindung eines Verbrechers war?«

Auch auf diese Frage war Tiberio Scalvetti vorbereitet. »Habt keine Sorge, die Menge wird selbstverständlich ihr blutiges Spektakel auf dem Richtplatz bekommen, liebt sie doch Hinrichtungen und weiß sie zu wahren Volksbelustigungen zu machen«, versicherte er mit ungebrochenem Zynismus. »Ich habe da unten einen ortsfremden Raubmörder im Kerker sitzen, der zwei reisenden Kaufleuten vor der Stadt die Kehle durchgeschnitten hat, um sie in Ruhe ausrauben zu können. Er war einfältig genug, in den Schenken unten am Fluss mit seinem Geld zu protzen, und als wir ihn aufgegriffen hatten und Sodino ein bisschen nachhalf, war er rasch geständig. Wir werden ihn als den vermeintlichen Todesengel auf dem Richtplatz präsentieren, und er wird dort brav die Morde gestehen und verkünden, dass nicht stimmt, was er Pater Nicodemo als Verleumdung angehängt hat. Zur Belohnung wird er nicht hier im Hof des Bargello qualvoll am Strick enden, sondern einen schnellen Tod durch das Richtschwert des Henkers erhalten, womit doch wirklich jedem aufs beste gedient ist, findet Ihr nicht auch?«

»Insbesondere dem Haus Brancoletti und dem, was Ihr ›Trümpfe in der Hinterhand behalten‹ nennt«, sagte Pater Angelico bissig, während im Vorzimmer aufgeregte Stimmen laut wurden. Ihm war, als höre er die seines Novizen heraus, aber da täuschte er sich wohl. Was sollte Bruder Bartolo auch hier wollen?

Tiberio Scalvetti sprang auf und öffnete die Tür. »Patrizio, was hat der Krach zu bedeuten?«, herrschte er den Wachmann an, der oben im ersten Stock vor den Amtsstuben der Otto di Guardia die erste Nachtwache hielt.

»Diese Leute hier machen mir die Hölle heiß, dass ich sie zu Euch durchlasse«, erklärte der Wachmann.

»Ich muss mit Pater Angelico sprechen!«, rief da eine aufgeregte Frauenstimme, noch bevor Scalvetti etwas erwidern konnte. »Wir haben von Signore Brancoletti erfahren, dass auch er hier sein soll. Es eilt, Commissario! Ich *muss* ihn sprechen, ich flehe Euch an!«

»Piccarda?«, stieß Pater Angelico hervor, als er die Stimme von Lucrezias Zofe erkannte, sprang, von dunkler Unruhe gepackt, auf und kam um den Tisch herum. »Lasst sie ein, Commissario!«

49

Wenige Augenblicke später standen Piccarda und tatsächlich Bruder Bartolo bei ihnen im Zimmer.

»Was, um alles in der Welt, habt Ihr mit dem Padre zu bereden, Frau?«, brummte Scalvetti. »Auf die Erklärung darf man gespannt sein! Ich hoffe für Euch, dass es eine triftige ist!«

»Wartet«, hielt der Novize die Zofe zurück, die völlig aufgelöst schien und sofort lossprudeln wollte. An Pater Angelico gewandt, erklärte er: »Verzeiht die Störung, Meister. Ich weiß wirklich nicht, was sie sich von Euch erwartet, aber sie hat mich aus dem Kloster rufen lassen und keine Ruhe gegeben, bis ich ihr gesagt habe, wo Ihr seid. Da bin ich mit ihr zum Palazzo der Brancoletti gegangen und habe auch den Signore mit Fragen belästigen müssen.«

Ungeduldig wedelte Pater Angelico mit der Hand. »Genug der unnützen Vorreden! Kommt zur Sache! Rede, Piccarda! Was ist geschehen?«

Die Zofe rang die Hände. »Heilige Muttergottes, es ist meine Schuld! Ich hätte es nicht zulassen dürfen, aber abschlagen konnte ich es ihr auch nicht, nach allem, was sie für mich und die Familie meiner Schwester getan hat! Nun ist es geschehen, und ich weiß nicht, wie ich es Euch sagen soll …«, begann sie verzweifelt. Sie war den Tränen nahe.

»Am besten geradeheraus und ohne Umschweife, Weib!«, knurrte Scalvetti.

»Lucrezia … Donzella Lucrezia ist auf und davon!«, brach es aus Piccarda hervor. »Sie ist mit diesem jungen Franzosen durchgebrannt, Henri de la Croix!«

Pater Angelico wurde blass. Er hatte Böses geahnt und fand

sich aufs schlimmste bestätigt. »Um Gottes willen! Dieser gelackte Hundesohn eines Froschschenkelfressers!«

»Welche Lucrezia?«, fragte der Commissario und runzelte die Stirn.

»Donzella Petrucci«, sagte der Novize neben ihm.

Der Commissario fuhr zu ihm herum. »Was sagst du da? Teufel auch, dann haben wir morgen ja doch noch einen Skandal, über den sich die Leute prächtig das Maul zerfetzen können!«

»Was genau ist passiert?«, fragte Pater Angelico die Zofe mit finsterer Miene.

»Der französische Herr ist doch heute abgereist, aber er hat sich mitnichten sogleich auf den Weg gemacht, um zu seinem Schiff nach Livorno zu kommen«, berichtete Piccarda, schuldbewusst und ratlos zugleich. »Er hat sich mit Donzella Lucrezia abgesprochen, dass er kurz vor Schließung der Tore ein Stück vor der Stadt auf sie wartet, mit einem zweiten Pferd für sie. Und dann bin ich zur vereinbarten Stunde mit ihr zum Tor und habe sie zu ihm gebracht.« Nun liefen die Tränen, und unter Schluchzen fuhr sie fort: »Angeblich wollte sie mit mir zur Familie meiner Schwester, um mit uns die Geburt meines Neffen zu feiern, für den Donzella doch die Patenschaft übernommen hat. Und ihr Vater hat es erlaubt … ich meine, dass sie über Nacht bei uns bleibt, weil es doch spät werden sollte. Immer wieder hab ich sie angefleht, es sein zu lassen und Vernunft anzunehmen, der Herr ist mein Zeuge! Aber sie hat einfach nicht auf mich gehört und darauf bestanden, dass ich dabei mitmache! Wo doch ihr Vater mit dem anderen Franzosen am Nachmittag das Haus verlassen hat und zu einem Geschäftsbesuch nach Seto geritten ist, von wo er erst morgen im Laufe des Tages zurückerwartet wird, da wollte sie die Gelegenheit nicht ungenutzt verstreichen lassen.«

»Da hast du dich in eine üble Geschichte verwickeln lassen und wirst dich für deine Beihilfe verantworten müssen«, sagte Tiberio Scalvetti streng. »Ich verstehe nur nicht, was Pater Angelico damit zu tun haben soll, geschweige denn, was du dir von ihm erhoffst.«

»Das müsst Ihr auch nicht«, beschied Pater Angelico ihn in einem Ton, der deutlich machte, dass der Commissario besser keine weiteren Fragen stellte.

Tiberio Scalvettis Brauen wanderten vielsagend in die Höhe, und Pater Angelico konnte förmlich sehen, wie der scharfe Verstand hinter seiner Stirn arbeitete und Spekulationen anstellte.

»Ihr müsst etwas unternehmen, Padre!«, flehte die Zofe. »Ihr müsst sie zurückholen! Noch ist Zeit dafür. Und auf Euch wird sie hören, das wisst Ihr doch!«

»So liegen die Dinge also«, murmelte Scalvetti leise, und es schien, als sehe er den Dominikaner plötzlich mit ganz neuen Augen. Sogar seine Mundwinkel gerieten kaum merklich in Bewegung.

Am liebsten hätte Pater Angelico lauthals geflucht, doch er beschränkte sich darauf, es stumm zu tun. Das hatte er nun davon, dass er angenommen hatte, Lucrezia habe nach der unseligen Szene im Beichtstuhl ein für alle Mal begriffen, dass sie sich keine Hoffnung machen durfte! Vor allem aber hatte er ihre Entschlossenheit, sich unter keinen Umständen in ein Kloster abschieben zu lassen, sträflich unterschätzt. Jetzt bekam er die Quittung. Und er brauchte nicht lange zu überlegen, was zu tun war. Ihm blieb überhaupt keine Wahl.

Tiberio Scalvetti sprach es noch vor ihm aus. »Wenn sie erst bei Sonnenuntergang aufgebrochen sind, dürften sie noch nicht allzu weit gekommen sein. Selbst ein liebestoller französischer

Verführer ist nicht so dumm, sein Leben und das seiner Geliebten aufs Spiel zu setzen, indem er bei Nacht auf der Landstraße bleibt. Und allzu viele Gasthöfe gibt es auf dem Weg nach Livorno auch nicht. Ich lasse sofort zwei Pferde satteln, und dann reiten wir ihnen nach, Pater!«

»Nein!«, erwiderte Pater Angelico energisch. »Eure Bereitschaft ehrt Euch, aber das muss ich schon allein tun, glaubt mir!«

Tiberio Scalvetti sah ihn einen langen Moment prüfend an und nickte schließlich. »Gut, wie Ihr meint. Ich würde an Eurer Stelle vermutlich nicht anders handeln. Aber ich bestehe darauf, dass Ihr mein Pferd nehmt. Es ist schnell und ausdauernd, und ich weiß, dass Ihr einen Vollblüter zu beherrschen wisst.«

Pater Angelico bedankte sich, wohl wissend, welch eine Auszeichnung es war, dass der Commissario ihm seinen Draghetto anvertraute.

Aber dabei beließ Scalvetti es nicht. Er griff zu seinem Schwertgehänge, das neben der Tür an einem Eisenhaken hing, und reichte es dem Dominikaner. »Ich bestehe darauf, Pater! Eine scharfe Klinge dürfte das überzeugendste Argument sein, wenn dieser Franzose sich nicht einsichtig zeigt! Und jetzt kommt! Ich begleite Euch hinüber zur Porta a San Frediano, damit die Wachen Euch das Tor öffnen. Auch ein Losungswort müssen wir mit ihnen absprechen, falls Ihr schon vor Sonnenaufgang zurück seid.«

Pater Angelico blickte ihn dankbar an.

»Ich werde im Haus meiner Schwester auf Euch warten, Padre«, sagte die Zofe erleichtert und wollte dem Mönch die Hand küssen, was dieser jedoch zu verhindern wusste.

»Und was sage ich dem ehrwürdigen Vater, wenn Ihr weder

zu den Vigilien noch zur Laudes im Chor steht, Meister?«, fragte Bruder Bartolo besorgt.

»Was weiß ich! Meinetwegen, dass ich volltrunken war und es nicht zurück ins Kloster geschafft habe! Ach, sag ihm doch, was du willst!«, rief Pater Angelico, während er schon mit Scalvetti aus dem Zimmer stürmte. »Lass dir was einfallen, du hast doch Fantasie! Und mir ist egal, was du ihm erzählst!«

Piccarda rief ihm noch etwas nach, vermutlich, wie dankbar sie ihm sei und wie sehr sie hoffe, dass letztlich alles gut ausgehen möge.

Er hörte nicht hin. In Gedanken war er bei Lucrezia und diesem blasierten Schönling und Süßholzraspler Henri de la Croix, der ihn in diese kompromittierende Lage gebracht hatte. Seine Gefühle waren in Aufruhr, als sei ein Orkan in sie gefahren. Und dass er neben unbändigem Zorn auf den Franzosen auch Eifersucht spürte wie einen Messerstich, machte die Sache besonders schlimm.

Wenige Minuten später ritten die beiden Männer hinüber nach Oltrano. Straßen und Plätze waren noch belebt, denn bis Mitternacht waren es noch gute zwei Stunden.

Am Stadttor von San Frediano, das auf die Landstraße nach Livorno führte, sprach der Commissario kurz mit den Wachen, die seinen Anweisungen gar nicht eilfertig genug nachkommen konnten.

Dann kam er zurück zu Pater Angelico, der sich etwas abseits der Pechfackeln gehalten hatte, um nicht erkannt zu werden. »Die Parole, die Euch das Tor wieder öffnen wird, lautet: ›Nordwind, erwache, Südwind, herbei!‹«

Pater Angelico konnte sich ein kurzes, verlegenes Lachen nicht verkneifen. Natürlich hatte Scalvetti durchschaut, was es mit Lucrezia und ihm auf sich hatte, zumindest was seine Gefühle für sie betraf. Die Losung, die der Commissario gewählt hatte, stammte aus dem Hohelied Salomos, in dem eine wunderschöne, namenlose Geliebte mit einer Fülle blumiger Formulierungen schwärmerisch besungen wurde. Unmöglich, dass Scalvetti sich rein zufällig für diese Textstelle entschieden hatte!

»Ihr seid wahrlich aus einem ganz eigenen Holz geschnitzt, Commissario!«

»Genau wie Ihr!«, erwiderte Scalvetti mit einem Lächeln und reichte ihm die Hand. »Mir scheint, nicht nur Donzella Lucrezia, sondern auch Ihr steckt in einer bösen Klemme, aus der Euch wohl niemand heraushelfen kann als Ihr selbst. Möge die Sache den Ausgang nehmen, den Ihr Euch wünscht!«

»Was voraussetzt, dass man genau das erst einmal mit Gewissheit weiß.«

»Ich verstehe, aber ich zweifle nicht daran, dass Ihr es bald herausfinden werdet«, sagte Tiberio Scalvetti mit tiefem Ernst und reichte ihm die Hand. »Nun denn, möget Ihr finden, wonach Ihr sucht! Und möge Gott an Eurer Seite sein und Euch beschützen!«

Pater Angelico ergriff die ihm dargebotene Hand und erwiderte den kräftigen Händedruck, in dem stumme Verbundenheit lag. »Und Ihr haltet Wacht über Florenz, Commissario!« Dann trieb er den Vollblüter an, donnerte schon im Galopp durch das tiefe, mit Kopfsteinen gepflasterte Torhaus und jagte hinaus in die Nacht – seiner Liebe und seinen Ängsten entgegen.

Ulf Schiewe

Die Hure Babylon

Roman

Sie sprachen vom himmlischen Frieden – und riefen zum Kreuzzug auf. Sie mahnten zu Mäßigung und Keuschheit – und führten ein Leben in Verworfenheit. Rom war die biblische Hure Babylon …
Südfrankreich im 12. Jahrhundert: Der junge Edelmann Arnaut ist verzweifelt, denn wieder hat seine heimliche Geliebte, die Vizegräfin Ermengarda von Narbonne, ihr Kind verloren – ein Fingerzeig des Himmels? Arnaut will Buße tun und sich dem Kreuzzug ins Heilige Land anschließen. Mit dem fränkischen Heer zieht er gen Osten und muss doch bald erkennen, dass es weniger um Erlösung als um Macht und Eitelkeit der Herrschenden geht, dass im Namen Gottes Verrat und unvorstellbare Greueltaten begangen werden. Gefährliche Abenteuer warten auf ihn, Kampf, Intrigen – und so manche Versuchung …

DROEMER